大梦醒来迟

王东满／著

科学遴选 权威论证
高峰展示山西长篇小说创作实绩
久经考验 再度锤炼
全面囊括中国当代小说山西经典

三晋百部长篇小说文库

山西出版传媒集团
北岳文艺出版社
BEIYUE LITERATURE & ART PUBLISHING HOUSE

图书在版编目(CIP)数据

大梦醒来迟/ 王东满著. —太原 ： 北岳文艺出版社，2018.1

ISBN 978-7-5378-5330-9

Ⅰ. ①大… Ⅱ. ①王… Ⅲ. ①长篇小说–中国–当代 Ⅳ. ①I247.5

中国版本图书馆CIP数据核字（2017）第214720号

书　　名　大梦醒来迟
著　　者　王东满
责任编辑　王宜青
装帧设计　张永文

出版发行　山西出版传媒集团·北岳文艺出版社
地　　址　山西省太原市并州南路57号
邮　　编　030012
电　　话　0351-5628696(发行部)
　　　　　0351-5628688(总编办)
传　　真　0351-5628680
网　　址　http://www.bywy.com
E-mail　bywycbs@163.com
经 销 商　新华书店
印刷装订　山西万佳印业有限公司

开　　本　710mm ×1000mm　1/16
字　　数　360千字
印　　张　24.25
版　　次　2018年1月第1版
印　　次　2021年1月山西第2次印刷
书　　号　ISBN 978-7-5378-5330-9
定　　价　68.00元

《三晋百部长篇小说文库》组织机构

策划

杜学文　张明旺　王宇鸿　梁宝印

专家审读小组

主任:杨占平

副主任:续小强

成员:吕新　晋原平　张石山　王西兰

毛守仁　王春林　孟绍勇　王保忠

编辑出版办公室

主任:杨占平

副主任:续小强

成　员:古卫红　陈学清　闫珊珊　王保忠　潘培江

序：现代化进程中的山西文学

杜学文

从传统社会向现代社会的转化是人类发展进程中的重大课题。每一个国家、每一个民族都将面对，难以回避。个人，作为社会的组成细胞，也同样如此。这并不以我们自己的意志来转移。综观世界各国，在这种转化的进程中，都有了不同的选择，并表现出各异的特色。但总的来说，还是目前我们称之为“发达国家”的率先实现了现代化。其成功的转化有诸多原因，但从文化的角度来看，与其自然环境的特殊性、农耕文明的不发达，以及突出的个人奋斗精神、重利思想、实用主义等有极大的关系。而目前世界上的欠发达国家或发展中国家，则在向现代化转化的历史进程中，又表现出各自不同的特色。就中国而言，在其漫长的历史进程中，农耕文明得到了充分发展，并达到了最为繁荣的境界。现在的发达国家在转型早期的生存压力等表现得并不明显，从而一种自给自足、自得其乐的生活方式逐渐固化。向现代化转型的原生性动力并不强大。从某种意义来看，中国实际上进入了一种人类最美好的发展境界，那就是，依靠劳动来创造财富，与大自然和谐共处，有剩余的时间来体验人生的乐趣等等。中国从传统社会向现代社会的转化主要靠外部的强力推动。就是说，因为先发国家对财富、权力、欲望的强烈追求，在吸纳了东方文化，其中非常重要的是中国文化之后，骤然表现出突飞猛进的发展状态。其商业首先得到了快速的发展。特别是依靠对海外市场的分割，使过去形成的传统的世界市场在大航海时代变得更加活跃。同时，工业技术得到了快速的进步。人类的新发明成几何级数增长。新技术的出现使社会生产力得到了空前的解放，物质生产表现出前所未有的丰富。而与之相应的是社会制度的进一步变革。一种能够服务新的生产力发展的社会管理系统逐渐建立，并在血与火之中不断完善。在这样的变革转型中，东方古老的中国受到了西方先发国家的强烈冲击。传统的农耕文明与新发的工业文明之间出现了严重了错位，并引发了控制、占有与反控制、反占有的残酷斗争。中国从农耕文明的辉煌顶峰跌落，中国人开始睁开眼睛看世界，并反思自身文明存在的问题。在外力的冲击下，中国不自觉地开始了向现代化转化的历史进程。一代又一代的中国人筚路蓝缕、奉献牺牲，前赴后继、求索奋斗，就是要重新找到国家独立、发展、进步的正确道路，实现民族的复兴。在不同的历史时期，他们承担了不同的历史使命。不同的人们从自己所从事的事业中为这样一个艰难而宏伟的目标做出了自己的贡献。而中国的文学，同样没有疏离民族的历史追求，甚至在许多关键的历史时刻，承担了开启民智、传播思想、激发斗志、重塑文明的历史重任。在这样一个艰难的充满了探索的转型进程中，中国人民表现出了自己最大的智慧与韧性。一直到新中国的建立，才基本形成了主权统一、独立自主的现代国家形态，并以超人的勇气与奋斗精神、惊人的创造力与发展速度迈向现代化。在这样一个伟大的转化进程中，中国虽然经历了失败、屈辱、挫折，但终于创造了他人所没有的成就。而我们的文学，正是这一历史的亲历者、推动者、表现者。就山西文学来说，是中国文学的重要方阵，当然也是这一历史的组成部分。其努力与贡献非常突出。

首先是推动了现代汉语的大众化，为现代汉语从知识阶层走向普通民众，并使二者有机结合做出了积极的贡献。在中国追求现代化的进程中，经历了一个从“器”到“道”的转变。所谓“器”，就是中国人在最初以为是西方发达国家的技术、器物先进，因而倡导“洋务运动”，开办现代工厂，引进西方设施，等等。这些努力从历史发展的必然来看，当然是非常重要的。但是，事实很快证明，仅仅引进西方的先进技术并不能解决问题。之后发生了制度层面的改革，包括推翻清王朝，建立立宪政权，仿效欧美三权分立及选举制度等等。但是，这种形式上的制度变革没有使中国强大起来，反而使中国成了一盘散沙，四分五裂。于是，更多的人开始反思中国的文化。一方面，对中国传统文化中的落后部分进行批判；一方面引进国外的思想如无政府主义、新村主义，包括马克思主义等等。新文化运动成为当时风生水起的社会思潮。从今天来看，其对中国传统文化的批判有许多过激之言。但是如果我们回到具体的历史场景，就会感到这些批判背后所表露的急切心情及历史合理性。在新文化运动中，一个最为突出的问题，也是最为重要的成果就是把中国人使用了数千年的文言文转化为白话文。从文化发展传承的角度来说，以文言文为代表的中国书面语言具有其重要的历史价值、文化价值、文明意义。可以说，文言文的简洁、精炼、典雅，以及其表情达意的丰富性，是世界上任何语言都难以企及的。这也正是其生命力之所在。但是，从历史发展的现实来看，文言文也具有非常严重的局限性，难以适应现代社会的发展要求。首先是缺乏精确性。由于中国传统文化中思维追求整体感、人文感、艺术感，中国的语言缺少对事物的准确表述。这种特点虽然具有非常强烈的人文色彩，以及超越了具体现象的整体感，但是与现代工业技术发展中对事物精确性表达的要求有很大的距离。语言的背后体现的是思维方式。如果语言难以体现精确性要求，人们的思维同样将不能适应时代发展的要求。其次是书面语言与口头语言的分离。虽然任何语言都会表现出书面与口头的差别，也就是说，人们不可能把口头语言照搬为书面语言。但这种差别在汉语中表现得尤为突出。这就是作为书面语言的文言文与口头语言的“白话”之间的区别。这种区别使更多的普通民众与书面书写脱离，对开启民智、提升大众的文化素养产生了障碍。而现代化的实现并不仅仅是少数“文化人”的事，而是全民族的事。因此，语言的变革，使之更能够适应现代化的需要就成为一种时代的必然。20世纪的新文化运动，除了其在价值观方面的追求如“科学”“民主”等之外，对语言的解放也是一种非常强烈的期待。一些有识之士率先放弃了对古代汉语的使用，积极采用白话文来构建现代汉语。这其中，出现了许多具有代表性的人物，如鲁迅、胡适等。今天我们仍然能够感受到鲁迅的语言中存留有古代汉语的元素。这是中国语文从古代汉语向现代汉语过渡的典型表现。而胡适等人则努力使自己的书面语言更加通俗化、口语化，也显示出某种过分倾向于白话的特点。另外一些具有欧美留学背景的人则企望借鉴外来语言对中国的语言进行改造，因而出现了许多非常欧化的表达方式。就中国现代汉语的成熟完善来说，这些努力都是非常珍贵的。但是，真正使新生的现代汉语从古代汉语中出走，并吸纳了民间语言的丰富、生动的特质，使之成为一种既有古代汉语的节制、典雅，又有民间口头语言的生动、活泼，从而使现代汉语能够成为一种具有完整的语法体系、鲜活的表现力，以及体现民族语言特色的“现代汉语”形态，则是以赵树理为代表的作家们做出了重要的不可忽略的贡献。

就赵树理个人的创作而言，其早期也是走欧美语法特色浓重的路线。但是当他发现这条路难以被普通民众接受后，其语言表达发生了转化，开始更加注重民族语言与现代性的融合。他的语言生根于中国古代汉语与民间语言的丰厚土壤。在保持语言典雅品格的同时，至少从这样两个方面进行了努力。一是更多地吸收了民间语言的表达方式，使普通民众能够走进这样的语言，使用这样的语言。也正因此，他的语言表现出非常鲜活、生动的状态，使语言的活力大大增强，表现力得到了拓展甚至突破。二是他的语言在规范性方面进行了重大的努力。一方面剔除了民间语言、方言中粗俗的、生僻的元素，使之更加典雅、庄重，另一方面，他保持并强化了以北方方言为主的结构形式，使之在语法形态方面更加完善严谨。所以，今天我们读赵树理的作品，其语言的流畅、生动、鲜活仍然非常突出。可以说，在中国现代汉语出现、发展、完善的进程中，赵树理做出了不可跨越的贡献。当然，这种贡献不可能是他一个人完成的，而是在特定历史条件下，由包括他在内的一大批作家共同努力，并在一代又一代作家的接力中实现的。赵树理丰富了现代汉语的表现力，并使这种获得新生的语言成为广大民众自己的语言。这后一方面的贡献更为重要。因为如果一种新生的语言难以得到民众的认可，其生命力是非常值得怀疑的。可以这样说，如果没有这些作家的努力，中国的现代汉语很可能成为一种“精英”的语言。也就是说，很可能成为一种少数有“文化”的知识分子的语言。这不仅将使语言的普及受到阻碍，也将因为得不到大众的认可而导致中国现代化的迟滞。

山西的作家受赵树理的影响甚深。除了创作理念、题材选择等方面外，在语言的运用上也同样如此。这也就是说，从赵树理以来的几代山西作家不仅坚持了赵树理的创作方向，也共同为中国现代汉语的进一步完善、发展做出了努力。尽管今天我们可以说，这些作家个人的成就不同，在语言表达方面风格各异，但是他们有一个共同的特点，即在坚持语言的民族化方面都进行了非常积极的实践。进入新时期，随着改革开放的不断深化，各种创作观念竞相显现。山西作家虽然与全国的创作相比更多地表现出固守的姿态。但是新的创作手法、元素等也在自觉不自觉地借鉴当中。其中就语言表达的追求而言，大体表现出两种特点。一种是仍然坚持语言表达的民族风格，并随着时代的发展变化使之更加丰富生动起来。他们的语言，不仅缘于题材选择的民间性、地域性，以及人物、故事的原生性，更缘于吸纳了民间语言的鲜活元素，在叙述、描写等诸多方面更多地体现了植根于本土的语言活力。另一种虽然也注重题材的地域性选择，但在语言表达中更多地呈现出一种开放的意识，比较侧重吸纳外来语言中的合理成分。如修辞的繁复，语句的长结构，象征意象的频繁使用等等。虽然这两种追求表现出各自不同的倾向，但他们随着时代的发展而推动现代汉语不断进步的努力是一致的。

需要我们重视的是，山西作家在自己的创作中表现了中国文化的原生态及其变化。这种原生态不是指文化最初形成的形态，而是指数千年来一直呈现出来的未经现代化浸染、改变的文化。从某种意义来看，它已经成为生活在这样的历史环境中每一个人不自觉的潜在意识，并支配着人们的思想与行为。文学的表达虽然是语言与形象的表达。但是隐藏在语言与形象背后的却是生成这种语言与形象的文化。如果一种文学性的描写没有隐晦地展示出某种文化及其价值观，我以为就是一种表面性的甚或肤浅的描写。山西作家在自己的创作中表现出一个非常突出的特点，即对自己生活的土地、家园有一种执着的关注。而就山西这一地域来说，其文化又具有某种典型性。这就是生根于黄土高原的农耕文化。在中国现代化的进程中，一个非常艰难的任务就是要改变这种文化，使之蜕变为一种新的文化：现代化。这一过程是非常艰难的，也是非常痛苦的。数千年的农耕劳作，已经形成了一种自足的完善的文明体系。但是，就在这种文明体系达到顶峰的时刻，我们突然发现她已经不能适应现代化的要求。于是，开始不自觉地改变自己。这一过程伴随着战争、灾难、屈辱、失去国土与家园等等。在经受这种外在考验的同时，还有我们内在的情感、思想、精神等诸多方面的考验。一方面，救亡与重生成为一种时代的必然使命。另一方面，精神与文化的重建、新生也面临着更大的挑战。就前者而言，山西作家的创作并不是真正的重点。而后者却是其在描写社会变革进步中隐藏的中心。山西是中国最早开始工业化、现代化建设的地区。但是我们很少能够看到山西作家所描写的这方面的作品。而曾经作为抗日战争敌后根据地中心的山西，实际上也没有太多的文学作品来表现。反倒是有许多作品在这样的社会背景下来描写当时的人们如何生活，并参与了这一影响世界文明进程的历史。可以说，这些作家们表面上看起来对社会变革更关心。但是一到拿起笔的时候，就情不自禁地流露出他们对于特定文化及其价值观的不自觉的关注。这实际上成就了他们，也局限了他们。如果就当代文学而言，最早的表达在于农民群体的觉醒。他们感受到了时代的变化，并参与、推动了这样的变化。比如小二黑，虽然具有了杀敌英雄的身份，但作家所要说的却是旧的文化观念，以及由此形成的生活方式对人性的伤害——当然是从爱情的角度切入的。作家的贡献不仅在于表现了时代变化中人性尊严的重新确立，更重要的是，作家生动地再现了这种旧的文化制约在人们劳动、生产、生活、情感，以及社会关系诸多方面的表现。也就是说，作家不是把一个关于追求自由恋爱、自主婚姻的故事作为一种孤立的现象展示出来，而是生动地表现了这种文化观念在旧的生活方式中的普遍性，以及其荒谬性。也就是表达了必须改变这种文化观念的必然要求。这当然是非常符合时代需要的，也是中国在现代化进程中必须跨越的。在山西作家的创作中，相当多地表现了劳动者——当然主要是农民，以及农民出身的、具有农耕文化背景的其他身份的人们对劳动的热爱，对土地的执着，对家庭的重视等等。从历史的层面来看，这些内容都构成了农耕文明的重要组成部分，也是这一文明能够发展、生长的原动力。但是从时代的要求来看，这种文化又成为那些最终必然要离开土地，不再是农民的人们内心世界与精神领域的时代痛苦。比如在改革开放之后，工业化的浪潮漫卷一切。在最具现代化特点的大型露天煤矿当工人的吴福却难以适应这种快节奏的标准化的生活方式。他无限怀恋地回到了自己的家乡。但是家乡已经不再是曾经的家乡，吴福也不再是过去的吴福。他身跨两界，无所归依，内心充满了痛苦。这是一种时代转换、文明更替的痛苦，是一种具有重大典型意义的内心再现。而在现代化程度日益加深的历史时期，农村也已不再是传统意义的农村。农民也不再是仅仅从事农业生产的农民。更大的市场与财富吸引了更多的农民，城市成为新的生活中心。虽然从某种意义来看，城市化可以作为现代化程度的一种标志。但是城市化也同时带来了传统文化的消失、传统生活方式的改变，以及传统人际关系的新建。老甘，这个仍然坚守在内心世界的“过去的农村”中的农民，痛苦地怀恋着昔日活色生香的农村及农村的生活。但是，过去的一切似乎已经义无反顾地过去了。他的农村已然不再。如果说这样的农村随着市场化程度的提高有新生的希望的话，也与过去的农村大不一样。老甘的痛苦同样是一种时代的痛苦，是我们在走向现代化进程中不可回避的痛苦。当然，山西的作家也描写了这种进程中人们的希望、新生，以及由此而来的快乐、自信。宋老大进城送公粮时那种发自内心的自豪感、主人感，那种终于直起了腰板的幸福感将永远感动我们。而在首都打工并学会说普通话的小雪也动人地透露出新一代农民美好的未来。

山西的作家们也企图从比较宏大的层面来揭示中国文化的品格，以及由此而反映出来的中国精神。这些描写不在意于对现实生活具体人事的再现，而是企图通过某种具象化的人事具有隐喻意味地表达作家对民族性的理解。他们营造的人物生活环境不太具体，而是具有某种概括性，超越了具体的、实指的时间、空间。其中人物的行为，以及由这种行为所表现出来的文化内涵、价值选择体现出一种超越了具象的恒久性。由此可以使我们领略一种民族的生存状态与价值操守。其中的一部分作品甚至具有进行人生意义、价值意义探求的哲学性努力。这时，作家关注的不再是现实生活中具体的人事，以及其中透露出的社会文化内涵，而是超越其上的价值追寻。在临危受命的戴夫人身上，作者赋予她民族人格最为优秀的内涵。她不仅具有一般人所可能具有的大局观，以及人性的智慧，而且作为生命个体，她具有了一种古人所言的“浩然之气”。她在漫长艰难的商旅途中，没有感受到生命的渺小，而是站在太行山顶吟诵前人的诗篇。她感受到的是生命的博大、伟岸，以及大自然的神奇、浩渺，是一种天人合一、物我两忘的至高境界。这不仅是她个体生命的壮美华章，也是民族文化中价值体系的完美内化。张马丁的遭遇则从另一种角度表现了不同文化短兵相接所引发的一系列事件，以一种宏阔的视野描写了文化境遇背后各异的价值体系之间的交锋、错位、融合。还有许多作品通过对具体人物生命境遇的描写，表现了具有历史意味的在潜意识中特定价值观支配下的民族精神世界。

读山西作家的作品，事实上也可以看到中国从农耕文明的顶峰跌落到重新崛起，实现现代化的历史进程。在当代文学中为数不多的抗日战争题材的作品中，我们可以看到以中国北方农民为主的人们如何从屈辱中觉醒、抗争，并取得了历史性意义的胜利。抗日战争的胜利，不仅仅是军事的胜利，而且是中华民族在经历了无数的失败、屈辱之后终于走向独立、自主，重新以一个文明民族的形象自立于世界民族之林的标志；也是中国在经历了种种探索，尝试了不同发展道路之后，终于表现出走向正确发展道路，迈出实质性转型步伐的标志。尽管一直以来我们都有这方面的创作，但是具有宏观性、历史深刻性的作品还不多。新中国的建立是中华民族终于在百余年的努力之后有了自己独立政权的大事，也是中国开始以超人预料的成就向现代化迈进的起点。山西的作家以自己敏锐的笔触描写了这一关键时刻中国普通人内心世界的喜悦、自豪，以及对未来的憧憬。还是在1949年10月1日，诗人高沐鸿就创作了诗歌《这是我们人民自己的胎生》，为新中国的建立而欢歌。之后的一系列文学作品生动地表现了站起来的普通民众内心世界的巨大变化，特别是其人格世界的变化。他们实实在在地感受到了新社会的进步，以及当家做主的自豪。他们不仅在经济上得到了解放，在政治上得到了翻身，而且在精神世界上发生了积极的蜕变。一个新的时代带来了新的发展与进步。也正是这些作品成就了这个新文学史上一个最具典型意义、产生重大影响的文学流派——“山药蛋派”。他们有共同的创作追求，有共同的题材选择，有以赵树理为代表的领军人物。这个流派出现的意义，不仅仅是属于文学的，更是属于中国文化的。他们在尊重并表现中国优秀传统文化价值观的前提下，呈现在这种价值体系影响下中国民众，主要是农民如何生活、生产、思考、发展。读这些作家的作品，不仅使我们能够了解到特定历史时期中国发生的事情，而且将使我们了解中国人是怎样的一种生活方式，中国人在新的历史时期发生了怎样的变化。在20世纪70年代末、80年代初，山西的作家们非常敏锐地感受到时代将要发生的巨变。这种感受不是源于理性的分析研究，而是源于他们对现实生活的关注与热爱，是他们从具体的生活中感受、发现了时代变革的动力。其中有他们对极“左”路线的批判，以及对中国变革发自内心世界的呼唤。这首先是已经成名的一批被称为“老作家”的人们走上了历史的舞台。而另一批将在中国文学园地表现出勃勃生机的作家以自己的敏锐发现了生活的变化。至20 世纪80 年代中期，以《当代》发表一组山西作家的作品为标志，文学“晋军崛起”成为中国文坛的一个重要事件，引起了广泛关注。这批作家一进入文坛即表现出不俗的活力，显得生龙活虎，风生水起。他们首先成为对极“左”路线的批判者。通过一系列生动的、充满生活意蕴的人物形象来揭示中国曾经走过的弯路，以及即将出现的变革。而后，出现了一系列呼唤改革的优秀作品。一些小说被改编为影视作品，在当时传媒欠发达的条件下产生了极大的轰动效应，甚至有万人空巷之叹。其中的朱克实、李向南、李高成等成为新的历史条件下拨乱反正、推进改革的典型人物。这些作品既是文学的，更是时代的、历史的。它们表达了中国人内心深处希望变革的期待，也呼唤着一个新的历史时期的到来！

中国的改革是中国从传统的农耕文明出走，迈向现代化的重大事件。随着改革开放的不断深化，中国表现出强劲的发展态势。同时，也遇到到了许多需要解决的问题。一方面是现代化程度的不断提高，另一方面是这一进程的艰难演进。一个时期，那种充满浪漫主义色彩的乐观情调被现实生活中的艰难前行所生发的复杂性代替。改革并非一帆风顺，充满了困惑、曲折，有许多困难需要智慧与勇气来克服。这一时期，山西的文学创作沿两条主线展开。一方面是直面现实，表现新的发展时期人民的智慧力量，及时代的进步，如农村改革，国企改革，全球化背景下的商业博弈，以及反腐倡廉、环境保护、民主选举、基层生活、重大事件等等。总的来说，山西文学表现出社会的艰难进步，这种进步首先是积极的、正义的、人民的力量战胜了消极的、不义的、损害人民利益的力量。同时也表现出了中国传统社会在时代的发展进步历程中逐渐变化：如传统农村的式微与新盛；农村人口向城镇的转移；土地的工业化、商业化等等；商品经济的蔓延，城镇化的发展；以及身处其间人们内心世界的彷徨、痛苦、选择；人对土地以及建立其上的生产生活方式的依恋；对改革进程中传统国有企业的情感等等。从这些作品中，我们可以观察、感受到中国正在发生的翻天覆地的变化。另一方面，许多作家企图从超越现实的具有形而上意味的层面来探求中国的民族精神。一些作品甚至具有了某种哲学性品味。他们可能借助于某一历史事件，或者设计一个与现实生活隔离的故事来表现自己理解的民族精神。这一类作品可能表面上与现实生活没有直接的关联，但是对我们认识民族文化、民族品格具有积极的意义。事实上这些作品为我们提供了一种思想文化资源，是对现实生活中剧烈变革引发人的价值观的迷茫进行的某种文化性指引。它不涉及现实问题，不为我们思考感受现实生活提供具体的形象。但是，为我们提供观照现实、解决现实问题的精神力量、价值选择和思想资源。这其中也有一个如何认识人生、如何认识民族、如何面对个人价值的问题。

总之，不论是对现实生活的直接表现，还是以隐晦的笔法对现实生活提供精神资源，都可以看到山西作家对社会生活、人生价值的一种积极的态度。他们试图以自己的描写来表达某种具有积极意义的思想内涵，为今天的人们提供精神力量，以推动中国社会的发展、进步，以及在历史蜕变中人的完善。这些努力也可以视为是在现代化进程中对民族精神的一种回顾与追寻。读山西作家的作品，可以使我们从一个侧面感受到中国走向现代化的历史进程。

山西作家在艺术创造上也进行了积极的努力。就山西文学的当代面貌来看，表现出一种从一元向多样的发展态势。当代山西文学受以赵树理为代表的“山药蛋派”影响甚重。一代一代的作家不仅受到这一流派作家关注现实生活、关注社会民生的创作理念的影响，而且在表现手法上也多承续这一流派。因此，直至改革开放前，山西文学基本呈现出一种“山药蛋派”式的一元状态。但是，进入改革开放的新时期后，这种局面开始发生变化。一些人更注重语言描写、心理表达等等。不同于

“山药蛋派”风格的作品开始大量出现。首先是题材选择表现得更加多样，其次是表现手法更加多样，再次是创作观念也呈现出多样化的格局。山西文学终于形成了从一元走向多样的创作态势。那些坚持以农村为主要创作题材的作家们也积极地吸纳了其他的表现手法，使农村生活的表现领域大大拓展。另一方面，山西也出现了典型的所谓“现代派”小说。心理结构、借鉴侦探小说手法的“悬念”结构、无情节结构、意象结构、寓言式结构等等次第登场，宏大叙事与个人化叙事并存一体。这些作品有的已经产生了比较大的影响。无论如何，他们都是山西作家对文学自身进步的积极探索。

从某种角度来看，山西文学似乎为我们呈现出了中国走向现代化的百年变迁史。这不仅表现在人们广为关注的小说创作之中，同时也更加丰富地表现在文学的其他领域，如诗歌、散文、戏剧，以及逐渐从散文文体中独立出来的报告文学及传记文学之中。当我们追寻这种变迁的历史时，不能割断由山西而表现出来的中国五千年文明史。山西是华夏文明的主要发祥地，从远古以来，这一文明代代相传，承续不绝，其中涌现出众多的仁人贤士。作为个人，他们有自己所处的具体的历史环境、成长条件，对人类文明的进步做出了自己的贡献。但是，作为一种文化现象，他们似乎勾勒出中国文明发展进程的历史脉络。在他们身上体现了中华文明的历史贡献、价值选择，以及思维模式。对他们进行研究，并用传记的方式表现出来，使今天的人们了解并感受他们所具有的闪光的人文价值，不仅对今天的改革发展具有积极的意义，对我们现代化进程中的文明重建同样具有非常重要的意义。这将首先使我们看到历史发展进程中文化的影响力，进而使我们能够进一步确立文化的自信心与自觉性。在这些如星光一般闪烁的先人身上，我们将体会到中华文化的魅力、价值和绵延不绝的生命力。承续山西文学的精神品格，创作出新的能够表现时代精神的优秀作品，是我们这一代人的使命。而对五千年文明发展进程中那些曾经做出突出贡献的英杰才俊进行文学式的描述，也将是我们传承民族精神的一种努力。因此，组织编辑出版山西文学“双百工程”，有着非常积极的现实意义。

这一“工程”包含两个序列三个方面的内容。一是“百部长篇小说”，其中一部分是已经发表出版并产生了较大影响的现当代小说。通过集中编辑出版，可以使我们比较全面地回顾审视山西文学某一方面的成就与贡献。另一部分是新创作的长篇小说。其目的是推动山西长篇小说的不断繁荣。把它们列入这一工程，即是对文学发展的新推动，也可以延续已有的成果，使人们看到山西文学创作的最新成就及更加生动的面貌。二是“百部山西历史文化名人传记”。山西的报告文学近些年来表现出非常活跃的态势。不仅参与创作的作家比较多，出现的作品比较多，而且产生的影响也比较大。其中一些作家应该说是中国报告文学领域的领军人物。同时山西也是华夏文明的重要发祥地，在五千年的文明发展历程中涌现出许许多多的对中华文化发展进步做出重大贡献的英杰先贤。以传记的方式把这些先人在中华文化发展进程中的贡献表现出来，有助于我们重新认识中华文明对人类的重大贡献，有助于我们进一步追寻中华文化的精神、操守、品格，并使我们从先人的风采中找到自己前行的楷模和动力，激励我们推动中国的改革发展进步。所以，这也就成为我们的一种责任。相信通过这一努力，既将促进山西文学的进一步繁荣，也将进一步增强我们的文化责任，重塑我们的文化形象，展示中华民族在漫长发展历程中表现出来的精神力量与智慧，为实现民族复兴的中国梦做出积极的贡献。

目录

一、狗运

还是暮春时节，天气就异常熏人地热了起来。蜷卧在大门道的大黄狗终于被一阵吧嗒声扰醒，懒洋洋地睁开眼睛，茫然四顾。家家户户响起女人们拉动风箱拢火做午饭的吧嗒吧嗒声，川道上传来牛铃叮当和男人们下地回来的吆喝声，各家院里的烟囱都冒起缕缕白烟。主人陈二冬家的大院却依旧冷冷清清，两扇大门依旧紧闭着，死一般寂静。大黄狗挠挠饥饿的酱黑色的嘴唇，无精打采地低下头去，两只半睁半闭的眼睛却不时透过街门扇下面的大缝朝院里看。那神气很忧伤，仿佛在说，该做午饭了，怎么还听不见女主人拢柴烧火？火盘在东屋山墙和堂屋偏门中间的风道上，虽然看不到，但吧嗒吧嗒的风箱声却如音乐一般动听。尤其是女主人拉动时，不紧不慢，匀匀的节奏，吧嗒吧嗒，伴着呼呼的火苗，像她那忧伤的叹息。无论如何，风箱响过之后，便会有满院的臊子面的飘香。然后，便会有一锅煮面的热汤，杂着女主人没有肯捞尽的几条碎面给它享受……

陈二冬家的院子，坐落在老龙口村子西头的红土坪上。南临漳河，北靠松山，青砖灰瓦，白灰勾缝，正五间，偏四间，三合大院，一式式青石青砖。这是陈二冬担任大队党支部书记那几年建造的。解放前，这里是"禾木程"大族的首富程必成的祖父程天胜的大场院，解放后，"耳东陈"大族的代表陈二冬的爷爷陈老定掌了村政大权，将松山脚下的汤帝庙改为小学校，将这块地方归为小学校的操场。再后来，陈二冬接了爷爷陈老定的权位，在村子东面新造了一座小学校，又将这块地方划为建设大寨新村的范围，并且把土改分配胜利果实时分给他家的、原属程必成祖上的三间旧堂房拆掉，在这儿划了亩半大一块地盘，造起这座大院子。关于陈二冬建造这座大院，村上有种种说法。有的说是贪污大队副业款盖的；有的说是拆旧房时挖出许多金银财宝变卖成人民币盖的。是真是假，孰是孰非，这一切，大黄狗自然是不会知道的。但有一点它却有亲身体会：这陈家大院从来没有这么冷清过。它从一岁上被男主人捉进这座大院，眼见的，耳听的，是人来人往，门庭若市；是不绝于耳的讨好声，谄笑声，低三下四的哀求声和吆五喝六、划拳行令、疯狂的大叫大嚷声。它的地位不亚于小主人，那些上门找男主人办事的人谁不是亲切地管它叫"小黄"，谁敢动它一指头？它的生活水平几乎天天与主人相同，从大主人和小主人的碗里夹出来的肥肉吃得都腻歪了，倒胃了。何曾尝过寡水面汤、童屎、鸡食的滋味？如今呢，却不得不竖直耳朵，经常注意着谁家的女人拉着嗓门叫狗吃屎。有时饿极了，连屎也没得吃，不得不向那群鸡婆鸡仔耍厉害，侵占鸡食盆。在这个大院里，鸡儿的待遇明显地比它的待遇提高了，因为再也看不见有人提着一篮篮的鸡蛋上门了，主人不得不靠自己动手来养鸡求蛋。与鸡争食，也得担风险，稍不留神，主人的无情棒就得叫皮肉受苦。好歹填饱皮囊，便四条腿一曲，卧在大门道的墙脚下，抱住嘴闭目养神，懒顾人世。有时它也呆呆地瞪着两只无神的眼睛茫然四顾，好像在想在问，这是为什么？人世间的事就是这样冷暖无常？它想不明白，永远也不会明白，于是又把日渐毛长皮松的身子蜷缩一团，睡了去。

大黄狗隔着门缝呆呆地看了半晌，仍然听不见院里有响动，舔两下酱黑色的外嘴唇，便又无精打采地闭上眼。它索性展展腿，挠挠痒，准备到梦中去寻找美餐。脑袋刚挨住地，突然一阵强烈的震颤，仿佛地球跳动起来。它忽地支起前腿，警惕地朝大门外面的世界张望。

大门外面对着一片林地，密密麻麻栽种着一片杨柳树，越过林地，便是一道斜坡，直伸到下面的漳河滩。这地方着实好，居高临下，一览无遗。乱石如斗的漳河滩，巨人展臂一般的铁索桥，桥对面绿柳成荫的十里长堤和远处千姿百态奇峰托云的鸡鸣山，尽在眼底。难怪那一年有人想划这片地方起房造屋，主人坚决不让，并且以大队名义栽了这片树林。主人的用心不言而喻，分明是不准有人在他门前碍眼挡脚，要起屋造院你得到我后面去排队！这就是权势的作用。

大黄狗以为是河下采石场炸石头，因为每次炸石头时，大门上挂的那块"光荣烈属"匾都要"胆颤心惊"地啪啪响。但竖耳听听，分明不是。炸石头不会这样沉闷，点炮炸石也不到时间。炸石头从来都是规定了的，得等到吃午饭时，下地干活的人都收工回家。

同志们呀吆嗨呦——咚！
加把油呀吆嗨呦——咚！
老板娘呀吆嗨呦——咚！
买来肉呀吆嗨呦——咚！
……

一阵热烈的唱和声伴着沉闷的砸击声，从村子后面传过来。大黄狗竖直的耳朵终于耷拉下来：啊，是夯地基！这种事它经见过不少，主人营造这座大院时不也是这样吗？许多人抬着一块大石头，悠上去砸下来，还呼嘿呼嘿地唱着，轰轰烈烈，砸得大地震颤，门窗沙沙地响。现在准是主人的仇人程必成家造屋夯地基。那天路过旧街，见他们正开挖地基呢。那小子还狠狠抽了它一锨把，声言要报那年咬伤他的仇。幸亏跑得快，要不，一条腿准赔折在他的锨把下。

老板娘呀吆嗨呦——咚！
喜洋洋呀吆嗨呦——咚！
发大财呀吆嗨呦——咚！

盖新房呀呚嗨呦——咚！

……

陈、程两家的故事，还得从老龙口说起。老龙口有二百来户人家，其中有两大姓——一姓陈，一姓程。传说，很早很早以前，这里原是一片人迹罕至的荒僻之地。有一年春天，从河南逃荒来了老小父子仨人，他们见这里有山有水，野果满山，绿草丛生，世外桃源一般，于是依山打窑，开荒种地，定居下来。后来，两个儿子先后娶了媳妇，生了儿女，这一家人竟兴旺起来。但只有一件事不快，他们不通文墨，不知道自己祖宗姓氏。于是父亲打发两个儿子身背干粮，回河南寻找故旧打听姓氏。河南老家，几经黄河决口，已经化为一片汪洋。两个儿子打听回来，老大说，听人说是姓耳东陈；老二讲，听人说是姓禾木程。谁是谁非，争吵不定。当地人土音重，说话无展舌音和卷舌之分，把"人"念作"营"，把"牛"读作"油"，"陈"和"程"自然也无分别。老父亲一高兴，拍腿说："中啦！谁也甭争，陈、程不分，两个陈（程）咱们都要了。听我说，老大姓耳东陈，老二姓禾木程。记住，往后但凡有人问起，就照我说的讲！"这固然是无稽之谈的笑话。但老龙口几辈辈确实是陈程两姓的天地。男婚女嫁，子孙繁衍，一代传一代，形成两大家族。解放前，程姓中地主富农多，经营商号的多，出入国民党县党部、区党部的多；陈姓中则是贫雇农多，扛长活的多，当小伙计、凿石头、耍瓦刀的多，挑八股绳串房檐住破庙的多，所以是程姓的一统天下。土地改革那年，穷富易命，陈姓顺势而起，一举把程姓地主打翻在地，主仆易位，于是陈姓中的人又结结实实统治了将近三十年。如今又斗转星移，宠辱轮回，禾木程族中人又得以抬头挺胸，扬眉吐气，耳东陈族中的人却又销声敛气，变得灰溜溜的了……

大黄狗涉世不深，自然不会知道老龙口几百年的村史演变和陈程两姓的宗谱。但陈程两姓中第九十九代玄孙——主人陈二冬和仇人程必成两家的兴衰荣辱，它却耳闻目睹，不胜心寒。它支着前腿，无精打采地闭上眼睛，仿佛不愿回想那些不堪回首的往事。但那得意的号子声，那惊天动地的夯地声，一起一落，频频传来，仿佛故意向它挑衅。

老板娘呀吆嗨呦——咚！
喊开饭呀吆嗨呦——咚！
大馒头呀吆嗨呦——咚！
赛石夯呀吆嗨呦——咚！
……

石夯砸地的声音骤然停止了。接着是许多人的捧场声，嚷叫声，和那一年主人家造屋时一样。再接着，一阵小风吹来，两个大鼻孔只觉得丝丝的香味儿往里钻，扰动得舌根不住地分泌馋涎水儿。不屑说，是程家开饭了！大黄狗忍不住摇摇耳朵，站起来，跳下大门前的石头阶梯，抬头朝旧街方向怔怔地望着，好像十分纳闷儿：那程必成小子也轰轰烈烈地造屋呀，前二年他还低三下四给主人陈二冬说好话，进这大门都要先远远地站在粪堆前犹豫很长时间，那时他是向陈二冬检查认罪，讨粮食吃，一口一声"陈支书""二冬哥"，对我大黄狗都敬畏三分。现在他居然比我的主人还要阔，还要神气！居然也像我的主人当年一样，呼三喝四，轰轰烈烈，起房造屋！人走运气狗威风。他也居然喂了条"黑虎"，浑身油光黑亮，眼圈上长着一圈白毛，像它的主人程必成，黑不溜秋的戴了一副白边眼镜，比我"老黄"小三四岁，竟然不把我"老黄"放在眼里，见了我就像它的主人见了我的主人，红眼恶煞，龇牙咧嘴。

不管怎么样，那丝丝钻鼻孔的香味儿毕竟是撩拨馋涎极富吸引力的。大黄狗怔怔地站了半天，馋涎水儿滴滴答答浸湿好大一片干土，终归还是身不由己地拖着蜕毛的尾巴，颠颠颠地一溜小跑，朝那飘散着肉香的旧街去了。

大黄狗刚走，院里的风箱也吧嗒吧嗒响了起来。陈二冬的女人从地里回来了，脸上汗一道儿，土一道儿，连擦把脸的工夫都没有，撂下刨地捡回来的烂树根，便弯下腰去，嘴贴着炉气眼，吹风引火。

这女人叫程梨花，因为人长得俊，红扑扑的脸蛋，水汪汪的眼睛，出脱的也水灵，像只水灵灵的甜梨儿，从小村里的人都叫她水梨儿。如今虽已是两个孩子的妈妈，丰韵不减当年，所以人们依旧习惯地叫她水梨儿。

当姑娘时，水梨儿曾经是老龙口的一朵花，年轻人无不艳羡，上工下工，开会学习，一群一群地往她身前臀后挤靠。看戏赶会更不要说，外村的愣后生、毛小子都是大眼忽溜地往人缝里找。托人上门求婚的，更是络绎不绝。然而，最终得到她的，却是谁也不曾想到的陈二冬。

水梨儿做了媳妇，出脱得比姑娘时更丰满动人。这大概应了那句话：少妇比少女更富有魅力。但这魅力，不仅仅限于她那双若有所诉的眼睛，那有红是白的脸蛋，那周周正正的身段，更来自她的人品，她的好脾气。她从不会和人高声说话，脾气柔顺得像缕轻烟，即使在陈二冬走红时，她也总是宽厚待人，从不以势凌人。她对长辈恭敬如仪，对丈夫体贴入微，居家过日子也是一把好手。所以人们总好说，水梨儿的心肠比甜梨儿还要甜美。只是此刻，她那双若有所诉的水灵灵的眼睛，不知为什么深深地笼罩着一层愁云。

水梨儿干活手脚麻利。啪嗒啪嗒拉了一阵风箱，火苗便呼呼地燃烧起来。她揭开锅盖看看，往炉膛塞了一把干柴，便匆匆进屋舀水洗手，切菜拌面。面揉得精光细净，一个团儿扔在案板上，锅里的水也吹得锅盖噗噗响。她端下开水锅，添一把柴，便开始炒调和。

一阵儿工夫，调和炒现成了，面条也切得齐头齐脑，分作两把摆在案板上，她这才喘了口气，撩起被汗水贴在额前的头发，默默地坐在门礅石上，等着丈夫和小儿子回来。她显得十分疲惫，十分忧伤，好像心事重重，一坐下便抬不起头来，脑门压着手背，支在双膝上。空荡荡的大院，不，晴朗朗的大千世界，登时在她眼里只有怀抱那么大。

河滩下响起磕锄声，当啷当啷，传得很远。村外的大官道上不断传来人们的说笑声、打闹声、拖拉机的嘭嘭声和男人们吆喝牲口粗野的咒骂声。接着，小学校放学的钟声也当 当 当 地 从村东传到村西来。然而，这一切，水梨儿都没有听见——她已经睡着了。她太累了，口水顺着手背默默地流淌，鼻息匀匀的，睡得很甜。

当水梨儿被当 啷一声沉重的撂锨头声惊得一个愣怔猛醒过来时，丈夫陈二冬和下学的小儿子甜枣已经一前一后走到当院。陈二冬阴沉着脸，他在地里盘粪，弹得灰眉土眼，过索桥时也没有到河里洗洗，脸一阴沉，更像个土煞神，当的一声把铁锨、箩筐撂在大门道，便气呼呼地朝堂屋门口走来。水梨儿看也没看他，抹抹口水，理理头发，便匆匆进屋取了一把面条，下进锅里，然后坐下来，吧嗒吧嗒地拉着风箱。她眼睛瞅着炉膛里的火苗，却分明感觉到二冬一声不吭地正坐在堂屋的石阶上，呼哧呼哧喘气，他不知道哪根筋不顺，谁惹着他了。甜枣走进堂屋放书包。

“你也真是，大中午偏往日头底下坐，树荫下哪里坐不下？”

她心疼丈夫，一边拉着风箱，一边说，忧郁的眼睛依旧随着手里的拨火棍儿盯着炉膛。炉口边上冒出一股股浓烟，呛得她一阵咳嗽。

陈二冬没有吭声，依旧坐在太阳晒着的台阶上一动不动。中午的太阳火辣辣的，晒得那张土煞神似的脸津津冒汗。

水梨儿并不觉得他有什么异样。自从他叫人家把支书抹了，哪天都没有个好脸色，哪天都是这样。她依旧吧嗒吧嗒拉着风箱，又喊道：

“枣儿，端碗来，孩！”

甜枣没有端出碗来，却揉着哭的黑一道白一道的眼圈走过来，讷讷地向她低声告状：

“臭银花又唾我啦。”

“你不会离她远点！”她捞着锅里的面条。

“我又没惹她。我上厕所，她就从女厕所给我头上撒土。”

“你那嘴不会说，不会告诉老师？回家给我说顶屁用！”老子失势，儿子受人欺负，这种事她实在不想听，依旧头也没回。

“老师他……他不讲理……”

水梨儿心里本来烦烦的，叫儿子这一告状，更是火燎燎的，不知该怨儿子还是怨谁，正没好气，回头看见甜枣委屈地哭了，心又软了。

“好好，咱惹不起，躲得起。往后别上这学了。”

甜枣儿抽泣得更厉害。

锅里的气沫把木头锅盖顶起一道缝。面条快煮熟了。她手忙脚乱，掀起锅盖，抽了根柴，急忙进屋端碗拿笊篱。她边走边没好气地冲陈二冬埋怨：

"你也真是哩，就你累？别人就是铁打的？家里的事就该着我一个人受？"

"你心里不好受，我心上就舒服哩？连个碗也不会端端？还要等着给你端在手上不是？"

一边数说，一边端着碗筷笊篱从门里迈出来。

"你……你干的好事！"

刚走下台阶，陈二冬忽然红眼恶煞地从台阶上蹿起来。

不知是没有听见他嚷了声什么，还是听见装没听见，水梨儿搅着锅里的面，没有理他。

"你干的好事！"

陈二冬又嚷了一声，嗓音都变了，同时往前走了两步。

水梨儿吃惊地直起腰，这才注意到他那双血红的眼睛，恶狠狠的，像要咬人，忍不住说：

"我怎么啦？你说，我偷啦？抢啦？还是给你家里领汉啦？"

陈二冬憋得像个炸药包，两个塌腮帮痉挛般索索作抖。

甜枣见他妈和他爹顶起嘴，吓得跑过来拖着他妈不停地怯怯叫：

"妈，捞面吧！捞面吧！锅溢啦，锅溢啦！"

水梨儿心口的火气蹿上来压下去，压下去又蹿上来，看见儿子恓恓惶惶的，锅里又煮着面，心想：算啦，他不知又在外边受了谁的气，来家里出，跟他能吵出个甚？惹人笑话，便抹抹湿湿的眼圈，回头准备捞面。不料陈二冬憋了半天，又恶狠狠地逼上来问：

"你上午干什么去来？"

"腿在我身上长着，干什么不干什么由我。"又气又委屈，水梨儿话音发颤。

“由你？你倒说了个轻巧！我陈二冬死不了就由不了你！”

水梨儿实在忍不住了，伤心，委屈，加上一肚子积蓄的不痛快，登时，都化作酸苦酸苦的泪水，刷刷地涌出来。她刚要往灶台上搁碗筷，霍地回转头，颤声发泄说：“找野男人去来！亲去来，热去来！干啥你管不着！”

话没说完，陈二冬一个箭步蹿过来，揪住头发，照脸啪啪两个巴掌，打得水梨儿满口流血，手中的碗掉在地上摔了个粉碎，碎碗片儿飞了一地。

甜枣吓呆了，扑上去抱住他爹，又哭又叫：

“爹！不要打了！不要打我妈了！”

水梨儿豁上了，脑袋往陈二冬怀里撞：“你打！给你打！我今天就叫你打死，就死在你陈二冬手里。”

她只是撕开嗓子嚷，却不哭。

陈二冬像只发疯的狗，揪住水梨儿的头发，没头没脸地乱打，嘴里还不停地乱骂。

“二冬！你这个畜生，你要死呀？你给我住手！你你……”

院里的打骂声惊动了西屋的陈老定。八十岁的陈老定半瘫在炕上，听见孙子的打骂声和甜枣的哭声，急得爬在窗户上呵斥孙子。

陈二冬邪火攻心，气昏了头脑，哪里听得进去，边打边骂：“老子揍死你个不要脸的东西！你看见他发财了，好活了，得意了？看见老子吃不开了？老子死也要拽上你走！”

没深没浅，没轻没重。两个人从灶边揪打到堂屋门口，又从堂屋门口滚打到当院。开始是陈二冬揪着水梨儿不松手，后来竟是水梨儿牴着陈二冬不后退，仿佛横了心，真要死在他手里。脸上被打得鼻青眼肿，依旧不哭不号，只是有气无力地重复着一句话：“你打，你打，我今天就死在你二冬手里。”

陈老定急得从炕上掉下来，硬是两手抓地，拖着两条病腿爬到门口，又从门里跌出门外，拍地吼叫：

“梨花，你那嘴做啥！你真要叫他个黑种打死呀？喊呀！快喊人来呀！救人！救——”

本来病得没了力气，哪里喊得动？陈老定又不得不带着哭声向孙子陈二冬求情：“二冬——我的小祖爷爷，我给你磕头，磕响头，求你不……不要再……”

这时，甜枣从大门外喊来两个正在吃饭的女人。两个女人一见这情景，尖叫着：“我把你个二冬，你还不快松手！你媳妇有身子，你咋下这毒手！”撂下碗，一人抱一个，才把他们撕扯开。

本来，村里人谁家吵架，街坊邻居不管平素相处得怎么样，都会出面劝说拉架的。陈二冬家住在村口，偏那水梨儿又是打死也不号一声，前边没人家，住在后边的人家又听不见，不是甜枣喊来这后院栓柱婶和扎根嫂，他们两口子还不知道要撕打到几时哩。

陈二冬的衣裳扣子扯掉了，敞着毛茸茸的黑胸膛，坐在当院的石头礅子上喘气。水梨儿撕打时好像还挺有劲的，一直把二冬顶到当院，这时一拉扯开，便像面条似的瘫软在地上，浑身抽筋一般发抖，想哭哭不出，想号号不动，两只手抽作一团。

“把你个二冬，你还坐着做什么！你媳妇快抽得没命了！”

栓柱婶和扎根嫂把水梨儿抱到堂屋床上，看见水梨儿抽得眼睛发直，牙关紧咬，出不上气，吓得跑到门口喊叫。

陈二冬心口紧缩了一下，好像自己做了一场噩梦，这才慢慢清醒过来，但心口的火气依旧顶得慌，再加人多，又碍于面子，便吼道：

“死了活该！死了老子干净！”

“你倒会放狗屁！你媳妇要有个三长两短，看我们会饶了你！”

扎根嫂嘴厉害，手也厉害，当下咚咚走过来，揪住陈二冬的耳朵，一下把他送到大门口：“你还不快去叫医生！”

发泄了一顿恶气的陈二冬着实害怕了，他仿佛这时才想起水梨儿还怀着两个月的身子，真要有个三长两短，那不要他的命呀！他暗暗抽了口凉气，愣在大门道，感到脊背一阵发寒。他想去叫医生，又收不回刚才那种绝情绝义的大话；不去叫医生，又怕万一……正二心不定，听见栓柱婶和扎根嫂在堂屋急声嚷叫：“快拿个针！针！粗点的……”一急一慌，终于厚着脸皮奔进门里。

水梨儿躺在栓柱婶怀里，抽得脸色刷白刷白，眼睛珠子往上翻。栓柱婶使劲握也握不过来。两个人慌得手忙脚乱，乱找了半天，原来扎根嫂头上就别着一根纳鞋底儿的大针。栓柱婶在头上磨了两下针尖，让扎根嫂使劲捉住水梨儿抽搐的双手，用又宽又厚的大拇指指甲掐住人中，狠狠剜了两针，冒出一股黑紫黑紫的血，水梨儿才哇的一声哭上来。

“你还盯着做什么？还不快去倒碗水来！”

扎根嫂嚷着，踹了陈二冬一脚。陈二冬这才乖乖地去找暖水瓶。暖水瓶是空的。灶上锅里的面条也煮成糊糊，熬成锅巴。幸亏甜枣跑到后院栓柱婶家借了一个暖水瓶来，大家手忙脚乱，扶着水梨儿喂下半小瓷缸水，水梨儿才缓过气来，慢慢睁开眼，憋不住一肚子的委屈，呜呜咽咽地哭起来，哭得十分伤心。

“别哭了，老的小的都还没吃饭哩，你也该吃点，受了一上午——我在岭上刨横头地瞭见你扛着锄下了后沟，在地里受了一上午，能不饿？快消消气，别哭了。”

栓柱婶虽然年纪和水梨儿、扎根嫂差不了几岁，却是婶子辈，人也比她们老成。她知道二冬家这一二年过得不顺气，有些话不便说，也不好说，只是劝水梨儿别哭。谁知水梨儿反倒哭得更伤心。

扎根嫂是个直肠子人，语气挺钝地说：

“想哭就哭吧！痛痛快快哭一场比憋着强。你也真是哩，他打你你连哭也不哭一声，真要叫他打死你？要是我，才不吃他这个哩，打不过他，也要咬他两口。”狠狠白了陈二冬一眼，又转过身来，冲着陈二冬骂道：“你还像个人？水梨儿哪样对不住你？你说，这到底是因为什么？”

陈二冬木头似的蹲在当脚地，抱住头，一言不发。

“怎么，哑巴啦？你那厉害劲哪去啦？说呀！”扎根嫂大有为水梨儿鸣不平的架势，“今天你小二冬不说出个子丑寅卯，我就跟你没完！你别以为水梨儿好捏，想怎么欺负就怎么欺负！你说，凭什么打她？”

陈二冬头也不敢抬，眼泪鼻涕滴溜奋拉地掉在砖地上。

栓柱婶也忍不住问:“是呀,你们这到底是因为甚就闹成这样?二冬你上午不是在坡下盘粪吗?怎么一进门就……”

陈二冬抬了抬头,想说什么,咧了咧嘴,却又咽下去,一只脚使劲搓着地上的鼻涕眼泪。

扎根嫂又刺头刺脑地说:

“怎么,打人打累了?屁也放不动了?有理你摆出来叫我们也听听嘛!”她连说带骂,狠狠拾掇了陈二冬一顿,又扑哧笑了,说,“不说就证明你没理,就说明你心里讨愧。去,给水梨儿端饭去,今天我不看着你小二冬把饭碗端在媳妇手上就不走。”

扎根嫂这一顿数落,是想叫他们两口子把气消了,让二冬给水梨儿认个不是,要不然,水梨儿咽不下这口气,她们走了,说不定还要闹出什么事。她跳下炕沿,想拽上二冬给水梨儿端饭。刚走两步,忽然轰隆轰隆一阵响,仿佛天崩地裂,震得门窗哗哗作响,楼棚板上的灰土刷刷地往下落。扎根嫂吓了一大跳,但立刻明白了,这是河下程必成家开的石窑点炮,禁不住尖声骂道:

“把他娘的,把房顶都快震塌啦!”不料这句话说中陈二冬的心病。

陈二冬从地上跳起来,气得脸上的松肉扭成条儿,黑眼睛珠子要爆出来,拍腚吼骂道:

“我操他祖宗八辈儿!你们说说,你们说说,这欺负的人还能活吗?还能活吗?我……我……”忽地操起门后的一根扁担,“反正不能活,老子不活啦!”便往门外冲去。

“快,快拦住他!”

扎根嫂和栓柱婶还没弄清是怎么回事,水梨儿一翻身从床上扑下来,拽住他手未捉稳的扁担梢儿,被他拖得爬在地上。扎根嫂和栓柱婶一齐拥上来,才算把他挡在门里。

陈二冬气得哇地吐了一口血,蹲在门里呜呜大哭。

轰轰的开石炮断断续续响了十二声,总算过去了,安静了。门窗上的玻璃还算结实,安然无恙。自从程必成在河下开了石窑,几乎每天都要有这么一次地动山摇。轰轰的炮声，给专业户程必成带来大把大把的人民币，却给时过境迁的陈二冬家带来苦不堪言的灾难。这件事，村上老老小小都心照不宣地明白，时来运转的程必成并不在乎开石窑赚的那儿个钱，他有的是钱，有的是别的门路，但他偏偏就要开这个石窑。这分明是他报复、惩治陈二冬的绝招之一。

当下，陈二冬气得蹲在地上呜呜地哭。栓柱婶本来就不愿多嘴掺和村上的事，这时便有了走的意思。扎根嫂也觉得肚里空了似的，捡起撂在院里的空碗，说声“别哭了，吃饭吧”，和栓柱婶相跟着走了。出了大门道，忿忿地骂了一句：“咳！两个种，没一个好东西，一个比一个做得恶！”

送走栓柱婶和扎根嫂，水梨儿强打精神返回院里，听见小学校上学的钟声当当响，猛然想起甜枣还没吃饭，忙走到灶边一看，火熄了，锅也端下，洗了，放在旁边。回头走进西屋，只见爷孙俩一人手上捉着块干馍片啃着，甜枣嘴里嚼着一块干馍片，小手捉着一块碎碗片儿，使劲刮着一根又细又长的柳木棍儿——可不是，快过“五一”劳动节，学校组织他们打花棍儿。她不由得一阵心酸，眼泪扑簌簌地流下来。

水梨儿匆匆洗把脸，领着甜枣到供销社买了一包点心，给儿子书包里塞了半斤，剩下半斤，家里还有八十岁的老人。她打发儿子上学走了，揣着那半斤点心匆匆往回走。村里的人们又快下地了。她怕人们看见她鼻青脸肿的样子笑话，头也不敢抬。正走着，听见后面唔儿唔儿的狗叫，听那痛苦的尖叫声，分明是她家的大黄狗。她急忙回头去看，只见大黄狗提着一条血糊糊的后腿，一颠一颠地朝她跑过来，像受了莫大的委屈，偎着她不住唔儿唔儿诉苦。水梨儿看见大黄狗的一条腿被打断，身上的毛被咬的一片片脱落，心里蹿起一股火，忍不住嘟哝道：“这是谁这么狠心？人不顺眼狗也咋你们了？”又冲大黄狗骂道：“畜生！不安生守在院里，谁叫你乱跑？”大黄狗仿佛更加委屈似的，唔儿唔儿地诉苦不止。水梨儿捉住大黄狗的断腿正想看看究竟伤得怎么样，大黄狗突然紧张地挣开她的手往前逃避。这时，她才看见程必成家那只黑虎虎视眈眈地站在程家后院外面的土岸上，土岸下面晃动着几颗脑袋，看不见脸，却听得见他们正在怂恿那耸耳毛的黑虎。如果不是她走来，那只黑虎也许就追了过来。水梨儿立刻明白了，她真想过去问问他们，但一想到那里是程必成的后院，正在夯地基，终于悽然长叹，忍了。

“狗仗人势!”

人不走运狗遭欺。水梨儿不由得伤心地想起今天吃丈夫这顿打。虽然二冬始终没有道出因为什么要打她，但她已经猜出八八九九，总是因为那个冤家程必成！她满腹惆怅，想道:“你真要克剥死这一家人？你惩治得他还不够吗？还要怎么样？还嫌不得意？欺负人还嫌不够，还要欺负狗，狗也是你的仇主儿?”想着想着，不由得愈加伤心。

土岸上那只黑狗在人们的怂恿下，终于汪汪叫着扑过来。

水梨儿忽然来了一股勇气，捡起一块砖头，大声呵斥道:“畜生东西，你过来！你也仗势欺人!”

黑狗毕竟没有敢扑过来，被她手上的砖头吓得退回去了，吓得站在土岸上汪汪叫。

水梨儿这才扔掉砖头，叹了声气，领着大黄狗，默默地走回家来。

二、停工

石夯好比那流星蛋
——流星蛋呀吆嗨呦
夯得那土地爷直打颤
——直打颤呀吆嗨呦
花袄媳妇你别抿嘴笑
——抿嘴笑呀吆嗨呦
送给你你可吃不消
——吃不消哎嗨呦
……

太阳傍山的时候,程家造屋的工地上夯歌不断,人声鼎沸。阳光从高低错落的一片古老破旧的屋脊上泻过来,把浓重的金辉注满半个工地。两副巨大而笨重的石夯,在吃饱喝足的十几个年轻人手中悠上去,砸下来,映着明亮的金光,像流星一般此起彼落,震得山摇地动。仿佛代表主人程必成向全世界郑重宣告:程家倒霉的时代结束了,老龙口称雄的人物易位了!

那些抬夯的后生,赤臂光膀,就差没把裤子脱了。他们中午吃了猪肉臊子拉面，半后晌又是雪白的馒头管吃，带把儿的香烟尽抽，老小眼气的健力宝一听一听地摆在手边尽喝，又有女主人赛天仙的好脸蛋、甜嗓门不停地在脸前腚后催吃催喝，递烟递火，打情骂俏，哪个不肯出力？那领唱的信口编着词儿，众人疯狂地扯着大破嗓子使劲唱和，唯恐主人听不见，唯恐夯绳拉得不紧，夯礅儿悠得不高，砸得不响，失去讨好邀宠的机会。

工地四面更是热闹非凡。拉砖运料的大卡车、小平车、小拖拉机排成长龙阵，一直排到村子中间的官道上。做木工的师傅们也见缝插针地占据一块地盘，扯线下料，锛斧起舞，挥汗如雨。那些不吃饭、只图抽支美国造香烟、喝听见也没有见过的健力宝，或者为了捡个健力宝空筒子的大人小孩，自动拥上来，搬砖的搬砖，卸车的卸车，扛木料的扛木料，你碰我撞，大喊大叫。那阵势，使支着前腿蹲卧岸边的黑虎都莫名其妙，怔怔地望着，仿佛因没能参与其中而自惭形秽。

除此之外，还有一帮子看热闹的男人女人。他们中，有的是路过而驻足，有的是专程从家里赶来看程家的气派。人们站在四面的树荫下、土堆上或者爬在邻家的院墙上，不住声地咂嘴惊叹，交头接耳；或者高声和工地上的人们讨要烟抽，要个健力宝空筒子瞧稀罕；或者鄙视地故意和他们耍牙斗嘴。

“嗨，进宝，少用点力气吧，当心拧断你娘的肠子！”

“二谝子，少吃点吧，东西是程家的，肚子可是你娘‘下’的！撑死了没人疼你想你。”

那个叫“二谝子”的汉子，在岸边用铁锹往坑里铲土，嘴里的馒头渣还没嚼烂，手又从大筐子里捡起一个，听见岸边一个年轻媳妇笑着骂他，大嘴一咧，故作神秘地笑着回敬道：

“嘿，怎没人想哩？你不是就想得不行吗？昨夜我迟去了一会儿，你就想得心痒痒哩，又是拧屁股，又是……”说着，把半个馒头一擩，塞进簸箕似的大嘴里，一弓脖颈，便咽了下去。

人们哈哈地笑起来。

那媳妇吃了亏，抓起一把土朝他甩过来：“看你娘的那个熊样吧！想你？看猪圈的老母猪想你不想你！”

“二谝子”满不在乎，拨拉着头发上的土，依旧故意嗲声嗲气，朝那媳妇笑说：

“啊？我知道了，原来你不是想我，是想这个粗家伙。这好办，来，接着！”顺手抓起一个健力宝空筒子，便朝那媳妇扔了过去，又故意捏着嗓门说，“可不要叫你男人知道了是我送给你的呀！”

在离工地不远的一个厕所的矮墙后面，几个女人伸着头窃窃私语：

“呦！真是财大气粗。看人家抽的什么，喝的什么，听说那一盒纸烟就三四块钱哩。”

“哼！稀罕哩！不过是想抖他的威风。”

“就是，记不得那几年叫他扫街站板凳了。我家鸡食盆里有两块黑锅巴都叫他偷吃啦。”

“再来一次革命还有他的好看哩。”

“你可不要说就不会再来那一天啦。前二年他会想到有今天？祸福无常！”

看红火热闹看得最有兴头的是瓦匠“塌不了”和光棍“拐得俊”。两个瘦皮寡肉的老棺材瓤子，从吃过早饭就掂着马扎坐在程家摆着纸烟、饮料的土堆儿上，看西洋景似的聊聊寡谝。工地上干活的人们根本不当他们人看，没一个搭理他们，有时嫌他们碍手碍脚，还免不了踢踢马扎，训斥他们几句。他们倒不在乎，反正手边有的是烟抽，有的是别人没有喝净的健力宝筒子。加上女主人赛天仙有时走过来还挺热乎地招呼他们抽烟，他们就感到十二倍地知足，所以越发长了穷聊寡谝的精神。

“嗨，比他爷爷老天胜还要气粗哩。”“塌不了”舐舐塌嘴唇外的健力宝汁，触景生情，想起了当年，没牙的口走风漏气地说，“老天胜盖那三间正房，我在他家当长工，比起必成现在可够寒碜啦——半前晌能给人们蒸上一笼黄蒸疙瘩，匠人们就高兴坏啦。”

“谁说不是这样！他爹程少主算是个厉害人了吧？”“拐得俊”搂搂大裤裆，摇着一个健力宝筒子说：“有这样发迹过？老皇兵、县党部里都混过，临了还是叫枪崩了。”

“是刺刀挑哩！”

“枪崩哩！”

“挑哩！”

“崩哩！”

“嗨！你瞧你，挑哩就是挑哩！”

“嗨！崩哩就是崩哩！这我还能记错？”

为个程必成的父亲程少主是枪崩死的，还是刀挑死的，两个老汉各执己见，争了起来，足足争了几分钟。不过最后还是“塌不了”的结论占了上风。“塌不了”仿佛生怕“拐得俊”瞧不起他，本来说话就不爽利，一着急更舌头不会打弯。拍腿说：“这你可没我知底。土改那年，我在庙上跑腿，镇压程少主那天——是个正当午时——下着大雪，村里的人都不敢去看，工作队怕穷人不相信，派我筛锣集合全村男女老少都到南河去看。就那还是没几个人敢去。我是给程家扛过长活的，工作队说我苦最深，仇最大，硬叫我往前边站，我就离得最近，看得也最清。嗨，就是这样。”“塌不了”说到兴头上，也不管“拐得俊”听不听，只管自己比画着说。

“塌不了”指手画脚地说着。他擤了擤鼻子，还要讲，看见“拐得俊”眼睛盯在旁边的健力宝箱子上，早没心思听他的，这才扫兴地啧啧两声。

“拐得俊”并不甘心让他占了上风。

“管他怎个死哩，枪崩刀挑都是一样死。你看见过陈大旦刀挑程少主有啥了不起？你知道陈大旦是怎么死的？这你总没亲眼看见吧？”“拐得俊”几句话堵住“塌不了”的口，扭过车轴似的又细又长的黑脖颈，做出一副不屑的神气，又重复了一句：“这你总没有亲眼看见过吧？”然后伸了伸那条在朝鲜战场上负伤的拐腿，又故意揪揪那条当年复员时带回来的，已经穿得分不清是黄是白的破军裤，鼓动两片收不拢口水的黑嘴唇，神乎其神地说：“嗨，那回过‘三八线’，”因为他从一九五四年复员回村，关于陈大旦的死他已经讲过不止千遍，所以自不屑说明在什么地方过“三八线”。“我和二冬他爹正巧碰在一块……天上的飞机多得像马蜂，地上的大炮、坦克车拥得像蚂蚁……嗨，那打仗就得全靠铁家伙才能赢，这你没经见过。”他语无伦次，神气活现，看见“塌不了”不住地点头称是，越发滔滔不绝。那小子硬是要他那个憨胆，还批评我不勇敢……那小子不要命地往前冲呀冲呀，站起来冲了没两步，轰轰两颗炸弹落下来，骨头渣儿也没捡到他一根！幸亏我没站起来，不过还是落了个光荣挂彩。嘿嘿！”

最后一句话正好叫“二谝子”听见，“二谝子”是个嘴上不饶人的主儿，当下捡起一块土疙瘩照他后脑勺扔过来，笑骂道：

“‘拐得俊’，别你妈的瞎吹臭美！说说你当俘虏的熊样吧！美国佬瞎了眼，怎么交换俘虏偏偏就把你交换回来。”

“拐得俊”毫不脸红，直着嗓门嚷：

“哼，人靠运气马靠膘。这就是你老哥的运气。要是你小子，早叫枪崩啦。”

“二谝子”骂道：

“丢你妈中国人的脸！枪崩了也比你当俘虏举手投降光荣。你也是扛过枪跨过江的老革命，怎不给你挂个光荣匾哩？”

“哼！稀罕！”“拐得俊”索性站起来。

“别你妈放屁听响声——臭美！当心老‘公’听见叫你老小子‘再进宫’（公）。”

“拐得俊”越说越得意，越说嘴上越没把门的，拍腚嚷道：

“老子才不尿他哩！老子还想再住看守所哩。”

“想住你出来干什么？”

“是我想出来？是我想出来？你去问问他们，是他们要撵我出来还是我想出来？”

这倒的确是实情话。

“拐得俊”并非他的名字，他从部队复员回来，因为拐了一条腿，不知哪位好事者就给他起了这个诨号。“拐得俊”腿坏嘴更坏，因为这张没把门的嘴，他已经记不清进了多少回看守所的大门。

最后一次放他时，他还赖着死活不出来，硬是让看守所所长揪着耳朵把他推出大门。所以这成了“拐得俊”终生引以为英雄行为的话题。

“拐得俊”呸呸吐了两口唾沫，抹去嘴边上的白沫，洋洋得意地接着叫嚷：

“老子的铺盖还在公安局寄着哩。不信你们去看看！——大红牡丹花被子，被头烧了个洞——不信你去看看！老子还等着他们来请哩。看守所管吃管住，死了还有人当孝子，给老子买装发丧哩。”

这也难怪，两个老汉在工地上坐了一整天都没人搭理他们，这时难得“二谝子”挑头和他们说笑，尽管是耍笑他们，也乐得红火热闹。“拐得俊”见人们哄哄大笑，仿佛夺了主角，越嚷越高兴，越高兴越丑态百出，他正拍腚大嚷大叫，忽然屁股上狠狠挨了一脚。

“滚你妈远远的去吧！亏你吃共产党的饭活这么大！”“拐得俊”唉哟一声，揉着屁股正要骂，电工程小海扔下架电线的梯子，一把卡住他又细又长的脖子，骂道：“你老家伙要怕死了没人收尸，爬下去，趁早叫大家活埋了你！”卡住脖子就往下按。人们也跟着起哄，拖胳膊抬腿往坑下悠。“拐得俊”急得翻了脸，抓土朝人们脸上乱打，人们才把他撂下，又把两个老汉哄到一边去了。

“拐得俊”恼得快，笑得也快，当“塌不了”帮他拍打掉身上和头上的土，重新坐定之后，又开始了他们的穷聊。他们对八十年代的时事不感兴趣，也没有发言权，最感兴趣的仍是话说当年。他们俨然是程家历史的活见证，老龙口似乎没有比他们更权威。他们面对轰轰烈烈的工地，抚今思昔，大发感慨。“塌不了”说：“咳，土改以后，我真担心这一家人要绝了后呢。崩的崩了。”“拐得俊”马上更正他：“你不是说刺刀挑的吗？”“反正是死了——嫁的嫁了，生下个遗腹子，我真担心老天胜养不活哩。想不到这孩子硬是活下来，把一个黑灯熄火的家又扑闹得这样红火。”“拐得俊”说：“天无绝人之路。三十年河东，三十年河西。老古话早说定啦。”接着又诡秘地捏着嗓子说：“哎，你记不记得，那阵子，村上有个风传，说陈大旦和程少主的女人——就是必成他娘——有过勾搭？”

“塌不了”一听这话，仿佛又来了精神，神秘地伸过嘴去，几乎咬住“拐得俊”的鼻尖，正要说什么，与此同时，“拐得俊”还以为他没有听清楚他的话，又兴趣盎然重复说：“你不记得了？陈大——”但是话没说完，只觉得脑门上的一缕阳光突然消失，一个颀长的大黑影子阴森森地把他罩在下面，便愕然缩口。

不知什么时候，主人程必成突然出现在“拐得俊”的身后。这是位威而不怒的中年汉子，两道恶眉毛，一脸肃杀气，时时给人一种冷酷、仇视一切的感觉，“塌不了”瞅着站在“拐得俊”背后的程必成，脊背上嗖嗖地透凉气，暗暗庆幸自己没有讲出口。“拐得俊”回头一看，吓懵了，连忙堆起笑脸蹿起来。不料一慌神，忘了搂那大裤腰，裤裆里仿佛钻进几只大老鼠，出出溜溜掉出三听健力宝，砸在脚面，疼得他跳高高。

程必成的两道恶眉毛猛地竖起来。

“你……你你……”“塌不了”没有想到他还有这一手，瞅着滚在地上的三听健力宝不知所措。

“拐得俊”倒没觉得怎么样，这种难堪他已经习惯，只是瞅着一言不发的程必成涎皮赖脸地嘿嘿傻笑。“塌不了”却吓坏了，像根木头桩子钉在地上，生怕连累了自己，生怕程必成当下给他个吃不了。他紧张得手不是手，脚不是脚，恐惧不安地瞅着程必成那两道恶眉毛，霎时间想起许多往事。他对程家三辈人的为人可以说都了如指掌，心狠手毒。程天胜盖祖院那三间正房时，他当提泥包的小工，因为给他娘藏了一个黄蒸，叫程必成的父亲程少主看见，告了程天胜，程天胜也像眼前的程必成一样，虎着脸，一言不发，一步一步走过来，猛地捉住他的手，咯叭一声，撅断他一个二拇指。此刻，他透过眼前拥来的那可怕的幻影，瞅着程必成那两道恶眉毛，那副和他爷爷一样琢磨不透的脸，下意识地握紧两只哆嗦的手，仿佛担心再给他撅断一根指头。

听说“拐得俊”和“塌不了”两个老汉偷了健力宝，又有了糟蹋老家伙的笑料，工地上干活的人们纷纷围过来。嘲笑、咒骂、奚落、扔土，一时间两个老汉成了众矢之的。“塌不了”受不了这份委屈，急得塌眼窝闪闪流泪，拍着裤裆裤腿分辩：

“我可没有拿……我可没有……不信你们搜！你们搜！”

不甘寂寞的“二谝子”又找到起哄捉弄人的机会，嚷着从人后挤过来。

“拿没拿谁见来？你说没拿就没拿？你那裤裆里藏的是甚？怎么那么大？”

“二谝子”一带头，于是又有许多爱搞恶作剧的人跟着呐喊：

“别装蒜，脱下来看看！”

“脱！脱下来！没偷咋不敢脱！”

众人的矛头指向“塌不了”，“拐得俊”倒觉得自己解脱了，也在旁边怂恿道：“脱就脱，怕啥？脱下来叫他们看看不就没事了！还怕谁咬了你的×！”

老实的“塌不了”眼巴巴地望着程必成，程必成依旧一言不发，两道恶眉毛仍旧拧得很紧，被众人围攻急了，一跺脚，“天地良心！”真的抖着双手解开破穗穗的红布裤带，一边眼泪汪汪地哭泣，一边往下脱裤子。

直到这时，一直冷眼静观的程必成才得意地松动了一下两道恶眉毛，一笑，捉住老汉的手。

“你倒也信他们瞎起哄呀？”回头指着地上的三听健力宝，又对“拐得俊”说，“捡起来！”

“塌不了”忍受了莫大的耻辱，拗着劲还要往下脱，“二谝子”和几个小后生仿佛没有一饱眼福，未能尽兴，依旧嚷着要老汉快脱。程必成厉声喝住他们，“塌不了”才悻悻地收住裤腰。

“二谝子，你小子别没大没小，捉弄老人缺德！开玩笑不能开得没尺寸！”程必成教训“二谝子”。

“塌不了”被解了围，恼悻悻地扎住裤带便走。程必成又连忙把他叫住。

“福顺爷，先别走！”

在场的人都仿佛被他这声叫懵住了，因为人们几乎想不起“塌不了”的本名叫程福顺，村上大人小孩从来都是直呼其“塌不了”。连他的本家晚辈也是“塌不了爷”“塌不了爸”地叫。这个诨号的来历也很简单，他当了一辈子泥瓦匠，手艺却并不高明，人们请他修房盖屋，总想让他经点心，他总是慢条斯理一句话："不怕，塌不了。"久而久之，"塌不了"就取代了他的本名。

当下，"塌不了"又紧张地打了个愣怔，以为程必成还和他没完。

程必成掂起一个健力宝箱子看看，里面全空了，回头朝他媳妇赛天仙高声喊道："天仙，再拿几筒健力宝过来！"

"塌不了"愣住了，"拐得俊"也愣住了，围观的人们都愣住了。

赛天仙抱着几筒子健力宝走过来。程必成一手拿了两听，对"塌不了"老汉说：

"福顺爷，拿着！拿回去尝尝稀罕。东西不多，回去给孙子也尝尝。"说着将两听健力宝搡到"塌不了"老汉哆哆嗦嗦的手上。

"塌不了"老汉简直像做梦一样，止不住老泪横流。

程必成手上还捏着两听，转过身来，对傻乎乎的"拐得俊"说：

"把你手上的放下。"

"拐得俊"瞪着两只贪婪的眼睛，不忍心丢开手上捏着的那两听，结结巴巴说：

"这……这……给他不给我？"

程必成把他手上的两听夺下，扔在地上，指着他说：

"你也一把年龄了，往后自己给自己长着点脸。你什么时候想吃想喝，开个口，我不给你？那两听喝着不干净。给，拿着！"

"拐得俊"如梦初醒，吐舌咂嘴，连忙在裤腿上搓搓手，嬉皮笑脸地接过两听健力宝，匆匆挤出人围，追着"塌不了"，一拐一拐地去了。

望着两个老汉远离工地，程必成清清嗓子，几步迈上工地中间的土堆，对众人高声说：

"大家不要着急，今天凡是给我搬过一块砖的，都有份。喝了的不算，每人两听，带回去给老婆孩子尝尝。"

人们犹如像欢呼圣恩垂降一般嗷嗷地吼叫起来。有些看热闹的孩子听见搬过一块砖就有一份，纷纷蹭到停在工地南边的拖拉机上搬砖。不过一些本来帮卸车的人，听见这一说，却拍拍身上的砖灰，不声不响地走了。

程必成接着说：

“我不是拿一听健力宝报答大家，也绝不是笼络人心。一听健力宝值几个狗屁钱？块二八毛，诸位谁也不会稀罕。我不过是叫大家尝尝稀罕。这东西在咱们这地方有钱也买不到。这是我专门从外地运回来的。”

刚走出工地的“塌不了”听见程必成的话，回头望望踌躇满志的程必成，看看手里拿的两听健力宝，不由得又想起他爷爷程天胜，手上的两听健力宝在他激动的老眼里，突然变成一洋铁筒东洋饼干——那年他爷爷程天胜从省城回来，把在他家干活的长工召集在旗杆院门口，一人发给一筒东洋饼干，不是也说过这样的话吗？后来还是因为他偷了一个黄蒸撅断他一根指头，禁不住心口冒凉气，心说：“这小子怎么和他爷爷的做派一样样哩？瞧那神气，那手势……就是比老天胜少一根文明棍儿。”

想着，那根撅断的二拇指仿佛又隐隐地疼起来。

“不过话又说回来，我程必成不是小气鬼，也绝不会拿上人民币给鬼烧纸。”程必成摸摸胸前佩戴着的一枚县政府颁发给他的致富光荣奖章，突然提高沙哑的嗓门说，“凡是对我程必成有一分恩义的，我会拿出十分还他。相反，凡是欠我一分恩义的，我程必成也会要他拿出十倍偿还！”

一说到这里，大家热腾腾的情绪顿时冷却下来，一股咄咄逼人、锋芒毕露的杀气，像阴森森的冬雾一般笼罩在许多人的心头，尽管人们都心照不宣地马上意识到这话是指谁，尽管人们都知道不是指自己。人们猜不透他为什么要讲这种气势逼人的话，为什么要在这种时候、这种场合说这种使人不高兴的话。特别是当人们突然发现他今天竟把那枚县政府奖给他的奖章佩戴出来，更觉得不同凡响。

当人们怀着种种猜测，重新开始紧张的劳动时，程必成又发了话：“大家不要干啦！”他走下土堆，连声喊着，朝两副石夯走去。

“天还早呢，赶黑还能夯一遍。”

“电线也扯过来了，加班夯一夜就夯成了。”

人们以真挚的热情和干劲想报答主人大方的款待。但是程必成还是十分认真地说：“我说不要干就不要干了。今晚上不干，明天也不要干。”他的话使整个工地又沉静下来。赛天仙也睁着大眼莫名其妙，连声埋怨道：“必成，你是不是又喝多了……”

程必成没有理她，把“二谝子”喊过来，吩咐道：

“你给大家每人发两听，让他们早点吃了晚饭先回家休息。干不干，什么时候干，到时候我会请大家再来捧场帮忙的。”

一个庄户人家，修房造屋，夯了一半根基，突然停工不干，这种损失是万万负担不起的。五间房子的根基，挑壕倒土，平高垫低，少说也得挥霍几百块钱。更不要说砖瓦木料都同时准备。当然，人们知道，几百块钱对于突然暴发的程必成等于扔了一把纸。程必成从不装穷避人，公社召开万元户表彰大会，要他自己报有多少存款，一张口就报了两万元。现在，家里养着两辆“东风牌”汽车，开着石窝、焦化厂，包着砖窑，公社煤窑上还入着股，究竟有多少钱，恐怕他自己一下也说不清。要不然，谁家动工敢买上美国进口烟招待？敢用一块多钱一听的健力宝当茶水招待？

财大气粗，归财大气粗。然而，好端端开着工，突然停下来不干，也确实令人费解。难道真是要他有钱，显示他的富有，抖他的威风？

一时间，人们仿佛被他装进鼓里，昏昏然不知东南西北。有的猜测是上边不让他盖了；有的估计是因为挖地基时挖出颗死人骷髅……但又觉得都不可能。大队书记程在望在他手心捏着，公社、县上他正走红，谁敢叫他半路停工？挖地基挖出颗死人骷髅，不是请“风水”看过吗？还有人想到他方才放的那几声隔山炮，会不会又与仇人陈二冬有什么过不去？但也觉得实在勾连不着。他整治的陈二冬已经够不少了，还能怎么样？真的敢把土改分给陈家的大场院要回来，把陈二冬的院子扒了？世道还没有走到那一步！咳咳！这小子和他爷爷一样，表面上不哼不哈，大屁不放，心里谋得狠哩！你看那两道眉毛长得多恶，谁知道他肚里又怀什么鬼胎！

于是，人们做着种种猜测，愿吃饭的等着吃晚饭，不愿吃的每人揣了两听健力宝，一路传着新闻，各自回家去了。

三、巧遇

水梨儿领着大黄狗往家走，路过她娘家的门口时，犹豫了几次，想进去告诉告诉娘家人，痛痛快快地哭一场。可是一想到爹娘先后下世之后，兄弟梨根和他媳妇关系不太和美，尤其是近几年，因为二冬在村上种下的仇怨，梨根跟上也没少受别人的磕打，日子也不怎么好过。水梨儿想，告诉他们是徒给他们增添烦恼，再说，梨根是个火性子，听说姐姐挨了打，能不去找二冬算账吗？唉，算了进去吧！自己的苦水自己咽。告诉他们能顶啥用？一个人痛苦还不够，还要叫他们也为自己伤心抹泪，牵肠挂肚？一阵心酸，不由得想起故世的爹娘，要是爹娘还活着有多好哇！最大的悲苦，是在痛苦中想起快乐的日子。水梨儿望着娘家的街门，仿佛看见爹坐在场地上叮叮当当地下石料，凿石活；看见娘坐在门口教自己做针线活，母女俩说说笑笑，唠昔日，话当今，道将来，无话不说，多么开心惬意！“傻丫头，当娘看不出你的小心眼儿？咱不图他当干部，只要他对你好，娘就乐意。”对我好？好在哪里？狠心东西没把我打死！想着想着，禁不住一股泪水涌出眼眶，扑簌簌地流个不止。直到听见梨根媳妇吼叫梨根起晌下地，她才猛然惊醒。她担心梨根走出来看见自己鼻青眼肿，追问为什么，忙擦着眼泪，匆匆离开娘家门口。

回到家里，她给大黄狗包扎了伤腿，把半锅熬糊的面汤给它喝了，河岸下已经响起干活儿的人吆喝牲口和咯嗒咯嗒的摇耧声。地归了各家各户种，人们再不用让干部喊着骂着下地。况且是春种大忙季节，谁家都怕过了节令，误了墒情。水梨儿听到那咯嗒咯嗒的摇耧声，心又揪了起来，挨打的疼痛仿佛烟消云散。她暗暗发急，人家都开始摇耧种谷，自家的地还没刨完，粪土还整堆儿撂着！本来她准备上午锄完沟底那块麦地，下午和二冬一块到岭上把谷地的粪撒开，明天到娘家叫她兄弟来帮帮忙，连翻带种搭个黑，就能把谷种完，没想到挨了二冬这顿打，一肚子冤枉气实在咽不下。她几次想低下头喊他下地，可一看见他就来气，就觉得浑身筋骨作痛。

陈二冬捂着半条被子躺在炕上。看来他的气也还没有消了，今下午是不准备下地了。水梨儿把半斤点心送到小西屋，给陈老定手边倒了半杯水，转身欲走，陈老定把她叫住，劝说：

“梨花呀，你可不要和他一般见识。他脾气不好，不知道又受了什么人的气……我也担待着他。你和他过了一二十年，知道他是个什么东西，吃亏就吃他个亏算了。张扬出去会叫人家笑话。”

水梨儿站在门口，止不住阵阵心酸，泪水止不住往眼眶外涌。

陈老定喘了一阵气，又说：

“唉！该死的不死，不该死的偏早死了。他爹要是活着，我看他谁敢这样欺负咱？我成天价躺在炕上，出不了门，有些话你们也不同我说——不说我也知道。程家那个种，心短着哩，非要刻薄死咱一家不成。唉，这都是我给你们种下的罪孽。我当了半辈子干部，没落个好结果。二冬又接上我干了几年，种下一身仇。如今人家得了势，能不报复？”

水梨儿强忍着眼泪，背过脸去说：“爷，快别说啦！”

犹如乱箭穿心，水梨儿的心都碎了。她难过地心说：“不是因为这个，我能吃他这顿打吗？”咬牙发狠，不知该怨恨程家那个冤家，还是该怨恨自己的男人，还是该怨恨别的什么人？许多往事，一下子涌在眼前。

“陈二冬，你小子滚出来！”

捣门声、叫嚷声，天不亮就在大门外乱人杂马地响起。陈二冬吓得钻在被窝不敢动。水梨儿也吓得腿软心颤，她和大儿子甜核抬了一根檩条顶住大门。她猜想准是程必成的状子告中了。昨天夜里，工作组才找二冬谈话订正材料，问他打过谁，罚过谁，怎么打的，怎么罚的。一大早程必成就带着人来捣门，能有他的好果子吃？她的心吓得直打颤，出气都紧张，平时她一个人能扛起一条檩子，此时和儿子合抬都觉得浑身无力。

咚咚咚！嗷嗷嗷！捣门声，狗叫声，乱人杂马。能顶得住吗？顶得住前响还有后晌，顶得住今天还有明天……唉唉！二冬呀二冬，谁叫你当干部种下这么大的仇恨呀？当初我劝你给自己留着点退路，不要张牙舞爪地训人、骂人、打人，好说歹说，你就是听不进去，你就是认个死理：阶级斗争……种下苍耳收蒺藜，轮到人家斗你了！听说上头发了大红头文件，人家轮着清算你打人罚人的罪过！

水梨儿吓得六神无主，抱着小儿子甜枣软成一摊。甜核有股子初生牛犊不怕虎的劲头，隔着大门和人家对骂。陈老定气不过，拍着窗户冲大门吼道："开门！看他们能咋喽！"老人动了怒，豁上了，水梨儿挡不住。

门哐当一声开了，拥进一帮子凶眉凶眼的人，大都是二冬当支书时打过骂过的气主儿，一个个恨不得把她吃了，她在人头里瞧着，希望看到程必成，只要他在，她就是跪下给他磕头，也要为二冬求情。左看右看，却看不见程必成那个鬼东西。告二冬打人罚人的状，分明是他挑头，这种时候该他得意报复了，却不出来。水梨儿越发感到当初自己看得他准：这个人做事太阴。

陈老定握着棍子准备和他们拼命，只要他们敢动手。水梨儿和儿子使劲拦挡着他。

还好，他们一个个眼睛瞪得能吃了人，却没一个敢动手。也许因为有工作组的人在场。

工作组的人把二冬带走了。中午没回来，晚上没回来，第二天，打发人来家给二冬拿衣裳和铺盖……

当了十几年大队党支部书记的陈二冬，因为打过人，罚过人（特别是程必成那份控诉他的材料)就这样被关进看守所……

这是前年冬天的事情。

从此,陈家的日子就不好过了。二冬虽然在看守所只住了半个月就放了回来(据说县上考虑到,在那种以阶级斗争为纲的年月,有类似陈二冬这样情况的干部实在太多,都抓起来恐怕还得再建一座看守所。何况陈二冬的主要罪状是"残酷迫害"程必成——一个毕竟是地主成分的人)可是,村支部书记的要职却被免了,留党察看两年。陈二冬和他为国捐躯的老子陈大旦的脾气一样,火性大,不服这口气,上告,拿着他老子的烈士证书找公社,找县委。可是告了半年状,白扔了一把跑路钱。上上下下的领导都大换班,新领导不理他的茬儿(缠得火了还少不了训斥他一顿);老领导自身难保,自己的夹板气还出不了,一推六二五,念情份的留他吃顿饭就算很不错了。

后来形势发生急骤变化,他原来当支书时经营的那一套全部给推翻了:土地分了,牲口分了,拖拉机等大小农机具也卖的卖,分的分了;大队经营的农具修造厂、粮食加工厂、砖瓦窑和卫生所一股脑儿端给私人干了;连那些从他爷爷到他手上管制了多少年的"五类分子"帽子也都一一被摘了。倒是他自己总感到头上戴了一顶无形的帽子,眼前总觉得游动着一片令人望而生畏的阴影。

他认了,彻底死了那颗告状的心。干部不当了,饭总得要吃,老婆孩子总得要养活。心想,既然现在兴的是发财光荣,我陈二冬也是五尺男子,胳膊腿都还硬着哩,不信我就发不了财!

可是,往后的事实证明,这条路他也走不顺。大队往下分土地,会上讨论时,他还分到二亩河滩下湿地,张榜公布,却变成二亩岭地,那二亩下湿地却写到程必成名字下边。他心里明白,如今大队党支书程在望和主任乐思远都是他当支书时排挤过的人,是程必成未出五服的本家。这种事他是过来人,他也干过,喉咙里擩棒槌,不想吃这个亏也得吃。他没吭气,认了。大队砖窑往下承包,这可是靠投标。陈二冬未当支书时在砖窑上干过

(那时因为他爷爷陈老定担任大队支书，为了表示他的公正，故意让他去干这种苦重活)，当下就揭了榜。不料程必成却站出来：

“你投多少标?”

“榜上写着，八千元。”

“我投九千元揭标!”

“我投一万元!”

“我投一万一!”

“我……”

他不敢再加码了。

就这样，程必成揭了榜，后来听说实际上他还是给大队交了八千元。这是后话。

砖窑没包成，还有什么可干呢? 农机修造厂别说自己没本事承包，就是有本事，也轮不到自己，支书程在望和主任乐思远还争得翻了脸。加工厂……卫生所……都非自己力所能及。靠几亩干圪梁地能起了山吗?

水梨儿替他作难，说：

“你当了几年干部，胳膊腿都懒得没四两力气，还没下两天地就嫌晒嫌热，往后这日子计划怎么过? 老的老，小的小，甜核刚找了个工作，哪一项不得用钱?”

提到甜核找工作，陈二冬更憋气。甜核高中毕业后在村里当了一年民办教师。去年，地区农科研究所招工，给了老龙口一个指标。要凭大队推荐，陈二冬想也不去想，程在望那些干部会推荐他儿子去? 做梦。偏那农科所要考试录取。这下陈二冬不怕他们了，凭甜核的文化水平，村上的同龄青年没一个敢比的。特别是这两年他走着倒霉运气，这孩子更长了心计，学习更用功。果不其然，考试得了第二名。陈二冬倒霉总算倒出个有出息的儿子，破例喝了几杯庆贺酒。可是等了一个月，通知一到，却是程必成的大闺女程桂萍!

欺人太盛! 陈二冬拍桌子，骂大街，一直吵到农科所，吵到地委大楼。尽管他过去也干过这种缺德事(当年他当支书时，程必成还是个地主狗崽子,好不容易投亲靠友在煤矿找了个下煤窑的苦差事,干了没三天就被他一纸公函,从煤矿上揪了回来),一轮到自己头上,他也会大道理吼破天。告来告去,这一回总算没白告:农科所考虑到他儿子的成绩,破例增加了一个名额,程桂萍和陈甜核都被录取了。

这件事之后,陈二冬和水梨儿都清楚地意识到,程必成的恶气还没出尽,分明是故意给他下绊脚,步步和他过不去。这样下去,恩恩怨怨,有个完吗?水梨儿劝二冬低下头去给人家认个不是,能和解就和解,疙瘩不能越结越大。二冬把眼一瞪,吼道:

"我给他低头?没门儿!半个月看守所的仇我还没报哩。"

"哎呀,你怎么能这样想!你当支书时……"水梨儿说。

"你懂个屁!你只当他是报我整他的仇?他是报杀父之仇!报……"

两个人说不通。

水梨儿毕竟心肠软,想自己低下头去替二冬向程必成陪情。可是一想到她和程必成同学时那档子事,又怕二冬知道了生气,一直没有勇气。

现在,程必成越发做得恶,把大队干部收买通,批准他在二冬家院子前面的石崖下开了个石窝,整天放炮开石,惊天动地,砸石机轰隆轰隆响,搅得他家从早到晚不得安静。盖起没几年的新堂屋,雪白的墙裂开缝,一点炮屋顶就掉土,震得顶棚嘭嘭响。这分明是活折磨人,活气人!

水梨儿想到这里,抬头看看躺在床上生闷气的二冬,一种恻隐、怜悯之情悠悠袭上心头:他难道还不够可怜吗?当了十几年干部,没明没夜地干,没有功劳还有苦劳。河滩那条几里长的大坝不是他领着大伙修起来的?那几十亩河滩地不是他带头起沙填土、平高垫底开出来的?小学校、大礼堂、加工厂、修造厂……哪样不是在他手里经营起来的?可如今落到这种地步,叫人刻薄得有气都没地方出!他不找我出气,还能去找谁?去和人家吵?和人家闹?吵能吵得过人家?常言说,墙倒众人推,破鼓乱人捶。谁会替你说话,为你撑腰?如今人性都变了,用着你靠前,用不着你靠后,都找着高枝儿攀,扶胜不扶败,连自己陈家的本家都不登门边子,谁肯帮你出头?

她正自怨自艾，伤心咽泪，二冬呼地踢开被子，翻身下床，走到水缸边拿起马勺咕嘟咕嘟喝凉水。水梨儿猛然想起他还没有吃午饭。在地里受了一上午，能不饥？她看着他咕咕地喝了半马勺凉水，还要喝，终于忍不住，走过去夺下他的马勺，哀怨地说道："你不要命了！你不想活了，先把老的小的打发了。"说着，便开了立柜，取出一斤挂面、两颗鸡蛋，准备给他煮碗鸡蛋挂面。

陈二冬脑袋压在腿岔上，闷闷地坐了一阵，忽然站起来，夺下她手上的挂面，依旧恶气不消地说："你放下。我有话和你说。"

水梨儿又把挂面夺过去，说："说吧，我听得见。"

陈二冬的脸本来在床上压得青一道红一道，这时憋得更红，眼珠子上的红丝丝都粗了许多。半晌说道："你要是觉得跟上我不好活，你就趁早说话——我……绝不难为你。"

呼地一下，心口一热，一股泪水又往上蹿，水梨儿觉得比打她还难受，颤声说："亏你说得出口！"

"我说的是真话。"

"你还是个男子汉？"

"要不……要不我往后没准儿还会打你……"

水梨儿又哭了，但很快擦把泪，哽咽道："你不说打我我还不想问你。你说，你到底因为甚进门就打人？我做下什么对不住你的事？"

陈二冬脸上的肌肉剧烈抽搐，低头不语。

水梨儿又说："有理你就说呀！打人时那么凶，这会儿怎么不开口？"

陈二冬猛地抬起头。

水梨儿咬着嘴唇，哀怨交集的目光逼视着他。

"你……你……你上午干什么去啦？！"陈二冬终于十分痛苦地憋出一句话。

水梨儿没有回答他，把手里的挂面、鸡蛋往桌子上一放，索性坐在床边，赌气把脸扭过去，心里却实在气得很。蛋青色衫子下的胸脯一鼓一鼓地起伏。水梨儿不吭气，陈二冬更多了心，憋了一阵，坐到沙发上，在身上掏摸了半天，掏出一支烟，呸呸吐了两口痰，气呼呼地说："想远走高飞早些说话。我陈二冬倒霉也倒个志气，等着让人给我脸上抹屎我可不干！"

水梨儿依旧不理他，白白的牙齿深深地陷进嘴唇。

陈二冬又说："你不要当我什么事都不知道，我没长着眼，长着耳朵哩！"

水梨儿再也忍不住，忽地转过脸来："你听到什么就说！你说呀！你说！"她大口大口地喘着气，"我看你是嫌自己活得太自在了，受人的气还没受够，又没事找事——发神经病！"

"是我发神经，还是别人害相思病，这还两说！"陈二冬吭吭哧哧地说。

水梨儿真的恼了："想离婚你就离。我害什么病你也管不着！"她真没有想到他会说出这种伤人心的话，把挂面、鸡蛋撂在床边，一气之下跑了出去。

人到了万事不顺心的时候，往往容易失去理智，生出许多的疑心。疑心生暗鬼，鬼一缠心，便无端滋事，惹出许多麻烦和苦恼。陈二冬此刻便是如此。他总觉得自己倒了霉，别人欺负他，看不起他，眼睛瞅人都是戴着有色眼镜一般。别人的神态、脸色、一举一动，在他眼里好像都变了形。以致今日连自己的老婆都怀疑上。

这也难怪，他和水梨儿的结合，本来就有一种强扭的瓜不甜的苦味。

水梨儿甩下门走了，他头靠在沙发上，有一下没一下地抽着烟，愈想愈觉得水梨儿变了，和他离心了。若不然，她去找程必成做什么？背着人，两个人在沟底柳树林子里，说了那么长时间的话……她竟然向他哭，拉拽他！疑心使他陷入不可自拔的泥沼，仿佛越陷越深。渐渐地眼前浮现出一幕：

只见水梨儿打扮得那么漂亮，背着书包，穿着一身学生蓝褂子，两条长辫子拖在屁股上，一摆一摆，从村口走出来，走到沟底那片柳树林子前，站住，左顾右盼，像是在等什么人。等谁呢？大中午，遍地瞭不见人。她着急了，回头又往村里走。就在这时，柳树林子里突然走出一个人，是他——那个地主崽子程必成！

“哎呀，吓死人！我当你还没来呢。”水梨儿娇嗔地尖叫了一声。

程必成留着偏分头，光光的，像是抹过水，显得那张黑亮、瘦瘦的窄条脸也白光细净多了。

他很忧郁，像是在姑娘面前害羞，低着头，少情没绪地揪扯着一枝柳条。

“你怎么不说话？”浑身学生气的水梨儿睁着圆圆的眼睛，疑惑地看着他。

他抬抬眼皮，还是不开口。水梨儿想起什么事，打开书包。“对了，你的衣裳补好了，是我娘给你用机器轧的。”她热情地说。

她取出一件脊背和袖肘补了两块新补丁的旧学生蓝制服。

“梨花……”他没有接那件制服，却蓦然抬起头，悲伤地望着水梨儿，扑通跪在她面前。

“你……你这是做什么？！”水梨儿吓了一跳，想伸手拽他，又怕被人看见。虽然在沟里，毕竟是道边，大男大女，叫人看见有多难堪，能不说三道四？

“你快起来！起来！”

“不，我求你件事——你不答应我我就不站起来。”程必成一脸恓惶相。

“好好，我答应你，你先起来。”

她吓坏了。小心眼里一时想的很多，脸颊呼呼地发烧，生怕他提出那种异性之间的越轨的要求。他们虽然还是十八九岁的中学生，却都发育得很成熟。她的乳房明显地一天天尖尖地顶了起来，也特别地害羞起来，和男性青年的接触总担心着别人说长道短。必成呢，好像男女之间的事情比她懂得还要多，不声不响，那双眼睛瞅着她，总是那样异样，那样叫人害怕。有一回，他们相跟着到县城上学，过清漳河时，他背她过河，走到河中间，她特别害怕地感到他的手不老实。她想骂他：“你坏！”却羞于开口。只是借故她替他提的鞋要掉，让他自己提着，占住他那只不老实的手，才使他不能得寸进尺。刚靠近岸边，她就迫不及待地跳下来，不等他穿好鞋袜，又羞又怕地低头往前边急走。他们心里都明白发生了什么事情，却谁也羞于道破。打那以后，她一见了他就觉得心咚咚地跳，不敢正眼看他，总是躲着他。更害怕他们来往多了，引起同学和老师们的怀疑。同学们的嘴是不饶人的，捕风捉影，啥话也能说得出来，不管你有没有什么事情。好在他们同校不同班，他比她高一个年级，教室和宿舍离得都挺远。除了星期六下午回家，他很少到她们班上来。就是星期六相跟回家，他也很少到她班上或宿舍来找她，总是等吃饭时约个时间，他在校门外等她。好像他也在有意回避什么。

此刻，水梨儿心口咚咚急跳，慌不择语地说道："我答应你，你快站起来。"又后悔莫及地想，我怎么能这样说？答应他？答应他什么？他要是提出那种事，我……她蓦然想到一个问题，会不会是由于自己的过失引起他的误会？给他补衣裳，缝被子，他的鞋破了，衣服扣子掉了，鞋带断了……自己都要趁星期天拿回家去，或者自己动手，或者让母亲为他缝缝补补……甚至从家里带了饼干、花生、枣儿、杏儿、果儿等好吃的，都要避着人给他吃。他真的误会了吗？不不，那时我是看他没爹没娘，只有一个爷爷，学校又吃不饱，五尺高的汉子穿得破破烂烂的，恓惶人！除此之外，除此之外……

水梨儿不敢承认自己除此之外还有什么别的念头。喜欢他吗？爱他吗？甚至准备将来以身相许，和他成百年之好吗？真的，凡此种种，她想也不曾想过。她还小，她还想念书、升学，年轻轻地就给人当媳妇，一百个不甘心。再说，还有爹妈，他们也不会允许的。退一步说，即使将来考不上学校，落榜回村，嫁给谁，给谁当媳妇，也未必就会是他。唉唉！不管怎么样，先叫他站起来再说。这漫天野地，万一碰上个熟人熟面，多难为情！

"你……快站起来！"

"你答应我……"

"我不是答应你了吗！"

程必成怯怯地站起来，可怜巴巴地看着她，又回头看着河下。低头讷讷地说道："这回学校评助学金，我……我……"他吞吞吐吐，欲说又止。

水梨儿吊在喉咙眼的心，慢慢落下来，啊，谢天谢地！不是我想的那样……

“你不是上学期就吃助学金吗?”

“这回他们要调查……要找你调查……”

“调查怕什么? 你家就是困难嘛。找我调查我给你证明。”她很干脆。

“不不。”程必成吓得脸色骤变。

“你到底要我怎证明?”她又睁大疑惑不解的眼睛。

程必成犹豫半天,才接着说:

“他们要调查我的家庭成分。”

明亮的眼睛一转,水梨儿仿佛明白了。眼睛一眨一眨地瞅着他,心里已经有所估计,但仍旧急声问:“你上学期是怎么评上助学金的?”

“我……我自己用萝卜刻了个大队图章……”

“啊?!”这一层她可没料到。她吓得下意识地捂住自己的嘴。

程必成猛地捉住她的胳膊,哀求道:“我求求你,他们找你调查,你千万不要说我家是地主,不要说我老子给枪崩……就说……就说是……是贫农……贫农家庭。”

水梨儿犹豫了。想不到他私刻公章,给学校出了假证明,骗取学校的助学金。看见他不吭不响的,竟能做出这种不老实的事情。可是,我能再帮他说假话欺骗吗? 这可不是闹着玩戏法。万一查出来,我……

程必成又要给她下跪。

水梨儿心慌意乱,转身急走。

程必成追着哀求:“我恨我自己,恨我那个反革命地主老子。他们为什么要生下我这颗不幸的种子? 他们死了,叫我活着替他们受罪! 我恨他们,真的!”

水梨儿不知道该怎么办,被他缠得不能脱身。

“我知道,老龙口就你对我好,你人好,心好,”他恨不得掏出心来,“替我补衣裳,送我东西吃,还借给我钱花……我一辈子也忘不了你的恩情。”

“谁要你说这些话!”水梨儿的心软了。

程必成急得把古小说上的话都搬出来："救人一命胜造七级浮屠。只要你救我这一回急，我程必成就是死了也要变牛变马叫你骑，叫你……"

"你……你说的是些什么话！"

水梨儿犹豫了，站在路边的背阴处，咬着嘴唇不知该怎么回答他。

两个人默默地站了许久。程必成那两道黑黑的眉毛下突然闪出绝望的凶光。跺脚说："哼！人活着有什么意思。我知道你怕受连累，既然这样……"他没有再往下说，突然转身朝河边的石崖上奔跑。

"你……你要干什么？你回来！你站住！"

水梨儿吓得尖叫起来。一时间，她想起许多可怕的记忆。那石崖临河危耸，好像专门为老龙口不幸的人指引着通向永幸的出路。程必成的奶奶就是土改那年从那石崖上跳下去，结束了生命的。以后，老龙口隔年断载，总有一个两个绝望的人从那里升天，去寻找极乐世界。

其实，程必成并不想步他奶奶的后尘，也并不想升天，去寻找极乐世界。他从一出世，那颗充满仇恨的心，就在厚厚的、板结的泥土下顽强地生长。只是他知道水梨儿心肠软，故意虚张声势，来此一招，以达到他的目的。

果然，水梨儿气喘吁吁追上来了，拽住他，无可奈何地说："我答应你……我答应你还不行？"

……

"唉！"

陈二冬饱饱地吸进一口烟，又随着一声长叹，吐了出来。这是他最不愿意回想而又往往莫名其妙地偏要想的事情。说来真有点鬼使神差，那天午后，他在砖窑上干活，偏偏就偷了个懒，钻到沟道旁边的一个破窑洞里睡觉。那破窑洞还是当年老龙口人为了躲避日本鬼子的袭击，在土崖下挖的。后来这里成了讨吃要饭的、逃荒的临时寄宿的地方；再后来关过被斗争的地主老财，农业社圈过羊，村上那些赌鬼也在那儿开过赌场；再后来就倒塌得无人问津，洞口外都长了一人多高的荒草。陈二冬本想人不知鬼不觉钻在那里美美睡一觉，不料脑袋刚挨住土坷垃，就听见水梨儿喊程必成，接着便看见程必成从树林子里钻出来的情景。窑洞离道边仅有数步之遥，所以水梨儿和程必成的一切言谈举动都没有逃过陈二冬的眼睛和耳朵。那时他也是二十郎当岁的小后生，高小毕业后没有考上中学，只好回村种地。他本来对程必成和水梨儿考上中学就有一种本能的嫉妒心，这一下算是抓住他们的把柄：好小子，隐瞒你家的地主成分，还想骗取人民助学金！哼，别以为你学习成绩好，考上城里中学，美得你！这一回我叫你笑着去，哭着回，灰溜溜地滚回村里来，和你小老子一样背砖，打土坷垃！还有你——程梨花，别觉得长了个貂蝉脸儿，美得兴得你，我和你说话你都待搭不理，你和他程必成好，有你好果子吃哩！

嫉妒之心和爱慕之心使陈二冬浑身每一根神经都兴奋起来。陈二冬在念书上脑子是有点笨，念小学时和程必成是同班同学，不论他怎样埋头苦学，也不管他怎样不服气，每回考试，成绩总是全班倒数第二三名，而程必成却总是全班名列前茅。可是他并不憨不傻，和程必成一样，早早地懂得了向姑娘们讨好，往姑娘们身边蹭。他对比他们低一年级的程梨花早就垂涎三尺。只是偏那程梨花不买他的账，上学下学不和他相跟；学校组织高年级和低年级联欢、劳动、开运动会，他和她排队排到一块，她也总不拿眼看他。有时他直愣愣地看她老半天，也难得她回头一顾。相反，学校出黑板报，比赛唱歌，倒总是看见她和程必成笑眉喜眼地混在一起。所以，从上小学到上高小时，陈二冬的小心眼里便对程梨花有一种莫名的妒恨。后来，他们先后考上城里中学走了，陈二冬更增一层酸溜溜的滋味。这时，当他突然意外地发现程梨花和程必成就在他眼皮下咕咕哝哝说话，本来以为他们会做出些什么风流韵事，生了捉奸之心，不料奸没捉着，却有如此意外的收获。他钻在窑洞口，荒草遮着脸，始终没有露面，直到望着他们相跟着上学校走了……直到程必成灰溜溜地被学校开除回来，陈二冬也没有显山露水。而且，他的小手段竟意想不到一箭双雕，使程必成恼了水梨儿，曾经一度怀疑是水梨儿对他的许诺不忠。当然，以后他还是弄清楚了是怎么回事。

……这是近二十年前的事情了。至于以后的事情,程必成怎么样被开除回村,水梨儿又怎么样回了村,他和水梨儿又怎么结合,许许多多,此时的陈二冬实在不愿意去想。他的心上还萦绕着一层迷雾,这迷雾因那许多的往事变得更浓更深。

“她到底找他干什么?为什么她不敢承认找过他?为什么问她她还不肯说?”

疑心生暗鬼。陈二冬再也坐不住了。

“不行!老子反正已经人不人鬼不鬼了,她要是看见我倒了霉,看见他程必成发了迹,想操二心,和他程必成明来暗往……我……”

不知不觉,天已将黑下来。

“二冬,天这么黑了,甜枣怎还没放学回来?你还不去找找孩子,在家里怄什么气!”

陈老定隔着窗户叫他。

陈二冬火上来,火下去,气得两片厚嘴唇生出燎泡,鼻头上的疖子又隐隐作痛。听见他爷爷叫他,才扔下烟头,闷闷不乐地站起来。

刚准备出门去找儿子,听见大黄狗喔喔地哼了两声,接着院里响起轻轻的、熟悉的脚步声和儿子甜枣的说话声。

水梨儿还是回来了。她心疼儿子,惦念着炕上的老人,不回来,叫他们怎么活呀?她悄悄拉开厨房的电灯,便动手生火做晚饭。甜枣很乖,撩起堂屋的布门帘偷偷瞅了一眼,转身跑到烧火的水梨儿身边,悄声告诉她:“在哩,在门口站着呐。”水梨儿没有作声,悄悄打发儿子到堂屋去取挂面、鸡蛋。看来她实在是不愿意再见他的面。

陈二冬这时心也软了,看到一家人这种凄凉景象,不由得叹口气,心想:“唉!忍了吧!忍了吧!不管她怎么样,好歹还惦念着这个家。如今除了她,谁还……”

可是,他又觉得这顿饭无论如何不能吃,刚和她凶神恶煞地吵过,再去端她做的饭,还有脸吗?这点男人的尊严都不要了?唉!我陈二冬活成个什么人了!

他在黑洞洞的门口站了一阵，听见水梨儿悄声打发儿子给他端饭，横了横心，故意使劲甩了一下门扇，贼也似的匆匆忙忙溜走了。

甜枣端着碗追到街门口，不住地高声喊他："爹！吃饭了，你上哪？爹——"陈二冬听着儿子的叫声，心口一阵阵发紧发苦，但他头也没回，昏头昏脑地穿过门外的树林，消失在朦胧夜色中。

懂事的甜枣怯生生地返回水梨儿身边，抽着鼻子嘟囔道："我爹叫不回来……"

水梨儿使劲儿憋回去一股涌上来的泪水，强作笑脸，哄着儿子说："走叫他走，他不吃咱吃，咱和爷爷吃饭。"

四、往事

吃过晚饭，儿子已经困得端不动碗，倒在炕头睡着了。水梨儿喂猪、圈鸡，把爷爷陈老定的尿盆洗涮干净，放在炕头小凳上，给儿子铺开被子，脱了衣裳，打发一老一小睡下，天已经不早。她累得直不起腰，托着炕沿长长地出了口气，望着儿子可爱的小脸蛋呆呆地出神。她的心又酸了。眼角隐隐作痛，是想起那个手狠的没良心陈二冬，还是看见甜枣触动怜子之情？她自己也说不清。她的心很乱，又恨那个没良心，又痛儿子——不是看在儿子身上，她说什么也不回来，非要叫他个没良心的自己过上两天，尝尝看家过日的滋味不可。

她站了一会，给儿子掖住被头。暮春的夜里，天气还凉丝丝的，她怕儿子受了凉。她不知道自己该干什么。往日，她吃过晚饭，手总不闲，缝缝补补，洗洗涮涮，总有许多做不完的活儿。陈二冬当了几年干部，养得只操外边的心，不管家里的事，家里大事小事他都懒得搞手，全靠在水梨儿和大儿子甜核身上（当然，那时他是干部，像出圈垫圈、拉土和煤之类的粗笨活儿，村上不少人会自动帮忙的），连他自己的衣服脏了，背心破了，洗洗换换，水梨儿不关照，不说话，不把新的、换的放在手边，他也不知道自己脱下来换上。这两年他不当干部了，粗笨活儿没人再自愿找上门来替他干了，自己不得不孺手干。可是穿衣吃饭还是老样子,不伺候得现现成成,他总不会自己动手。衣服脏得汗腥味那么大,他也不自己动手洗洗涮涮,脱下来往炕头上一扔,便算了事。水梨儿看见炕头堆的一堆脏衣服,本想晚上抽空儿洗一洗,这时想起他那样没良心,也冷了心。伺候得他现现成成,他还打人,谁该着伺候他?伺候上他就叫他打人呀?她抓起那堆脏衣服,犹豫了半天,终于还是扔下,今天他太伤她的心了。

她想睡觉。可是,铺开被子,囫囵身子躺了一会儿,又睡不着——心口憋闷得慌。最后掂了个小板凳到院里去坐。

山村的夜,异常恬静神秘。空气那么新鲜清凉,飘散着淡淡的、幽幽的草芽儿的清香和翻肥的苦涩味儿。院里一棵繁茂的桃树,桃花儿开得正艳,夜间更觉花香幽幽。偶尔一阵小风吹动,墙外那一片树林发出哗哗啦啦的响声,宛如有许多人窃窃私语。天空那么深邃,游动着破絮般薄薄的一层云彩,像是有下雨的兆头。是该下一场雨了,入春以来,没落过一场透雨,地里干得刨不到墒,庄稼人的心好重啊——麦子要浇,秋田要种,种下去耽心捉不住苗……是该下一场透雨!不知什么时候,月牙儿已经歪过鸡鸣山,弯弯的,黄黄的,像天神的眼睛,窥视着人间,时隐时现地钻在一片云彩后面。

水梨儿坐在门口的石阶上,心情凝重,默默地望着天边黄黄的月牙儿,听着大门外那片小树林在清风中沙沙絮语,不知自己在想什么,该想什么,止不住一阵阵悲凉的感觉袭上心头。她实在不愿意再去想那些伤心的事,但又不由自主地总想去想。唉唉,活一个人,尤其是一个女人,竟是这么难呀!操不尽的心,受不尽的气,不得一会儿清静。她承认自己在人生的角逐场中是个弱者,一直想逃避,想躲让。但即使这样也还是不行。她甚至天真地想,人为什么要学得那么厉害,那么狠毒?大家高高兴兴,彼此相让,互敬互爱,不是更好吗?这时,她独自坐在院里,望着天上的月牙儿,望着远处鸡鸣山浑如一体的高高的脊梁,听着树叶沙沙响,夜虫唧唧唱,想得更加天真,人间要天天过黑夜,天天这么宁静安然该多好!她竭力想借天上的月牙儿、云絮儿,远处的山影儿,近处的树影儿、墙影儿分散自己憋闷烦乱的心。可是——不成！望着望着，那个没良心的陈二冬和那个冤家程必成好像存心不让她清静片刻，存心折磨她，竟像两个魔影一般无孔不入地缠着她，她的眼睛望着月牙儿，他们的影子便出现在月牙儿前面；她的目光移向远处的山梁，他们又跟踪而至；甚至她低下头来，闭了眼睛，把脸深深地埋在膝缝，他们还不肯放过她，简直钻在她的眼皮下面扰攘、折磨她。

唉唉！水梨儿呀水梨儿，你不要自己欺骗自己了，你不愿意想的事，硬不去想它，就能等于它不存在吗？好心未必有好报。隐藏起来的忧伤会像熄火之炉，能把你的心烧成一把灰烬……

“谁?!”

“哼……”

“你?!”

“我以为你不认识……”

——这是今天上午发生的事情，也是导致水梨儿今天吃打的原因。

吃过早饭，水梨儿一个人到沟底去锄麦子。因为去得早，地里还没人，她看见河坡下有一片绿茵茵的茴茴菜，想拔回来喂猪。她把锄撂在岸上，顺着一条圪圪塄塄的小道走下去，不一阵儿就拔了一围裙兜。她正在河里洗茴茴菜，听见岸上的土响动，以为是草里的松鼠什么的跑动，头也没抬。她洗着，心里还后悔没带个萝头筐子什么的，这么多茴茴菜，拔回去管够两只猪崽吃两天。眼睛一直扎在汩汩流淌的河里。

唰的一声，一把茴茴菜突然从天而降，落在她身边的菜堆上。

她吃了一惊，回过头来——是他！她的紧张消失了，却感到十分的不悦。

程必成冷冰冰地坐在河坡小道上。那眉毛下的两只眼睛阴冷地看着她。

水梨儿说不上讨厌他，也说不上不讨厌他。但他这种意外出现却使她有点惶惶然。她装作无事一般，依旧洗她的菜。

他依旧坐在小道上，一动不动，悠闲的样子像在欣赏她，又像根本没有发现她。

茴茴菜洗完了，她甩干手，在围裙上搓搓，想走。他却分明挡在道上。

她不想和他搭话，抱起茴茴菜，犹豫一下，然后折转身顺着河湾走去。她想从河湾那边绕上岸去。程必成显然也没有同她搭话的意思，依旧坐着不动，甚至眼睛看也不看她。

水梨儿又弯回来。那边的坡太陡，又是活沙土，她爬了几步，滑下来，刚洗干净的茴茴菜又沾了许多的土。她知道，不从原道走，是上不了岸的。

她有点生气，知道他分明在存心戏弄自己。

“你要干什么！”她不客气地说。

程必成打了个响鼻，轻得几乎听不见，依旧挡在道上。半天半天，突然放出一句话：“叙叙旧嘛。”

“我和你有什么旧叙？你起来，我要下地动弹。”她说着就往上走。

“误不了。你和我没旧可叙，我和你可有不了之缘。”程必成拍着土站起来，却没离开那条根本不是道的小道，一只脚蹬在一块土坯上，狡黠地笑笑。“你抬头看看，对面沟道那片小树林你还记得吗？——当然，那已经不再是小树林了。”

水梨儿没有抬头，但立刻敏感地想到他要说什么。她也不客气，硬硬地顶一句：“那里有你的什么光彩？”程必成冷笑一声，玩世不恭地说：“是没有我的光彩。在那里我哀求过你，给你下过跪，还想跳崖自杀……那里有的只是程必成的耻辱。”他突然恶狠狠地说，“但正是那种耻辱使他顽强地活了下来，那个曾经想死的程必成还活着——一把干柴骨头反而变成一身膘，一个地主狗崽子现在成了致富模范！你不觉得不可理解吗？”

“讨厌！”

“是的，现在你讨厌我，但是会有你不讨厌的时候……”

程必成喜欢读外国小说，所以说话都模仿着往外国绕。

水梨儿知道他口里不会吐出好水，不想和他浪费时间，但又走不过去。她试着往旁边走，刚迈出一只脚，坡上的活土便往下滑。她摇摇晃晃几乎掉下去。

程必成看着，脸上掠过嘲弄的微笑。不过他还是向摇摇晃晃的水梨儿伸过一只手，想拉她一把，水梨儿没领他的情，一把把他甩开，又羞又恨，气喘吁吁地说："你……你不要欺人太甚！闪开！你闪开！"

"欺人太甚？哼，谁欺人太甚你心里明白！"程必成使劲一蹬，脚下那块大土坯呼呼轰轰顺着河坡滚下去，滚进水里，激起一片浪花。又说："你先好好想想吧！我现在要进城，等我进城回来还会找你。"说着走上岸，又回头补了一句，"过去的事情你忘了我忘不了——水梨儿应该是我的！是我的！"

"你……"

程必成走了，崭新的雅马哈摩托车甩下一股浓烟，顺着沟里新修的土公路飞也似的越过山梁消失了。

水梨儿被程必成的话震慑着，怔怔的，如梦如痴，手里的茴茴菜一苗苗掉在河边。死水一般的心突然被他疯狂的嗥叫搅乱。她的心在颤抖，手在颤抖，浑身都在像发疟疾一般颤抖。

十几垅麦子，本来她一上午时间足可以锄完，可是手软得捉不稳锄，落下一锄又半天举不起来。她的心，她的眼睛都不在锄上，不知道到了什么地方。她不愿意承认她和他有什么旧情，可是他那疯狂的号叫："过去的事情你忘了我忘不了……""水梨儿应该是我的，是我的！"使她不能不回忆起许多不堪回首的往事……

"程梨花，明天下午课外活动时请你到城墙上去，我和你有话说。"

她仿佛突然听见学生时代的程必成在叫她，语气那么生硬。那是一个深秋的夜晚，她下了晚自习独自往宿舍走。在钟鼓楼下的拐角处，突然被他堵住。他站在路灯照不到的暗处，看不清他的脸色，但那冷漠低沉的声音使她抽了口凉气：他是怎么了？这么不高兴？她想问他，便紧走两步，他却冷漠地回头走了。

回到宿舍，她心里直犯嘀咕，他的口气那么生硬，我有什么地方惹着他？会不会是他们班没有给他评上助学金？那又怪我什么呢？我不是照他的话给他做证明了吗？他们班的团支书和班长来找我，我都是照他的话说的……评上评不上怪我什么事？但继而一想，又觉得他这个人就是这么个怪物，阴阳怪气，在家里不高兴了还打他爷爷。有一回，她去叫他上学，碰见他把他爷爷堵在煤池圪洞，左一个巴掌，右一个巴掌，打得那黄皮寡瘦的老地主鼻青脸肿，叫也不敢叫，只是捏着嗓子求饶："小祖宗，我叫你声爷爷——小祖奶奶！小祖爷爷！你就别打了，饶了我这把老骨头吧！""你就是打死我，能出了你的恶气？我当地主，罪该万死，可你老子也不是我枪崩哩。你有本事，你厉害，去找……去找……"她吓得脸都白了。他的脾气从小就非常暴戾。

第二天下午，下了最后一节课，水梨儿就到学校西边的城墙上来了。城墙上长了许多荒草，土坯倒塌得七高八低，豁豁牙牙，据说是解放县城那年攻打县城时被大炮轰塌的。城墙外面是一条污臭不堪的护城河和一片乱坟滩。一个人到这里来，即使是大白天，也感到吓人。可是程必成好像偏喜欢这地方，学校自由活动时间，或者星期天，他一个人常到这里来。水梨儿也跟着他到这里来过两次。

水梨儿上了城墙，前后望了半天不见一个人，她以为程必成还没有来，又往前走了一段，才看见他早已坐在一个豁口下面，眼睛直愣愣地望着城外的乱坟滩出神。

水梨儿在离他几步之遥的地方站住。

"你这人真怪，偏喜欢这种地方。"她先开口，等于在提醒他：我来了。

他没有开口，眼睛仍旧漠然地望着城外的乱坟滩。

"嗨，有什么事说吧。"她有种莫名的恐惧。

"你过来！"他的目光仍旧盯着那片坟地。

"这里听得见。"她说。

"怎么，怕我杀了你？"他终于回过头来，阴冷的面孔带着讽刺的笑。

"你这人真是！……叫同学们看见多不好意思。有什么话就快说吧，我们班还有活动哩。"她真诚而委婉地小声说。那时的水梨儿，刚由一个偏僻的乡下来到了城里，人生地不熟，所以对程必成这个同乡就特别感到亲切。且老龙口只有他们两个上城里中学，虽然男女有别，毕竟是一个村里长大，人不亲水土还亲哩。她对程必成说不出有一种什么感情。

水梨儿低头揉弄着大辫子，幽怨的目光期待他说话。程必成却又不言语了。等了好长时间，他才突然站起来，面孔铁青，没头没脑地说："这回你该得意了吧？老龙口就留下你这位女状元了！"

"你……"

"我恭喜你，女秀才，女状元！往后出人头地，我给你拉马坠镫抬轿子，行吗？"

水梨儿愕然地看着他，委屈地说："你为什么讽刺人？你为什么……"

"讽刺？我恨不得……"

程必成噌地拔起一棵开得正红的野菊花，恨恨甩进城墙下的护城河。

"你你……我不跟你说话！你这人太……"

委屈的水梨儿恼了，眼泪涌了出来。她觉得他真没意思，该不着受他的讽刺挖苦，一甩辫子，回头跑了。

她一口气跑回学校，钻在宿舍偷偷哭了半天。心里还委屈得不行。她暗暗发誓，往后不和他说话，不和他来往，星期天回家了也不和他相跟——这种人，没正性，没良心，你对他好，他好像觉得你应该，只由着他！

想是这么想，一旦真要这么去做，她又不忍心。吃晚饭时，她剩下一个窝头吃不了，便又想给他送过去。可是在饭场上东瞅西看，找了半天，也没有看见他的影子。第二天早上出操时，又没有看见他，心里便觉得有种缺憾一样，一边跟着前边的同学跑步，眼睛却总想往高年级那边偷看。直到十分钟早操结束，还是没有看见他。她甚至后悔、责备自己不该没等他把话说完就从城墙上跑回来。就在这时，教导员的哨子吹响了，全校师生在大操场集合！接着，校长异常严肃地走上讲台，声色俱厉地宣布了一个非常可怕的决定：

开除伪造公章、出具假证、隐瞒地主成分、骗取人民助学金的初中三年级十班学生程必成学籍。

“啊!”水梨儿吓得几乎喊出声来。她以为自己听错了,悄声急问身边的同学:“谁?说的是谁呀?”

“三年十班的,叫程什么……”

“程必成?梨花,是不是常到宿舍找你的那个?”

“怎不是哩!她还装不知道,哼!”

“她还包庇!”

“说不定她也有鬼呢!”

顿时,一股寒气浸透她的躯体,她觉得仿佛有许多双眼睛瞅她,仿佛自己成了众矢之的。

散操之后,操场上像爆炸了似的,同学们哄哄地高声议论着,诅咒着,打听着纷纷回了教室。有几个女同学远远地朝她指指点点。她觉得胸口窒息,难受,一直木然地站在操场上。她为自己的同乡感到惋惜担心,又觉得自己也羞于见人,有一种莫名的紧张。她披散着头发,独自在操场上徘徊着,心口嗵嗵跳,想着此刻程必成在哪里,要不要去看看他。突然,不知什么地方有人喊她:“梨花!上自习了!你还不回去洗脸站这儿干什么?”

她惊得出了一头虚汗,寻声望去,是她们班的班长在喊她。她迟疑了一下,终于鼓起勇气,对班长撒了一个谎,说:

“班长,我请个假——我肚子有点疼。”

她觉得无论如何应当去看看他——毕竟是一个村的,一块长大的,能看着他就这样被开除而不去看看,安慰安慰,送送他吗?她没有回宿舍洗脸便不顾一切地向高年级的宿舍区跑去。

她虽然轻易不常到程必成的班上和宿舍,却也来过一两次。

正是上早自习时间,宿舍区静得很,只有几个值日生在打扫卫生。

她紧张地推开程必成的宿舍门,心里还反复想着见面该怎么说,说什么话。可是,当她怯生生地推开一扇门时,立刻愕然地睁大眼睛,他住的床位已经空了!

“你找准?”一个陌生的男同学朝他走来。

水梨儿脑子轰的一声响。“不不。”她慌得张口结舌，抽身便走。

“你是找你的同乡程必成吧？我好像见过你。——他已经走啦。”

“走啦？”

“上操时就背上被子走啦。这阵儿也许还在汽车站呢。”

是的，他要走也得坐汽车，汽车是七点半开，这时才六点半多——刚打过上早自习铃不久。无论如何得见他一面，得送送他，要不然太显得不近人情，不近同学情同乡情！她几乎忘了出校门要经班主任批准，看见食堂炊事员开了后门往外倒炉渣，便匆匆跟着跑了出去。

水梨儿一路小跑跑到县城的汽车站，果然看见程必成正往一辆大卡车上挤。那时的汽车站很简陋，人们能挤上大卡车，占有屁股大一块地方就算是顶顶舒服了。还有许多人得一“站”到底。程必成毕竟年轻力壮，三挤两挤，也不管人们的咒骂，蹬住汽车轮子便先把铺盖卷和一个装着洗脸盆的线网兜撂上去。接着，便靠着马槽占据了一角。

水梨儿远远地看见他就高声呼喊：“必成！必成——”

一直喊着跑到汽车下。

程必成分明清楚地听到水梨儿喊他，也看见她在汽车下站着，却头也不抬，装着没看见。

“必成！你……”

水梨儿伤心得哭了。

“哎！小后生，是不是叫你呐？”

“是你媳妇吧？你怎不答应？你媳妇都哭了！”

两个多嘴的老汉看见水梨儿在车下哭泣，误以为是小两口生气，连说带笑地劝他。程必成还是藏着脸不往下看。

水梨儿又羞又气，心里委屈，却又不好当着许多人跟他说什么，赌气说：“不管你怎么样想，我对得起你，我没有做什么亏心事！你走吧，嗔，你这人也真是……”

她从来没有在这么多人面前丢过这种丑，难过得说不下去。她生气地想，你理不理我在你，我来送你心也到了。咬咬牙，转身就走。

就在这时，车上查票了。那个黑脸大汉查票员好凶，“票！听见了没有？拿出来看看！”吼这个，训那个。水梨儿刚走出停车场，忽然听见查票员破口大骂：“混账！没有票谁叫你上来？”

“我……我……”

是他的声音！水梨儿惊疑地回头看时，只见那个凶眉凶眼的查票员像提小鸡似的把畏缩在人缝中的程必成揪起来，扯着领口喝道：“下去！”

“我我……”

“下去不下去？”

“唉，你这小后生，怎么没有票就上车？”

“我我……钱不够……老哥，我就坐到……”

“叫老爹也不行！没票就滚下去！我看你这样子也不是个好东西！”

查票员骂着就往车下推程必成，大手撸得他东倒西撞，差点掉下车来。

水梨儿看着，吓得心口紧缩，禁不住暗暗替他着急。她忽然想起自己身上还装着几个零花钱，可是一想到他方才那样对待自己，那样不近人情，又真恼他。

程必成还真有个死皮白赖劲，抓住马槽就是不肯下车，还不住声地叫那大汉大哥，苦苦哀求。

“你下不下？不下我可要把你扔下去！”查票员又揪住他的领口。

看那大汉的凶样子，真会把他扔下车来，而且另一个司机模样的人已经把他的线网兜扔下车来，洗脸盆落在洋灰地上，当 当 啷啷响着满地滚。

“等等！我替他买票！”

水梨儿究竟心软，急忙喊着跑过去，举起一张五元钱的票子，气喘吁吁地递给那大汉。那大汉只管查票不管补票。水梨儿只好央求他们等着，匆匆跑到卖票口，花两元半钱买了一张车票，又在一个小摊上买了两个油火烧，扒着车槽一起递到程必成手上。即使这样，程必成也没说一句感激的话，只是十分冷淡地往下看了她一眼。

不管他怎么样做，怎么样想，水梨儿总算心里得到安慰，她对得起他，无论从同乡、同学，还是从人情份上讲，水梨儿的良心都过得去！何况，即使不送他，不见他，他一个地主崽子，又能欠他什么？

……

“水梨儿！锄麦子呀？”

水梨儿出神地正想到这里，忽然听见背后有人和她说话，惊得捉锄的手一颤，锄尖险些儿跳在脚面上。抬头看看，不知几时“二谝子”扛着锄从地边走过来，正站在身后涎着脸笑。

“二谝子”本名狗不理，据说他娘生了三个儿子却没养住一个，不是死在尿盆里，就是暴病夭亡。到第四个儿子降世后，为了避鬼避难，为了好活，求算命先生给他起了个名字“狗不理”。意思是连狗都瞧不上，那么神鬼自不会捉他去当差。后来因为狗不理这个名字太不雅听，上学读书，也不宜注册登记、张榜公布，一位小学老师给他来了个掐头更尾，取名程博礼。当地土音，“不”“博”音同，“礼”“理”不分，故程博礼叫起来还是程不理，父母也乐得满意。可是这程博礼长大之后，父母和老师大失所望，即不博文，也不博礼，倒长就一张走风漏气的呱呱嘴，成天价胡谝乱吹。天长日久，人们又送了他个绰号——“二谝子”。因为老龙口解放初已经有一位靠谝三国、道六国混饭吃的谝家程大臭，所以人们对这位后起之秀自然而然地排到程大臭之后，谑呼其“二谝子”。

“二谝子”除了爱谝，还有个臭毛病，爱往女人缝里蹭，特别是对水梨儿这样漂亮的人儿。早在水梨儿没结婚时他就打过主意，后来水梨儿嫁给陈二冬，他虽然还不死心，但怯于陈二冬是一村之主，大权在握，只好涎水儿往肚里咽，轻易不敢在水梨儿面前动手动脚。现在，陈二冬落马为民，威风扫地，他那颗包藏不住的色胆便又膨胀起来，总想在水梨儿身上揩点油。

水梨儿知道“二谝子”是个不正经，心里十分不悦。但又不好意思不理他，只敷衍地“嗯”了一声，便依旧低头锄麦。

虽然仅此而已。“二谝子”已经相当满意，呸呸两口唾沫吐在手心，攒住锄头便和水梨儿挨在一起，截半垅上往前锄。

“你……”水梨儿却之不恭，受之不悦，没了主意。

“嘿，我家的已经锄完了，天还早哩，回家也闲着，帮你锄两垅。”“二谝子”讨好地谄笑。

“不用……我自己锄得了。”水梨儿急怨地说。

“嘿，你这人……不怕，不会要你开工钱，嘻嘻。”“二谝子”锄得很卖力。

水梨儿实在没法儿推走他，嚷吧，又怕地里的人听见，人家又是好意，怎么能给脸不要脸，硬把人家推走？不嚷吧，这种人缠上你，总没好名声。

“不理，你回吧。真的，我自己能锄了。”她扎住锄，说得很认真。

“哎呀！你是怕我要你管饭不是？”“二谝子”咧开大嘴，半开玩笑半认真的样子。嘻嘻笑说，“放心，我老婆不在家也有吃饭的地方。”说着又神色诡秘地伸过嘴，“你知道不？程必成那小子动工哩，请我给他帮忙，我这是吃了程家的饭，来干自家的活。帮你锄完这几垄，回去给他抡几下大夯，还误不了吃他的猪肉臊子拉面。”

水梨儿听得实在恶心。但知道他就是这种不自爱的人，又有什么法子呢？她看也不想看他，只听他云山雾海地说：

“嘿，这小子可真舍得，顿顿有肉，馒头整笼整笼从镇上用汽车拉，抽的喝的都是洋玩意儿，什么‘三个五’‘大力宝’，嘿嘿，真他妈叫财大气粗！”“二谝子”边往前锄，边说，眼珠子却不住地在水梨儿汗津津的脸蛋上转。“真他妈叫猪走运气狗倒霉，想不到这小子一下下就发成这样。”

水梨儿头也不敢抬，心不在焉地听着，锄着。

“哎，你听说了没有？”“二谝子”扎住锄，回头等着水梨儿锄上来。“你知道程必成这小子是怎么发得财？”

“你待管人家！”水梨儿厌烦地说。

“嘿，我是同你说嘛。”

“我不待听！”

“我知道……嘻嘻！”

“你知道什么？”

犹如芒刺在背，水梨儿忽地抬起头，愠怒地看着他。

“二谝子”吓得咽下一口干唾，忙嬉皮笑脸地改口说：“我知道他是发的什么财！瞧你急的！妈的，俗话说得好，马不吃夜草不肥，人不发外财不富。你当他程必成真是自己干出来的万元户？屁！”

水梨儿最怕听见程必成三个字，“二谝子”不识趣，偏想用他所知道的关于程必成发财的底细来取悦她。

“别看小子跳得欢，早晚要给他拉清单！他欺负二冬的事，众人都有眼哩，不平哩！天变一时，别看二冬哥落马为民，到时候再来一场阶级斗争，还得叫那小子给二冬哥跪下磕头！”

“不理，你……走吧！”

水梨儿再也忍不住，恼了，两只俊眼儿变得那么可怕，拄着锄柄，火眼骨辘地逼视着对方。

“二谝子”依旧不识趣，涎着厚脸皮，嘿嘿笑说：“我怕你独自在地里害怕嘛。跟你做个伴儿不红火吗？嘻嘻，你真舍得我走吗？瞧你那眉眼，越发变得美哩，嘿，我就喜欢瞧你的眉眼，别看村上那么多姑娘媳妇，我敢说，没一个能和你比哩。嘿，我可是说的真心话……瞧你的头发，都汗湿了，粘住了……”

越说越流气，越说越放肆，一只贪婪的手竟伸到水梨儿的鬓角上捏住一绺汗湿的长头发。

水梨儿急了，一扬头，讨厌地躲开他，急声斥道：“讨厌鬼！你走！你走！你走！你再不走我就……”弯腰抓起一块土坷垃，虚晃着要朝他打去。

“二谝子”掂锄一蹦，躲闪着说：“好好，我走！我走！”呸呸吐了两下，邪恶地叫嚷，“哼！我知道你怕我提程必成，别装假正经，你当我没看见？”

“你再胡说！”水梨儿又虚晃一下土坷垃。

“二谝子”吓得又往地边蹦了两步，看到水梨儿真恼了，才大为扫兴地掂着锄走去。走到约莫水梨儿的土坷垃打不到的地头上，那颗没有遂愿的色胆变出一肚子妒火，恶狠狠地呸了一声，拍腚大吼大嚷起来：“你他妈别假装正经，你当我没看见？你们在河坡下干什么鸟事当我不知道？你的衣裳怎么湿的？怎么脏的？河坡上的青草都压平了，磨光了……”

水梨儿觉得天旋地转，心里叫苦不迭：“我怎么碰上这个搅茅棍呀！”又羞又气，扶着锄柄，摇摇晃晃，几乎瘫倒在麦垄里。

五、添惊

“唉，总是这个搅茅棍搅的！”

凝望着黄黄的月牙儿，水梨儿托腮回想着。她的心情异常沉重，长长地叹了声气，从纷繁的往事中挣脱出来。但继而又把怨气转到“二谝子”身上，今天挨这顿打，十有八九是这个贫嘴不着调的癞皮狗给二冬吹的邪风！

俗话说：“老婆长得俊，门上是非纯！”①

陈二冬本来就是个醋坛子，自从娶了水梨儿做老婆，最不放心的就是怕有人给他戴顶绿帽子。在他当干部那些年，公社、县上有些干部常好和他开玩笑，说：“二冬，听说你老婆长得很漂亮，是老龙口一朵花。艳福大家享，叫咱们也开开眼福嘛！”本来是句开玩笑话，陈二冬听了却脸红颈粗，揣上戒心：但凡上边来了下乡的干部，一概不准水梨儿出头露面招待。那些下乡干部也难得登他家的门槛，一到老龙口就被他安排在大队客房吃住。这其中自然还有些别的原因，那些公社、县干部中确实也有个别人馋涎欲滴，打过他老婆的主意。对本村的人，除了程必成，由于他曾经和水梨儿有过一段感情纠葛，陈二冬始终耿耿于怀外，别的大小队干部和那些专爱吃野味的人，他倒不怎么戒备，量他们谁也不敢妄打陈支书老婆的主意！不

①纯：方言，这里指多、复杂的意思。

过，自从他落马为民之后，他的气量却变得越来越窄小，总怕水梨儿和他生二心，怕有人勾引她。虽然他也知道水梨儿不是那种水性杨花的女人，但不怕树不动，单怕风来摇。水梨儿在路上和谁说了一阵话，他要盘问；谁到他家串门，他要深究；看戏赶会，和谁相跟，他要追查……就是到娘家去，比原定时间迟回来半日，都要拐弯抹角，旁敲侧击，追根问底。他对水梨儿越来越不放心，越来越看得紧。这些，水梨儿都能感觉到。她觉得他太自私无聊而又可怜。但为了求得一家老小安宁，不让外人笑话，她尽量任劳任怨，忍气吞声，不和他计较。但有时实在气不过，也顶他几句："男子汉大丈夫，心胸如此狭隘，尽操这种邪心！亏你说得出口！""我要是生那种心，前二年早不是你陈二冬的人了——别看你当干部厉害哩！""你管我和谁相跟？兴你和女人说话，不兴我和男人说话？嗔！"可是这种顶顶碰碰的日子什么时候才是个完？你要和他过一辈子啊！想到他如今落马为民，处处受人难为，心里也不好受，于是便尽量克制自己，处处小心谨慎，不管他怎样捕风捉影，疑神疑鬼，全然当作耳旁风，不理他。

可是，万万没想到今天他竟动手打人！这阵儿耳朵梢还火辣辣地疼哩！

月牙儿不知什么时候看不见了。一片黑云彩从山后涌上来，遮没了半个天。一阵风从院墙外的树梢上扑下来，水一般冰凉。水梨儿禁不住打了个寒噤。哦！夜深了。两个胳膊肘透骨缝地发凉。唉唉！别想了！别想了！越想越伤心，想两天也想不完那些烦心事。

水梨儿搓搓凉气浸透的两条坐麻的腿，掂了小板凳，准备进屋睡觉。走到门口，看见陈二冬的夹袄还在门边上扔着，不由得又想起他只穿一件布衫走的，如今也不知道在谁家坐着——自己穿两件衣裳还凉飕飕，他只穿一件布衫，能不凉？他有个头痛脑热不要紧，别人可得跟上他受罪，撂着那么多地要刨，要种，粪还没全撒开，地边还没修……一个人都得替他干，还得伺候他吃，伺候他喝！唉！虽然那没良心东西打得你那么狠，真要病倒，你能忍心看着他不管吗？

水梨儿拿起那件夹袄，犹豫着。她想狠狠心不管他，又怕他真的闹下个病。低下头去寻他，给他把夹袄送去，鬼知道他这阵儿躲在谁家！再说，黑天半夜，家家都关门睡觉，去敲谁家的门？正独自托着门框作难，街门道的大黄狗哼呼了两声，接着街门哐当响了一声。——他回来了。

水梨儿一颗心落到肚里，灯也没拉，把那件夹袄撂在床上，自己抱着儿子在炕上睡下。

陈二冬进得门来，却没有睡，拉着电灯，到厨房喝了半勺子水，然后坐在床边呼嗞呼嗞地抽烟。脸色倒还没那么凶。

"没良心东西！别人挨他打都没事了，他还死怄气！"

水梨儿脸朝里躺着，听见他出气那么粗，半天还不睡觉，心又不安地暗发埋怨。

"你还不睡觉死怄什么！"

过了很长时间，水梨儿终于忍不住，抽噎着开了口。

"你要怀疑我，不想过的话，你就说话，犯不着自己折磨自己。"

她难过得真想这样说，却哽咽得一句也说不成——说这种话不是又要惹他生气吗？唉唉！由他，爱睡不睡！水梨儿故意用劲翻转身，伸手噗地把电灯拉熄。

陈二冬抽了一阵烟，把红红的烟蒂扔在地上，走过来，却又把电灯拉着："你睡着我睡不着！"

他终于说了话，语音还是那么钝。

水梨儿心一紧缩，脊梁又透出一股凉气，他真还不叫人安宁呀？他又要生什么事？

"我打你……是我的不对，我心上也讨愧。"陈二冬说，"可你也别瞒我，别拿我当聋子、瞎汉！"

"你……你要我怎么样？"水梨儿火上来火下去。

"我问你，今上午你在河坡下遇见谁？"

"你既然知道还问？——遇上程必成！"

"他找你干什么？"

"你既然还不知道他干什么，就那样动手打人？"水梨儿忍不住，一个翻身坐起来。

“我说了，我打你不对。可是，”陈二冬呸呸吐两口干唾，“我这会儿问你！”

水梨儿实在不愿意半夜三更再和他没完没了地怄气，反正他已经叫人煽得醋劲难消——唉！男人呀男人，难道都是这样可怜？信不信由他，如实端给他，看他要咋！费了好大的劲，水梨儿把今天上午在河边遇见程必成和“二谝子”的事和盘托出，最后说：“就是这些，信不信由你！”积在心口的委屈化作一股无法压抑的力量，她又硬板板地补上一句，“要打要杀由你！反正……”说这句话时，她觉得嗓子眼蓦然堵住，满腹心酸委屈涌上心头，泪水夺眶而出。

听见水梨儿抽噎得说不下去，陈二冬不作声了。他的心也酸透了。他点着一支烟，坐也不是，站也不是，闷悻悻地靠在床边抽烟。那烟其实并未点着，抽了几口，他才发现，一气掷于地上。黑压压的屋子被水梨儿的啜泣声搅酸。过了好长好长时间，他终于抬头看了看水梨儿，像有什么难言之痛，微不可察地叹了声气。

“我……没有说不信嘛。”陈二冬终于低头讷讷道。声音极低，仿佛很遥远。

“你说我也不怕，”水梨儿陡然强硬起来，一迭连声地说，“你要这样折磨人，只不过是落个‘厮跟人’[①]的坏名声……老龙口‘厮跟人’的女人也不稀罕，她们会，我也不是学不会！”

“你……”

“我也学得会……反正在你眼里我已经是这样，与其这样，我也能……”

一股酸味儿翻上来，水梨儿终于忍不住唔唔地哭了。

“妈！妈妈……”

儿子甜枣被她的哭声惊醒，光腚站起来，搂着水梨儿的脖子哭叫。

“好了，不说了——睡吧！睡吧！”

---

①厮跟人：指有外遇，作风不正派。

陈二冬犹豫半天，本来还有话想问，见炕头上娘母俩哭得伤心样，心也软了下来，又怕夜深人静，哭声扰醒他爷爷陈老定，便先躺下睡了。他哪能睡得着？直到听不见水梨儿唔唔的哭声，还辗转不眠，大眼忽溜地望着黑乎乎的顶棚咬牙发狠，忧虑重重。本来，他今天打水梨儿，的确是由于自己疑心生妒恨，一时控制不住自己，滋事生非，搅得一家人不快活。现在，他对水梨儿的怀疑已经又被另一种烦躁扰散——

“二冬，你听说了没？”

“听说啥？”

“真的你还没听说？”

“我现在活的人不人鬼不鬼，村上有什么事谁肯对我说？”

“没听说就算啦——我也是半路上捡了几句话，没敢定听错了呢。”

刚才，陈二冬一气之下，到村南头乐和顺家去消气。乐和顺也是和他一起被抹下来的下台干部，在台上时，他们两个一个支书，一个队长，短不了闹点小矛盾，下了台，同病相怜，两人倒来往得热火了。加上乐和顺的媳妇柴云凤是个愁不沾，心不记，天塌下来头顶着，她的嘴也是该说说，该笑笑，坐到一起，她倒真能叫他们开心散闷。

柴云凤因为住在村南头，离二冬家远，还没有听到二冬打他媳妇的事。所以一进门，那女人便没头没脑地问他听说了没有，而且脸色从来没有那么严肃认真。陈二冬被她蒙住，她又不往下说了。

“鸟哩，你们也拿我不当人——不说拉倒！”

说是这么说，陈二冬却十分敏感地想到水梨儿和程必成在河坡下的事情，难道她当真和程必成又私通上？当真在河坡下做出那种事情？这消息他并不全是从“二谝子”那里听到的，而是他在岭上地里干活时，远远瞭见程必成的摩托车停在他家的麦地边，回来的路上，又听见“二谝子”和几个女人浪声浪气、指指点点地又说又笑，见他过来，又挤眉弄眼地不说了。如果说中午他打水梨儿是出于怕她和程必成私通给她的警告，这会儿他倒真担心他们已经私通成奸——哪儿不能说话，偏要到那人眼不到的河坡下去?!

陈二冬本来是想来消气熄火，叫柴云凤一进门几句话，倒把醋坛子彻底打翻，心里醋劲大作，脸色在电灯光下红一阵白一阵，捉在手上的两个烟蒂哆哆嗦嗦，半天接不到一起。

乐和顺看见陈二冬脸色难看，怕他不高兴，一旁埋怨老婆说：

“知道你也是个夹不紧的糕！你还不爽利告诉他，叫他活难受呀？”

“哟！瞧你，这么大人，连一点肚量也没有！给！”

柴云凤说着打掉他手上的两个烟蒂，给他扔到怀里一盒金钟牌香烟，正要告诉他，陈二冬突然暴躁地蹿起来，大声嚷道：“别说啦！我不要听！你们都瞒我哄我，我陈二冬认倒霉，连自己的老婆也看不住，连自己的老婆也吃里扒外……我认了，乌龟王八蛋，我都认了！”

“放你娘狗屁！你这是从哪里说起？”柴云凤推了他个趔趄，连骂带笑，说，“叫你媳妇听见能饶了你？邪心怪骨头！”

“别跟我转弯子，我什么也知道！”

“知道你娘狗屁！谁和你说这个来？”

陈二冬依旧暴跳如雷，走到橱柜前，伸手抓出一个酒瓶，也不看是不是酒，倒过来就咕噜猛灌。刚喝了两口，又哗地喷出来。

柴云凤咯咯大笑，骂道：

“真是瞎你娘狗眼——那是酒精！你和顺哥刚和人家要上，叫油漆柜子用！”说完又咯咯好笑。

乐和顺可吓懵了，他哪来这么大火气？虽然他自从下台后一直不痛快，还没见他发过这么大火。乌龟王八……连自己老婆也看不住……这话从何说起？梨花那么贤惠……灰儿子！总是又听上什么闲话！

“二冬，你坐下！”乐和顺威严地喝道，“谁和你扯这些寡淡事！”说着，开了炕头柜，端出一盘油煎花生米，一瓶潞酒，两个小酒盅，放在炕桌上，满上两盅，“过来！”陈二冬蹲在脚地，没抬头，眼泪吧嗒吧嗒掉在大脚面上。

柴云凤揪住耳朵把他按在炕桌旁，依旧连笑带骂：

“邪心怪骨头，越大越没人样儿！梨花和你过了一二十年，哪点对不住你？就算她厮跟上人，你好？你没厮跟过人？你和花狐狸真正断了没有我还怀疑。嗔，只兴你们男人吃里扒外，女人歪歪眉眼就是……”

“去！胡扯些什么！”

乐和顺制止了老婆的话。

喝了一阵闷酒，乐和顺说：

“二冬，你也别自己和自己过不去，现在咱们这种人就是吃不开了，自己想开些不是啥也完了。刚才你云凤嫂是想告诉你，她在街上听说程必成家盖房子——”

“他盖金銮殿我也不稀罕！”陈二冬依旧火气很大。

“不是这个，是听说又不盖了。”

“不是不盖了，是想盖好的，洋的！”柴云凤急忙把话接过去。

“盖金銮殿和我也没关系。”陈二冬还是那句话，听也不想听。柴云凤看看乐和顺，欲说又止，犹豫片刻，还是忍不住说：“怕的就是和你有关系！听说人家要重批地方盖……好像就是要在你家前边盖一座小洋屋。”

“在我家前边？！”陈二冬这才猛醒一般，忽地抬起头，两只大眼急火火地盯着柴云凤。

“你就一点也没听说？”

“我家门前哪还有地方？”

“那片小树林……”

陈二冬送到口边的小酒盅又慢慢地落在炕桌上，两片干嘴唇抖了半天，突然愤怒地击桌骂道：

“狗娘养的！欺人太甚！”

“你也别急，这是她半路上听人们风言风语，你先打听打听，有没有这回事。真要是这样，也是明着欺负人。”乐和顺认真地说。

陈二冬再也坐不住，跳下炕来便走。乐和顺两口子吓坏了，以为他要去找程必成或者村干部，一直看着他进了自己家的大门才忐忑不安地回家睡觉。

陈二冬回家是想问问水梨儿，上午程必成找她是不是透漏过这个意思。可是看见她娘母俩哭得那样伤心，想到自己刚那样气焰嚣张地打过她，话又实在弯不回来，憋了半天，还是没好意思再问。

水梨儿哽哽咽咽的抽泣声终于变成甜甜的均匀的鼾声。

次日一早，听见水梨儿穿衣下炕，陈二冬便忽地坐起来，闷声问道：

“你要还是我的老婆，你就告诉我，程必成说过他不在旧院盖房子的事没有？”

水梨儿愣怔一下，摇摇头，也疑惑地睁大眼。

“说过他要盖新的……在另外什么地方盖没有？”陈二冬问。

水梨儿仍旧摇摇头。

陈二冬二话不说，披着衣裳走了。

六、蒙辱

风从鸡鸣山东南的山口喘息着卷过来，把河北大平原上的湿气携带了不少，一进老龙口的山谷，便被四面的大山困住，挣扎不动。那湿气便蕴积成浓浓的雾，从漳河河谷升腾、移动，一直越过老龙口，继续向山的脚下铺天盖地漫延开去。不过，这仍然是老天爷的花招儿，有经验的庄稼人谁都晓得：早雾晴，晚雾阴。今天不但不会落雨，还照样是个大晴天。那东面大山背后的天空，不是分明地溢出红红的一线？

不过，陈二冬已经全然顾不到这些。如果说这以前他还盼着老天爷快下场透雨，那样就省下他低头去给现任村主任程在望求情，借用机井浇他那二亩麦地，至少也不必再受挑水补种缺苗之苦。此刻，他的心全被恶浊的浓雾裹蚀，从柴云凤口里吹来的浓雾。好你小子！你欺负得老子还嫌少哇？还不够称心遂意吗？屌窝垒到老子的大门前边来！你财大气粗，造洋楼，造金銮殿，老子不服气，不稀罕，你还要把窝垒到老子眼皮上，你住在高枝儿上喳喳叫，叫老子在你后边吃屁！没那门儿！气话归气话，万一那小子真要做出这事，怎么办？陈二冬感到一阵阵措手不及的紧张。但转念一想，又觉得不可能，自家门前那片地，确实管够造一院新房，当初就是怕日后有人在前边再起一院，堵了风水，才以大队名义种了一片树，足有几百株。如今那洋槐树已经胳膊粗，花儿开得正旺，北京杨、毛白杨也已经冒腾腾地穿过屋顶，粗的做住檩材，细的也足够椽材……这是大队的财产，谁敢答应他在这儿砍树造屋？他再财大气粗，横行无忌，能不扪心想想？这样一想，又连连摇头，觉得不可能，再说，和顺媳妇的消息毕竟是半路上捡来的，可靠程度有多大，还难说定。紧张的心便渐渐活泛了许多。

陈二冬从家里出来，站在雾蒙蒙的大门外，瞅着模糊不清的那片树林子这样翻来覆去想着，时而气冲斗牛，不可按捺，时而自我安慰，找出许多的排除这种可能的理由。

但他毕竟是当过多年大队干部的人，他自己的经验，和耳闻目睹的许多事实，又猛地提醒着他：别书生气！什么事能办，什么事不能办；什么事情可能，什么事情不可能，还都不是在人？理上的事情本该过得去，偏会叫你过不去；非理的事情谁说也不可能，偏偏人家就可能，就要成为事实！这一想，那颗扰攘不定的心又忽地提起来。无论如何，得去摸个实信儿——首先得去看看他家后院刚挖开的根基是不是停下了。

黎明渐渐退去，天光渐渐放亮。但雾气却越来越浓。村里到处响起开门的哐当声，辘辘的吱哇声，吆喝牲畜的咒骂声，小学校上早自习的钟声，以及河滩下女人们过索桥下地故意打闹的笑声。最刺耳的还是那发动拖拉机和汽车的嘭嘭嘭嘎嘎嘎的声音——不消问，是程必成和另一个万元户砂锅王家里养的汽车、拖拉机。陈二冬一听到这种声音，心里就有一种说不出的厌恶和烦躁。可是，这种声音每天都要嘲弄般地往他耳膜上冲撞几十次。

他怀着一颗忐忑不安的心，借着大雾的掩护，悄悄来到程家后院的矮墙下面。只是他忘了那矮墙由于新开地基，早推倒了，走到跟前，才恍然大悟，急忙抽步缩身，躲闪在一道石头墙后面。谁知那石头墙里正是程家的厕所。农村的厕所，并不像城市那么严实，石头垒墙，不砌泥抹灰，四面开眼走风，又矮不及人颈。陈二冬刚缩身于石墙下，忽然听见厕所里发出一种呼哧呼哧的声音，无意走眼，竟透过那大石头缝发现一个奇迹：只见程天胜那老不死的拉屎不骑茅坑口，不拉屎又裸露出干瘪成一把皮的下半身，拉一个骑马蹲裆架势，使劲儿揪那两颗囊。揪了一阵儿，又抽出一条红布裤带，拴了一块足有五六斤重的古青砖，竟绑结在那两颗阴囊上，像猴儿悠秋千一般悠起来。前后悠了左右悠，左右悠了又悠圆圈儿，悠得怪有精神。陈二冬简直吓了一跳，纳闷，这老家伙出什么洋相呀？七八十岁的人了，还……但他很快想了起来，早就听人们传说，程天胜练的一种什么铁裆功，就是看了一本介绍长寿秘笈的手抄本，并开始跟着学。村上还有许多关于他练这种功的笑话：有一天，他正在屋里关门练功，程必成的媳妇正好下地回来，推门推不动，听见老东西哼哈气喘，还以为快要死，从门缝一瞧，吓得捂着眼便骂起来："老死不要脸的东西，老了老了，还有日石头的贼心！"一度曾闹着要和他分家。

陈二冬正看得入迷，竟忘记自己来这里做什么，直到听见有人在前面说话，才慌忙抽身闪进一条通往村外的胡同。他觉得自己倒了一百辈子霉，大清早碰上这种日事，真是晦气！他边走边呸呸唾着，忍不住想骂。真是冤家路窄，他刚往前走不几步，猛然发现程必成和羊工毛开瑞站在道口上说话。二冬十分愕然，进退维谷，心想，照直走吧，实在不愿看见那家伙的脸；退回去吧，又显得自己怯他，况且已经来不及。"屌哩，怕他？！"正犹豫不定，对面却传来程必成刚睡起来还没有打扫清利的哑嗓门："是二冬吗？这么早上哪去呀？"真像太阳从西边出来！

"到地里看看！"

对方既然客客气气，自己也不能过分无礼，何况此时的陈二冬还真萌动一种和解的希望。他信口支吾道。

不料程必成却嘎嘎大笑，那笑声仿佛打了一声炸雷，说道："你老兄不是还没有睡醒吧？"

陈二冬不悦地皱起眉头，不解其意。

"怎么连东南西北也还没分清？"程必成仍旧很热情地打趣说，"下地怎么往村北走？你家的责任田都在沟底和南岭，你当我不知道吗？"

陈二冬呼地一阵发烧，不高兴了，但也不便作色，人家分明说得对嘛。他有点惶惶然，脑子连想也没想，答非所问地说：

“走哪算哪!”说完便要走。但走了两步,又生起一念:“我干脆开门见山问问这小子,是不是真要……”

还没等他想定,程必成蓦地捉住他胳膊,俨然不失丈夫气度地笑说:

“哎呀,你先别走,我还有话和你说。你老兄怎么那样狠心?昨天我看见你媳妇一个人在沟底锄麦子,那是女人们干的活?你看水梨儿瘦成个甚?”

一听提到他媳妇,陈二冬心上便又轰地着了一把火,一直烧到脸上。

“我可告诉你,你不心疼我可心疼!”程必成两道恶眉毛异常活跃地说。

“你……”陈二冬不甘忍受地想甩开他的手。

“你什么?”程必成仍旧洋洋大方,捉着陈二冬的手不放,几乎点着陈二冬的鼻子说,“我和水梨儿好歹还是同学,我可要替我的老同学鸣不平。如果你敢于承认事实,我还可以这样说,水梨儿本来就是我的!起码有我的一半!”

“你……你……”

“你说嘛,是不是我把媳妇让给你当老婆?哈哈哈哈!”

“你别拿人寻开心!”

“哎哎!说句笑话嘛。”

陈二冬恨恨地甩掉程必成的手,他感到自己蒙受了极大的耻辱,但又没有勇气和对方吵翻脸,在他的潜意识中,仍然抱着一种希求,希望程必成改换地方造屋不要成为事实。他显得口笨舌焦,语无伦次,欲说什么,又没有说出来,呸呸吐了两下口水,抽身便往前走。

程必成却仿佛玩得十分痛快,紧追不舍,在身后朗声高叫:“哎!老兄,有什么难处可说话哇!我看你家的谷地还没翻过,用拖拉机什么的,吭个气儿!”

直到望着陈二冬折过北村外的土岸,消失在雾蒙蒙的一个小山咀后面,程必成才收敛起一脸嘲弄的笑容,长长地吁了一口气。他感到很开心惬意,又饱吸了一口凌晨的新鲜空气,两道眉毛顿时恢复了铁一般阴冷。

这时,村里的大雾已经开始向着高空蒸腾,朝着漳河川对面的山谷飘移。村里做晨饭的炊烟从家家屋顶袅袅升起，和游散的雾气混为一体，悠悠飘散。

“爸，吃饭了！”

自从农村实行了生产责任制，程必成承包了砖窑，开了炼焦厂、石窝，养了汽车、拖拉机，经济上暴发起来，生产习惯也和村里人不一样了，村里庄户人家依旧墨守祖先的规矩，一天三出工，早晨饭要在上午九点多才吃。程家却已改为城市化——七点半吃饭，或者更早。程必成听见小女儿桂花在后院土堆上喊他吃饭，他是打早起来到砖窑上去转了一圈，那儿一窑砖瓦快要出窑，本来还想到炼焦厂去一趟，这时改变了主意，决定先回家吃早饭。

程家吃饭的方式也发生了变化。解放几十年，从来都是和村民们一样，端着粗瓷大碗，坐在饭场上或者大门外的石头上，连吃带拉闲话，便打发掉一顿粗茶淡饭。那时，程必成和他爷爷程天胜，因为成分高，时常受人冷眼，挨批挨斗，但每到吃饭时间，也不甘寂寞，总要端上一碗饭坐到大门外的石头上去吃。不过，他们很知趣，坐得离众人远些，从不多作声。现在却大不一样，一来是财大气粗，二来是程必成花钱如流水，并非守财如命那号人，每顿饭必要摆桌上酒，大电镀腿子塑料圆桌摆在当脚地，酒杯醋壶，香油、辣椒油、锦江豆瓣……样样调味作料都要端上来，吃不吃也要让人看个样儿。即使是早饭，也要有两盘小菜下酒。他这种做派，和老龙口另一个万元户砂锅王迥然不同。砂锅王也是近两年发起来的，他吞吞吐吐自报有一万元存款，人们给他计算，光他烧砂锅两年时间足有万元收入，加上他收徒传艺，收学费，又兼营其他烧制工艺品，很难估透他的实底儿。砂锅王虽也发了，但从不像程必成那样露富摆特殊，他吃饭照旧是端着大碗，一家人坐在大门外的石头上，碗里的“水平”从不比普通人家强多少，高多少。不过，人们还是传说，半夜闻见他家飘出炒肉的香味儿。这也许是真的，因为这片土地上的乡民，旧社会就有这么个陋俗，吃香喝辣，总是在半夜三更，好像怕被人抢吃了一般。解放多少年，乡俗民风虽有进化，但此种人仍时有所闻。砂锅王虽还不属这号人，却毕竟是旧社会过来的，那满脸松皮叠皱的深处，仍浸染着不少旧社会的风尘味儿，自然不如新社会长大的程必成开化。

程必成所以这样在吃喝上讲铺排，固然是财大气粗，会享福，也敢享福。但据人们传说，他还有一个用意，要让他爷爷程天胜重新过几天当年的日子。人总是有种捉摸不定的性子，程必成虽然是程天胜一手抚养大的，但从小就对他爷爷没一天好，不是骂就是打，有时吃饭也敢把他爷爷的碗夺了，摔了，嘴上还少不了骂："老地主！快死吧，老地主！""跟上你个老地主老子也不得出头！"后来，他从学校被开除回来，有一段时间还和他爷爷分家自过，一间破屋中间垒起一堵墙，从后窗开门，让他爷爷走窗户门。有的说他这是故意表现"划清界限"，有的则怀疑是程天胜老地主出的鬼主意。不管怎么样，他们可都真做得出来。自从以阶级斗争为纲的政策变了之后，程天胜的地主帽子也摘了，程必成自然如困兽出了樊笼，对他爷爷的态度也开始变化。尤其是这二年发了家之后，越发显得孝顺起来——好像要赎回他当不肖子孙的罪过。

程必成坐在饭桌前，拿起筷子又放下，回头叫道：

"桂花，你爷爷哩？"

桂花在院里帮她妈洗涮昨天晚上管众人吃饭堆下的锅碗，应道：

"在后院拾掇家具哩。"

"叫去！"

"叫甚？你有事只管先吃好了，我多会不能吃！"程必成刚要打发小闺女去叫他爷爷吃饭，程天胜手里拿着三个空健力宝筒子走了进来，边说边当宝贝似的往窗台上放。

程必成有点不高兴，说：

"你们就不会改改那种农民习气！吃饭就是吃饭，吃了饭什么事不能干？总是一顿饭吃两个小时还收拾不清！"又瞅着程天胜手上的空健力宝筒子说，"你捡那破玩意儿做啥？"

"这东西我看扔了怪可惜的。"程天胜说着，把那空筒子一个个摆在窗台上。

“哎呀，你怎么尽往家收拾这些破玩意儿！桂花，拿出去扔了！”

程天胜并没有生气，倒笑笑说：

“好好，扔了，扔了！”把三个空筒子递给桂花，才坐在程必成给他摆好的折叠椅子上就餐。

早饭很简单，一碗现成的油煎花生米，一盘拌水萝卜丝，还有一盘昨天吃剩的午餐肉。从土改以后程天胜已经习惯了过寒酸日子，这种吃饭上桌子的形式早已不习惯，还没有蹲在门口石礅上吃着舒服。可是为了不违拗孙子的心意，还是俨然以老太爷的身份居了上位。程必成先给他斟了一盅老白汾，自己却撬开一瓶北京啤酒，斟了一杯，各自端杯启箸。

程天胜老汉虽然瘦得像一把干柴，但精神蛮好，倒霉的时候在众人面前当孙子也真叫人可怜，现在当起老太爷来，也真不失风度。他从三十岁上就蓄起胡子，索拉拉一把好胡子。后来因为被人们揪怕了，索性把头发、胡子剃了个光，如今又留了起来，从上嘴唇到下巴颏，索拉拉留了二寸长，修剪得齐齐楚楚，给他那副干瘪的木瓜脸煞是增加了许多的生气。程天胜送下一盅酒，拣吃了两片醋浸的午餐肉，放下筷子，捋动那二寸长的胡须，开口说：

“必成，你这是打什么主意？哪有盖房子开了地基又不盖了的？”

“是呀，你叫爷爷说说！”必成媳妇赛天仙在院里接上话，“我说他，他还嫌我心烦。爷爷说你，你也总该听听了吧？”

“扔下这么大的摊场，不说工钱料钱，光铺排吃喝已经花了多少？”程天胜接着说，“这是闹着玩哩？”

程必成不动声色，津津有味地连住拣吃着花生米，却不说话，仿佛压根没听见他们说什么。

程天胜自己斟了一盅，却没马上喝，端起来，又说：

“你想怎么盖，打什么新主意，我呢，老了，不中用了，盖什么洋的好的也住不了几天。你也该和你媳妇商量商量，也该给她打个招呼。你这叫大伙都装在鼓里……”

“人家眼里还有我？”赛天仙这时出现在门口，面带不服，帮腔说，“嫌我没给他生儿子,尽养闺女。生儿生女是我一个人的事?你就没责任?我也念过两天书,我也打听过……再说,我又不是不能再生,是人家不让生嘛。”这女人好像有一肚子委屈,说起来呱呱响。

程天胜朝她摆摆手,说:

“你去干你的!我们说我们的事哩。”其实,赛天仙的话倒惹起他的心病,他又何尝不想活着看见程必成有个儿子呢?前三四十年,他一心只想着把程家唯一的根苗必成拉扯大,如今日子好过了,能不感到程必成没有一个嗣后的儿子是个大缺憾吗?只是这话他作老的不能说出口。是来个违法(计划生育法)破财再生一胎,还是另打主意,都得必成自己说话。况且,这时也不是扯这种事的时候。

程必成一连嚼食了十几粒花生米,这才把筷子放下,对于赛天仙的“告状”和爷爷的话并没有丝毫不高兴的样子,反而一笑说:

“拿饭来吧!”

饭是昨天的剩饭——从城里买来的馒头,本来计划昨天晚上和今天早上管匠人和帮忙的人吃的,结果昨天晚上连吃带“撒花”,吃掉一多半,现在还堆着半竹筐。赛天仙把一盘四个馏热的馒头端进来,故意往程必成眼前一放,带着怨气,却堆着笑容,说:“吃吧!看你一个人吃得完——还剩半筐呢。”

程必成拿起一个,说:“看愁的你!搁着,我还有用项呢。”

这时,程天胜又把话扯到停工的事上。他知道,在这个家门里,他虽为长,必成也很孝敬他,但权却不在他手里。他倒不十分热心掌权,只是这么大的事,不和他商议一下,究竟要重打什么主意,还把他蒙在鼓里,作为当老的,他心上实在搁不下。所以,又绕着弯子问个没完。

直到自己吃饱喝足,程必成才不无厌烦地站起来,说:

“哎呀!你管那么多事干什么?那么大年纪,少操点心,多吃点喝点,不好吗?我不和你们商量,是想叫你少管点闲事,少操点心,多活几年。你能多活几年,结结实实地多活几年,就是我们当小的福气,我也就满意了。再说,如今的事,给你说你能管得了?你就安心地吃好喝好,自己想坐坐,坐坐;想跑跑,跑跑,不好吗?”

一通带怨气的热扑扑的话,竟说得程天胜老汉干巴的脸上老泪横流,捋着索拉拉的胡子,高兴地笑说:“好!好!我不操心,我不操心,我……有你们,还操什么心?”正说着,门口进来个人,是村主任程在望。程天胜揩着泪湿的老脸,忙起身让座。程在望没坐,只是接过程必成媳妇递上来的一支烟,便对依旧坐着的必成说:

“必成,你打算什么时候动手?”

程必成审识地看着他问:

“怎么,有什么事?”

“不,我是又想了一下,觉得有必要找你说一下。”

“来,到我屋里说吧。”

程必成这才离座,引了村主任程在望,到隔壁他住的房间去说话。

七、诗祸

轰轰烈烈开工盖房又突然停工的事，像谜一般在人们中间传播着，猜测着。有的说是因为开挖地基那天，从山墙地基下挖出个死人骷髅，算命先生看了，说主凶，将来盖起来，家门不宁，不敢在那儿盖了，而且说得有眉有眼，有名有姓。那算命先生是河西汤帝庙上的王半仙，十几年前程必成倒霉时就给他看过相，说他那两道恶眉毛下有股葱茏之气，将来有大富。有的说是怕将来批地基困难，趁现在走红，在干部面前说话顶事，重批一块地方，盖洋的，大的，老院旧址，反正早晚也丢不了。但更多的人私下议论，却认为，不管他当初怎么想，现在说不定还是冲着陈二冬来的。陈二冬盖下那么一大院，他能甘心居其次？而且有些消息灵通的人分明已经得到消息，前天，村里几个主要干部进城开会，实际上是程必成在醉仙楼请客。一桌饭花了三百五十元，新地方早已谈妥了。

不管众人怎么传说，人们却看见程必成反倒比任何时候都显得消闲，背搭双手，游游逛逛，走到村外，又从村外上了南岭，一会儿蹲在地头和人们抽烟说话，聊墒情粪土；一会儿又独站在河边看女人们踩着石头过河，高兴了还捡片石头，打个水漂儿。

程必成今天的确像位春游的闲客。此刻，他正从炼焦厂翻上一道山梁，站在南岭上极目四顾。太阳从他背后的万山丛中冉冉升起，由红变白，喷金吐银，好像故意为他闲游助兴，把山下的梯田，蜿蜒东去的漳河，横空而架的大索桥，河两岸的川地，以及高低错落、古老的老龙口村，照得处处生辉。绿的麦田，黄的菜花，烟雾一般的河柳，以及穿红着绿，吆牛扶犁的男女和那一起一落、闪闪发亮的银锄尽收眼底……

“啊！春天，老龙口的春天竟也是这般美！”一时间，早已枯死的青春的诗情突然为之复萌，勃动。他凝望着明媚春光，想即兴作一首诗。他在读中学时便有此种兴趣，可是想着想着，一句新诗没想出来，倒想起他至今未敢发表的一首旧诗，竟默默地诵道：

到处是枯石焦土，
到处是死亡的惨白，
只有狠毒的骄阳贪婪无度，
张着血盆大口，

吐着千条火舌，
疯狂地吞噬，吞噬……

大树被它嚼得枯萎，
小草被它咀得夭折，
连那滚滚如斗大石，
也被它咀嚼得发烫，冒火！
这里哪是春天啊?!
分明是一个骷髅累累的
世界……

这是他被学校开除回村后，一个春天的中午，独自坐在漳河边的乱石滩上写的一首诗。他几乎是咬牙发狠，一口气把它写出来的。他感到这首诗写得太得意了，既描写了大旱之年漳河川的真实情景，又隐喻了自己一种不可告人的思想感情。他写成之后，想带回家去，甚至想把它寄给报社，可是又没那个胆量。万一被人发现，或者被报社退回来，不送他坐大牢，也得给他加顶反革命帽子戴。好死不如赖活着，真叫他豁出命去，还舍不得这口猫儿气。但又不甘心把自己最得意的一首好诗扔了。想来想去，想起他爷爷程天胜在一块大方砖上刻变天账的事，那块大方砖至今还埋在他家的门墩石上。于是，他心血来潮，仿照他爷爷的办法，从砖窑上偷了一块大方砖，在河里磨得又光又平，用削足刀一字一字刻上去，然后趁人们不注意，爬上河对面的石崖，把它藏在一个老鹰窝里。但这件事，偏偏就叫一个人发现了。

那年春天，村里正住着下乡工作队，帮助大队干部抓阶级斗争。一天夜里，刚刚担任了民兵连长的陈二冬带着许多基干民兵突然闯进他家，把程天胜和他从被子里揪起来，命令他们交出变天账。他爷爷程天胜反正已经是死猪不怕开水烫，任他们推来搡去，一个不开口，什么问题也顶得过去。程必成却吓得差点尿了裤子，眼睛直往那块门墩石下瞅。

“你老实交代不交代！”陈二冬指着程必成喝道。

程必成慌得说不清话：“我……我老实……不知道……”

这时，工作队队长挡开众人，对他说：“你还年轻，要和你爷爷老地主程天胜划清界限，给自己争取光明出路。听说你伪造证明，隐瞒成分，大队还没有处理你。再要和老地主划不清界线，甚至帮助他私藏变天账，可就更严重了！”

程必成听了工作队长的话，心动了，真想说出他爷爷藏变天账的地方。可是，就在这时，陈二冬又冲上来，斥道：

“你不交代就当我们不知道？你老实说，你上鹰咀崖上做什么？拿着什么？抱着什么？藏在什么地方？”

啊！是为了这个！

程必成恐惧的目光迅速从门礅石下收回来。但刚松气又猛地提起来；那鹰咀崖上藏着的东西比变天账还危险可怕啊！

“老实说藏在什么地方?”

“别跟他啰唆,让他领着找去!”

当下,工作队长也火了,众人一拥而上,推着他便向鹰咀崖走去。但漆黑天,凭着几个手电筒上鹰咀崖谁也胆怯。最后,工作队长犹豫了,说:“先把他看起来,明天再让他去找!”

可是,第二天,当程必成怯于皮肉之苦,领着陈二冬等人爬上石崖,去老鹰窝里找那一方青砖时,却大惊失色,那块刻有“反诗”的青砖不见了,却从老鹰窝里摸出一包石灵脂。

程必成愣了。但他的脑子毕竟机灵,马上讷讷说:“我说没有就是没有……我是早采下一包药,不敢去卖,又怕放在家里不保险,才藏到……”

啊！总算化险为夷!

然而,这毕竟是个谜,是谁这么傻,把一包价值昂贵的石灵脂放进老鹰窝,换走他一块分文不值的青砖呢？采那么一包石灵脂要攀高下崖,担多少风险,花多少精力?

老龙口的村民,祖祖辈辈都有采石灵脂卖钱糊口的习惯,穷极的程必成看到别人干这一行,也曾经想碰碰运气,可是这要冒生命危险的,那么高的悬崖,一不小心掉下去就扔了一条命。他多少次冲动都没敢一试。何况,干这一行走运的人并不多,满打满算,老龙口吃这碗饭的也不过三五个人。谁会这么傻,把一包用生命换来的石灵脂放在老鹰窝里？程必成曾怀疑是不是自己找错了地方,把别人藏的石灵脂误取出来。可是,他几次偷偷到崖下去看,分明一点不错——那个老鹰窝就是他藏砖的地方,他刻下的记号还清晰可见。再说,事情喧嚷得无人不知,一连几天,村里并无人来找账。

直到工作队离村之后,还没有人提这事。

程必成忍不住,一天夜里就悄悄对他爷爷说了真情。程天胜听了,喜不自禁,连连合掌说:“天意！天意！这是天不绝咱!”又说,那鹰咀崖可灵哩,日本人打进老龙口那年,他在崖下藏过身,皇兵的人马从他身边开过去都没有发现他……这是天意,天不灭咱!

程必成将信将疑。但如不是天意,不是神灵暗中保佑,那一方青砖会变成一包济世良药吗？天意！天意！他大悟一般跳起来。他相信他爷爷的话了：天不绝咱！不惜把仅有的几个鸡蛋，拿到外村一家私造迷信用品的巫婆家里，换了一把香，买了一包饼干，在一个漆黑的深夜，来到鹰咀崖下，一边烧香磕头，一边感恩戴德，念念有词。不料，却被羊工毛开瑞捉住。他吓得转过身又给毛开瑞磕头。毛开瑞并没难为他，把他叫到看羊的草庵里，问道："你烧香做啥？"

"我给俺爹……"

那天正是农历七月十五日，乡俗是个鬼节。程必成脑子一机灵，便支吾说给他爹烧纸。但话一出口，便后悔莫及，他爹是被镇压了的，给被镇压了的老子烧香，那不更严重吗？

"你别哄我，我知道你想干什么。"毛开瑞说，"是不是因为工作队没搜出你的变天账，感谢神灵哩？"

程必成不敢说是，也不敢说不是，只是学他爷爷的办法"不说话"。

毛开瑞也不再追问他，走出草庵。

程必成又慌了，追出去，央告道：

"开瑞伯，我求求你，不要揭发我……你叫我干什么我都行。"口说着，心里却陡生拼死的念头，暗暗摸起一块石头，"只要你敢去揭发，老子就……"他手里的石头已经照准毛开瑞的后脑勺。

就在这一瞬间，毛开瑞头也没回，一脚把那红红的香火踢掉，回头笑说："要烧香，你去给梨花她爹烧去吧，神灵是他！"

这一说，程必成猛然醒悟一般，想道："啊，会是他？我怎忘了，梨花她爹采了一辈子石灵脂……"他松一口气，转身就走。走到村口，才发现那块准备置老羊工毛开瑞于死地的石头还在手里握着……

那年夏天，梨花已经初中毕业回到村里。家里没吃没喝，她娘由于生了她兄弟，病倒在炕，她爹看她是个女的，也不十分乐意再供她念高中，梨花硬熬了个初中毕业，便放弃升学，回村种地。

"哟，你可稀罕！"

第二天一早，程必成借口找梨花借一本书看，来到梨花家的小院。

梨花正在院里绞水。她们小院有口水井。

程必成没有答话，走过去就帮着绞辘辘。

“不用，我自己绞得动。”梨花说。

程必成依旧没说话，只是不好意思地笑笑，掂起绞上来的水桶就往家里提。

梨花也不再客气。她绞，他提，两个人默默地把一口盛五桶水的大缸装满，才相视一笑。

“你爹哩？”他问。

“进山啦。”

“又采石灵脂去啦？”

程必成说着，拿起一把铁锹就跳进猪圈：

“这猪圈该出啦。”

“哎呀，你是怎啦？”梨花隔着猪圈墙叫道，“你出来！不急出哩，我爹说他傍黑回来自己出哩。”

“这点活算什么，我帮着出了不省下你爹回来出。”

梨花拦不住，只好由他。他可真不惜力，不怕脏，两只前后张口的破解放牌球鞋踩着猪屎尿，挥动大铁锹，一锹一锹往圈外撂那又臭又脏的圈粪。

梨花不忍心看他一个人干，也拿了一把铁锹要往圈里跳，被他拦住：

“我一个人就行，你该干什么去干什么。”

不到半顿饭工夫，圈里便出得干干净净，清清利利。梨花留他吃早饭，他扔下锹便走。

“嗨，你不是借书嘛？”

“我改天再来取。”

梨花刚吃过早饭，他又来了，推着满满一推车土，在街门外叫：

“梨花，帮我定住推车！”

“你这是咋啦！”

梨花帮他把土推进街门，倒在猪圈墙下，嗔怪道：“嘿，帮人帮到底嘛。管出圈，不管垫圈，那叫啥？”操起铁锹就往圈里扔土。

梨花真被他这种热心搞蒙了,吓慌了,她说不上喜欢他,也说不上不喜欢他,但他真要对自己有什么心,那可怎么办?

一连几天,他总是这样,一有空儿就往她家跑,一来了就找着活儿干,挑水,扫院,挑烧土,和煤,甚至帮着梨花把她娘抬在院里晒太阳。他的殷勤,使梨花娘和梨花的弟弟都感到厌烦。梨花娘私下担心地问梨花:“水梨儿,必成是咋啦?你们是不是好上啦?”

“哎呀!娘,你尽瞎想!人家帮你干活就是好上啦?”

梨花羞于她娘提这种事,也担心程必成真有此心,他的家庭成分毕竟是地主啊!他父亲还是被镇压的,可她的心肠是那样软,却不过老同学的面子,却不过一块长大的乡情,更不好意思伤人家的好心!但凡他来了,总要以礼相待,有时她弟弟当着必成的面说难听话:“你又来了!”她还总是斥责弟弟无礼。

程必成并不想急于把自己的用意说破。他想,他们既然能在关键时刻冒险帮助我,就不会轻易再揭发我。但那块刻有“反诗”的青砖落在他们手里,毕竟不亚于一枚定时炸弹。要除掉这枚定时炸弹,不可操之过急,只有用软办法,慢慢从他们手里要回来,或者亲眼看着他们把它毁掉。

想是这么想,但不弄清那块青砖的下落,终究是一大心病。

这天晚上,他又借口还书,来到梨花家。梨花爹到队里记工,她的弟弟也已经睡下,梨花一个人在地上摇着机器剥新玉茭棒子。他把书放在桌子上,便坐下来帮着摇机器。

“梨花,我常来你家,你不怕吗?”程必成琢磨了半天,试探地问道。

梨花吃惊地看他一眼,会心地说:“怕啥?谁不到谁家?你又不是老虎。”

“可我是地主……”

梨花哧哧一笑,说:“你是地主?谁给你定的?”

“不不,我说我家、我爷爷、我老子是地主……”

“你是你,你老子是你老子,”梨花一本正经地说,“必成,看在咱们同过学,我有句话想说给你,你这人太古怪,神一阵,鬼一阵。”

"是是……我的脾气不好。"

"不是脾气,是……是什么,我一下也说不上来,反正我觉得你对人不够诚实。"

程必成的脸色刷地变了,幸亏背着灯光,没被梨花看见。顿了片刻,他说:"你指什么? 我对你可是绝无二心。"

梨花脸红了。但依旧认认真真说:"不是指你对我。我是说你对人处事。比方说,自己家庭成分不好就是不好,何必做假证明,隐瞒? 闹得多不好。"

程必成想说:"你才是站着说话不腰痛! 我要不隐瞒成分,能考上中学吗? 能吃上助学金吗? 吃不上助学金我凭什么念中学?"但却没有说出来,依旧连声应是。

"家庭不由自己选择,"梨花接着说,"个人前途却可以由自己选择。只要你真正和你爷,和家庭划清界限,老老实实做人,怕他啥哩? 你的思想比我丰富,我承认,可思想再丰富也不能出格。"

"我不明白你说什么。"

"你装糊涂。"梨花又哧哧笑了,用明亮的眸子瞅着他。

"真的,我一点也不知道你指什么。"程必成着急地说,"咱们是老同学,你听到什么,还是看到什么,应该多帮助我。我……我一辈子也忘不了你的恩情。"他几乎要哭了。

"哎呀! 你又瞎说什么,谁要你说这话!"梨花忽然正色问道,"你坦白说,你对新社会是什么看法?"

程必成一震。随即故作爽快地说:"新社会? 新社会当然好,社会主义当然好。"

"当真是心里话?"

"我……我发誓!"

"看手吧! 当心机器绞了指头!"

"你不相信我说的吗?"

梨花把埋在脚上的玉茭粒儿推到一边,一边去找口袋,一边说:"我相信不相信不关紧要,我是担心你的思想……”

“我的思想怎么了?”

程必成再也坐不住了,他感觉到梨花对他的不信任,同时敏感到梨花有什么话想说又不愿意说,而且那话分明对他不利。他警惕地回想自己最近有什么失检点的言行,因为从那次进驻工作队之后,他曾警告自己要学会伪装,对任何人也不说真话。但想来想去,想不出自己有什么授柄于人的地方。他急了,几乎又要给梨花下跪,央求道:“梨花,如果你还把我当个人看,你就……”

“哎呀!你又来了!”梨花这才告诉他,说,“我是说你那首诗——”

“什么诗?!”

“你又跟我装糊涂!”梨花看看门外,十分真诚地说,“你那叫什么诗。‘一个骷髅累累的世界!’‘到处是死亡的惨白!’你这是诗?”

程必成明白了,也吓坏了,两鬓轰轰地响,捉着玉茭棒子呆住了。

“你这种思想多可怕!”梨花按照自己的世界观,十分严肃认真地劝导他。“上次工作队追查你,虽然躲过了,可,这种思想不改,早晚还会躲不过。咱们平心而论,新社会说到哪一步也比旧社会好。你可不能因为你爹叫镇压了,就把什么都看成是黑的。就说你爹,我没见过,你也没见过,可听众人说过,他那么作恶,人命好几条,不该崩他?”

程必成没有想到,这个在他眼里有着一副漂亮脸蛋的姑娘,能说出这些有骨有肉的话来。他几乎被她吓傻了,克制着不舒服的感情,装作十分敬服地听着。但听来听去,觉得她并无恶意,确实是设身处地为他着想的一副好心肠。他紧张的心渐渐松动起来,进而想道,不管她说什么,我得想办法把那块青砖要回来。也许她会给我的。于是,他试探地说:“梨花,我长这么大,从来没有听人对我说过一句热心话。你要是早这么劝我,我也许不会干出那种蠢事。那回可全亏你救了我。”他故意低头吸吸鼻子。

梨花一笑,说:

“我?我可没救过什么。”

“你还瞒我!我一想就知道是你,在这个世界上,除了你……”

“你又来啦!”梨花正色告诉他,“那是我爹干的,他连我都不让知道。”

程必成故作惊讶,说道:“你爹!——怀仁叔?”

“你以为藏到老鹰窟窿自己做得很机密。——亏你想得出!”梨花接着说,“那天幸亏我爹在学校给李老师帮着修厨房,听见两个学生向李老师报告……”

“谁家孩子?”程必成打断梨花的话。

“你知道那么清楚做啥!”梨花知道他这人心窄,告诉他,不准哪天他会报复人家。说,“你这人毛病多哩,告了你,你还不知会怎么想哩。不说了。”

这时的程必成,已经对那块青砖怎么变成一包石灵脂的神秘故事不感兴趣,他急于想知道的是那方青砖的下落。他知道梨花心实,便连忙掩饰说:“好你说哩,你就这样不相信我?我就这么不值得你信任?我会怎想?我只想来生变牛变马……”

“别说美听的啦!”梨花噘噘嘴,接上说,“我爹要指望你报恩报德,早对你说啦。我爹不让我告诉你,只当没这回事。”哧哧一笑,又说:“这些天你那么殷勤,当我猜不着你那小心眼儿?你觉得你猴精哩,你知道我爹反倒讨厌哩。人心不在一时一事表现。对人诚实是一辈子做人的事。你这样,反倒使人感到不实在。”

程必成脸上一阵阵发烧。

“你说不对?这话早想给你说,可你那个……”梨花依旧边剥玉米,边笑眯眯地瞅着他说。两只明亮的眸子仿佛看透他的心。

“哎呀,往下说嘛!”程必成竭力装作真诚聆听的样子,“与君一席话,胜读十年书。你就再好好开导开导我嘛。”

梨花却站起来,拍打着身上的玉米灰屑,说道:

“我可当不起。我只是说了几句心里话。你也起来扫扫身上的灰回去歇吧,天不早了。”

“早哩,你爹还没回来哩。”程必成依旧坐着,他想伸手拉她坐下,又怕梨花反感,仰着脸问道,“哎,你爹是怎么知道的?”

“我爹不叫说。”

但梨花毕竟心软，最后还是全都告诉了他。

那天，梨花爹程怀仁正在学校帮李老师修厨房，两个学生来报告，说他们在河下树林里掏鸟蛋，看见老地主程天胜的孙子程必成上了鹰咀崖，把一个什么大东西藏到老鹰窝里。当下，李老师就报告了工作队。当时天色已晚，程怀仁听了，并没当回事。睡到半夜，听见村里大吵大嚷，打发梨花去打听，才知道是工作队搜查地主程天胜家，找什么变天账。程怀仁一听，立刻联想到在学校听到的事。他对地主程天胜并无丝毫好感，而且，解放前他父亲上山采石灵脂，程天胜还刁难过他们家，打过他一巴掌。但他生就心善，见不得人欺人，更见不得那些可怜巴巴的老的小的。别人欠他的情，短他的理，他过后就忘了，他要欠下别人的，一辈子也忘不了。解放后，老地主程天胜没吃没穿，大冬天没烧火的煤，每天天不亮就煨到大队粉坊外面的炉坑里，一边暖身子，一边捡料炭。有时趁人不注意，还想伸手从煤堆上偷几块大炭。那时程怀仁在粉坊磨粉，总是看见装个没看见，若有人过来，还提醒他快点提上筐子走开。程必成长大后，和梨花一块儿上学念书，他越发看见这孩子可怜，从小没爹没娘，一生下来就受那么多的苦。他爹有罪，该遭枪崩，他刚从娘肚钻出来，有什么罪？他总是让梨花把自己用的石笔，抉两节儿送给他用；小学校上联校开会，带干粮，也嘱咐梨花悄悄分给他一个黄蒸半个饼子吃。特别是必成被学校开除回来，大队三天两头整他，让他站板凳，晒太阳，有一回竟把他绑在村中的电线杆上，火辣辣的日头下，整整晒了三个时辰，程怀仁看见心里都替他难受。所以，那天夜里，他听说必成把变天账藏到老鹰窝，心想，那要叫工作队找出来不要他的命吗？于是他便爬上鹰咀崖，用自己的石灵脂偷换了一块刻满字迹的青砖。他本想让梨花天亮之后去给必成递个信儿。不料天刚亮陈二冬就押着程必成上了崖。幸亏那小子脑子机灵，会随机应变，用假话搪塞过去。

听梨花说完，程必成着实感动了，恨不得当下再给梨花跪下磕头。

“那虽不叫变天账，可比变天账还够坏！”梨花说。

程必成虽然十分感激，心里还想着怎么样把它要回来，故意说：“我那是写诗。”

“有那样写诗吗？你怎不写首好诗？”梨花反驳道。

“我那诗也不坏嘛。”

“呦！你还嘴犟！”梨花不满地尖叫道，“是不是要给你拿出去叫众人评评？”

程必成暗道：“啊！看来他们还保存着呢！”他又庆幸，又担心。他知道她们父女虽然不会出卖他，但那块刻有“反诗”的青砖在她们手里，不亚于一枚定时炸弹，早晚是块心病。所以，他讷讷半晌，终于忍不住直截了当地说：“那块砖还在你这里吧？”

梨花当下回绝了他。断然说：

“在也不给你！我爹不让给你。”又哧哧笑说，“你拿回一包石灵脂就还给你。”

“我不要，我看看行吗？”

“你要看那做啥？”

两个人正说着，不知什么时候程怀仁老汉已经回来，在门口接上话。程必成惊出一头虚汗，慌忙站起来，毕恭毕敬地叫了声：“怀仁叔！”

程怀仁老汉坐在炕沿上，踩着小板凳抽过一袋烟，扔下烟袋，直起腰说：“必成，你也不小了，我有句话得对你说。要论你爹，政府杀他，该！你爹要活到现在也不会是个好种。他领着日本人，一次就在水车沟杀了百把人，杀他也不够抵命哩。我看不惯二冬那些人整治你，可也不赞成你骂政府！我不懂你写的那叫啥，可我也能听出个味儿——别把心都用在那上面去！拐着弯儿骂人，不好！”

程怀仁老汉平时不多说话，此刻竟说起来收不住，连梨花一旁听着都吃惊。

“你说我这话中不中？”程怀仁老汉抹抹口上的白沫，又抓起烟袋，吹吹，磕磕，伸进烟荷包挖着，又说，“你要觉得我说的是句正话，就听。觉得不叫话，全当我没说。”“怀仁叔说的对哩，对哩！我一定记住怀仁叔今夜说的话。”程必成诺诺连声，诚惶诚恐。

“天不早了，回去睡吧！”程怀仁老汉高兴了，几条粗犷的额纹在灯光下发着亮儿，把一口浓烟吸进肚里，边吐着白烟，边对程必成说，“那东西你看也没用，我已经把它扔进茅坑啦。”

程必成明知他讲的不是真话，却不敢再说什么，只好郁郁地回家去睡。

以后他又问过梨花几回，但梨花也和她爹统一了口径：扔茅坑了。所以，至今那块刻有程必成“杰作”的青砖，尚不知落在何处。

八、开心

程必成居高临下，坐在一棵孤零零的老核桃树下，陷入往事的泥沼便拔不出来。那泥沼太深太阔了，简直渺无边际，他把人格、良心、理想、爱情、道德和人的自尊心，全然丢在那里。为了生存，为了在那历史的泥沼中挣扎，他学会捣鬼、欺骗、低三下四、阿谀奉迎，也学会当面说人话，背后捅刀子。他觉得人与人之间没有什么诚实可讲，即使像梨花那样对他好的人，他也只交半条心。他甚至怀疑梨花父女不把那块青砖还给他，是想在需要的时候要挟他。当然这是后话。

一只长翅膀的大黑蚂蚁爬到他脖子上，张开尖利的钳子般的嘴，狠狠咬了他一口。他疼得跳起来，啪的一巴掌结果了那只贪婪的小生命，发现裤筒、袖筒里钻进许多讨厌的小动物，使劲乱拍乱甩，神思这才从那泥沼中收回来。他觉得自己可笑，今天怎么有时间坐到这山腰野地想那些糟心事？他自嘲地一笑，张眼向山下望去，那田野、河水、村廓和冒着悠悠白烟的砖窑，又清晰地映入眼帘，而且仿佛比刚才更加灿烂生辉，富有诗情画意。他暗暗承认，就是这同一片土地，他曾经咬牙切齿地憎恶过它，诅咒过它，那首河川即景诗便是天机一泄。此刻，他觉得它竟是那般美好，美不胜收！好像一切都是为他而存在，为他而生辉，连那袅袅青烟，翩翩春燕，唧唧阳雀。他真想重新写一首诗，一首讴歌春天、抒发胸臆的诗！

一时情动于衷，程必成果然诗兴陡发，他回眸仰望着虬枝如伞的老核桃树，凝视良久，居然信口低吟两句：

日月轮回天地新，
山头老树忽逢春。

他想模仿读过的李杜古诗格式，写一首七言律诗，可惜功底太浅，凑来凑去，再也凑不成句，东拼西凑硬诌了两句，又觉得很不达意，且欠对仗。于是，他自嘲地吐了两下口水，放弃了作古诗的念头，也不再拿老核桃树为题。他极目远眺，心潮鼓荡，终于又默默地作了一首自鸣得意的新诗——

啊，春天终于来了！
从坚冰之下，
自荒山之首，
美丽的春姑娘
沐浴着满天霞光，
披一身五彩锦绣，
在群山中翩翩起舞，
向老龙口匆匆奔走，
走遍每个阴暗角落，
将一切垂死者拯救……
啊，美丽的春神！

告诉我——
你何以一去太久？
你今日为谁所有？
为那呢喃燕雀？

为那婆娑杨柳？
为那等闲花草？
为那碌碌耕牛？
不！我要无情地宣告：
为我！为我！
——为一颗复苏的心
独有！
因为，因为他失去你
太久太久……
因为，因为他为你付出过
带血的渴求……
贪婪吗？
自私吗？
专横吗？
不！唯此
仍嫌不够！不够！

凑出以上的诗句，程必成觉得十分惬意，尤其是后边的几句，简直是脱口而出，一蹴而就。他觉得太得意了，竟至情不自禁，摇头晃脑，反复吟诵，拍手称绝。他在读中学时曾经对诗词有过兴趣，他笃信忧愤出诗人，曾经幻想做个当代李杜，并且暗暗写过不少类似河川即景那样的诗作，但很快当诗人的梦想就破灭了，无情的现实使他变得憎恶一切，除了苞米窝头和杂面糊糊。

此刻，他为泯灭多年的诗兴重新燃起感到无比欣慰，他真想马上把它镌刻在什么地方，像当年一样。可惜他不可能再像当年一样。他还有要紧的事情要做，他得赶快走了，时间不容许他继续字斟句酌，自我陶醉。

匆匆收起诗作，程必成一下跳起来，看看太阳已经升起很高，他拍拍屁股上的土，仿佛余兴未尽，又信手捡起一块勒江石，倏地扔出去，看着那飞也似的顽石越过十几道田坎，落在一棵绿茵茵的山梨树上，惊起一群山雀，得意地一笑，便大步朝山下走去。一路上，他显得十分活跃热情，不断同路边干活的人们打招呼。

“种谷呀？墒情怎么样？”

“你那是点什么呀？你可真会见缝插针，麦地还要间种玉茭。”

“嗨！五婶，你娘母俩抬水做啥？补种？哎！该死的老天就是瞪住眼不下场雨……你那么大年纪可得注意些儿，河坡那么陡，担心有个闪失。哎，五婶，往后有什么难处，可捎个话儿！这种孤儿寡母的苦咱也受过。你有事只管打招呼好了。”

他倒真想向人们表示表示他的热情，嗓门那么响，在这块地头说话，周围的地里都听得清清楚楚。如果谁要在这时候向他提出什么请求帮忙的事，他会毫不犹豫地满口答应。可惜人们对他并无什么需求，回答他的话毫无热情。即使是五婶那样的孤儿寡母，也只是说了句：“没啥难处。有你这句话，我就谢谢了。”

人们对他的冷漠，程必成感觉到了。他知道这其中原因，他发迹得太快了，发迹得太狠了。庄稼人有个怪毛病，你越走红发迹，我就不仰你鼻息。这也叫一点小小志气吧。程必成不计较这些，在老龙口，他集中报复的目标很明确，只有一家人——陈二冬。为了这个目的，他可以对所有的人宽宏大量。

从山上下来，他站在河岸上看了看表，已经十一点半。他不能继续在漫天野地兜风，或者说他兜风的目的已经达到。于是，顺着河岸，大步流星地朝石窝走去。

俗话说，靠山吃山，靠水吃水。老龙口四面靠着石头山，可是祖祖辈辈也没一人发现靠石头能发财。一直延续到这一代，出了个程必成，才发现那石头也居然是取之不尽的财源。他开了这个石窝，每年除了向大队交几千元钱，剩下多少，谁也估不透。不过，程必成并不真正靠石窝发财。他发财的门路多着呢，从石头缝抠出的几个钱，才不在乎呢。他之所以开这个石窝，挑明了说，就是故意在他陈二冬眼皮下放炸弹。炸不着他，也得叫他天天提心吊胆，不得安宁。他对石窝平时并不十分经心，只安排了他一个本家叔父程明远负责，下边用的工人，大都是本村和邻村的人。现在，正是春种大忙快要过去时节。村上有些早种下去的人，为了赚几个零花钱，也到石窝上找活干。打炮眼的，撬裂石的，开粉碎机的，倒石渣的，叮叮当当，轰轰隆隆，还挺像个样子。程必成很远就听到那粉碎机运转的轰隆声和打炮眼的叮当声。平时不觉得怎么样，这时听起来，倒觉得有一种十分荣耀、充实的感觉。他想起地区报纸上有篇文章，把他称为农民企业家，是一位记者专程来采访写的。过去他还并没有十分感觉到农民企业家这名称的分量。此刻，他突然感到自己与众不同，那叮叮当当、轰轰隆隆的声音，仿佛是高奏雄壮的交响乐，迎接他的到来。顿时，胸中鼓起一种力量，身子不由自主地高高地挺了起来。

土坪上有许多女人、孩子在砸石子，也是打临工赚钱的。他的到来，使那些顽皮的孩子顿时变得非常老实，坐在各自的石堆前，一边敲打，一边惶恐地偷眼看他。那些女人却由于他的到来变得非常活跃，叽叽喳喳地同他大声调笑搭话。“嗨，必成，你一个人坐在那山垴垴上害什么相思病呀？我们老早就瞅见你了，当我们瞅不见呀？”

“害什么相思病人家告你呀？你是不是眼红了？”

“你不眼红，眼里都生疮啦！”

“你才长了疮哩！必成，你猜巧云的手是怎么啦？人家一上午都在后悔，当初没找一个会赚大钱的汉子，想得都把自己的手当石头砸破了。你还不快替人家包扎包扎呀！”

“是呀！必成，人家巧云一上午都在夸奖你年轻，能干，万元户，盖三间五间房子还嫌不美气，还要盖洋楼洋房。天仙不知哪辈子烧下好香，这么大福气。必成，你娶不娶小呀？要娶小老婆，巧云可等着哩！”

她们又嚷又笑，非常放肆。程必成被她们说得十分不好意思。不过，这两年，他和女人们调笑，已经有了锻炼，并不显得怯阵。

“是吗？是吗？巧云，你真想我吗？”

他说笑着朝那个叫巧云的女人走过去，蹲在身边，捉住那女人一只受伤的手，依旧半似认真半似调笑，说：

“快叫我看看！快叫我看看！”

那女人受宠若惊，两只色迷迷的眼睛遮在垂下来的红头巾下，自作多情地瞟他，同时故意把手缩回去，藏在背后，连声说：

“没啥，没啥，又不疼。别听她们嚼舌头！”

“哟！别装蒜了！快叫人家看看吧！”人们依旧在起哄。

程必成又拉过那女人的手，问：

“疼不疼！”

“不疼……”

“你不疼我疼……”说着，冷不丁照那女人的手心狠狠地抽了一掌。

“哎呀，该死的！”

那女人尖叫起来。

“你不是不疼吗？”

众人哄然大笑。

羞极的巧云抓起一把石子朝他打去。程必成笑着蹦起来，急往后躲，一脚踩住后面一个女人的脚，接着又一个后趔趄，跌坐在另一个女人的肩头上。

众人好开心，又叫又笑。那个叫巧云的女人依旧不放过他，抓着石头子儿追着他绕场子跑，一直把他追到岸上的粉碎机前。

程必成感到很开心。但马上又觉得这样打闹是不是有失身份？不过和女人们调笑，在村民中并不是出格的事，也是一种极大的乐趣。过去他想这样还没有这个机会——一个被时代唾弃的人，哪个女人乐意理他，乐意和他调笑？他也没有那种勇气，除了在梨花面前他曾有过异性之间的冲动之外，在别的女人面前，他像耗子惧怕狸猫那般克制、局促。现在，一切都颠倒过来，如果他乐意，尽可在这些女人中间挑着寻开心。但是现在不是时候，那些被飞扬的石尘罩得灰眉灰眼的女人也引不起他十分的兴趣，他还得在众人面前顾点身份——毕竟自己是这采石场的主人呀！

“今天谁领工？”

程必成拍打着腿前腚后沾上的石尘，朝开粉石机的一个姑娘高声问。

那姑娘整个脑袋和耳朵都包在一条花格子头巾里，戴着大口罩，只露着一双被石尘淹没的小眼睛，样子十分可笑。震耳欲聋的轰隆声使她没有听清他问什么，伸着脖子高声反问他："你说什么呀？"

"谁领工？"

"你高声些，我听不见！"

程必成陡然感到自己的尊严受到伤害，发火道："你不会停了！"

那姑娘发怵了，匆忙关掉电闸。铿然一声巨响，巨大的粉石机停止运转。工地上立刻安静了许多。

程必成自可去问别的人，一来是他不愿意再往那乱石滚滚的石坡上去，二来他要显示一下自己对这石窝的主宰权。

"你说什么呀？"

机器停了。那姑娘惶惧地走过来。

"你把脑袋捂那么严干什么？怕冻着，像个干活的样子吗？不想干回去！"他莫名其妙地朝那姑娘发起火来。其实他不是不明白，干这种活，把脑袋全用布裹起来，头发、鼻孔里的石尘洗三天还洗不净。

那姑娘不敢吭气，乖乖地把头巾解开，扯下来，把口罩也抹下来。这一下，程必成转嗔为喜，瞅着姑娘的脸，忍俊不禁地乐了。这姑娘是外村的，他曾见过几面，脸蛋本来挺喜人的。这时，却活像唱大花脸的，眼窝、睫毛、鼻梁和厚厚的嘴唇上，全积满石头面儿，连那白白的牙齿上也罩了厚厚一层，定定地立在那儿，活像一具出土文物。

"有钱能使鬼推磨哇！"

程必成暗发感慨，朝那姑娘挥挥手，说声："干活去吧！"走开了。

这时，由于机器停止运转，从下面清渣洞口钻出两个男人。其中一个掀掉在头上的一件破衣裳，仰头叫道：

"怎么停啦？怎么停啦？"但他很快发现岸上的程必成，又惊讶地尖叫："嗬，头儿来了！"扔下手里的铁锹，从石渣堆爬上来，嬉皮笑脸地说："头儿，嘿，带着烟没有？犒劳兄弟们两支。"

程必成一看是“二谝子”，有点纳闷，但随即眼睛一转，好像改变了什么主意，一边掏烟，一边把“二谝子”喊过来，问道：

“你怎么在这儿干活？”

“二谝子”眼瞟着程必成的口袋，咧开大嘴说：

“嘿嘿，地里的活完了，打闹几个钱呗。天圣庙快过会了，能叫老婆空着手赶会吗？嘻嘻！要不，你就再借给兄弟几块钱花花。”

程必成手摸着口袋里的烟盒，眼珠子打个转儿，却又空着抽出来。

“你小子还借得少哇？”

“嘿，我没说少嘛，我是说再……再……再借一回嘛。”

“二谝子”见程必成的手空着出来，便有点急不可耐，又嬉皮笑脸说：“别那么小气，我要是像你那样发财，票子大把撒，”他抡起那件破衣裳，甩着圈儿说，“谁花钱？谁花钱？少主开恩撒钱啦！少主撒钱啦！”

程必成被那破衣裳抖起的尘雾呛得呸呸往后躲。那群砸石头的女人听见“二谝子”嚷叫，还真以为程必成开恩撒钱似的，纷纷站起来往这边望。

程必成一把扯过“二谝子”的衣裳，扔在地上。骂道：“别你妈卖嘴！你真想不想赚钱？”

“二谝子”嘴咧二尺宽，尖叫道：“好你必成哥哩，我不想赚钱来你这石窝子受这号不是人的罪呀？你当那罪好受呀？要不你下去试试！”

程必成两道眉毛下的小眼睛又转了两个圈儿，说声“你跟我来”，便朝前走去。

他们在一个背风的土坡上蹲下来。程必成这才掏出一盒“墨菊”牌香烟，递给“二谝子”。

“我不要试。”程必成说，“挖茅屎，下煤窑，我什么活没干过？”

“是哩，是哩，都是陈二冬那小子活整你。”“二谝子”讨好地说，“这会你可不尿他！老龙口谁不巴结你？”

程必成说：“我这个人你清楚，够朋友的啥都行，不够朋友的拔我一根毛也要让他还我二两肉！”

“哎呀，必成，我可对得住你吧？”“二谝子”抽出一支烟，叼在嘴上，一边合掌点火，一边连二赶三地说，“从前批斗你，我可没动过你一个指头。那年修大寨田，咱俩住一个土窝，你病了，不是我把你背回村的？人心换人心，八两换半斤。你可不要忘了兄弟！”

程必成没有说话，只是拿眼瞅着他发出一声冷笑。

“二谝子”最怕他那两只包藏很深的眼睛，那声冷笑，分明是对他的不相信。他又连忙说：“你笑什么？”

“我笑你小子说话不脸红！”

“啊！你还不相信我吗？那回打你那一耳光，是……是陈二冬逼我的。我是手打心不打，说假话是小人！”

程必成忽然纵声大笑。

“二谝子”睁着一对惶惧的小眼睛，也跟着嘿嘿讪笑。

“好了好了，我知道你是身不由己，”程必成拍着“二谝子”的肩头，“一耳光算啥？拿扁担抽我的人我都不记恨，何况你还背过我？”

“二谝子”高兴了，叭咂叭咂地抽着烟。

程必成又说：

“我要记你那一耳光，还借给你钱吗？我现在是发了点小财，可我不能光顾自己，不顾兄弟哥们。但凡有好处我都想着你。”

“是哩，是哩……”“二谝子”感恩戴德地连声说。

程必成两只狡黠的小眼睛又直愣愣地瞅了他好一阵，瞅得“二谝子”屁股都坐不稳当；接着往身边拉拉“二谝子”，压低声说：“现在有个便宜买卖，你干不干？你要不干，我可就给了别人。”

“二谝子”屁股一颠，急不可耐地说：“你快说吧，我早就猜到了，没便宜事儿你不会找我。干啥？”

“刨树。”

“刨树？”

“刨一棵树五元。”

“多大的树。”

“粗的碗口粗，细的胳膊粗。”

“管栽不管栽？”

“刨倒就成，见树点钱！”

“多少？”

“大概有百十来棵。”

“哥们全包啦！”“二谝子”高兴得跳起来，“有这便宜活你怎不早说！一五得五，十五五十，一百棵就是五百元。咳，这下子天圣庙过会，老婆孩子就不愁钱花啦！”

“你先别高兴，”程必成又把他按坐下，“价钱不错，还有两个条件。”

“十个八个也成。说吧！”

程必成把他的耳朵揪到嘴边，低声说了一阵。

“二谝子”犹豫地摸着脑袋。

程必成猛拍他一巴掌：“干不干？不干我可就……”

“干！干！”“二谝子”生怕丢了金娃娃一般，心一横，学着电影上那些匪兄弟的腔调，拱手说：“大哥，小弟等你的示下！”但随即又嘻嘻笑说：“我把我老婆孩子也叫上行不行？”

程必成摇摇头，说：“你小子不要贪心不足，几百块钱还能叫你一家独吞呀？我告诉你，这事由你负责，除了你，本村的人一个不要！明白没有？”

“明白。老弟脑子不笨。嘿嘿！”

“那好，干活去吧！”程必成站起来便走。

这时，“二谝子”手上捏着那盒“墨菊”牌香烟，贪婪地抽出四五支，涎着脸把烟盒递过去。

程必成回头笑骂道：“别你妈出洋相啦！拿去抽吧！”

“二谝子”高兴得一蹦三尺高，捡起垫在地上的那件破衣裳，便朝石窝奔去。

九、毁林

农忙时节，庄稼人起得早，也睡得早。起得早是真，睡得早实在说不上。从地里回来，天色已不见亮儿，少说也是晚上八九点钟，再乱乎做饭吃饭，刷锅喂猪，收拾便宜，也就是十一二点钟，哪能说得上早？所谓早，只不过是不像冬天那样，吃过晚饭还要串串门儿，扯扯淡话，打打扑克牌，几个人凑份子买两瓶酒，划个通宵达旦；或者得积蔴，纺绳，剥玉茭，拆旧缝新，洗洗涮涮，做些营生——反正冬天的夜长得很。一到开春大忙，白天在地里抡锄头扛扁担，累个半死，晚上连饭碗也赶不上丢下，眼皮便支不动。女人洗着锅碗，男人便死猪一样倒下吼不应。胡乱收拾便宜，一家人便关灯上炕。这便算是歇得早了。

陈二冬今天上午没出工，下午到岭上谷地胡乱搿开昨天剩下的几堆干土粪，太阳还很高，便早早地扛揪回来。吃过晚饭，没等儿子甜枣到邻家看电视回来，他便大字朝天睡了。

他心里烦透了，乱极了，和顺媳妇那几句话扰得他一整天心神不宁。他打听清楚了，程必成的确要另外批地方造小洋楼。但批哪块地方，什么时候开工，终究还是个谜。他最担心在他门前那片树林盖。“在别的什么地方盖我也不眼气，要敢在我门前盖——日你娘！老子拼上命也要和你打一场官司!”他心像海潮一样不稳定,忽而涌上来呼风作浪,恨不得一口吞掉那小子,忽而退下去又觉得不大可能。他分析了几个不可能:第一,他门前那片树林并不大,再往前就是村里走水的沟壕。盖了房,没有院。他图什么非要在那儿盖不行?除非他吃了屎!第二,那片树林是集体的,一二百棵树正长得茂腾腾,再过几年都能做梁材檩材,他毁林造房,违反现在植树造林的号召。第三,即使他看中那块地方,村上的干部就那样由他,听他?就不顾集体财产的损失?不顾一点护林的政策法令?程在望那王八就算和他程必成交情不薄,难道他就不顾及一点影响?第四,这也是陈二冬最捉摸不透的,程必成今天早上碰见我,居然和我凑近乎。照陈二冬的估计,程必成是不会和他搭话的,他也根本不想搭理他。可是他小子居然主动和我打招呼、开玩笑。他要果真想和我找别扭,何必那样假眉三道?一整天,他眼前一直晃动着早上碰到程必成时的情景,那两道恶眉毛下的小眼睛,分明变得十分和善友好,丝毫看不出他有想找别扭的意思。还有,如果他当真要在我门前盖房,怎么一点也不见动静?我上午没有下地,就是担心自己不在家,程必成领上人在门前动工。可是等了一上午,也没见门前有人影晃一下。吃中午饭时,才听人们说,程必成在地里闲逛了一上午,压根不像要有什么行动。

这样一分析,陈二冬的心口略略松动了些。

但是,马上他又自己否定了这些想法,别看那小子脸上带笑,心黑着哩!你陈二冬吃他的亏还少吗?你分的二亩水地,他给你搅了;你想承包大队砖窑,他给你撑了;你家甜核考工作,他在干部那里使手段,把他桂萍顶了甜核……哪一回给你留过情?什么事情做不出来?特别是想到今天上午,他去找程在望,想问他个实底儿,大队是不是给程必成重新批了地方,批下了哪块地方。可是程在望却登上自行车进城了。他老婆说,什么时候回来还不知道。他又去找村支书乐思远,尽管他不主事,也应该了解情况吧,乐思远也不在家,也说进城了。他们早不进城,晚不进城,怎么今天都进了城呢?陈二冬越想越疑心,越疑心心越跳得紧。

“娘的!万一这小子真做得出来,我怎么办啊?!”

“和他拼了！我坐在那里躺在那里，看他们敢把我活埋了！”

“我告他，连他程在望一块告！毁林造房，告到哪里也有理！”

陈二冬绞尽脑汁，设想着种种对策，他想得出了神，仿佛程必成已经在他门前毁林动工，破土造屋。

“爹，我妈叫你起来脱了睡呢！”

不知几时，儿子甜枣从邻家看完电视回来，叫他。他才从纷乱的思绪中惊脱出来，坐起看看表，已经十一点半钟。“唉！睡吧！”叹口气，欲睡。但终究还是不放心，又开了街门，绕着门前的小树林察看了一圈。

村里静极了。朦胧的月光下，门前那片树林纹丝不动，一片片小杨树叶，像无数只亮亮的眼睛，朝他神秘地眨动。

“哎，也许是我多心。人心都是肉长的。不信他程必成就那么心黑……”

他终于放了心，重新关了街门，顶上一根棍，回屋安安地睡了。

他睡得真香，一闭上眼就做了个梦。梦见他去天圣庙赶会，刚走到台下，听见有人远远喊他：“二冬！二冬！”回头找着望，啊！是必成！他正坐在一家饭棚下喊他。他想装个没听见，不搭理他，回头要走，程必成却笑嘻嘻地跑过来，拽住他，亲亲热热地说：“伙计，别装了！还记恨兄弟呀？来，喝两盅去。”他被生拉活拽到饭棚下，程必成要了那么多的好菜，满上两盅酒，端起来说：“老兄，小弟这两年对不住你——来，小弟向你赔罪，干！”他感动得想哭，眼泪簌簌地掉，忙端起酒盅，颤声说：“不，是我对不住你，过去我整治你，叫你受了不少苦。我……”程必成拂袖说：“嗨，提那做啥！那不能全怪你，你不整我别人也要整我。”他简直不敢相信这是程必成说的话。但眼前端着酒盅等他同干的人，分明是他！那两道恶眉毛，那一对小眼睛，都不像以前那样阴冷，变得花儿一般生动可爱。他感激涕零，激动得说不出话，说声“同干”，二人一碰，一饮而尽。他想起柴云凤说的话，想起村上的传言，想问问他是不是真的。还没张口，程必成倒先开了口：“你别瞎猜疑了，我程必成怎么会干那样的事？那不是给你眼里戳棒槌吗？”“必成……”他激动得热泪盈眶，泣不成声，感到有许多话想说，却一句也说不出来，一急，也满了两盅，拱手说道："老弟，有你这话，我陈二冬也敬你一盅！"可是，他端起酒来，却突然不见程必成哪里去了。只听见水梨儿在戏台下急声急气地喊他："二冬！二冬——"

他惊醒了。十分懊悔："他娘的！我怎么做这屌梦！"但水梨儿这时确实在炕上叫他。

"二冬，睡死了！快起来看看爷爷怎么啦！"

他霍地坐起，果然听见他爷爷陈老定在西屋有气无力地叫他们。

水梨儿也穿衣起来，而且先走出门。

"爷，你怎么啦？是不是要水喝？"水梨儿有些担心地边扣扣子边往小西屋跑。

"不，不是……"陈老定趴在窗台，对着破窗格子说，"我怎么听见南山墙外面一股劲儿咚咚响——狗也一股劲儿叫！"

陈二冬刚迈出门槛，脑袋便轰然一声响，咋不是哩！大黄狗正冲着街门外面汪汪叫，街门外面分明有许多人低声说话，墙头外那黑乎乎的树梢东摇西晃，哗哗地乱响，间忽还有手电筒的光柱一闪一闪！

陈二冬急了，怒了。胳膊还没有伸进袖筒，便奔下台阶，开了街门，掂了根顶门棍，冲出大门外。

黑乎乎的树林里，像幽灵似的闪动着许多人影。他们在刨树砍树！有的用镢头刨，有的用锯子锯、斧头砍，道边已经倒下一片树。

"你们在干什么？"

陈二冬大喝一声，踩着横七竖八倒在道上的树干树枝，跌跌撞撞地奔过去，一把抓住一个刨树人的镢柄，喝道：

"住手！"

"哎，你……你干什么？"那人夺着镢头反问。

"你干什么！"

"你看不见？刨树！"

陈二冬气极，看看那人，却不认识。又嘶声责问：

"你是哪个村的？谁叫你们刨树？"

那陌生人也不示弱，猛一用力，夺过镢头，有恃无恐地斥责道：

“当然有人叫我们刨！没有人说话，我们吃得多了？闪一边去！”说着，抡起镢头又要刨。

陈二冬气得紧握拳头，浑身打颤，恨不得揍他一拳，踹他两脚。

“你……你住手！你听我说！”

那人往手心吐两口唾沫，镢头抡得更猛，根本不理他。

这时的陈二冬并没有完全失去理智，他看到这些面目陌生的人便想到他们定是受人指使，否则他会真吃了老虎胆！他想叫他们先停下来。但那人有恃无恐，生怕误了他砍树一般，根本不听他劝阻，还骂骂咧咧地说难听话。陈二冬怒不可遏，又猛地将那人的镢头夺了过来，忽地扔到不知什么地方。那人先是一惊，继而扑上来要和他厮打。陈二冬握着顶门棍骂道：

“你敢过来老子揍死你！”

水梨儿吓得没了主意。这时瞅见二冬和那人吵起来，生怕他那条顶门棍下惹出人命，叫着扑上去拦他。

“二冬，你回去吧！你能管得了人家！”

陈二冬的那条顶门棍真把那人唬住，他真要豁上命了，冲水梨儿大吼一声：“你离远些！”，便朝前面那群人影冲过去。他想找一个熟人问问清楚，可是看来看去，那一群人中仍然没有一个熟面孔，都像是从地下钻出来的土地爷。那群人正在锯树砍树，见他提着棍子骂着冲过来，也怯他三分，纷纷停下，朝树林南边喊叫：“头儿！人家不叫干，你过来看看吧！”

一个上点年岁的陌生人对怒气冲冲的陈二冬说：“兄弟，你别朝我们发火，我们也觉得这树砍了可惜，可我们是人家花钱雇的，你跟我们说不着。要说你去找管事的去说。”

陈二冬晃着顶门棍，吼道：

“我不管他谁管事，我不准你们砍就不能砍！”

“谁在那边诈唬呀？”

话未落音，树林里唰唰地蹿过个人来。于是那群陌生人便迎上去嚷叫：“头儿，你说话吧——人家不叫砍。”

"尿他哩！是他家的树他不叫砍?"

陈二冬一听是"二谝子"的声音，呼地蹿过去，把顶门棍一戳："不是我家的树我也不准砍！"

"二谝子"吓得一缩，继而闪在一棵树后，色厉内荏地嚷道：

"你说得气粗哩！现在不是你当支书的时候了！"

陈二冬知道"二谝子"是个赖种，他当支书时，"二谝子"成天价跟在他屁股后狐假虎威，张牙舞爪，现在落马为民，受人凌辱，他便变脸不认，想巴结程必成。一听"二谝子"那话，陈二冬如撕肺剜肝一般难受，立时火冒三丈，破口骂道："滚你妈一边去！屎壳郎爬到牛头上，你算个什么东西！"

"二谝子"被他骂火了，仗着那棵树挡着，不怕他那根顶门棍，拍腚乱骂："你是什么东西？连老婆都管不住？自己的老婆大白天和人家在河坡下……"

"二谝子，你放屁！"

一直跟在陈二冬身后的水梨儿，生怕他和他们打起来，吃亏惹祸，这时听见"二谝子"给她造谣抹黑，又气又羞，脱口骂道。

犹如火上浇油，陈二冬气得失去理智，抡起顶门棍便朝躲在树后的"二谝子"打去。"二谝子"早提防着，往后一蹦，那棍子嘣的一声打在树上，一折两节。

众人吼叫起来："打人喽！打人喽！"

"二谝子"虽然怯他，但仗着树林子掩护，知道吃不了亏，边往树林里躲，边大声嚷叫："别怕他！你们刨你们的，刨一棵五块钱！五块钱一棵！"

陈二冬在树林里钻来钻去，追了一阵，追不上"二谝子"，看见四面的人又动手刨的刨，砍的砍，锯的锯，干气没辙。

"二谝子"反倒得意了，远远躲在一棵大树后面，故意幸灾乐祸地嚷叫："来呀！来呀！你敢动一动老子，再叫你王八蹲几天监狱！你有本事掂上棍子去找干部，去找程必成！告诉你，这块地方已经批给程必成，今天砍树，明天动工！气死你个王八！"

水梨儿也咽不下这口气，可是有什么办法呢？这么多的人砍树，你能挡得住谁？再说，没有干部放话，他们敢？她的衣衫被树挂破了，头发被树枝挂乱了，脸上觉得火燎燎地疼。她拉着二冬劝道："回吧！你回去吧！砍由人家砍，刨由人家刨，你能管得了？多少亏都吃了，还有什么亏不能吃？……你跟这些人有什么理说？没有干部的话，他们敢刨？回去吧，我求求你！"

那个上年纪的陌生人也走过来帮着劝道："你媳妇说的是呀，你跟我们生气不是白生？我们是受雇于人，刨一棵树赚一棵的钱。至于该刨不该刨，能刨不能刨，你得去找你们村干部说。唉，要叫我说，这么好的树，再长几年，都是大材，这会儿刨了也实在可惜。"

陈二冬扶着一棵树，喘着一阵粗气，蹲下哭了。他的火气渐渐消了许多，理智渐渐扼制住盲目的冲动。

"二谝子"还在远处得意地吼叫，而且故意用斧头砍得树干咚咚响。

陈二冬抹一把泪，霍地站起来，提着那半截顶门棍，像头激怒的公牛，蹿出树林，直朝村里大步奔去。

"你回来！你去哪？"

陈二冬走了，"二谝子"胆壮了，从树林里钻出来，催促那些砍树的人："快干！快干！别他妈刨了，先砍倒！砍倒就算！五块钱一棵！"

钱固然有诱惑力，然而不是对所有的人都灵验，还是有些人怕出事，不情愿继续干了，他们跟着那上年纪的陌生人，掂着锯子斧子走了。

"二谝子"邪恶地骂道："谁愿滚就滚！有钱不愁没人干！"又回头对留下的人嚷道，"干！砍一棵六块钱，我说了算！"

"六六六！五魁首！三桃园……"

"一个一个！七巧七巧！八马八马！……"

"喝喝！喝！"

在陈二冬和"二谝子"等人大吵大骂的同时，老龙口村中的程家大院正严门闭户，吆五喝六，大行酒令。程必成做东，屋里的大八仙桌上摆下四盘八碗，大队主任程在望、支书乐思远、工头张大发和程必成雇用的两个跑外的都在座。程必成的女人赛天仙端着半碗酒，手执银匙，绕桌子转圈，替众人验杯舀酒。这方乡民但凡划拳喝酒，都是先把一瓶酒倒在碗里，然后以汤匙量酒，输一拳喝一汤匙，三拳两胜，轮番坐桩。桌子上已经竖下两个空酒瓶子。一个个喝得像红脸关爷，还在飞拳行令，不甘罢休。

程必成平素并不多喝酒，即使设宴招待客人，或者别人招待他，也多借故身体不好，浅尝辄止。所以，人们并不晓得他的酒量究竟如何。今夜他却破了例，一开场便和众人连干数杯。众人见他开了例，一来为祝贺他明天重新破土开工，建造洋楼，捧他个高兴；二来不花钱的好酒大干特干，机会难得，于是便想算计他，灌他个酩酊大醉。不料每人敬他一杯，又连划五圈之后，他们自己倒一个个做了关二爷，程必成那张脸却越喝越白。

程必成看出他们的用心，只是不露声色，该喝则喝，该罚则罚，绝不推三拖四，违令犯规。这时，他见程在望喝得脸红颈胀，大汗淋漓，那喝下的酒好像都从那颗皮球似的圆脑袋上渗出来，乐思远也喝得眼皮儿往一块儿粘合，便转守为攻，捋袖叫道：

“天仙，再拿一瓶来！”

乐思远吓得连声说：“算了算了！喝得不少啦，留着改天再喝吧。”

程必成一只脚踏着凳子站起来，不容退却地说：“说鸟话哩！要喝就喝个痛快！不要出了门说兄弟舍不得！”又朝赛天仙喝道，“快拿去！”

程在望打着饱嗝，也扬着手嚷：“就……就是……要喝就喝个痛快！必成兄弟够……够朋友！喝他两瓶酒算……算什么？改日盖起洋楼，还要先请你去住……住两天哩。拿……拿去！”

那位领工的匠人头儿，虽然酒量还绰绰有余，但惦着明天开工的事，也一旁劝止，说：“我看今天喝得够了。咱们还是说说明天的事——明天工人们就来了，那么多树能处理完吗？”

程在望不等程必成说话，便大包大揽地说：“你放心，误不了你开工。今夜刨不完，明天我放一句话：不用一个小时就抢完了。怕是不够抢哩。”

快要瞌睡的乐思远一听这话，直起脖颈，说：“哎，怎么能那样干哩！那不是故意让大家吵架吗？可不能……可不能那样干。必成，你还是打发个人去看看，能刨完一定在今夜刨完——这事情反正……咳！”

“说鸟话哩!”程在望一抹汗淋淋的圆脑袋,拍桌子嚷道,“刨不完他敢怎哩? 老龙口是我说了算还是他说了算? 要不是依你,要是依我,非要直明大响刨不行! 我看他谁敢怎喽!”

程必成接过赛天仙拿来的一瓶酒,正要往碗里倒,听见他们两个争论,便停下,眼扫着乐思远,嘲弄地笑说:“乐支书,你是不是把这块地方批给兄弟,后悔了?”

“咳,哪里……哪里……”乐思远使劲睁着粘合的塌眼睛,忙说,“我是……我是说能少一个麻烦总比多一个麻烦强。你们说,不是?”

“是哩!”程在望猛打个嗝,几乎吐出来,气横横地说,“就你胆小! 想当好人就别当干部!”

两句话碰得乐思远不作声了。

程必成忽然哈哈放声大笑,说:“好了好了! 现在是喝酒,不谈别的。”说着,咕噜咕噜把一瓶酒倒在碗里,“咱们重新来——这回我先坐桩,我定个规矩——”

话未说完,突然听见有人捣街门,咚咚咚,捣得山响。接着,卧在大门道的黑狗也汪汪地叫。众人一惊,刚要打发赛天仙去看,程必成一把拉住她,说:“别管! 今天咱们喝酒,任何人不接待!”

捣门声越来越响,而且除了两个工头,在座的都心照不宣地听出是陈二冬叫门。他家的院子不大,屋门离街门不远,加上那街门扇是刚发家那年用五毫米厚的铁皮焊的,那捣门声越发显得沉重,那急声急气的叫门声也淹没在嘭嘭声中。

“就……就是,谁来也不开门——喝! 喝!”程在望实际已经喝得半醉,夺过赛天仙手里的汤匙,便自己往杯里舀酒。

乐思远却无心喝酒了,他仿佛已经意识到发生了什么事情,却装糊涂,故意低声问:“会不会是陈二冬……”

“咳! 安安地喝吧,没人来!”话刚说一半,程必成便把一杯酒强送到他嘴边,“思远叔,在座的论辈数你是长辈,论年纪也数你大,我还没敬你一杯哩。来,这是我和天仙敬你的酒。”

“不不不，我已经不行了。”乐思远趔着身子推挡。

“怎么，看不起小侄呀？”程必成把脸一拉，执杯在手，两只小眼睛咄咄逼人地盯着乐思远。

程在望也帮着程必成骂道：“不要狗肉上不得台盘秤！必成敬你是看得起你——喝！今天你就死在这里也得喝！必成，你先敬他这杯，天仙再敬他一杯，等他喝了，我……我还得敬他三杯。我要不敬他三杯，就显得我……我这个主任眼里没……没支书，叫人家还要背后骂我专权哩。你们说，是……是这个理不是？”

“是哩！是哩！”赛天仙一旁附和说。

乐思远吓得推开椅子往炕头钻。程在望跳起来，揪住耳朵又把他提过来。

“你说，是我看不起你，还是你看不起我？我敬你酒你都不给面子——喝！先喝我的三杯！不喝了今夜你就别想回家！”程在望端起酒杯，连泼带洒，沥沥啦啦地往乐思远嘴里灌。

程必成一旁看着，耳朵却往大门外听着。

程必成今夜安排这桌酒宴，名义是招待两个工头，实际是要拿住程在望和乐思远，尤其是乐思远。他十分清楚，老龙口现在的两个主要干部，程在望为人鲁莽，爱专权，说话算数，但他早已经把他拿住(专权的人通常同样贪财。程必成有的是钱，指头缝漏几个也足够满足他那颗贪婪之心)。但支书乐思远却不一样，他是个“捉不住”——酒也要喝，饭也敢吃，到时候上了正经场合，却又想做好人，两面不得罪，八方过得去，有时还要主持个公道。只是他遇了个贪权如命的程在望，惹急了便同他胡搅蛮缠：“你管党务，我管政务，村上的事不要你管！”“党政分家，你还想照搬过去那一套——支书说了算呀？”他呢，也觉得如今做干部不吃香了，便睁一只眼，闭一只眼，不与他争论。程必成改换地方盖房，照他本意，是不情愿把陈二冬门前那片树林地批给他的。他倒并非偏袒陈二冬，过去陈二冬当支书时，也把他这位挂名支委不当人看，他忘不了。他是觉得为了程必成造房，毁掉那么一片树林，可惜！再说，程必成硬要批那块地方，明明是欺负陈二冬，是给陈二冬眼皮下撬棒槌。这样做,陈二冬不甘心,众人也会不服气。可是程在望独断专行,在县城醉仙楼饭店一桌饭菜吃喝了,便当场拍板敲定:“只要你不嫌那块地方窄小,批就批给你!不过砍一棵树得赔一棵树的钱。你说呢,老远?”他气横得很,从来喊他都不称叔称姓,而是和众人一样喊他“老远”。本地人说话远软不分,实际上是嘲弄他“老软”。当着程必成的面,又刚吃喝了人家的,他乐思远好意思说个“不”字吗?我说?你都说了,我还说个蛋!乐思远心里不情愿,嘴上却不得不说声“中”!按照乐思远的想法,答应就先答应下,等他程必成真要去砍树动工,别人不吭气,陈二冬肯定要出头阻挡。在他门前三尺地起一座小洋楼,别说讲迷信要坏他家的风水,就是大冬天那阴凉儿把他遮个死,他也受不了。陈二冬一出头,肯定还会有别人说话,那时不用他乐思远得罪人,也许他们就会迫于舆论改弦更张,另换地方。不料他鬼大,程必成比他还鬼大,一桌酒宴,先把他和程在望圈进程家大门里,然后深夜砍树,对陈二冬搞了个突然袭击,把他乐思远也蒙进鼓里!真是哑巴吃苦瓜——有苦没法说。

程必成一天不显山,不露水,晚上又把乐思远拉到家里喝酒,就是防着一招:万一陈二冬听见砍树,去找他乐思远,他好歹是党支书,临时变卦,那就麻烦大了,甚至功亏一篑。

程必成听见陈二冬叫门,知道事情不妙。但他想,只要不放他进来,这里把程在望用黄汤马尿灌住,外面有“二谝子”那个孬种挡着,任他陈二冬气得骂遍大街,也安然无恙。他要真敢狗急跳墙,和“二谝子”那些人打起来,伤着自己,活该!伤了别人,还得叫他小子吃官司,保不住还得再住两天看守所!

程必成看着程在望酒力大发,揪着按着乐思远灌酒,心里正想的得意,忽然听见大门不响了,陈二冬那狼豪鬼叫般的吼叫听不见了,那只大黑狗也不叫了。他放下酒杯,走出门外听听,以为陈二冬走了,又返进来,关了屋门,配合着醉醺醺的程在望继续向乐思远“敬酒”。

那程在望,一来是真喝得多了,二来也有点借酒撒气,不管乐思远翻脸不翻脸,像给牲口灌药汤一般,捏住鼻子往嘴里倒。倒了三杯还不称心,又扯住赛天仙让她敬酒。赛天仙看见乐思远脸上、鼻孔里流得都是酒，怕他恼了，不敢再敬，程在望把她合抱搂过来，端起一杯酒说："怎么，当了万元户太太就看不起党支书？看不起？今天非要你敬老远叔这杯酒不可！不喝谁的也要喝天仙这杯酒！"赛天仙被他说得不好意思，双手捧杯，叫一声"老远叔"，正要敬酒，哐当一声，两扇虚掩的门扇突然大开。

众人大惊。只见陈二冬两手把门，双目喷火，一脸怒气，站在门口，身上腿上都是土，脸颊上挂着两条深红深红的血道子，好像刚打过架，又来找他们打架。

"你……"程必成抽口凉气，警惕地折转身来。

"啊？是你小子！"程在望丢开乐思远和赛天仙，转身一个踉跄，几乎跌倒，手托桌角，似笑非笑地问道，"你……你是不是闻到酒味，也想来喝一杯？"

陈二冬气得说不上话，半天颤声说："稀罕！"

"不稀罕？不稀罕你也来一桌？"程在望打着酒嗝，吊起两只红眼睛，挖苦道。

陈二冬终于缓过气，指着程在望和乐思远说："我问你们，是谁批准砍我门前那片树林的？"

程在望故作糊涂，依旧满脸嘲笑，说"砍树？砍你家的树？哪个胆大的敢砍下台支书的树？"

陈二冬胸中火气蹿上蹿下说："你别装糊涂，我问的不是砍我陈二冬的树。"

"噢，说半天不是砍你家的树呀？我还当是砍你家的树哩。哈哈哈哈！"程在望突然纵声大笑，冷嘲热讽地说，"不是你家的树你管那么多做啥？啊？回去睡吧，啊！不是你家的树，你何苦呢？啊？你叫大家说说，不是这话，啊？回去睡吧！不想回去就坐下也喝一杯！"

"你……你……"

乐思远知道来者不善，善者不来，藏头缩脸躲在一边不抬头。

陈二冬被程在望掇上火来，哐当一声，推开门扇，声嘶力竭地说："不是我家的树我也要管！我问你，是不是你们批准的？”

“是我批准的你要咋？”程在望刷地拉下脸。

“你为什么批准砍树？”

“我为什么批准还得向你汇报？”

“你……你有什么权力？那是老龙口的树！是大队的树，集体的树！”

“我就有这个权力！你要没有睡醒我告诉你，现在老龙口是我程在望当家主事！我就有这个权力！是我把那块地方批给必成！是我批准必成在那砍树造房！你要咋？！”

“你……你没这个权力！”

“我就有这点小权力！”

两个人你有来言，他有去语，一来二去，硬碰硬，步步逼近。程必成开始还有几分措手不及的紧张，这时见他们两个针尖对麦芒，很有打到一起的可能，心想，他们两个真要打起来，今天这戏可就好收场了，不必他出面唱黑脸，吃软不吃硬的程在望绝不会放过他陈二冬。想着想着，他干脆离开桌子，坐到床上抽烟去了。其余的人见程在望和陈二冬剑拔弩张，红脸对关公，旁边还碍着个程必成的面子，也都装傻作哑，坐山观虎斗。

“老子就是有这点小权力！”程在望抓起一个空酒瓶，往桌上一蹾，“你有鸟势，来夺了老子的权！你再来当几天老龙口的支书！现在不是你陈二冬兴风作浪的时候！

“你……你你……”陈二冬被噎得脸红颈粗，张口合不拢。程必成半躺在床上，只想着他们快打起来，只要陈二冬再往前走一步，指头碰一碰程在望，程在望手上那只空酒瓶就会派上用场，只要那空酒瓶一出手，陈二冬必定会拼死把程在望敲打一顿，那时他……可是那陈二冬气得五官错位，话不成句，却就是不再往前移步。

“你这树就砍不成！”陈二冬终于又逼出一句话。

“哼！我这树现在就砍着呢！”程在望越发得意。“支持专业户、万元户发家致富是老子的义务！你小子想阻挡？”

“你骂谁？”

"骂谁你没听见?"

"你……"

"老子就这话!"

"你……好!你程在望是主任,有权,做得出来,老子也做得出来!老子去把全村人吼起来,和你大主任评评这个理!"

迫不及待的程必成一听这话,简直有点扫兴,他看到陈二冬要走,猛然想到他要真的把全村人吼叫起来,那可就麻烦大了。俗话说众怒难犯,莫要说全村人反对,就是有十个八个人出头阻拦,那树也砍不成。何况现在真有不少人眼红他发财,恨得牙痒痒呢!无论如何不能叫他走了。一瞬间,他甚至想出面做好人,用软办法把陈二冬缠住,只要再拖住他两个小时,那树也就快砍光了。但就在这时,陈二冬忿忿地拍打了两个裤腿,那飞扬的灰土仿佛突然提醒他:"对了,他是怎么进来的呢?他浑身那么多土,肯定是……"这一想,程必成有了主意,他立刻坐起来,对赛天仙使个眼色,趁程在望和陈二冬对骂时悄悄走了出去。他把前后门都从里边上了锁,又擦着院墙查看一遍,然后又若无其事地返回屋里。这时,程在望还在和陈二冬连吵带骂,拍桌瞪眼。程必成掏出一盒烟,抽出一支,先让了让陈二冬,陈二冬瞅也不瞅,程必成冷笑一声,自己点着烟,说:

"二冬,这事按说不该我插嘴,可是你们既然在我家吵,我也不能不说两句。"又对气势汹汹的程在望说,"在望,你先到小西屋消消气,我和二冬说几句话。"程在望不去,硬被他推出门外。

陈二冬早起上了他的当,正恨他,并不想同他搭话,可是事到如今,他还存有一点侥幸心理:如果他程必成自己开口,退掉那块地方,那要比和程在望混吵混骂顶事得多。抱着这一线希望,他本来要走,又悻悻地坐在门里。

不说程必成和陈二冬怎么谈话,且说程在望怒气冲冲地来到小西屋,那赛天仙正在等着他。赛天仙把他拉进门里,随手把门关上,先递了一支好烟,又倒了一杯茶,笑嘻嘻地说:"在望哥,你怎么糊涂啦?"

程在望喝了一口茶,十分自负地说:"我才不糊涂,我知道那小子来干什么!”

“不是……”

“不是是鸟?他看见砍树,急疯了,想来找我求情——想得美!”

“这我知道,”赛天仙眉飞色舞,故意推他一下,低声说,“你真是聪明一世,糊涂一时。”程在望不解地睁大两只充血的眼睛。

“我家前门后门都关着闩着,他是怎么进来的?”

“可也是呀!”程在望两只被酒浸红的眼睛开始活动了。

赛天仙又说:“他陈二冬恨你不恨你,俺们不管。可他看见俺们家发了点小财,早就眼红,他今夜翻墙入宅,你敢保他不是来偷?俺家的东西丢没丢,丢了什么,丢了多少,俺明天可要朝你要!”

“啊!”程在望血红的眼睛猝然发亮,会心一乐,拍腿说,“嗨!我正愁抓不住这小子茬口呢。你怎不早提醒一声!”说着,在赛天仙的大腿上轻轻一拧,谄笑说:“今天叫他进来出不去!出去回不了家!”

陈二冬的一线希望失望了:程必成压根不和他谈砍树造房的事,而是东拉西扯谈起过去两家的恩怨。他意识到又上当了:他分明是消磨时间。他想着如果马上去把全村人吼起来,或者还有些人和他一起出面阻挡他们砍树。只要那片树林全砍不倒,他程必成就休想在那里起房造屋!他腾地站起,转身便走。前脚刚碰住门限,程在望迎面把他挡住。

“你想走?没那个方便!”程在望横眉裂目,武士一般把住门口。“我问你,你三更半夜,到底想来干什么?”

“干什么你知道!”陈二冬说着便往外走。

程在望一把把他推进门里。

“你……你想干什么?”

“我想揍你!你说,你是怎么进来的?”

“翻墙进来的,你要咋?”

“翻墙入宅,非盗即抢!你想来盗窃专业户!”

陈二冬一听,脑子轰地炸了一般。

乐思远一听也发了愣,半晌脑子才转过弯,连忙站起来说:

“在望，这话可不能随便说，”

话没说完，程在望朝他瞪眼斥道：“你别当好人！你知道他是怎么进来的？你知道必成家丢了什么东西？你是保护专业户，还是保护盗窃犯！”

乐思远被呛得两眼发直，看看程必成，程必成不声不响走了，看看其他几个人，其他几个人也讪讪离座，他便不再作声。

一气未消，又添一气，陈二冬急得眼珠子都要蹦出来，嘶声吼道：“你血口喷人！”

原来，陈二冬和“二谝子”等人吵过之后，头脑也稍稍冷静了些：凭他陈二冬一个人，纵然有三头六臂也难阻挡住他们砍树。一气之下，便去找村干部，他估计到“二谝子”他们敢于砍树，十有八九是拿了干部的令箭，否则，凭他“二谝子”，纵有十个胆也不敢。他咽不下这口气，老龙口难道真的就没理讲了吗？真的就由他们想干啥干啥，想欺负谁欺负谁？他去找支书乐思远，乐思远老婆说他白天走了就没见回来；去找主任程在望，程在望老婆连门也不开，也说他进城没回来。陈二冬急得在街上大嚷大叫，呜呜地哭。水梨儿虽然也气不过，可明知胳膊拧不过大腿，劝他回去算了：“人家想干啥都由人家，只要刨不了咱家的房子，他们就把老龙口的树都刨光砍尽咱也不管。”他一句也听不进去。鸟争一口食，人争一口气呀！何况程必成真要把洋楼造在他门前，那是一辈子的刺眼！他气得分不清好歹，反把水梨儿混骂一顿，甩了她个趔趄，又奔程必成家去了。

水梨儿被他甩倒在地，碰在石头上，疼得半天站不起来。她又气又怕，担心他惹出祸来，正在这时，听见儿子甜枣哇哇地哭叫，只好由他自去，一拐一拐地赶回家去。

找不到干部，只好去找程必成，陈二冬虽然恨他，但事到临头，也只好如此。他甚至准备低一头，去给程必成说好话，央告他。人活一世，能屈能伸，得低头时且低头。他程必成当年不是曾经低三下四地在我陈二冬面前当孙子，叫老哥吗？也许命运轮回，该陈二冬向他程必成低头了！

当陈二冬心急如焚、昏头昏脑地向程家大门口走来时，忽然听见身后有人低声叫他，回头一看，是程必成东院的邻居金宝媳妇站在厕所墙里向他招手。他知道金宝家和程必成家不和，过去他当支书时，金宝媳妇曾经揭发过程天胜反攻倒算的材料。他忙凑过去，金宝媳妇隔墙告诉他，支书乐思远和主任程在望都在程家划拳喝酒呢！“你可不要说是我告诉你的。那个黑种毒哩，咱可惹不起人家。”陈二冬一听，仿佛突然开了窍，追悔莫及地拍着脑门叫道：“是呀，我怎么没想到这一层！我好糊涂！——日你娘的！”顿时，怒火又蹿了上来。

他叫门，捣门，手骨节捣疼，嗓子喊哑，光听见里面有人说话，却没有人答应，只有那只大黑狗隔着两扇铁皮大门扇朝他狂吠。他想，今夜找不见程在望和乐思远，那树都砍完，一切都完了。他们不开门，不是听不见，分明是怕见他。他急得绕到程家后门，后门也关得推不动，喊不应。绝望中，他不顾三七二十一，踩着西墙外一个厕所围墙，爬上院墙，抓住院里一棵老榆树溜进院里。

“你血口喷人！我陈二冬一没偷，二没盗，我不怕！”

尽管陈二冬嘴上叫喊不怕，心却猛缩起来：贼咬一口，入骨三分。不可不防！万一他们真要……想着，便警惕地往门外走。程在望冷笑一声，突然把他往门里猛一推，哐的一声把两扇门从外面拉住，狞笑道：“你想走？没门儿！等着公安局的人来了再走吧！”

公安局没有来人，公社公安特派员接到程在望的电话，连夜赶到老龙口。天亮之前，陈二冬便以翻墙入宅行窃未遂的罪名，被五花大绑，由民兵押往县城。

十、劫后

当黎明开始把幽幽的光辉洒落在老龙口高高低低的屋脊上时，村里响起吱吱呀呀的开门声、绞水声和唔哇唔哇的驴叫声。陈二冬被五花大绑押送公社的消息，带着一种令人悚然的恐怖，也在老龙口不胫而走，神秘地传播在大街小巷，井边院落。

人们在井台上挑水、在麻池边饮牲口、在电磨坊等着磨面、在村口道岔上……见面就神秘地打听，传播，猜测，惊叹。

对于陈二冬以偷窃罪名被抓走，老龙口的人有各种各样的态度。人活在世，总有三厚两薄，何况陈二冬从他爷爷陈老定到他当了十几二十年干部，惹下人不少，为下的人也不少；特别是当人们看到砍树造屋，那是集体的树林，人人有份哩！不少人为他抱不平。“秃子头上的虱子——分明是陷害！二冬穷死饿死也不会干那种事，何况二冬家并不穷。”“欺负人也不能这样恶毒！”就是过去曾经受过二冬克打的人，也不都是一个腔儿。幸灾乐祸，恨不得枪崩了他的固然有，可是大多数人听了还是摇头叹息：“唉，这怎么会呢？二冬别的毛病不少，可要说去偷人抢人……唉！”就连人性最坏的“二褊子”听见这个消息，也像挨了一记闷棍。“二褊子”领着人砍完树，已经鸡叫三遍，回家刚躺了一会，天就亮了，听见街上吵吵嚷嚷，跑出来一打听，吓得吐舌咂嘴，忍不住咕哝道：“屎！哪会有这种事！要说二冬打了人杀了人我信，要说他偷人摸人，鸟才信哩！”“嘿，这事情我一猜两准，你不信？这是……”

“二谝子”正和几个人嘀咕，看见乐和顺挑着水桶过来，便把话咽了回去。

“二鬼！怎不说啦？”乐和顺把空桶放在道边，凑过来说，“怎么，信不过老哥？”

“嘻，哪里，哪里……”“二谝子”往后扯着身子，好像生怕乐和顺把他抓住似的。“我哪里知道。”

“我看你是知道也不敢说！”乐和顺提提披在肩上的夹袄，故意激他。

“二谝子”嘴一咧，大声说：“我不敢说？我怕他谁？谁敢把老子怎么喽？”

“是嘛，谁不知道二鬼是仗义勇为的好汉！”

乐和顺也是刚听到这事，他后悔自己昨天夜里没有到二冬家看看，本来是要去的，因为从地里挖水沟回来天已不早，吃了饭便倒在炕边眯瞪着，老婆把他叫醒后，又懒得动，胡乱脱了衣服睡下，一觉醒来天就快亮了。他家又住在村子最南头，这消息还是柴云凤打早起来到水磨坊磨玉茭听到，回来告诉他的。他觉得这是绝对不可能的事，其中必有缘故。正准备挑完最后一担水到二冬家看看，半路上就碰见“二谝子”和几个人在供销社门前低声议论这事。他知道“二谝子”这阵子腿往程在望和程必成家跑得勤，也许他真的知道点内情，便想套他。“二谝子”是颗无定向导弹，他的行为既不受良心约束，也不受义气支配，完全是由着个人的利害和喜怒决定。这时，听见乐和顺一句好话，便有点沾沾自喜；旁边的人也给他戴高帽子，怂恿他，他那两扇簸箕似的大嘴，便抿不住了。

“哎，我告诉你们，你们可不能出卖兄弟！”他故作神秘，眉飞色舞地说，“我看这又是程必成那小子的诡计。”乐和顺怕他又不往下说，忙掏出一支烟递给他，给他点着，索性蹲下来。“二谝子”美美地抽口烟，从两个大鼻孔里时断时续地冒着白烟，接着说，“我说过，十个二冬也斗不过一个程必成

——这小子鬼着哩。”

“怎鬼着哩?”

“咳！他不鬼能发那么大财?”

“不管他发财不发财,说二冬的事。”

“二冬的事,二冬的事还不是明摆着？昨天夜里,二冬看见砍他门前那片树……”

“砍树？砍树做什么?”乐和顺暗吃一惊:砍树的事他还真不知道。

“咳！你怎还眯瞪着哩!”“二谝子”弹着身子,说,“那片地方批给必成盖房啦！二冬红了眼,就要和我打架。”

“和你打什么架?”

“嘻……不给你们说了!”

“二谝子”突然意识到自己把自己卖了,死也不再往下说。乐和顺和那几个人拽住他又哄又逼,“二谝子”只是嘿嘿干笑,后悔莫及地暗想:一棵树五元钱还没捉到手哩。我真糊涂！掂起屁股就跑。

乐和顺离开供销社门前的时候,东面的大山后面已经泼出火烧一样的红色,西河川上一片一片的树梢树冠也像着了火一般,红光焕发。他没心思再挑最后一担水了,仿佛做了对不住二冬的事,把两只空桶和担子放在供销社,便匆匆朝二冬家走来。

二冬家的大门前,仿佛刚遭过劫难:原来茂腾腾的一片绿树浓荫,一夜之间不见了。地上、道上、坡上横七竖八地倒下一片树干树枝。二冬家的大门口也被乱七八糟的树枝树叶埋得进不了门。那刨得坑坑洼洼的地上,有几个陌生人正在往河坡下扛树干,扔树枝。这情景使乐和顺油然想起他小时候看见日本鬼子在山上砍树烧树的情景。那东西两座山上原来长的都是顶天立地的松柏树,全叫日本鬼子砍光烧尽,如今变成光秃秃的,只有幸存的几株在那峭壁危崖的石缝之间孤立着。

乐和顺气得两眼发愣,刷刷地落下泪来。他风言风语听说程必成想要批这块地方造洋楼,却没有料到程在望那家伙真会批给他,更没有想到会这么快。村上哪一家盖房批地方，不得求爷爷告奶奶,明请暗塞,等一年两年？有的人家申请了两三年都干瞪眼没指望！他程必成却想在哪儿盖就在哪儿盖，想多会儿盖就多会儿盖！“分明是做贼心虚！半夜三更，突然袭击！”乐和顺心里愤怒地咒骂。“畜生！畜生东西！”

“和顺！你看这……唉！”

乐和顺正气得发愣，听见背后有人说话，回头看看，是砂锅王王德厚走来了。

“你瞧这……咳！”砂锅王同乐和顺对视一眼，又把眼扫着乱糟糟的地面，重复道，“这么多树，正是长的时候，这不都可惜了！咋就不想想哩！”

乐和顺依旧没有开口，但他却忍不住会心地看着王德厚老汉。

王德厚的目光从那七倒八歪的乱树干上收回来，痛心地摇着头说：

“这个必成呀，哪里盖不下，非要占这块地方盖不行？听说还把二冬也抓走了——你听说了没？二冬真会干出那种事吗？”他似乎不需要对方回答，又说，“我简直不敢相信。”

“德厚老哥，”乐和顺这才开口，蹲在一根横倒在道边的杨树上，“你是大明白人，这事你也看出来，还是必成和二冬的仇气作怪呀。”

“是，是，我看也是。”

“二冬偷没偷，咱没见，且不说，”他让王德厚老汉坐在树上，给他递过一支烟，德厚老汉这才想起自己身上没带烟，深感歉意地接住，两人就着一根火柴吸着烟。乐和顺接着说，“就说这砍树，说到哪里他必成也占不住理儿。你和二冬有仇气，也不该拿众人的财产当儿戏。啊，这老龙口就由了你啦？想咋就咋？”

“咳！我怎么不是这样想哩！我成天价见面还好说他：过去的事都过去了，不要再计较啦。让人一步自己宽。就算二冬整过咱，那能都怪他？什么时候兴什么理儿。那年月就兴七斗八斗，就不兴你成分不好的好活，他不斗你别人也得斗你，换个别人也得叫你扫街游人！咳，可他就是听不进耳朵，还和我愣眼：‘你说啥话，我怎他陈二冬了？打他了？斗他了？还是指着鼻子唾他骂他了？’咳，可也是！”王德厚往乐和顺身边挪挪身子，压低声儿说，“这鬼东西精就精在这儿：整治了你还叫你捉不住他。说不好听的，真有点杀人不见血！”

“你说对了！”乐和顺觉得王德厚说的对心劲，也凑近说，“他和二冬不同就在这儿：二冬是个炮，一点就着；必成可是一肚子鬼，阴着哩。就说这砍树造房，要真有人去追这个理，你也捉不住他。他还要说：‘地方是干部批给我的，管我什么事？’保准是这话，不信？”

“信！信！咳，我又要说在望的不是啦，”王德厚老汉把话题转了，“你在望如今是一村之主，本该给大伙解着点仇气，常言说冤家宜解不宜结，怎么能在他们中间偏一个向一个？这不是故意在他们中间挑？！”

“嗨！这你就不明白了。”乐和顺说，“在望是怎么上台？他在当支委时就和二冬言和心不和。你不记得那年闹‘文化大革命’，在望还拉了一帮人，成立了个啥战斗队，想夺二冬的权。只是没揪住二冬什么：论成分，贫下中农，成分低；论他爹，烈士，扛枪过江援朝的烈士。倒叫二冬把他收拾了一顿。”

“对对，有这事，有这回事。”

“不是他姐夫当时在县上吃得开，我和思远帮他和着，凭着二冬当时的火性子，他那个党员也保不住。你说，他能不记得？”

“咳！你记他的仇，他记你的气，记来记去，这事还有个完吗？”

这时，村里许多下地的人，看见二冬门前的树林砍倒了，纷纷拐过来看。乐和顺自从不当干部，虽有一肚子气，却不愿意再往是非中掺和，他听见人们纷纷不平地议论，便率先站起，对王德厚老汉说：

“老哥，我赞成你：横着活，竖着活，都要活在理上，叫人服气。我给你说这些话，是想叫你去给必成说说，不管二冬真偷假偷，不要再纠缠过去的恩怨了——先把人放回来。这事非他出面说话谁也不好办。偷没偷只有他明白。”

“我去，我一定去。”

乐和顺拍拍王德厚的肩头，又笑说：“你们两个，好歹都是公社、县上捧的两杆旗哩。你出面说话，要比我们强。”

王德厚老汉走了之后，太阳已经露脸。那些站在沟岸上议论的人也各自朝地里走去。一群孩子和几个女人围上来，哄抢那些砍掉的树枝，拖着扛着往村里跑。乐和顺叹声气，把堵在大门口的一棵碗口粗的树干搬开，见大门上挂的光荣烈属匾掉在地上，捡起来看看，不无感慨地摇摇头，重新挂在门框上，便推门进去。

街门虚掩着。大黄狗卧在门里，听见门扇响，哼唬一声，支起前腿，看见是乐和顺走进来——常来常往的老熟人——恓惶地瞅瞅他，便又没精打采地弯回两腿把嘴搁在腿上，卧下不动了。

院里十分安静。鸡还没放，在窝里咕咕咕地嚷，好像埋怨主人把它们忘了。猪也还在栅栏门里睡着，那蠢货知道还不到喂食的时候。倒是堂屋的门和西屋的门都半掩着。乐和顺站在当院，心想：准是水梨儿不在家，跟上二冬走了。正犹豫着，听见陈老定在西屋有气无力地自言自语："砍吧……砍吧……有本事把老龙口的树都砍完……不怕你狗杂种这会儿蹦得欢……"他的心颤了一下，想到这家人曾经给革命做过许多贡献，想到陈老定从打日本就提着脑袋跟共产党干，为保护八路军的兵工厂，日本人差点把他活埋了，大洋刀搁在脖子上也不肯说出兵工厂的机器埋在什么地方；解放战争中支前，参战，送公粮，没有一样不领着干。打平阳府那一战，陈老定领着老龙口的民兵，每人挑着一百多斤小米，一黑夜走一百里地往前线赶，带的玉米面干粮吃完了也不肯煮吃一口小米，差点没饿死冻死在安泽山里。土改没结束，又把唯一的儿子送去当兵，也一去没回来。解放后，老龙口哪一步不是陈老定领着走过来的？就算过去的都错了，陈老定可是对党忠心耿耿啊！没有功劳还有苦劳……可现在这家人却落到这步田地，老汉半瘫在炕上没人管，还受这种窝囊气！

"咳，我去看看他吧。"

乐和顺想着，便朝西屋门口走去。

"咳！你上哪？你站住！"

乐和顺前脚迈进西屋门里，柴云凤突然从堂屋跑出来，低声把他叫住。

"你？你啥时候来的？"

柴云凤没有搭话，把他拽进堂屋。

原来堂屋里有人，还不少呢，有扎根媳妇、栓柱婶、水梨儿的兄弟梨根，还有平素和水梨儿要好的几个姑娘、媳妇。大伙都围着水梨儿默默地坐着。空气凝重而酸涩。

“你瞎往西屋闯什么！”柴云凤进门就低声埋怨他。

“我进去看看老定叔嘛。”乐和顺说。

“你别没事找事了，”柴云凤说，“老定叔刚安静了，你又去引他生气呀？”

乐和顺明白了众人的意思，自己找个地方坐下，正不知对水梨儿该说什么，水梨儿突然朝他扑过来，哭道：

“和顺哥，你说可叫我怎么活呀？！”

她的嗓子已经哭哑。众人忙把她拦住，扶她坐回炕上。

“快别哭啦，梨花！你就是哭死，能哭回人来吗？”

“都怨你！”柴云凤又怪罪自己的丈夫，说，“早不来，迟不来，众人才劝的梨花不哭了你就来！昨天晚上你要来走一走，也就不会出事。我叫醒你你还要睡死过去！”

“咳，你又事后诸葛亮！我没来看看，你也该来呀！你怎也没来哩？——谁猜到会出这么大的事情。”

“咳，你们两口子别又凑热闹了！”扎根媳妇说，“和顺，眼前你是个立杆子的人了。你快给梨花拿个主意，这可怎么办呀？”

乐和顺也觉得自己该替水梨儿拿个主意，于是呸呸吐了两口干唾沫，做出个当大的样子，抬头问水梨儿：

“梨花，大伙说得对，你不要哭了，哭也不顶事。这个家如今里外都得靠你撑着。你说说，这究竟是怎么回事？怎么就闹出这么大乱子？”

水梨儿两眼红肿，已经哭成个泪人儿了。抽抽泣泣说：“都怪我……我真后悔，我明知道他在气头火脑上，还和他赌气……都怪我！”

乐和顺说：“别说废话，怪你，是你让把二冬抓走的？！”

“不是我也一样，我本来跟着他……就是怕他那个二性子火气上来，和人家干部打起来。可我……他听说在望和思远都在必成家喝酒，就非要去不行。我不让他去，他骂我，我……我就赌气跑回来。谁会知道要出这么大事呀？”说着，又呜呜地哭。

“往下说——以后呢？”

“以后…以后……都怪我！我为什么要回来呀！”

柴云凤又冲丈夫瞪眼道：“你就别判官似的审问了！以后她怎会知道？二冬叫人家逮走，还是扎根媳妇和变凤告诉她的。”

“嗯……”

乐和顺低头沉思好一阵，正要说什么，甜枣背着小书包呜呜地哭着进来。

“怎啦？你怎么啦？”水梨儿跳下炕心疼地急声问。

“我不上学校了，他们都骂我，说俺爹是贼汉，偷万元户，叫公安局抓……”

水梨儿仿佛突然清醒，急忙捂住甜枣的口，看看门外，忍着气说：“别说了，他们骂你你就躲开他们。记往，这话可不要对你老爷爷说。”

甜枣依旧高声说：“他们都说俺爹叫公安局……”

“木头东西！你怕你老爷爷听不见是不是！”水梨儿斥责儿子。又叮咛说，“记住，他们说什么都别听，你老爷爷问你你爹哪了，就说不知道，记住没？”

“嗯……”甜枣十分懂事地不哭了。

乐和顺听到这里，才知道二冬被抓走的事还瞒着陈老定。胸口油然感到一阵酸楚。

“这样吧，梨花。”乐和顺长长出一口气，站起说，“你该干啥干啥，现在地里的活忙忙的，总得种地吃饭呀！二冬的事，我看他们也不会怎了。捉奸要双，抓贼要赃。他们说偷了抢了就是偷了抢了？你们大伙该回去的也回去，我先到公社看看。”

水梨儿擦干眼泪，说：“我也去。”

“咳，你就别去了，家里有老有小，你走了靠谁？我先和你兄弟去看看，回来你再去。”

十一、不平

在老龙口村子东北半里地的山洼里，依山傍沟有一座烧制作坊。三面工棚围着一个大场地，场地上整整齐齐，一排一行地摞满大大小小的砂锅、砂盆、药壶、火锅和各种各样的兽脊、龙头瓦。场地过去，是两座高大的火窑，烧制工人们正井然有序地忙活着。

这是砂锅王承包的大队烧制厂。这座烧制作坊，据说从王德厚的曾祖父手上就开张，传了四代，到王德厚手上，赶上合作化，归了大队。不过万变不离其宗，归谁也离不开王德厚。别看那砂锅盆盆都是泥捏火烧的，同样是一块泥巴，在你手上怎捏怎也捏不成个模样儿，到了王德厚手上，那泥巴巴就像有了灵性，叫它成个啥样就是啥样。这就叫手艺。现在烧制厂又归王德厚一家承包，烧制厂也再不是旧时模样，也开始一步步现代化。烧窑、制坯、拌料、上釉、打磨，一道道工序都用上电，用上打磨机、制坯机、球磨机和鼓风机。传送带像流水一样循回往返，轰轰隆隆，煞有点小气派。

王德厚就是靠着这座烧制作坊，当了老龙口名列第二的万元户。

王德厚背着双手，蹶蹶蹶地走进烧制厂的大门，脸色很灰暗。这时天已半晌了，厂门里停着两辆装货的大卡车，那些客户向他打招呼，他像没听见，也不搭理，径直走进烧制厂的办公室，就把门关了。

王德厚的女儿王姣妮在货场上和客户谈生意，望见她爹回来，精猴儿似的从那货场上跳着穿过来，推开办公室门就大声嚷叫："爹，你上哪去啦，到处找不见你！"带着十分不高兴的怨气。

王德厚坐在一只破沙发上，埋头抽烟，并不答话。

王姣妮走进门里，又高声尖嗓地嚷："县工商局来电话，香港那个客户看中咱们的砂火锅样品，还有中小号砂锅，人家都看中了，马上要来洽谈订货，你……"

王姣妮虽只十九岁，却完全像个当家主事的大人，打里照外，替王德厚当着半个家。这姑娘个头不高，黑黑的脸庞，匀称的身段，留着蓬松的青年发，长得十分健美；说话粗声大气，活像个假小子。高中毕业后，在村里当了两年民办教师，王德厚承包了烧制厂，姣妮就放弃了当民办教师，来烧制厂给她爹当了"厂长助理"。

当下，姣妮见她爹面带不悦，光抽烟不回话，便有点纳闷。她知道她爹的脾气，从来不会和人伤和气，就是生意上吃了亏，也是一句话："算啦，吃亏人常在。"今天是怎么了？她的心软下来，爬在王德厚肩上撒起娇来：

"爹！你是怎啦？你说呀，你上哪去啦？谁惹你不高兴？"

王德厚这才忿忿地、结结巴巴地跺脚说：

"这小子没人性！"

王德厚十分讲究受人之托，忠人之事的做人规范。他把乐和顺托付他的话确实当个大事情去办了。他觉得，即使不为二冬，单单为他程必成，也应该去跑这一趟脚，劝说劝说他。眼下村上就他们两个冒尖户，得为人和众呀！越发财越该积德行善。砍树造房，就算是干部批准的，你程必成自己也该心里掂量掂量，这种事能办吗？缺德啊！

王德厚就是抱着这种想法，回家吃过早饭，便去找程必成。家里没找见，赛天仙说他上了砖窑；到了砖窑，又说到了焦化厂。王德厚心眼实在，就表现在这里：宁可误了自己的事，也不惜跑腿帮助别人。人家家里出下那么大的不幸，自己跑跑腿，误一时片刻算得了什么？何况烧制厂还有姣妮在。最后，终于在供销社的楼上找到程必成——他正同工头和城里一个搞工程设计的人摊着图纸说话哩。乡下人造房还要图纸，王德厚还没经见过。

“你找我有甚事?”程必成坐在椅子上，带搭不理地问。

“我想和你说几句话。”

王德厚一直蹲在门口，看着他们唰啦唰啦把七八张图纸翻完，程必成才走出来，把他引进供销社老李的宿舍，关上门，然后问:“什么事?”

王德厚见他目中无人的神气劲儿，心中有几分不悦，但还是忍了，他坐在一个小马扎上想了想，说道:“听说你家被人偷了?”

“嗯……”

“真是二冬偷的吗?”

“你是不是有怀疑呀?”坐在椅子上的程必成，两腿伸得很长，左眼往上一吊，拿腔拿调地说。

王德厚不计较他这种傲慢态度，也感觉出话里的锋芒，依旧推心置腹地说:“必成，我有句话，一直想同你说。你要觉得对，就听;要觉得不对，就算我没说。我总觉得你和二冬两个人的仇气越结越深。”

“是吗? 是吗?”程必成故作惊讶地说。

“常言说得好:冤家宜解不宜结。他过去对你有千不好万不是，已经过去的事了，没必要再和他一还一报……”

“砂锅王，你是烧砂锅烧煳心了吗?”程必成猛地坐直，伸过脑袋，咄咄逼人地说，“我和他一还一报? 我程必成什么时候还过他，报过他? 哪怕是我动过他一指头，碰过他一根头发梢，我程必成不是人! 你指出来!”

“咳! 话不能这么说，”王德厚依旧心平气和地说，“你当然不会动手动脚，爽利你抽他一棍，唾他一脸，人们也不会说啥。谁叫他当初整得那样狠? 就怕是软刀子割肉，隔着肚皮掏心——”

“哎呀，我的砂锅老哥!”程必成做出委屈的样子，苦笑着大声说，“我叫你说得简直成了牛魔王啦，都会使妖术啦，专门掏唐僧的心吃哩!”

“我是为你好!”砂锅王急不择语。

“还是为我好哇?”

“你知道，人心都是会变的，”王德厚把他的处世经验端出来，竭力想说服他，“过去，他整你，人都骂他，同情你，你也记得；前三年告他状时，多少人支持你？他落马为民，人们谁不可意？谁不说他活该？这二年……这二年你又反过来收拾他，收拾他一回，人们觉得没啥，收拾他两回，人们也不觉得过分，可收拾他三回、四回……没完没了，人们可就另眼相看了，觉得你过分了。你说，不是？”

“我的老哥！就算你说的是个理，可总得有事实呀！我收拾他？我怎么收拾他的呀？”

“我说必成，你也不要和我斗心眼，”王德厚的憨直劲被对方逼上来，一弹腿说，“我玩泥玩了一辈子，心可没叫泥糊住：你是叫他哑巴吃苦瓜——有苦吐不出！你在他门前开采石场，你撑了他承包砖窑的计划，就连你桂萍考农科所的事说上，你是步步堵他的生路，步步逼他气他，这谁看不出来？人活一口气。你这样比打他骂他还要叫他难受。”

程必成的两道恶眉毛渐渐拧成麻花，脸色也渐渐阴云密布。王德厚歪着脸，眼睛盯着墙，只管说他想说的话。顿了一下，老汉呸呸地清了清嗓子，接着说，“这样不好！你我都算村上的冒尖户，人们本来都眼红红地瞅着你我，你再这样，不是越发叫人们牙痒吗？”

程必成两个腮帮子一鼓一鼓的不说话。王德厚觉得自己确实说的是知心话，以心换心，也许他会有所触动。进而说：“听说你要在二冬门前盖楼——不，不是听说，我去看了，树都砍倒。我又要论你欠思量，老龙口哪个地儿不比那块地方好，你非要占那块地方不行？你这是上恼了一个二冬，下惹一村百姓！你想想，是不是这个理？”

犹如突然吹过一阵风，程必成来了个一百八十度大转弯，脸上的黑云退了，两道拧紧的恶眉毛也舒展开来，他微不可察地冷笑一声，索性仰靠在椅背上，高声说：“好好，你说吧！还有什么你都说出，我洗耳恭听！”

“我要说的都说完了。”王德厚直起腰，打量着对方，心想，看样子他的心有些活动。老汉暗自庆幸，不免又想起一些话，缓缓气，又说，“就说昨天夜里的事，二冬真做贼假做贼，我不敢说定。退一步，就算他真做贼，人们也会怀疑是你挖下坑让他往里跳。所以,我说,是真是假,你都送个人情,把他放回来。再说,你也要给自己留条退路!”

“哈哈哈哈……哈哈哈哈……”

王德厚推心置腹、满怀希望地说在热处,程必成忽然放声大笑,笑得从椅子后栽过去,爬起来又拍着桌子大笑。楼上的人都被他的笑声惊动,跑进来看他们。

王德厚被他笑愣,直着两眼,连声说:

“你笑啥?你笑啥?我说得不对?”

“好好,你说得对,说得对!”程必成笑得容易,止得也快,像突然切断电闸一样,戛然而止。他掏出一支烟,在镀锌烟盒上使劲撴着,说,“你绕了十里长的弯子,是来为二冬求情呀?”

“我不单为他,我也是为你……”

“好好,我领情了——很简单,你要想了解陈二冬真做贼假做贼,我说你也不信,你去找干部,找公安特派员问,贼是他们抓的,人是他们送的,与本人无关!”

……

王德厚向女儿诉说之后,依旧心平不下来,好像还在与程必成争论,脸上的皱纹激动得痉挛;本来就经常发炎的眼睛,这时红得更厉害。他余气难消地连声大嚷:

“你小子得意忘形!眼里还有人?你说,我王德厚有哪点对不住你?当初你在地里受不了苦,要到烧制厂干活,找我,我在干部面前替你求情,准你来烧制厂干活;来了烧制厂,你还是受不了,你操上黑心眼,破坏,把那么多砂锅都推倒摔烂。我看你小小年纪,恓恓惶惶,没到干部面前告你。你……你……坏了良心!”

“哎呀,爹!你还说这些做什么,你还不知道他是个什么东西!”姣妮埋怨她爹不该去找程必成。“谁教你去自讨没趣!——狼心狗肺!快别说他啦!”

王德厚喘息一阵,气平了许多,但还是忍不住唠叨:

“咳！我是看到二冬一家叫他欺负得太恓惶了。”

“吔！你又好心啦！”姣妮不满地尖叫，“二冬是个好东西？你记不得他当初是怎么难为你啦？你倒爱管他！程必成是个白眼狼，陈二冬也是条落水狗。你别看他现在落水了，鲁迅早说了：落水狗不能可怜，爬上岸来照样咬你！”

“哎！怎么能这样说，”王德厚不同意女儿的见识，打断她的话，“不能把世上说的没好人喽。必成有必成的劣性，二冬有二冬的过错，不能把人看的要黑都黑，要白都白。”

“行了行了！你又来了！刚叫人家刮了你一脸灰，你就不记疼啦！老龙口有几个像你的？”姣妮嘴上厉害，其实心比她爹还软，她喜欢谁，不喜欢谁，都在口上，当着面也敢直说直道。可是别人要有难处求着她，即使是她不喜欢甚至憎恨的人，她也照样儿能帮两分忙，绝不帮一分。不过话又说回来，她在老龙口似乎和谁也没有恩怨，和谁也没有红过脸。当下，王姣妮不想和她爹说那些犯不上生气的事，咯咯一笑，把话题一转，说，“人家还没怎的，看倒把你气的！不管他黄狗咬黑狗，还是黑狗咬黄狗，狗咬狗，两嘴毛，由他们咬吧！快说咱们的事吧。”

“咱们的事怎啦？”王德厚问。

“吔，我说了半天你就没听见呀？”姣妮娇恼地瞪眼说，“人家香港的客商看中咱们的货样，要来洽谈订货！”

“来了再说，”王德厚还惦着二冬的事。既然和顺托他去找必成说情，说成没说成，总得给人家有个交代，人家还等着听信呢，便说，“误不了，从香港到咱这儿来，就是坐飞机也得飞两天哩。我去去就回来。”说着，拉开抽屉取了盒香烟便走。

“哎呀，你又要上哪？”姣妮把他挡在门口。

“我去给和顺和二冬家里的人说说，好叫人家另想别的法子。”

姣妮把他推回沙发上，说：“哎呀，人家县工商局叫你马上就去一趟呢！你不急人家可急呢！”

王德厚还是不放心，说：“可人家还等着听我的信呢！”

“好好，我替你去‘汇报’，行吗？”姣妮知道她爹心上搁不住事，不让他去，就像欠人家账似的不安心；可又怕误了县工商局那头的事，说，“反正我也知道你碰了一鼻子灰，我先替你回他们个话，还有什么要说，回来你再去行不行？”

王德厚不再坚持了，当下又嘱咐了姣妮几句，便推了自行车上县去了。

姣妮把两个拉货的顾主打发走之后，便去找乐和顺。一来是父亲留下的事情，她要不去，父亲回来又少不了怪她不忠人之事；二来，陈二冬偷程必成，被抓住送公安局，成了老龙口最大的新闻，她也确实想打听打听，陈二冬当真会做贼吗？走到村口，正巧碰上程必成骑着摩托车出村，她那颗爱动的心便锁不住，想替她爹出出气。

“嗨！程‘大富’”，她向来都这样谑称他。

程必成装作没听见，头也没抬想冲过去。

姣妮跳到路中间，故意挑衅地卡着腰说：“怎么，骑上‘日本造’眼高得看不见人啦？”

“是你……嘿，没听见你叫我。”程必成骑着摩托车停在姣妮脸前，“你上哪？”

“找你嘛。”

“别逗了！”

“谁和你逗！”

“你找我啥事？”

“我想看看你眼睛究竟有多大！”

“你……”

“我告诉你，你别太得意忘形！想想你过去低三下四那个狗熊样子吧！”

“你你……”程必成最怕别人揭他当年的短，当下恼羞成怒，“你走开！”

“我偏不走开！我的话还没说完呢，你有本事朝着我开过去！”程必成越恼，姣妮越笑。“你有钱，你发财，撞死个人不算个事？还不是像压死个蚂蚁？来呀，撞呀！”

“你你……你要干什么?”

“干什么?你把我爹要笑上一顿高兴啦,得意啦,骑上摩托兜风去呀?不怕撞到汽车下压死你?”

“你……你滚开!”程必成受不了了,拍着车把怒吼。

姣妮不怯他,依旧高声嘲笑他:“我滚?我可没学会。我只见有人滚过,那年在学校斗争你,同学们叫你滚桌子你就滚桌子,叫你钻板凳你就钻板凳,滚得水平可谓世界第一,宇宙冠军——可惜我王姣妮失去学习机会,没学会!”

程必成再也忍受不了,这些话比捅他的脊梁骨还难受,却又没法对付她。他知道,真要和她吵起来,她那张嘴还有更难听的等着,何况天已快晌午,他还有急事要上县里去办呢。他把车把往旁边地里一拐,想冲过去。不料手拧的油门过狠,那摩托车呼地直戳进刚浇过的麦地,三拐两拐陷进泥里。

姣妮替她爹出了气,感到一种报复的快慰,咯咯笑着,拔腿便跑。又回头大喊:“报应!报应!跳得高,摔得狠,前头还有汽车轮子等着你呢!”

在老龙口,这两年还没有人敢如此放肆地捉弄过程必成。他气得脸都变了颜色,等他踩了两脚泥推出摩托车来,姣妮已经跑得望不见影儿。只有村口上站着一群孩子冲着他拍手叫好。

姣妮太高兴了,以至忘了她要去哪里干什么,直到猛醒过来,才发现自己站在支书乐思远的大门口。乐思远的老婆和大闺女乐柳叶在大门外摆着绳车纺绳。

“姣妮,你这是有啥喜事又跑又笑?”柳叶一边顺绳,一边叫她。

“嘿,我把程大富快气死啦!”姣妮气喘吁吁,笑嘻嘻地走过去。

柳叶惊讶地睁大眼睛,说:“你和他逗什么,他那人长得一副狗脸,说翻就翻,当心咬你!”

“我才不怕他哩!”姣妮依旧气喘吁吁。

“他把二冬咬得多狠,连骨头都不吐!”柳叶低声说。

姣妮一听这话,脑子立刻转个圈,便忍住笑,坐到纺车前,一边帮着柳叶摇纺车,一边低声问:“哎,听说昨天夜里你爹也在必成家,到底二冬是不是真去偷他家?”

柳叶眼睛扫着她,反问道:“你看二冬是那种人?”

“你爹说啥了?”

“我爹……我爹他能说啥?还不是傀儡一个!”

“柳叶!”

两个姑娘正低声说着,坐在另一架纺车前的柳叶妈高声喊道:“你眼往哪里长?!绳坯打纽了!”

其实四股坯绳顺顺溜溜,并没有打纽。柳叶忙朝姣妮递个眼色。姣妮会心地一笑,顺着坯绳走到对面的纺车前,对柳叶妈笑说:“哟,婶子,你可真会管教柳叶——纺绳都不准说话。”

柳叶妈讪讪笑道:“我会管还管不住她哩。闺女家管人家那些闲事做什么!”

姣妮故意撇嘴说:“吔!你这是嫌我管闲事吧,婶?”

“哪里话,我是说俺柳叶。”柳叶妈越发尴尬,忙转了话题,“姣妮,多天都不见你,今日格怎有工夫出来闲跑?我还当你们父女俩赚钱都赚得不离窝了呢。”

姣妮脑子转得快,故意说:“我今日就是来找俺思远叔。”

柳叶妈一听,皱了眉头。边摇着纺车,边连声说:“哎呀,找他个活死人顶啥用,他这个支书还不是聋子的耳朵?有公事快去找人家在望吧!”

“我非要找思远叔不行!”姣妮故意笑说。

“他不在家。”

“哪啦?”

“进城看病去啦。”

“妈!你尽说鬼话!”柳叶在对面发了话,“在家就在家,怎么能和姣妮说假话?你不是故意误人家姣妮的事!”

“死丫头!就你长着嘴!”柳叶妈不好意思地笑笑,低声对姣妮说,“你有事就进去吧,他在家躺着呢。”又特意叮咛一句,“你可别对旁人说他在家呀！我一上午都挡了好几个人啦。”

姣妮咯咯笑了。

“婶子，你放心，我才不找思远叔哩！”回头便笑着走了。

姣妮先到乐和顺家找乐和顺，两扇大门上吊着一把锁；回头又折到陈二冬家，陈二冬家也没人，正要出街门，听见有人在西屋叫她，才想到陈老定在家，便应声走了进去。

“老定爷，家里的人呢？”她问。

这时陈老定摇摇晃晃扶着杌子坐在炕边，艰难地喘着气说：“唉，我哪里知道。两条腿不中用，就像个活死人。你坐，你快坐！”颤颤索索地给姣妮挪着杌子。

姣妮一见老人，心里便有几分苦涩，不愿意多待，要走。

陈老定难得见到一个外人，总想说说心里话，哪能让她刚进来就走？上气不接下气地说：“你坐……你坐呀！你轻易不到我家来一趟，坐会儿再走。我这屋里不臭——二冬媳妇常给我洗涮。唉，多亏了二冬媳妇呀，要不我早活不到今日。”

姣妮不愿违老人的意，又在门里站住。陈老定说的对，这两间屋子不大，确实收拾得干净整齐，不像个离不了炕的病人住的。陈老定病倒已经快两年，人形都变了，眼窝塌得好深，脸色黄白黄白，两条腿离了杌子挪不了，托着杌子挪动也很吃力。和他往日那个粗胳膊长腿、说话嗡嗡、走路咚咚咚的壮实样子完全判若两人。姣妮见他为她挪杌子让坐，生怕他跌倒，忙拦着，说：“老定爷，你别动，我自己来。”

她不忍心即走，坐在光光的炕沿上。

陈老定高兴了，深深的眼窝放出激动的光，滚动着一颗黄豆般的泪珠。

“老定爷，你好些了吗？”姣妮颤声问。

“唉，好不了啦。能托着杌子挪动一两步就算福大命大。”陈老定哆哆嗦嗦摸出块手绢，抹着泪，艰难地笑说。

姣妮不知道该对老人说些什么，没话找话说：

“老定爷，你过去挺壮实的，我爹说你过去能扛起碾盘上的磙子，怎么会病成这个样?”

“唉,这是攒下的病,”陈老定想抬腿给她看,试了几试没有抬起来。“打平阳府那年,我领着咱村的民兵往前线送粮食——你爹也去了。你家那时有条驴,你爹赶着驴,比我们强。我们几个都是用肩膀挑。没想到几百几千号人马都堵在安泽山里,进,进不得,退,退不动。没吃没盖,在雪地里又冻又饿熬了三天三夜。”

“你们不是挑着粮食吗?不会煮上吃?”姣妮听得入了神,她想说:“你们真傻,挑着粮食饿肚子。”却没说出来。

陈老定说:

“唉!那会的人哪像现在的人脑筋活泛,只怕前线打战的战士吃不上,打不了胜仗。”

“我就不信就没人偷吃。”姣妮确实不十分相信那时的人那么傻。

“有,怎没人偷吃,”陈老定说,“开始是有人偷上生米吃,后来饿急了,还不知哪天能走到前线,有人就干脆化上雪水煮着吃。可咱是领头的,怎么能带这个头?硬是拿雪充饥,这话说给你们年轻人也许不会相信。”

“后来呢?”姣妮像听讲故事一样感了兴趣。

“后来……后来好在只困了三天,部队上来了接应的人……咱们村除了在望他爹半路上挑着粮食偷跑回来,还真没一个孬种。”

“我爹呢?”

“你爹也不赖,他有毛驴驮,怕饿倒毛驴,人吃驴吃,连吃带洒,短了二十来斤公粮。就是回来路上,遇上飞机轰炸,把你爹一条毛驴也炸死了。”

姣妮听得兴趣盎然,吁口长气,直起身子,还想往下听,陈老定却不往下说,问道,“姣妮,你进来时看见外边有人没有?”

“没有。”姣妮摇摇头。

“门前那片树就一棵也没留下?”

看见老人很伤心,姣妮没敢实说,支吾道:“留着哩,哪能都砍了。”

陈老定摇摇头,说:“你哄我。我看得见,我出不了门,可成天价爬在窗台看那墙外的树梢。那可都是二冬当干部那几年,我一棵一棵栽下的呀!

我没拿队里一分工，那毛白杨树秧子都是我花钱从县苗圃买回来的。”陈老定猛喘一阵气，混浊的泪又遮没了眼珠，气恨恨地说，“坏良心呀！坏了良心呀！我这一上午都爬在窗台望，我都望见南岭了。我真是出不了门，我要能出得去，我拼了老命也要问问他必成，问问他在望：你们就是和二冬有仇气，也不该拿队里的树出气呀！”

“老定爷，你……你不要太伤心。”姣妮如坐针毡，她想安慰老人，实在找不出一句有力量的话，惶惶然不知所措。

“我不伤心？我的心都快碎了！”陈老定越说越气，“我出不了门，耳朵不聋，他必成欺负我陈家欺负够了！他就是想为他那个反革命老子报仇，想把老龙口再变成他程家的天下！想……”他颤抖得说不下去，突然呜呜大哭。

姣妮更慌了。她顾不上想他说的那些话对不对，只觉得这老人实在可怜，一时慌不择语，忙说：“老定爷，你别难过，二冬没事，会回来的，公社也不是他必成开的，他说偷就是偷啦！”

“你……你说什么？”陈老定突然止住哭，睁大两只混浊、痴呆的眼睛。

姣妮脑子还没反应过来，又对着老人耳朵高声说：“我说叫你放心！二冬会回来的！”

“你说什么？二冬去哪了？二冬怎么了？”陈老定扑着身子问。

姣妮看见陈老定惊疑的神色，这才意识到他还不知道二冬被当贼抓走的事。她后悔不及，正没法搪塞，院里响起脚步声，是水梨儿和乐和顺回来了。姣妮解了围一般忙迎到门口。

“二冬媳妇！”陈老定扑着身子想往门口挪动，同时带气地叫水梨儿，“你过来！”

水梨儿和乐和顺吓一跳，但看看姣妮不安的神色，也各自心里明白几分。

“爷！你不躺着起来做什么！”水梨儿努力控制着自己的感情。

“你们不要都瞒我！”陈老定一激动，那嘴更颤抖得厉害，“我……我说从早到午怎没有听见二冬的声音，怎不见他的面哩，……你告诉我，二冬他到底怎么了？出什么事啦？”

“嗨！老定叔，你就安安歇着好了，管那么多事做啥！”乐和顺忙帮水梨儿劝道，“你能管得了？”

陈老定哪里听得进去，反而动了火，责备乐和顺：“你说没滋味话！我的孙子我不管谁管？我还没死哩，等他们把我气死我就不管了。”又对水梨儿说，“二冬媳妇，我知道你的心意，可你不能有什么事也一个人藏着。你告诉我，我出不了门，也能替你想个主意——你说啊，二冬他到底……”

水梨儿紧张地看看乐和顺和姣妮。

“我好歹当了几十年干部，天塌下来也撑得动，你说吧！”

瞒不得了！乐和顺向水梨儿默然地点点头，只好对陈老定说：

“老叔，这事二冬媳妇是不愿叫你知道的，既然你已经听到，我看就叫你知道也好。昨夜二冬到必成家找干部，进不了门，翻墙进去，人家就说他是去偷，把他抓走了。”

陈老定两只塌陷的眼睛一动不动。

水梨儿又难过，又害怕，连声说：

“爷，你不要着急，要自己惜痛自己！”

“是呀，你再要气出个麻烦，又是给二冬媳妇添罪受。你要自己保重，不为你自己，为了二冬媳妇和甜枣，为了这个家，你也要想开些！”乐和顺也帮着劝。

“老定爷爷，都怪我……”姣妮愧疚不安，也想说几句安慰的话。

陈老定依旧木然不动。大家担心地守着他。沉默了许久，老汉才从梦中醒过来一般，断断续续地说：

“我不急，我不气，我想得开……我什么都想得开！我要想不开，早就一根绳子吊在大梁上死啦！”他忘了自己的腿行动不得，突然用力往前扑着，居然托着水梨儿摇摇晃晃地站了起来，但旋即就浑身酥软地倒在炕沿上，休克过去了。

十二、祸福

程必成在陈二冬大门前那片树林地建造小洋楼破土动工了，是外省的一家包工队揽的活。工人吃得苦，白天黑夜地干，又用上夯地机、推土机，没几天便把七高八低的一片树林地推平，挖出楼基场地。老龙口人们的注意力又旋风般卷入程家未来的小洋楼的阔气，话题大多集中在那图纸是如何如何设计，楼前的花池，楼里的客厅、卧室、厨房、厕所等等，是如何如何的美气，早把陈二冬关在县看守所一事淡忘了。

程必成没有想到事情的进展这么顺利。开始他只想着来个突然袭击把那片树砍掉，以后他陈二冬即使出面阻拦，也好对付。而且完全估计着陈二冬要干涉，甚至动员他的老婆、儿子，以及把他快死的爷爷抬到工地上，一家人出面和他拼命。这都好对付，无非花钱雇上“二谝子”那些人把他哄开，或者再抬出主任程在望挡驾。没料到事情发展得这么意外而又理想，他陈二冬跳墙入宅，自己把把柄送到手上！又碰巧程在望那蠢猪喝得半醉，几句话把他一煽，便把他陈二冬乖乖地送进看守所。他陈二冬不承认（当然他不会承认），不承认又怎么样？谁替他作证?！何况，深夜跳墙入宅，他自己也不否认，定他个行窃未遂，不大不小，叫他乖乖地做个冤鬼！我程必成还可以落个一身清白，捉贼送贼的是大队主任程在望！……现在，程在望酒醒之后，想反悔。请神容易送神难。他敢！贼是他捉的，人是他送的，公安特派员是他一个电话请来的，他反悔，自己给自己脸上抹灰，只怕他有那么点良心也没那么点勇气！再说，他程在望的人品，别人不清楚，程必成却了如指掌：权欲熏心，不择手段，而又眼小如鼠，贪财如命。这种伪君子、小人，无非再给他私囊里多塞几个。"过去啃众人，如今吃大户"，这就是他当干部的生财之道。就连公社、县上那几个领导说上，他们谁又敢说自己两只爪子干净呢？我看他们不怕陈二冬告状，只怕程必成翻脸。量他程在望也不敢！……至于乐思远——老家伙想八面玲珑——只要程在望咬定，他的良心也得喂狗！听说他已经病倒了，病了好！死了，老龙口也不少他一个！

程必成这几天太得意了，他觉得简直像有神灵护佑，事情竟是意想不到的顺利。他虽然不出门，不往工地上去，那里的一举一动，哪日破土，哪天下线，什么时间有谁到那里说什么话，犹如坐在录像机前，知道得一清二楚。

"成天坐在家里，也不到工地上看看，你就那样放心？"

赛天仙对他这样稳坐钓鱼台，总不放心，忍不住对他嘟囔。

程必成枕着绣花枕头，捉着一本厚厚的书，看一会儿，想一会儿，根本不理她的茬儿。

"你倒好，人家盖房子整天守在工地上还不放心，你看都不去看看！有你这样的？"赛天仙故作娇恼，上去夺了他的书，"看！看！这本书你都看烂了，有什么好看的！"啪的一下撂在炕头。

"你懂个屎！"程必成坐起来，想去够那本书，又不想动，对赛天仙喝道，"拿过来！"

"就不！"

"拿过来！"

"哟，吃人呀？"

赛天仙终于被他那双充满血丝的眼睛唬住，讪讪地拿起那本书，看看，又丢给他，生气地嘟囔道："书就这样迷你！老婆在你眼里都不如一本烂书！你眼里这会儿还有人?”

程必成不搭理她，把书抻抻展，又半躺在被子上看起来。这是一本克里斯蒂写的侦探小说集。他正看着其中一篇叫《孤岛凶杀案》，写的是一个人为了复仇，分别从不同的地方向他所有的仇人冒名发请帖，请他们到一个风景幽美的孤岛别墅聚会。那些人到了孤岛别墅，一个个都被莫名其妙地干掉，直到最后一个人垂死之前才发现是上了当。而杀人的凶手却连面也没有露。

“漂亮！漂亮！太漂亮了！”

程必成被凶手复仇的一个个高招深深吸引，竟忘情地脱口而出。不料仍旧坐在旁边生气的赛天仙把话听邪了，越发伤心地又哭又嚷：“我早就知道你操上什么心，当我是傻瓜、瞎子？谁漂亮你去找谁！你当初就不该娶我……你现在好活了，有钱了，看见我不顺眼了。当初你是咋说的？我嫁给你要过你几件？穿过你几身？像出烟（当地风俗：死了人发丧）一样来到你程家，进门没两天，大冬天就陪上你当管制对象，抬石头，拉平车，挨斗争……你还有良心？呜呜呜……”

这是赛天仙的心病。

当初，照程必成的话说，水梨儿被陈二冬从他手上夺走之后，他完全绝了结婚的希望：地主狗崽子，老子被镇压，家徒四壁，一贫如洗，还养着个老地主爷爷，谁愿意嫁他？即使真有一个半个愿意的，自己都吃不饱穿不暖，拿啥娶人家？可是，他毕竟到了该娶媳妇的年龄，看见陈二冬把水梨儿娶走，看见同龄人中一个个都领着新媳妇瞧戏赶会，岂能受得了？他那一肚子发泄不了的欲火，只好在家里发泄，逮住老地主爷爷程天胜左一个耳光右一个巴掌地揍。那老地主也不吭气，由他打。他也曾试图往村里的姑娘中间凑，讨她们的好，也学着村上那些老光棍“串门子”，但终究不解决实际问题：他没那个胆子。

有一年夏天他在西河川浇地，大晌午，庄稼长得很高，举头望不见人影，他正坐在水渠堰上百无聊赖地看着悠悠而过的流水和一只往岸上挣扎的小地老鼠，忽然听见玉茭地唰啦唰啦响动。他惊疑地寻声望去，是村上一个叫小菊的瞎闺女在偷摘队里的豆角。那小菊虽然有一只眼遮着厚厚一层灰皮，是个半瞎子，脸蛋也长得不俊气，但毕竟是货真价实的成熟了的大闺女。正是大热天，只穿一件水红色短袖衫，尖尖的乳房，细细的腰肢，圆圆的臀部……像一只熟透的果实，在他眼里竟突然变得那么生动诱人。他觉得有一股力量从丹田蔓延开来，使浑身的大动脉强烈地搏动，以至达到不可自制。"一只土耗子尚且希望苟延残喘，难道我程必成连只耗子也不如？连一点人的本能的乐趣也享受不上？"情动于衷，便生出一种强烈的欲望。平时他并看不上那瞎姑娘，这时却自己替自己解释：她毕竟是人嘛，和那些长得俊的姑娘并无本质的区别；何况除了那只瞎眼不怎么雅观，别处并不失异性的美。他下意识地看着周围——其实他很清楚，大晌午，附近地里绝无他人，黑乌乌的玉茭地像专门为他搭起屏障一般保险。强烈的冲动终于使他产生了大胆的设想：悄悄地走过去，给她个猝不及防……她害怕报告她偷队里的豆角，一定会向我讨饶，一定会……他昏昏然、惶惶然想着，身不由己地朝那姑娘背后走去。忽然，那姑娘掂起竹篮朝水渠上走了。多么难得的机会啊！人不知，鬼不觉，错过了再向哪里找？他急得几乎要像只饿狼一般扑上去，叼住她。就在这时，那姑娘在渠岸上又站住了，左右看看，便消失在水渠下边。

水渠两边是高大的灌木丛，枝叶繁茂，遮挡得密不透风。程必成扫兴的心又噗噗跳动。他穿过玉茭地追上去，刚把脑袋伸过渠岸，立刻又吓得缩回来：啊！那姑娘正在水边洗身子呢！渠边长的高高的蒲草、苇子，遮掩着半个身子，上半个身子却是那么生动地展示着。二十来岁的程必成从来没有发现过这样的秘密。他心跳得慌，蜷缩在岸边窥视着。他没有勇气在这样的时刻走过去，那样对方会羞恼的。他并没有完全失去理智。他窥视着，忍耐着，一直等那姑娘走上岸边，梳理着头发，他终于像只饿极的狼，猛地蹿了上去。

"啊，谁?!"

他贪婪无忌地抱定小菊。

"小菊，莫怕，是我……我爱你，真的，我爱你……我就爱你……你答应我……”

他也不知道自己说了些什么，只是抱定不放，像啃萝卜似的在那张异性的脸上乱拱，小菊吓得尖叫。他慌了，使劲捂住她的嘴。小菊猛地咬住他的手。他疼得松了手，但依旧挡在道上。

“你……你要干什么？你再不走开我就要喊人！”小菊又急又怕。

“喊人也喊不到，”他说，“你偷队里的豆角我早看见了，我不报告你，真的，小菊，我不会告发你……只要你答应我……”

“流氓！你走开！走开！”小菊骂着，却惧怕地往后躲闪。

“我不是流氓，我就是爱你……不信我向你发誓，我……我给你跪下……我求你答应我……嫁给我吧！”

程必成真的要下跪。

小菊转身就跑。

程必成吓坏了：真要叫她跑了，回去告发了，还有我的活路吗？一不做，二不休，他突发一种恶念，扑上去，又把她死劲搂住。

两个人在渠岸上扭打作一团。从岸上滚到水边，从水边滚到水里。那小菊毕竟是个女孩子，渐渐力不可支，被他擒住，抱到一片草丛中……

小菊依然死活不从。程必成也渐渐冷却下来，但他依旧不甘心地向她提出：“你嫁给我，我会待你好哩！”

“不，你别做梦！”

“我程必成有哪点配不上你？”他恼怒地吼叫，“我也是人，我也是人！”

“你为什么就那么狠心？”程必成又羞又恼，骑在小菊身上，按着她，“我只要你告诉我，我就那么不值得你喜欢？”

“就不喜欢你！”

“为什么？！为什么？！”

“你是地主……地主……”

“正因为我家成分不好，我才强迫自己爱你……”程必成激怒地啪啪抽她两个嘴巴，“你说，我要不是地主成分，你爱我不爱我……”

“不爱……”

“为什么？”

“就为你今天做这事！”

“今天……今天是叫逼出来的！”程必成绝望地吼叫，又抽一个嘴巴，“臭瞎货！你也看不上我，你滚！”

他准备放她走了，但马上又突发一种恐惧：万一她回去告发我强奸她怎么办？他又猛地把她按倒在地，真想掐死她。但害人偿命！他犹豫着。

“你说，你答应我不？”

“不！”

“我掐死你！掐死你！”

吼着，激怒的手已经钳子一般扼住小菊的喉头。

死的威胁终于降服了姑娘的倔强。她无力地闭上眼睛，任他发泄……

当天晚上，当程必成像从噩梦中醒来一般后悔、恐惧不安的时候，陈二冬领着基干民兵来了，一条绿豆绳把他结结实实捆了个紧，关到了大队库房。

第二天上午，召开全村社员批斗大会，他被两个荷枪的民兵押到批斗大会的台前。他横了心，便也不觉得十分胆怯。

“程必成，你知道今天为什么批斗你？”

“我想强奸小菊，我想让她嫁给我……”

“仅仅是想吗？”

“是想，也有行动，但没有形成事实！”他说的是实话，因为事实上他当时由于高度紧张已经丧失了这种机能。同时，此刻他也不想在公众面前给一个本来就有生理缺憾的姑娘再添一片污点。

“打倒地主崽子程必成！”

“程必成不老实交代就叫他灭亡！”

会场上，“二谝子”带头起哄吼叫。

一阵激怒的口号声过后，陈二冬拍着桌子又问：“你不老实！这是你地主阶级的本性！”

程必成不知忽然从哪里来了勇气，抬起头来强硬地说：“不，是一个人的人性！我程必成并没有想害小菊的心，我只是……只是活了二十岁，想得到一个人应当得到的，想享受一个人应该享受的！因我是地主成分，别的姑娘不喜欢我，不敢爱我，我看见小菊，就想到她长得不漂亮，该不会也嫌弃我……我想她也许会答应我。可是……可是……我是个人！我是个人！”

“不准你胡说！”

“打倒程必成！”

“程必成不投降就叫他彻底灭亡！”

批斗会在一阵乱捶乱打、唾沫横飞的混乱中收场。按照会上宣布，当天就要把他押送到县里判刑的。可是他等了一天没有送，等了两天还没有送，第三天上午却叫他背了破铺盖由两个民兵把他送到县水库工地戴罪劳动。后来他才知道，是陈二冬的爷爷陈老定替他说了话：念他年轻初犯，家里又有个半死的地主爷爷程天胜，把他判了刑，大队还得替他负担——地主分子也得叫他吃饭。当时县里正要大队增加修水库的劳力，便把他充数顶了去。

程必成已经横了心坐监狱，并不领陈老定的情。修水库也不比住监狱好多少，他被编在挖移洪道的隧洞工地，四面石头夹着一块肉，说不定几时碰上塌方，或者落下一块险石，便得去为上帝当差。他对一切都绝望，憎恶，甚至想真的来一次大塌方，把所有的人都埋进去，男的，女的，连他自己，来一次大合葬，死也不寂寞。他这样想着，真的就遇上了塌方。

那天，一场暴雨把工地上的人们赶到涵洞里，男的女的挤作一堆。他因为拉着平车，跑得迟了，只好挤在洞口插空坐下。这时，一个姑娘顶着一件破衣裳跑进来避雨，本来不大的一片地方，早已挤得像钉楔了一般，哪还有她下脚的地方？

“嗨！往里边挤挤！你们瞎啦！”那姑娘挺厉害的，衣裳淋湿，只穿一件花背心，露着白胖白胖的胳膊和高高的胸脯，扬着湿衣裳嚷叫。

生活枯燥的民工们正找不到开心处，纷纷粗俗地嚷叫：“嗨，天仙，过来，坐在我怀里吧！”“我这腿上舒服……”“我腿岔里还有一块地方，来吧，正合适哩!”那姑娘嘴也不饶人,边踩着众人的腿脚往里挤,边骂:“想讨你姑奶奶的便宜呀?把你那骷髅伸过来,让你姑奶奶坐坐!”人们把她扯过来,推过去,从这个怀里推倒在那个怀里,又从那个怀里被推倒在这个脑袋上。程必成坐在边上,心里也觉得高兴,却碍于他是戴罪劳动,不敢像那些人一样妄为,只是忍着,默默地看着大家和那姑娘调笑,不作声。

那个叫天仙的姑娘终究没有挤插进去。胳膊、乳房、大腿被那些粗野的家伙讨便宜揪得疼。她退出洞口,看见程必成无动于衷地呆坐着,瞥他一眼,忽然使劲踢他一脚,“你不会往里边挤挤?是块石头?!”嚷着,一屁股坐下去,几乎坐在他肩膀上。顿时,程必成感到半个身子热烘烘的,而且像磁石一般,任他怎么往里边挤靠,那姑娘温热的身子始终紧紧沾着他。就在这时,一场可怕的灾难降临:轰隆一声巨响,洞口上面一块碾盘大的土块砸将下来。说时迟,那时快,程必成不知哪冒出那么大力量,也不知出于什么动机,一只胳膊挟住那姑娘就往外冲,刚把那姑娘猛向洞口外面的坡下一推,土方便把他半个身子埋了进去。

这次塌方,送了三条命,其余刨出来的也都受了伤,唯一没有受伤的便是那个叫天仙的姑娘。

程必成住了医院。脚上受了重伤,左髁骨骨裂。那姑娘出于感恩,经常到医院看望他。那时的医院,除了有一张病床,别的什么事也得靠自己的亲人陪侍。那姑娘很泼辣,看到必成没人陪侍,跑到水库指挥部和领导吵闹,要求到医院陪侍他。尽管程必成是戴罪之身,毕竟是因工负伤,所以就答应了。

“嗨,你真封建!怕什么,我扶你上厕所就怎么啦?”

“你睡床上,我睡地上,病房都是男人,女人就不能陪侍?你要乐意,往床里挤靠挤靠,我在床边将就躺躺,还省得打地铺呢。”

“他们爱说啥就说啥,我才不在乎哩!”

就这样,那姑娘在医院陪侍了他一个月。端屎倒尿,洗洗涮涮,打水买饭,自不必细叙。这期间,程必成才知道,姑娘叫赛天仙,是本县离老龙口五十里地的赛家山人。

程必成出院那天，赛天仙蹬着自行车到医院来接他。那天天气很好，大秋作物已经收割，漳河两岸显得异常恬静开阔。

“你怎么啦？”

“怎么啦？”

必成坐在自行车后衣架上，感到赛天仙和从前大不一样，如那漳河的流水，失去往日的奔腾，变得深沉安静，忍不住问道。

“怎么不说话？”

“我想说就说，不想说就不说呗。”

“那……我带你吧？”

“不，你别下！我带得动。”

“人家看见会笑话的。”

“封建！为啥女的就不兴带男的？”

他的伤已经痊愈，本来要带她走的，赛天仙却不让。五尺高的男子汉让一个大姑娘带着，他感到不安。

“你老实坐着！”赛天仙始终不回头，安详地、有节奏地踏着自行车，警告他。

他的不安开始由怕路人笑话，渐渐变成担心把她累坏：虽然是砂石公路，却不断上上下下。她出汗了，水红色的涤良衬衣脊背上洇出一片片水印；两只白白的耳朵后面也挂满水珠，把那细细、黄黄的头发沾在一起。他掏出手绢想替她揩揩脖颈后的汗，犹豫几次，终于没有勇气，只好老老实实地坐着。屁股压麻了，也不敢抬动抬动，生怕那样会给她增加更多的分量。

崭新的永久牌自行车碾着平展展的砂石公路，发出匀匀的、动听的响声。程必成几乎陶醉了，沉湎于梦幻般的幸福中。

啪！眼前飞掠过一道影子，他还没弄清是怎么回事，一条长的辫子扫在脸颊。他觉得腮边麻麻的一阵发热，下意识地摸摸发热的脸颊，瞅着那又粗又长的辫子，心突突猛跳，却依旧不敢轻举妄动。

又是啪的一下，又一条大辫子飞过来，扫在他后脑勺上。他感觉出：她分明是故意。于是，不由自主地撴撴屁股，把身子贴紧她后背，同时，一只激动的手擦着座套渐渐向前边伸去。

“给我盘起!”就在这时,赛天仙发了话,像下命令一般。

“盘起?”他吃了一惊,伸出去的手忙缩回来,没有弄懂她的话。

“辫子! 傻瓜!”

“哦! 哦……”

他慌忙侧过身子,甜蜜地提起两条大辫子,笨拙地盘着,他仿佛干着一件最伟大、最幸福的事,浑身都处于一种抑制不住的激动中。他想盘得好看些,同时也想利用这个机会更多地捉摸捉摸她的肌肤,试探试探她的反应。他那笨拙的手故意碰着、摸着她那白嫩的脖颈,故意捉着辫子消磨时间,挽了半天,挽了个四不像,解开,又重新盘。

“哎呀,你不会手轻些! ——疼死啦!”

姑娘的埋怨,在程必成心里激起一阵甜蜜的涟漪。他觉得这是一种难得的享受。他像做梦一般尽情摆弄着赛天仙的辫子。

终于挽起了,挽了一个麻花髻。但他仍不忍心丢手。

不知不觉,上了漳河大桥。过了桥便是一道缓坡。程必成无论如何不忍心让赛天仙带了,也不想这样快就回到工地。正要发话下车子,赛天仙突然灵巧地抬腿从前面跳下来,停住车子,冲他回过头来。两只水汪汪的大眼睛愠怒地盯着他。

“我带你!”他忙去捉车把。

“闪开!”她的口气很硬,眼睛依旧怨恨地盯着他。“我问你一句话,你……看上我看不上我?”

程必成并不感到十分意外,他的脑瓜比水晶还亮,只是吃一堑,长一智,他开始有了些自知之明。他激动得两个太阳穴轰轰跳,结结巴巴说:“只要……只要你看得上我……可我的情况……”

“不要你说这个,直说,要不要我?”

“可我得先把我的情况——”

“我知道,地主成分,老子叫枪崩了,还有个地主爷爷……”

“我……我爱你!”一种久久被压抑的冲动终于如火山一般喷发。程必成迫不及待地捉住对方的手。

然而赛天仙却慢慢把灼热的手抽回去。

“你爱我,你了解我吗?我要告诉你你还会爱我吗?”赛天仙眼睛火辣辣地盯着他。

“我会……我永远会爱你!”必成以为她是在考验自己,恨不得掏出心给她看看。

“我爱你是真的,但我也不愿意向我爱的人隐瞒自己的污点。”赛天仙忧伤地眨眨眼睛,推着自行车边走边说,“我叫人糟蹋过,就是我们那里的公社书记……还生过一个不足月的女孩子……”

“你……”程必成想说:“你怎么干这种事!”但话到口边,被赛天仙审识的目光碰回,急忙改口说:“你不会告他!”

“不用我告,他已经住了监狱,”赛天仙说,“他作恶太多了……也怪我自己……这事我不愿瞒你,瞒也瞒不住,我们那里的人都知道。我就是为这,才想离开家,才到水库上来……”走着,猛地抬起头,盯着他,又说,“我绝不是因为自己有污点才下就你,不是,你要那样想就错了。就我这个名声不好的姑娘也不愁嫁。我是真爱你。你说吧,还愿意要我不?”

一个相貌丑陋的瞎姑娘程必成都想得到,何况眼前的赛天仙要比那瞎姑娘俊艳百倍,且是个高中毕业生!舍此良缘,另去找谁?污点,这种污点算得了什么?姑娘失身,被人知道的,就是污点,做得严密的,就充个干净身子,谁敢说她们都是干净身子?程必成甚至替赛天仙找出许多可以原谅的理由。“要比娶个二婚女人强得多!”想着,灼热的躯体已经如烧红的铁一样不可抑制,终于脱口而出:“要!我还爱你,永远……”

就这样,程必成在水库工地戴罪劳动了几个月,不花一文钱,领回一个水灵灵的媳妇来。

赛天仙也真泼,大队不给他们开结婚证明,赛天仙毫不犹豫,和陈二冬大吵:“你别短见,程必成是地主崽子就怎么啦?就不该结婚找老婆?就该断子绝孙?你陈二冬有本事,把地主富农都阉了,世上不就再也不会有地主富农崽子啦!”“你想用一张结婚证明信难为人呀?我不要那张纸也照样和他过夫妻！”果然，他们没有领结婚证书便吃在一个锅，睡在一条炕。后来，还是陈老定说了话，陈二冬才答应给他们开出一张结婚证明信。确如赛天仙说的，他们结了婚，赛天仙跟上他没有过过一天好日子，吃不饱穿不暖事小，还三天两日陪他挨斗挨骂。“文化大革命”开始后，那罪就受得更无计其数：数九寒天陪他扫街；半夜三更被人揪出去陪斗；顶着大纸帽子满村里“游人”；怀了孕还得陪他去修大寨田……有时候别人欺负必成，她实在忍不下去，就泼上命和他们讲理，少不了挨别人的打。

一想到这些，赛天仙便止不住伤心地呜呜哭诉：“那时你是怎样对我？如今你又是怎样对我？你当我看不出来？我天天忍着，天天装笑脸，不想和你吵和你闹，你就越发不把人当人看！你好活了，有钱了，看见我不顺眼，你就说话！当初是你说愿意，我嫁给你；如今你后悔，还要你说话，我不缠你，不拦拌你，这就给你腾个方便！你看见哪个顺眼你就再娶！呜呜……”

人的感情是一个千变万化琢磨不透的谜团。程必成不能不承认赛天仙这通怨气发得有道理：他是对她冷慢了，不像从前那样海誓山盟感恩戴德了。那时，他不只当着赛天仙的面说过，而且独自躺在炕上、坐在地头也常常想过：在这个世界上，除了赛天仙，再没有对他好的女人，今生今世难报，来生来世变牛作马也要报答她的恩义。他的感情是真挚的，永恒的，从没想过会有变化，也绝不相信自己会见异思迁。有一个赛天仙做老婆他此生足矣！可是，随着岁月的流逝，境遇的变迁，不知不觉中，这种想法却渐渐淡漠，每每静下来就莫名其妙地想起她曾失身于人的污点。“自己活一世，连个纯贞的女人身子都摊不上！”而且，每当想到这一层，便有一种莫名的妒恨，便越发看见她一言一行、一举一动都不悦眼，便无端地发脾气，斥责她。总觉得赛天仙像个啃腻的窝头。

特别是有一回他到南方出差，恰巧遇上几个老熟人，都是跑长途贩运横发了起来的。他们住在一家海滨饭店，花钱如流水，眼里看的，耳里听的，都是洋的荤的，男人们碰到一起，闲下来没正事干，不是喝酒便是拿女人作话题。他们每天晚上轮流掏钱“请客”。那几个人比他“开放”，一沾酒便胡说八道，比谁的艳福大，谁的“伙计”（情妇）多。他们拧住他，让他“坦白”。他说什么呢？除了和赛天仙那段情史，他不曾有过艳遇。他被逼了个大红脸，好像自己在他们面前矮了一头。他虽然嘴上说“无聊无聊”，心里却很有一种落伍的感觉。而那几个满口喷沫、大讲自己的艳史的人，如无上荣耀一般。出差一个月，要办的事情没办成一件，却装了一脑壳别人的风流韵事回来。回家头一天就无缘无故地和赛天仙发了一通肝火，若不是程天胜拦住，手上的饭碗就上了赛天仙的脸。打那次以后，他就清楚地意识到在他眼里的赛天仙不再是那么可爱了，并且经常独自无缘无故地想到自己只有两个女儿，后继无子，便对赛天仙更加抱怨。然而，若真要说到和赛天仙离婚，他又觉得良心上过不去——他们毕竟是患难夫妻啊！

程必成被赛天仙又哭又说地吵闹一顿，心烦透了，扔下那本《克里斯蒂探案选集》坐起来，粗鲁地斥责道：

“我哪天说过不要你啦？你看出什么来？”

赛天仙抹着泪，顶道：“你想说——不敢！别以为你程必成赚了几个臭钱，寒碜！我嫁你不是图钱，离你也不可惜那几个臭钱！你盖上三宫六院我也不稀罕！——只要你做得出！”

“你……”程必成意识到自己又要发火，他不愿与她多说一句话，却也不想太惹她伤心，强忍着，说，“你尽胡思乱想，我要有那个心，早不是这个样子。”

“现在也不晚！”赛天仙依旧又哭又说。但这个女人有个好处：无论两口子背后怎么闹别扭，当着外人她却总要护着他，给他长脸。正哭诉着，听见院里有人走进来，忙止了哭，擦擦眼泪，走去开门。

门开了。赛天仙却扶着门扇愕然变色，僵在门口一般——她万万没想到来者是她最忌恨的一个女人。

十三、泄恨

尽管水梨儿做了种种精神准备:挨骂,遭奚落,甚至唾沫加黏痰。但当她看见开门的赛天仙时,禁不住心一缩,想退回去。可是一想,不能退回去,退回去不是更惹那女人猜疑吗?

两个女人在门口默默地瞅着。

“我行得正,立得稳,怕什么?”水梨儿想着,终于先开了口:“必成在吗? 我想找他说句话。”

赛天仙对程必成有许多的不放心,其中最不放心的就是水梨儿。程必成过去和水梨儿的事情她知道得一清二楚,水梨儿又比她长得漂亮,女人的心总是这样:尽管自己生活上不检点,一旦别人侵犯到自己的领地,也照样妒恨。特别是当她听说这阵子程必成私下找过水梨儿,那颗猜疑的心越发酸溜溜的,真想马上给她个闭门羹。

但赛天仙还是忍了。因为程必成已经答了话。她没有回答,连句礼节性的话也没有说,啪地把门一带,悻悻地走了出去,差点儿撞倒站在门口的水梨儿。

水梨儿觉得自己脸上像着了火。可是有什么办法呢? 她心里比着火还着急:二冬关在县里,找干部干部不管,托乡亲乡亲们又说不上话,帮不了忙，只好低下头来找程必成。不求弄清是非，只求先把人放回来。她在门外犹豫一下，还是鼓着勇气走了进去。

“你可是稀客。大概这还是头一次光临寒舍吧？”程必成挪过一把椅子，“坐吧。”

水梨儿没作声，欠身坐下。

“找我有什么事，请说吧！”

水梨儿忍不住愠怒地抬头看了他一眼。对他这种阴阳怪气的作态，她向来讨厌，但此刻却不得不忍耐着。

程必成早已想到水梨儿会来找他。老龙口没他程必成说话，量他哪个人也放不回陈二冬来，所以这个人情还得他送，但他没想到水梨儿会这个时候来找他，会到家里来找他。自从她嫁给陈二冬之后，再没登过程家的门，特别是程必成娶了赛天仙之后，赛天仙把她当作眼中钉，两人话都不说。今天水梨儿分明是冒着被赛天仙骂出去的危险，低下头来找他。程必成在原地走几步，上去把半开的门扇关严，坐回床边，又故作糊涂地说：“说吧，什么事？你这是开了哪门窍，也认识这家门啦？”

“是呀，无事哪敢登你这三宝殿！”水梨儿终于启动紧咬的嘴唇站起来，把程必成关上的两扇门重新拉开半扇。

“不怕，关着好说话。”

“你不怕我怕！我怕风吹着！”

“就那样弱不禁风呀？我可不怕。”

“谁敢和你比，这世上还有你怕的？！”

“怕伤风就不该来——我可是树大招风，吹着你我可担待不起。”

水梨儿被他一脸揶揄的神气激恼，颤声说：

“你别拿人开心！你还觉得不够开心呀？你还想要怎么样欺负这家人？我来干什么，你心里明白！”本来准备好的话一句也想不起来，胸脯气得一鼓一鼓。

“哈哈！你这是说哪里话？”程必成放声大笑，说，“我脑子可不像你那么聪明精细。至于欺负哪个，我还是第一次听说我程必成会欺负人！我只知道我程必成从娘肚里钻出来就被人欺负，就被人看不起，连自己认为最要好的同学都把他骗得团团转。我欺负人？笑话！”

“必成！有人找你！”

程必成正说在得意处，赛天仙在院里高声横气地喊他。

“我没空儿！”程必成不客气地高声回应了赛天仙，接着说，“要说欺负人这几个字的含义，怕是你绝对没有我程必成体会深刻，理解透彻。”他几乎不给水梨儿留插话的空档，咄咄逼人地说：“人生就是这样不公平：有的人生下来就欺负人，有的人生下来就被人欺负。这大概就叫辩证法吧？可惜我程必成错投娘胎，生下来就是个被人欺负的命！今天我还是头一次听说我也成了欺负人的人——也许你是抬举我吧？可是实在不敢当，欺负人得有欺负人的资本。我程必成一没权，二没势，老子是反革命，挨枪崩的，凭啥敢欺负人？敢欺负开国功臣、烈士家属？我程必成即使有那个贼心也没那个狗胆！哈哈……哈哈……”

“你……”水梨儿心如刀绞锥刺，一句话也说不出，捂着脸哭了。

程必成越发得意，越得意便觉得话如泉涌，依旧一会站起，一会儿坐下，咄咄逼人地说：

“我欺负人？你真会抬举我！遗憾，反革命子弟、地主狗崽子欺负烈士家属，那不翻了天！这个罪名我可实在不敢当。”

“你……你别得意忘形！”水梨儿终于忍无可忍，浑身抖着，站起来说，“我是看你还是个人，才低下头来求你，你这样不识敬，拿人开心！你说，陈二冬偷你甚啦？抢你甚啦？你这样狠心害他？他就有千对不起你，万对不起你，你报复得他也够了吧？你还嫌怎么不解恨？你报复一个陈二冬算什么本事？陈二冬算老几？你爹作恶多端，枪崩他活该！活该！活该！”

本来准备低下头祈求于人的水梨儿万万没想到一气之下，却说出这一通急话。她气极了，从来没有这么厉害过，从来没有这样指责过什么人，连她自己都不敢相信这些话是从自己口里说出来的。泪汪汪的眼里喷着火，一句赶一句，直到抽搐得再说不下去，一连骂了三声“活该”，便朝门外走。走出门外撞上在门口偷听的赛天仙，仿佛还不解恨，又冲门口鄙弃地呸了一声，把准备伺机和她打架的赛天仙吓了个愣怔。

水梨儿走了，赛天仙高兴了：她怕的就是水梨儿用她那并不比姑娘时逊色多少的相貌重新勾引起程必成的旧情，希望的就是水梨儿和程必成吵一架，甚至打一架。现在，水梨儿把程必成痛骂一顿，虽然伤了自己丈夫的面子，在赛天仙说来，却并非不是一件好事。

"不要脸的！家里㖞㖞不下，来老娘院里㖞来啦！"赛天仙冲水梨儿走出大门外的背影骂一句，便走进家里。她对程必成的态度完全变了，换了一副和悦的脸，安慰丈夫说，"你也真是，跟她多那些嘴！算了算了！狗急跳墙，骂叫她骂，别叫她几句骂把你气坏。瞧你，气成那么样！"

程必成着实气坏了，拧着眉头，喘着粗气，脸色青一阵紫一阵，咬牙切齿地坐在八仙桌前。他本来是想先挖苦水梨儿一顿，宣泄自己多年对她的积恨，然后再听她怎么向他开口求情。他并不想这么快就让她走了，甚至真想同她多坐一会儿，多看她一会儿：不知为什么，他看见水梨儿心里就觉得舒服，尽管他并没有想真正重新把她从陈二冬怀里夺回来。不料她竟这样走了，这么快走了。他感到十分落寞沮丧。

"行了行了，看把你气的！喝杯茶消消气！"赛天仙显得特别殷勤，把一杯新沏的茶端在他手边的八仙桌上。

"这是怎么啦？"

这时，程天胜老汉不知从哪里溜达回来，进门看见孙子一脸气色，问道。

赛天仙越发温存娇柔地说：

"怎么了，陈家那个不要脸的女人找上门来骂人。我正劝他呢。爷，你也劝劝你孙子吧，看把他气的！"

程天胜眼睛扫着孙子，没吭声。回头迈出门限，犹豫一下，又折身，一脚门里，一脚门外，说：

"必成，我老了，不中用了，没几天活头了，这个家是靠你撑起来的，还要靠你撑下去。往后做事，也得有个分寸。这几天，我在街上闲遛，听到一些闲话，说什么不怕你必成跳得欢，早晚会给你拉清单……"

“就是，爷爷说的都是正话。我也成天价好说他，他就是……”赛天仙帮腔说，但被程必成恼怒的目光碰了回去。

“你不要插嘴”，程天胜索性退进门里，坐下，眼睛瞅着地上，说，“你爹活着时就是吃这个亏：刚愎自用，得罪人太多。往后凡事都得学着点精明——我今早听广播匣子里讲，是什么地方的万元户掏钱给村里盖学校……我看咱们也得掏几个为人的钱呀！”

程必成还在想着水梨儿，根本听不进去，突然拍桌吼道：“不要说啦！老子一个钱也不掏！看他谁敢把我怎么哩！”啪地一巴掌把桌上的茶杯打在地上，气呼呼地出门走了。

程天胜本来还有许多话要说，可是看见程必成这样桀骜不驯，又在火头气脑上，便也无心再拦挡他，由他自去。可是，这些天他听的闲言碎语太多了，老龙口的人都张着冷眼看他，分明是对他程家毁林造房、又把陈二冬送进看守所，看不服哩！大不满哩！人心向背，是会变哩！凡事做得恰到好处，人心会向你；做得出了格，过了头，人心会恨你哩！他活了七十多岁，从民国到日本人、阎督军统治，到土地改革、共产党解放全中国，经见得多了。别人不说，就他自己也时常觉得心里想的前后不一样。共产党刚革了他的命那几年，他侥幸从贫雇农的乱棍之下捡了条命，那时虽也害怕，却并不甘心服输，恨得咬牙切齿。后来，看到共产党的江山越坐越稳当，虽还昼思夜想盼着变天，盼着国民党卷土重来，却愈来愈觉得希望渺茫。再后来，“文化大革命”的折磨把他磨成一块不觉疼的死皮，任你怎么批怎么斗，反正就是这百把十斤的一条命死顶着。一直到现在，他终于又翻了起来，在老龙口重新人模人样地站了起来。可是他却一天天感到后怕，仿佛过去多少年贫下中农抽在他身上的棒伤，这时才真正觉得疼痛：他实在不愿意再重蹈前辙。“能够顺顺当当活几天顺气日子足矣！”什么东山再起，卷土重来，雪耻洗恨，都不愿去想它了。他甚至到现在才对自己在旧社会的罪恶真正有所忏悔。

“是啊，时间能磨倒仇山，时间也会填平恩海。”这是他积几十年人生阅历得出的人生哲理。——他想给程必成说的就是这些话。

然而，自己的孙子自己最了解：这小子的仇气似乎比他还要大，心胸狭窄，阴毒无比，手段百般，想尽各种各样的办法惩治仇人陈二冬，连他都觉得做得过了分。他真担心，万一有一天，程必成会重蹈他爹的覆辙：不叫枪崩刀挑了，也要死在仇人的乱棍之下。"人不可做得太绝呀！"他多少回想这样告诫程必成。可是，程天胜心里也明白：这些话说也是白费一口气，现在的程家，不是他能当得了的，他在这个门里，只有好吃好喝的份，没有拿权参事的份。就连赛天仙也不比从前，可以叫程必成言听计从了。除此之外，他似乎还有什么难言的苦衷。

"唉！由他吧！反正我也活不了几年……再轮他倒霉是他自作自受。"

程天胜躺在炕上这样前思后想着，不知不觉便呼呼地打起鼾声。从打给他摘掉地主分子帽子，程必成把这个家业重新创建起来，这老汉很会保养身子：每天早晚练铁裆功，早饭后到村里村外散步，回来还要小睡片刻，然后等着赛天仙叫他吃午饭……天天如此。难怪七十多岁的人，满脸的皱纹越发有了光泽。

"哎哟，这可是活该俺油嘴媳妇得救——必成哩，我正满村上找你哩。"

程必成一气从家里出来，漫无目的地在旧街转悠，心头火气稍稍消去一些，看看天已错过半晌午，正想到焦化厂把发运焦炭的事研究一下，一个老女人迎面喊着走过来，定睛一看，是油嘴娘。

油嘴娘脚跟未站定，便堆着难堪的笑脸说：

"必成呀，你可得救救俺油嘴媳妇呀！俺这穷家烂日子活个人不容易呀……我也是实在急得无路可走才向你张这嘴呀……"说半天也没说出她要干啥。

不过程必成猜到她是要借钱。这家人家是老龙口活得最窝囊的一家，丈夫死得早，生下一窝儿女，没一个有出息的，四个儿子三条光棍，只有三儿油嘴算是精明一些，娶了老龙口的瞎姑娘小菊作妻。这老婆也是急得昏了头脑，没想想她儿媳妇就是当年害得程必成几乎坐了大牢的仇人！

"俺可是只赊时间不赊钱——等收罢秋卖了粮食就还你……实在是俺油嘴媳妇快没命了，只是医院不交三百元押金不收人……"人老实了话也不知怎么说，她还在油嘴媳妇长油嘴媳妇短地说个没完，也不看看程必成的脸色早阴沉下来。

“你当我开银行呀?!”程必成不客气地说。

“哎呀，我可是头一回向你张嘴呀，谁不知道你是咱村的大富……”

程必成话也不想和她多说，径直往前走着。油嘴娘急得哭，一边撩着破围裙擦泪，一边追着央求：“没多有少，三百二百拿不出，五十一百也行……救人一命胜造七级浮屠……我实在是走不开，才求你……”

要是别人，这钱程必成也许会慷慨解囊，一想到那个瞎小菊当年那样瞧不起他，叫他蒙受奇耻大辱，便翻起旧恨，恨不得她立即就死。

“你这人怎么了？我说没有没有，你跟着我就有了?”

“你是怕我还不起你，怕我不还你?”

“你就现在还我我也没有!”

油嘴娘绝望了，坐在当道上，天呀地呀放声痛哭。

程必成头也不回，放开大步直朝南村口走去。

街上围了许多闲人，大家心照不宣地埋怨油嘴娘烧香找错庙门。有些软心肠的人当下提议帮她凑钱救急。正在这时，砂锅王的女儿王姣妮急急奔来，手里拿着一叠钱，说：

“婶，你怎么坐在大街上哭？你家老四说油嘴媳妇又得住医院，急用钱哩，我爹叫我去信用社拿回几个——给，这是三百，你看够不够用。”

油嘴娘瞅着那厚厚一把人民币傻了一般，半天才站起来，感动得又是作揖，又是叩首。

程必成甩掉油嘴娘，走出村口，心上也觉得不安。当年，小菊虽然害得他不轻，可他毕竟把人家糟蹋了，而且害得一个本来就有生理缺陷的姑娘名声大哗，羞于见人，几乎跳河自杀。这在他不能不承认是一笔良心债。

“正因为这样，我才从复仇的名单上把她抹掉。报复这样一个不经一击的丑女人，还失我的身份!”程必成这样振振有词地想着。但他又在心里说，“不收拾她就算对得起，再让我借钱救她？哼……”

这样一想，那隐隐的不安也就随之而去。眼前又好像看见水梨儿那忧郁的面孔，听见水梨儿那激怒的骂声。他走着，神不守舍地走着，直到被一辆拉圈肥的牛车挡住。那赶车人客气地向他打招呼："必成，闲了吧！上哪呀？"他猛然惊醒，发现自己根本不是往焦化厂走，而是来到水梨儿家的房后。

"嗯！嗯！……我随便走走。"

"必成呀，你听说没？"赶车人伸着又细又长的脖子，神秘地说，"有人撺宣要告你的状，你可提防着些呀！"

程必成心不在焉地哼了一声，擦着又臭又脏的大圈肥木桶闪过去。赶车人像讨好没领到赏钱似的，讪讪地抽着牛屁股走了。

程必成的心正乱着呢。尽管他在赛天仙面前不愿承认自己对她的冷漠，但心上分明一刻也离不开水梨儿的影子。他觉得水梨儿本来就应是他的，只是被人夺了去。现在即使不能重新占有她，也要重新享有她。只要能够享有她，不但是自己的满足，对仇人陈二冬更是一个绝好的报复。陈二冬被关进看守所之后，他估计到水梨儿会来找他的，耐着性子等了这些天，她终于来了，可惜来得不是时候，不是地方，而且把他骂了一顿。

他后悔不该那样挖苦她，嘲弄她，以至把她激恼，但又觉得这无所谓，女人嘛，心总是水做的，这边流不通便会拐个弯往那边流。何况他对水梨儿是完全了解的。骂几句算得了什么？ 当着赛天仙骂他个狗血喷头，难说不是好事、幸事？

程必成终于不再自己欺骗自己，决心要重新闯进水梨儿的心里。他不想往焦化厂去了，耽误几天无非少赚几个钱，程必成有的是钱。钱对于他现在已经不是人生活的第一要素。

他急于想见到水梨儿，甚至幻想着水梨儿这时没有回了家，会突然从什么地方走过来，或者从院里走出来。他宁可屈尊向她承认不对，做些解释，宁可做个人情，答应帮助她把陈二冬放回来，只要他能够在她心目中占有一个位置。

犹如鬼使神差，程必成绕着水梨儿家的院墙，朝前面的大门走去。当他闪出前面的道口时，听见有人向他打招呼，这时才仿佛突然明白，他家的造房工地就在水梨儿家的大门前。他犹豫了:工地上那么多人,那么多眼睛,自己怎么好意思进水梨儿家的大门呢?但就在这一犹豫的片刻,他脑海蓦地闪出一个险恶的念头:进!就要当着人进!还要热乎乎地叫着水梨儿的名字进!来一个此地无银三百两,让那些多嘴多舌的家伙们可以随意去发挥想象——陈二冬刚住了看守所,程必成就亲亲热热找上门来,说明水梨儿和程必成早就明来暗往——一箭双雕,岂不快哉!

虽是突发之念,却是最得意的一步好棋:这样既可使水梨儿跳进黄河也洗不清,迫使她乖乖就范;又可离间陈二冬和水梨儿之间本来就不坚实的夫妻关系,在他们中间砌起一堵永远推不倒的墙。真是绝妙的报复!

"必成呀,怎么眼睛高了,喊你都听不见啦?"

当程必成鼓起勇气正要转身向水梨儿家的大门走去时,不知趣的"拐得俊"站在工地前边的土堆上又高声喊他。方才"拐得俊"和"塌不了"就远远地向他打招呼,他装作没听见,现在他却不能继续装聋作哑了。那两个老家伙仿佛还等着他施舍香烟和高级饮料,竭尽讨好的嘴脸,他像吃肉吞了个苍蝇似的,不得不打消前念,借口到工地来看看,哼哈答应着朝他们走过去。

工地四面开挖的土堆积如山。地基已经夯过,十几个匠人正紧张地在水泥浇铸的墙基上砌砖,因为都是外路人,很少有认识他的,都把他当作观景的闲汉,没人理他。程必成站在土堆上,前后左右看看,发现整个工地,除了干活的匠人和"拐得俊""塌不了"两个闲人,再没有本村一个熟面孔,连爱看热闹的孩子们也不知跑哪儿了。这同他在后院动工那时大不一样,那时,无论什么时候四面都是围满羡慕的目光。心底油然升起一种莫名的不快。在他认为:四面围满看热闹的村民,这是他的光彩,他程家的荣耀。然而,此刻眼前却只有一些陌生的面孔,冷漠的目光。顿时,一阵孤独、失重之感掠过心头。不过他索然地透了口气,马上又自我安慰:也许因为大包工,不管吃管喝,工地上没有香烟、饮料,自然对那些闲人失去吸引力。

尽管如此,"拐得俊"和"塌不了"两个老汉还是照来不误。对于他们来说,坐在人眼前消磨时间总要比独自闷在黑窑洞和石头、板凳说话舒心得多。何况那些民工听说"塌不了"当年也做过瓦匠，曾经给程家盖过祖房，程家的兴衰变迁还挺有点故事性，一边干着活，一边很想听他们没完没了的穷聊。他们便更觉得自己了不得，越发爱说，以致把程家祖宗三代的事情，有的没的都翻腾出来。程必成的曾祖父当年怎么样受神人托梦，破财买下二亩社地，一镢刨出一个古墓，从里边挖出许多金银首饰和小枕头大小的银元宝，一下子就暴发起来；他祖父程天胜又怎么样拴骡子买马，把家业闹大；他父亲程少主如何花钱买了个国民党的县官，如何欺民作恶；土地改革又如何斗争程天胜，枪崩程少主，如何分他们的家产，清出多少浮财，金银元宝摆了一庙廊，绫罗绸缎、皮袄马褂挂了一庙院……一直扯到"文化大革命"结束，程必成又怎么样像他曾祖父一样突然暴发，东山再起，重整家业……说了"禾木程"家，还有"耳东陈"家，那些民工对程陈两家的矛盾更乐得听，听到高兴处，还少不了有人自动掏出自己的香烟扔过来，给他们助劲儿。就凭着这些"资本"，两个闲老汉每天照样儿不愁没烟抽。

"嗨！老汉，这些你都说过几遍了——今天来点荤的！"那些民工中的小年轻人最感兴趣的是程陈两家的艳史，他们这些天似乎已经从别处听到些什么传说，所以"塌不了"和"拐得俊"今天一来，便向他们提出要来点荤的。一个小年轻师傅一边举着瓦刀砍砖角，一边笑说："听说程家少奶奶长得可俊哩，是吗？"

"你是说必成媳妇？""拐得俊"神秘地问。

"不是，必成媳妇我们见过——还问你！"

"那……哦哦，你是问必成他娘。""拐得俊"张着走风露气的口，哈哈笑笑，"那还用说，要叫你看见就会拿不到瓦刀！"

"就那么漂亮呀？"

"不漂亮能使美人计？当年闹土改，那女人就……"

"拐得俊"说在兴头，忘了顾忌，正要有的没的瞎说，讨那些竖着耳朵听的小年轻人的欢心，"塌不了"那枯柴般的手指头戳他屁股，低声警告他：

"又乱谝！不想活了？"

"怕啥？我说的都是事实，又不是我捏造的。当年，那女人还想勾引我哩，就是我不上她的钩！”“拐得俊”自吹自擂。

那几个小年轻人已经摸透“拐得俊”的脾气：爱捧好吹，便使劲激他。

“才不信哩！就你那拐七扭八的熊样子，人家看得上你？”

“嗨，我这腿是抗美援朝才拐了的。”“拐得俊”摇着又黑又干的脑袋嚷。“不信你叫‘塌不了’说，我年轻时，腿没吃枪子时，长得比老弟你不在话下。”

“是哩是哩，现在也够俊哩！——快往下说吧！少奶奶是怎么勾引你？”

“嘿嘿……嘿嘿……勾引我是假，勾引别人……”“拐得俊”诡秘地回头望望。捏住嗓门说，“你们看见了吧？”

“什么？”

“那块牌子。”

“什么牌子？没看见。”

他索性欠身站起，指着陈二冬大门上挂的那块“光荣烈属”匾，正要说什么，突然发现程必成从山墙旁边道口闪出来，慌忙缩舌改口，又大声向程必成讨好打招呼。

那几个年轻民工看见主人走过来，也就不敢再往下追问，各自埋头干活。

本来并非真心到工地上来，此刻既然来了，便不能不做做样子，程必成绕着工地察看着。十几个匠人各干其事，洇砖的洇砖，运料的运料，看搅拌机的看搅拌机。程必成走在一个把大角的老师傅面前，眯起一只眼看看线，果然砌得不错，朝那老师傅点头笑笑。那老师傅也报之以微笑，并且说：“错不了……干了快半辈子了。”

“拐得俊”一点一点地簸着走过来，讨好说：“必成，你尽管忙别的大事去，我知道你忙，这里我和‘塌不了’替你盯着哩。”又怕伤了干活的师傅，补充说，“这些师傅都是好把式，出手都和人不一样。你瞅这砖缝砌得多直！”

程必成一边同匠人们应酬，眼睛却禁不住时不时地往陈家大门口睃看。两扇黑大门关着。院里听不见任何响动。已半晌午，该做午饭了，却看不见一缕灶烟。见此情景，不免又使他动了些恻隐之心："我是不是有点过分了呢？"然而当他一眼看见大门上挂的那块"光荣烈属"牌时，眼前突然出现一个他根本没有见过面的陈大旦的影子——完全是他根据他爷爷和人们的传说想象出来的——陈大旦像个凶神恶煞，挺着上刺刀的步枪，朝着绑在树桩上的他老子程少主（他父亲的模样却不完全是想象：他爷爷程天胜珍藏着一张相片，去年他花了十几块钱专门翻拍放大了两张，只是还没想把它挂出来，还在他的像夹里夹着）猛刺上去。不由得两道浓黑的恶眉毛拧成两个疙瘩。他不想叫人们说他想为他那作恶多端的反革命老子报仇，所以从来不愿在人前话里提及他。但一旦想到陈二冬父子三代整治他程家，又不能不想到这笔血债。他恨不得上去摘下那块光荣匾砸个粉碎。

正在这时，两扇紧关的大门扇吱开了半边。接着水梨儿挎着个用白头巾包的小包袱走出来。程必成微微一惊，愠怒的目光离开那块退了色的红字黄底光荣匾，装作若无其事般朝大门口走去。走不了几步，却犹豫了，在一片砖垛后面收住脚。心想："不能叫她看见……这阵儿走过去，不是自讨没趣吗？周围这么多眼睛……"侧过身子佯作看那砖的质量，手捏着一块青砖，眼睛却打闪一般不时瞟着水梨儿的背身。

水梨儿闪出街门，一只手捏着门环，回头对门里的甜枣低声叮咛："记住，不要出去耍，把大门闩住，安安等我回来。"

"嗯。妈，你早会儿回来，把俺爹叫回来！"

"快……闩门吧"

水梨儿的嗓音打颤，还要说什么，却忍下去，急忙带住街门，低下头擦着院墙急急地往村外走，眼睛往工地上扫也没扫一下。

"嗯……她要上县里探监！"

程必成瞅着她挎的那个鼓囊囊的包袱，估计着。他想尾随上去，在村外什么地方把她拦住，重新和她谈谈。但是恰巧这时"拐得俊"又诡秘地走过来，眨着眵糊拉碴的眼睛，指着水梨儿的背影说："瞅见没？二冬媳妇掂着包袱往河边走了，准是去给二冬报信。报信也是干着急，等他住够看守所,你也住上小洋楼啦,嘻嘻!”程必成对“拐得俊”的奉承毫无兴趣,理也没理他,手里拿着那块青砖也忘了放下,直到走出工地,站在通往河边的一条小道上,才慢慢地把那块砖丢出去。他望着水梨儿的背影消失在河岸下,又出现在远远的索桥上,暗自改变了主意,拍拍两手的砖灰,依旧擦着陈家的院墙,折回村里去了。

十四、探监

水梨儿走出县城西关，火红的太阳正往山下溜，刚过了护城河的石拱桥，西边的天边上便只剩一抹红红的云彩。天地间扯起轻纱般的暮霭。从老龙口到县城，往返六十里地，爬坡搭岭，单靠两条腿一步步走，却蛮不是那么回事。水梨儿十分焦急：家里留着一老一小，回去晚了不叫他们担心吗？一会儿后悔出门没托付个人替她照看一下家；一会儿埋怨自己："怎么紧赶慢赶还是误了末班车？"

"狠心鬼！连人的面也不准见！"

她一路紧走，又怨恨那看守所的所长没人性，不但不准许她见见二冬的面，连给二冬买的两包点心都不准留，把她给二冬送的一身替换的衣裳翻了又翻，抖了又抖，好像那衣裳里藏着炸弹！她说了那么多好话，赔了那么多眼泪，那狠心鬼只是绷着脸，好像一块不通人性的石头。

"你不要纠缠了！纠缠到天黑也不会答应你的。这是规定，犯人在判刑以前是不准和亲属见面的。回去吧，衣裳留下，我们替你交给你男人，点心不准留。"

"我男人没犯法！我男人犯啥法？"她急得胆子也大了，和看守所长大嚷。

“这个我们管不着。我们只管看守,不管审案。你要有冤枉去找公安局说。你男人的案子还没转到法院,还归公安局管。”

她真想去找公安局,豁上命和他们讲理。可是出了看守所又犹豫了:现在自己的男人没见着,那天夜里他究竟是怎么回事,自己也不十分清楚,只凭自己相信二冬不会干那种事情,能争论过他们吗？这些人惹不得,把他们顶恼惹火,更要坏事,少不了二冬多吃他们几回打。她想到二冬过去当干部时在县里认识了几个熟人,想找他们说说情,走走后门,让她见二冬一面。她从县委农工部找到水利局、文化局、农林局,凡她能记得起名字的人,一个也没找见,这些单位的领导都换了人。最后总算碰上一个意想不到的熟人,她上中学时的同学王晓杰。虽然十几年没见面,毕竟是同班同学,王晓杰十分热情,而且是他首先认出她,在县委大门口主动向她打招呼:“梨花！不认识了？我是晓杰!”

水梨儿为能遇上老同学,兴奋搅着伤心,止不住哭了。她跟着老同学进了他的办公室,仿佛遇到亲人一般,把一肚子伤心、委屈、冤枉倾吐给老同学。只希望老同学能帮她的大忙,给二冬洗雪冤枉,把她的男人放了,或者能让她见二冬一面。

然而,她的老同学的热情渐渐冷却了,半天半天不说话。

“我这个人,你知道,在学校时就是个没出息,如今还是个没出息。人都说我心好,心好又怎么样？还不是落得这个下场!”水梨儿还在哭诉,“你在县里工作,上边下边都能说上话,我不求你干非理的事,可二冬实在是冤屈呀！你说啥也得帮我这个忙!”

“梨花,不是我不愿帮你的忙。”王晓杰把一杯茶水放在水梨儿坐的桌角边,犯难地说,“别的事情我可以帮你的忙,这件事……”

“这件事怎么了?”水梨儿吃惊睁大眼睛。

王晓杰拉开抽屉,拿出一份文稿,自己看看,又塞进去,抬头说:“你男人的事赶在点上了！县里抓了典型,要作为公安战线保护专业户、万元户的典型事例通报全县,还要上报省里!”

水梨儿几乎吓晕过去。

“这份报告是书记亲笔批了的。”王晓杰仿佛生怕老同学没理解，又补充说，“县里正愁抓不到这类典型，偏巧就叫你男人赶上。”

绝望！可怕的绝望！

当水梨儿蹒蹒跚跚地走到长途汽车候车点时，都记不清自己是怎么样离开老同学的办公室，怎么样走到候车点的。她木然地等了许久，才发现早已过了开车时间，末班车早已开走。

西边天空最后一抹红红的余晖消失了。四面的群众渐渐变成一片模糊。公路上偶尔往来的汽车、拖拉机也开亮了晃眼的车灯。天气虽然交夏，水梨儿一想到自己的处境，想到老同学的话，想到家里的一老一少，感到一阵阵心寒，眼泪不住地往心里吞咽。

“这是为什么啊！？我前世作下什么孽，这样报应我呀？”她在心里叫苦，发急，呐喊。觉得自己的前途像这漫漫夜路，不知道前面还有多少可怕的深沟险壑、悬崖陡壁等着她，孤独、凄凉、恐惧，猛烈地嚼噬着心窝。她几次不知不觉走在那望不见底的悬崖边，想死，想彻底解脱人世间的折磨，又几次仿佛听见甜枣在黑洞洞的大门口嘶声哭喊：“妈！妈妈——”仿佛看见爷爷陈老定拖着半个不中用的病身子从小西屋爬出门外，爬到当院，和甜枣一替一声哭着呼唤她……

“不，不能……你不能死！死了更造孽！”

死的解脱诱惑着她，但生的责任更强烈地警告着她。二冬受陷害，她一个弱女子，虽无回天之力，却要替他抚养那一老一小！她不忍心看着这一家人就这样家败人亡！

越是着急，两条腿越酸软不支。她这才想到自己半晌午出门时往肚子里垫了几口饭，到现在滴水未进。连老同学给沏的一杯茶都未动一动。正当水梨儿像个幽灵似的在漆黑的公路上往前晃荡时，后面一柱灯光骤然从山弯射来，接着听见一个响脆的声音惊呼：“二冬嫂！是你！”

是砂锅王的女儿王姣妮开着小手扶拖拉机追上来。王姣妮到县农产品公司送砂锅，因为等收货的人，误了时间，所以到天黑才离开县城。水梨儿吃力地爬上小拖拉机的后槽，发现车上还坐着一个姑娘，是程在望的女儿程彤芳。程彤芳伸手把她拽上车，把自己坐的一个塑料桶让给她坐。水梨儿一看见程彤芳，便想起她那个当主任的爹程在望，心里便有许多的不悦。她本不想接受这份热情，但程彤芳几乎不容她躲闪，硬把她按坐下，自己却迈过车槽和王姣妮坐在前边的驾驶座上。

显然，王姣妮和程彤芳都猜想到水梨儿去干什么，程彤芳本来就不爱多说话，这时更觉得不好意思说什么。王姣妮嘴快，也觉得舌根儿僵了一般。拖拉机开动好一阵儿，王姣妮才忍不住问："二冬嫂，见着二冬哥没？"

一句话，仿佛捅破一道本来就弱不经击的堤堰，水梨儿托着脸哭了。这一哭，把程彤芳闹得更难为情。

"见着什么，人家说，把他抓了典型，要全县通报哩。这可叫人家可意啦，解恨啦！"水梨儿说。当着程在望的女儿程彤芳的面，水梨儿本不愿说她今天探监的事情，可是心里气得难受，说也是这样，不说也是这样，反正不得好活，便带着几分弦外之意，抽抽泣泣地说，"人家不准见，我也想开了，反正就是他这条命，就是这老小一家人，他们谁想怎么陷害，怎么欺负，由他！谁叫咱没权没势？"

程彤芳只是怔怔地瞅着灯光照亮的路面，一句话不说。

王姣妮听出她话里的弦外之音，一边开着车，一边安慰道：

"二冬嫂，你也别急，事情到了这步，大伙都着急。彤芳今天搭我的车上县，就是专为二冬哥的事情。"

不说程彤芳还罢，一说程彤芳专为二冬上县，水梨儿那气更憋不住了，索性直起身子，冲着程彤芳的脊背说：

"彤芳，不是我说话难听，你摸着良心说说，陈二冬会不会是那种偷人盗人的人？"

"二冬嫂，你别这样。"王姣妮生怕程彤芳受不住。

"不，我是哑巴急得说了话，"水梨儿依旧冲程彤芳说，"你回去问问你爹，陈二冬究竟和他有甚仇气？有多大仇气？何苦要这样陷害他？人活良心树活皮。我虽然是二冬媳妇，可我不护短，不偏心，要说必成生着法子想整治他，我一句话也不说。可你爹……你爹和他有啥仇气，也这样……"

"二冬嫂!"

"不,姣妮,你也听我说说——我不说心憋得难受。"水梨儿几乎不容姣妮插话,"明人不做暗事。他们真要光明正大,何必半夜三更砍树?理亏着哩!……砍树也罢,你们又何苦设下圈套叫二冬往里钻呀?真的就不叫这一家人活了?不叫活你也说话呀!"

王姣妮听见水梨儿哽咽得说不下去,忙插嘴劝道:"二冬嫂,你听我说一句,这些话不说大家也心里清楚。为二冬哥的事,彤芳和在望叔都吵翻脸。"

程彤芳依旧木然地望着前面的路面和黑压压的山影树影。彤芳性格内向,但很富有正义感,和他爹程在望完全是两种人。彤芳中学毕业回村后,对她爹张牙舞爪、不可一世的所作所为很看不惯,曾经多次劝说过她爹。可是程在望根本听不进去。说得轻了他当耳边风,说得重了他便火冒三丈地训斥她。她毕竟是他的女儿,除了不满地咕哝几句,还能和他怎么样了!对程陈两家的矛盾,她的看法和王姣妮很相近:陈二冬过去做得赖,程必成也不是个好东西。她甚至担心她爹早晚要毁在程必成手上。——他那些好烟好酒会叫你白吃白喝?还不是想借你的手达到他的目的!现在抽着香,喝着辣,早晚会叫你吐不出来!可这些话,她只能在自己心里翻腾,既不能对外人讲,对她爹说也等于对牛弹琴。陈二冬被当贼抓走后,她更觉得非同寻常。她觉得二冬不是那种人,便去问她爹。开始,她爹一言不发;后来,被她问急了,雷鸣电闪般地把她骂了一顿。她也气坏了,警告她爹说:"你别叫人把你当枪使了你还高兴!你们搞什么鬼当我看不出来?没有鬼为什么半夜三更砍树?喝上几口迷魂汤你就不知道自己当支书有多了不起?"父女俩吵了大半夜。

今天,程彤芳的确是背着她爹进城想打听打听陈二冬的消息,但跑了半天,一无所获,只听说陈二冬关在县看守所不准见人。

此刻,彤芳默默地坐在前边,听着水梨儿伤心哭诉,心里也很不好受,她完全明白,水梨儿这一通气话是故意说给她听的,故意叫她难受。可她又有什么办法呢?人家有气,有冤,有苦,能不叫人家说吗?能挡住人家的口吗？能为自己的老子解释推诿吗？还是替自己的老子赔情认错呢？都非自己力所能及的！唉唉，说吧，说吧，让人家想怎么说怎么说吧！就是骂你你也认了！

程彤芳十分理智冷静。她觉得现在自己说什么话都没有力量，与其敷衍几句安慰的话，倒不如索性不开口。她抱定主意，一言不发，但她的心无时不被水梨儿的啜泣声刺得疚痛不安。

小手扶拖拉机剧烈地颤动起来，仿佛被水梨儿的诉说激怒了。

水梨儿不再哭诉了。寂静的大山里只听见"小手扶"嘭嘭怒吼。

拐过一道山弯，公路宽了许多，直了许多。"小手扶"的嘭嘭声也渐渐低落。王姣妮接着说："彤芳特意要我捎她上县里，就是想去打听打听二冬哥的案子究竟会怎么办。她要相信二冬哥真会做贼，还去跑这路？"又侧脸瞅瞅一言不发的程彤芳道，"彤芳，你也说话呀！你不是想找二冬嫂坐坐吗？怎么反倒不开口了？"

"我……我不知怎么说才能使二冬嫂相信。"程彤芳有点猝不及防，打了个寒噤，内疚地垂下头，"这种情况下说什么都是多余……"

"你这人真是！刚才你还说……"

对面开来一辆汽车。王姣妮急忙收了口，关了大灯，把"小手扶"打到路边，等错过车去，才又接住说："你不是有什么主意吗？快对二冬嫂说呀！"

程彤芳被姣妮将了一军，好像这时才想起刚才她和姣妮说的话。她觉得自己一句话不说也太不过意，她的确想帮水梨儿出主意。她犹豫一下，终于回头愧赧地瞟一眼水梨儿，鼓起勇气说："梨花姐，你方才说了，你不护二冬哥的短，我也不护俺爹的短。俺爹那人，你也知道，做事有前没后，由着性子来，再灌上几口黄汤马尿，更不知道自己想干什么。这些话我也不想多说。眼下是赶快想办法把二冬哥放回来。"

水梨儿平静了许多，也不绕弯子，直说："彤芳，我方才的话你也别介意。你既然有这个心，我得问你一句，你爹说没说二冬究竟偷没偷，怎么偷的，偷了些什么？他要是真偷了人家，我就不再替他费这心力——他自作自受，活该！”

“哎呀，你这不是白问！”王姣妮打断她的话，“在望叔要是敢承认二冬没偷，不是去偷，那不就没这回事了！”

程彤芳知道王姣妮是替她解围，也不回避，说：“我问了。我爹说：‘没偷没赃又咋？他半夜三更翻墙入宅，你敢说他不是去偷？正因为没捉到赃才定他个盗窃未遂，要是捉到真赃实据，那就不会是这个样子。’”

水梨儿绝望地低头不语。

说说话话，“小手扶”过了漳河桥，拐下公路。眼看离老龙口只有一二里地，王姣妮见程彤芳还没把她想的主意说出来，便急不可耐地替她说：“二冬嫂，眼下先不管真假，把人放出来要紧。”

水梨儿说：“你说得容易，人家见都不准见，会放他回来？”

“咳，想办法嘛！”

“我一个女人家有啥办法？”

“彤芳想出个主意，彤芳，还是你自己说吧！”

程彤芳又被推到前台，只好说道：“我爹那人 你们都清楚，他自己错了也不会认错，除非有一个人能说动他。”

“谁？”

“程必成。”

水梨儿刚激起一线希望，又猝然冻结了。她忿忿地说：

“他恨不得二冬死在牢里呢！”

王姣妮没有听清她说什么，生怕她不理解彤芳的意思，快人快语地说：“只要程必成能给在望叔说句话，让他上县里跑一趟——”

“你们不要说了！”水梨儿立刻想到她们要说什么，恼怒地说：“我宁死也不去低头求他！”

“我也不愿意叫你去求他，”王姣妮说，“可是除了他说话，谁还能顶用？不管怎么样，你和他从小同过学，又帮过他那么多忙，常言说不看僧面看佛面。他要有良心，也应该给你这个情。”

“不要说了！我不听！我死也不再去求他！”

说着话，“小手扶”已经到了村口。水梨儿不等停下来便要下车。

“你不去，我可要替你去！”王姣妮停了车说。

水梨儿嘴说不让去，心却犹犹豫豫：也许她们去求那狠心东西，会……只是这话实难出口，回头感激地看看她们俩，便急急地朝村里走了。

已经是吃过夜饭时分。老龙口静得出奇，黑得可怕。路灯不亮，村中电线杆上的大喇叭不响，大概是停了电，连程家造楼的工地也是漆黑一片。

水梨儿惦着甜枣和陈老定，又怕碰见人问她上哪儿去来，从村边一块麦田插过去，踩着程家造楼挖起的土堆走到自己家的街门口，便急火火地叫门：“甜枣！甜枣！”

没人答应。连大黄狗也不在大门道卧着，不知饿得跑到哪里觅食去了。

水梨儿拍着门环，又喊了两声，伸手一推，门却是虚掩着，她惶惶不安地走进去，只见小西屋窗户上亮着幽幽的灯光。

“二冬家的，回来啦？”

听见爷爷陈老定答了话，水梨儿悬着的心才慢慢落下来。

“爷，甜枣呢？”她在当院就问。

“在哩，在我炕上睡着啦。等不回你来，哭着就睡着啦。”

“饭呢？还没吃饭吧？”

“吃啦。天傍黑枣儿烧着火，煮了一把挂面……火后还给你煨着呢。”

水梨儿进了西屋，见儿子脸上挂着泪花，倒在陈老定的炕头睡着了，陈老定守着幽幽的油灯等着她，不由得又想哭，心口酸溜溜的。

“见着二冬的面没？”陈老定呆滞的目光充满希冀，急切地瞅着她。

水梨儿偷偷揩去眼角的泪珠，掩饰地说：“见着了，没啥……爷，你安安的歇吧！”抱起熟睡的儿子便要走。

“见着他他说啥了？”陈老定又问。

“说了……说叫你放心，只要你老人家好，他……他就放心。”

“我不是问这个，我问他说没说当时他是怎么进了程家，怎么叫他们陷害……他在县公安局就没申诉？”

水梨儿再也编不出自欺欺人的话说。她觉得喉咙一阵阵堵塞,心口剧烈地抽搐。她不想让那行将决堤的泪水当着老人的面流出来,勉强说了一句:“爷,他都说了……你放心歇吧!”抱了儿子便匆匆走出门。走到当院,听见陈老定自言自语:“你又编着话骗我……我好歹当过干部,公家的事清楚哩——关在看守所的人是不会让你见的,除非判了刑,送到监狱……除非有门子,有熟人……程必成,你个小杂种!你想叫这一家人死绝,我偏不死,我偏要睁眼看看你的下场!”

甜枣睡得死沉死沉,水梨儿一只手抱着他,一只手掏出钥匙开了堂屋的门,摸黑把儿子放在床上,坐下喘息。她伤心得真想大哭一场。丈夫是那样,老的是这样,面对这一家人的凄惨景象,她像一只走投无路的可怜的羔羊。她木然地坐着,不知道自己在想什么,也不知道自己该想什么,脑子完全变成一片可怕的空白,只有一个声音仿佛从遥远的地方传来,像一记记重锤,不停地敲击她的心:怎么办?怎么办?怎么办?她的心快要被击碎了。

“二冬媳妇,饭在火后煨着,吃了早会儿睡吧!天不早了。”

水梨儿呆呆地坐着,眼前一团漆黑,绝望和恐惧啃噬着她的心。她觉得两个鬓角隐隐作痛,喉咙里干得难受。不知坐了多久,那重锤敲击般的嗡鸣中突然撞进个声音,她茫然地抬起头来才明白是爷爷在西屋催她吃饭睡觉。

“爷,你歇吧。我就睡。”

她的确饿极了,但一点胃口也没有。她的思想还被忧愁困扰着,一边答应着,一边伸手去摸索灯线,准备拾掇一下睡觉。她清楚记得灯线就在门后炕头,却怎么也摸不着。就在这时,隐约听街门响了两声,她疑惑地朝院里看看。西屋窗户上的灯光已经熄了,院里和屋里一样漆黑。什么也看不见。她松了口气,以为是大黄狗回来,拱得街门响。她的心恍恍惚惚,记不清街门关上没有。她一边仍旧摸索灯线,一边生气地低声骂狗:“畜类东西!死得哪里去这才回来?狗不嫌家穷——这个家还没穷塌你就跑死得……”

忽然,一种异样的感觉使她心口猛然一缩,头皮刷地炸开一般。只觉得身后有个粗大的黑影子,像幽灵似的向她逼近。就在这一瞬间,她的手也触到灯线上的线坠,她急忙噌地一拉,由于心急力猛,灯线拉断了,吊在屋中的电灯却没有亮。这时,她才想起停了电。

“谁?!”

水梨儿失声急问。

那幽灵似的黑影一动不动。

水梨儿捏着灯线的手索索发抖,黑暗中眼睛睁得又圆又大,恐惧地向后退着。她怀疑自己是不是眼睛发生错觉,使劲眨眨,紧盯着那个黑影子。但警觉的目光很快使她确信,突然出现在她面前的并非幽灵,也并非幻觉,而是一个实实在在的人。她陡然升起一股怒火,含恨地发出一声:“你……”

“不错,是我,想不到吗?”

来者是程必成。黑暗中,他像一堵墙似的挡在门口,阴冷地盯着措手不及的水梨儿。

水梨儿被对方的目光逼得胆怯了,她紧张地想:他来干什么呢?她不想再看到他,鄙视地转身躲进厨房。她摸着火柴,擦着,去点吊在墙上的小油灯,但由于心跳得厉害,手哆哆嗦嗦,擦了三根火柴也没把灯点着。正要划第四根火柴时,啪的一声,身后蓦然窜起一朵红红的火苗。

程必成用打火机点着墙上的煤油灯。

水梨儿心乱如麻,犹豫一下,摘下油灯便又回到堂屋。

程必成又跟了过来。

昏黄的灯光下,水梨儿坐立不安,她倚桌立着,背对着程必成,心口突突跳,两个瘦弱的肩头抑制不住地发抖。她不知道他究竟想干什么,又怕又恨。

“你……你来干什么?”她终于不客气地转过身来。借着从肩头上射过来的一缕灯光,她看到一张冷峻的面孔。

程必成依旧没有说话。

“你走吧，我要歇了！”水梨儿又说。同时去给熟睡的儿子盖被子。

程必成发出一声冷笑，没有回答，索性走到床边，两手往脑后一搭，靠着被子躺下。

“你……”水梨儿抽着被子。哪里抽得动，程必成的身子像磨盘一样压在上面。她又急又气，急出了眼泪。气极地说：“你……你走！你还嫌这一家人没有死绝？你……你还不解恨，想砍想杀来！来吧！砍吧！杀吧！动手呀！”

“杀人偿命。我可不想死！”

程必成忽然坐起来，伸手去捉水梨儿的胳膊。水梨儿吓得往后一闪，怒斥道：

“你……你走不走？你不走，我走！”

对方那双不怀好意的眼睛使水梨儿十分恐惧。她真的想跑出去喊人。然而，当她转身扑向门口时，程必成几步抢到她前边，哐当一声把两扇门关住，并且把石碑似的身子挡在门上。

“我来干什么，我想你应该知道的，何必这样呢？”程必成似笑非笑，揶揄地低声说，“来找我的老婆！我的水梨儿！”

“你滚！谁是你老婆？”水梨儿气喘吁吁。此刻她倒不觉得怎么惧怕，只有抑制不住的愤怒。

“你！”程必成猛地捉住水梨儿的两个腕子，不容对方挣扎，恶狠狠地说，“你是我老婆！陈二冬把你从我手上夺走，我夺不回来的也不能便宜了他！”

水梨儿恨极，真想抽他一个耳光，可是她的腕子被他那钳子般的手捉着，拼命挣扎也挣扎不动。她生怕他使出坏水，正要喊叫，程必成却不屑地轻轻一送，把她推倒在床边。

“强扭的瓜不甜。我要你自己想想，自己说，当初你是不是我的？是不是陈二冬依仗权势把你强占？”

水梨儿心乱极了，矛盾极了。她想喊人，又怕惊动西屋的爷爷，他要听见仇人找上门来欺负他的孙媳妇，定要活活地气死；不喊人，那狼心狗肺的东西分明来意不善，那两只凶狠、贪婪的贼眼，分明被一种欲火烧得发红。

“你……你把他害到这一步，你还想要怎么样！”水梨儿警惕地躲在床头，无限悲哀地啜泣。

程必成依旧挡着门，两眼凶狠地盯着水梨儿，说：“你说，当初你是不是我的？你是不是爱过我？”

“爱过你又怎么？不爱你又怎么？”水梨儿捏着床头的手索索发抖。

“不必绕弯子！我只要你坦白地回答我，当初的水梨儿是不是我的？”程必成歇斯底里地低吼。

当初……当初的水梨儿……天！怎么说呀！

十五、欲火

也是这么个漆黑的夜晚，只是节令已交仲秋，水梨儿和村里的几个姑娘相跟着到河西堡子庙看夜戏，散了戏，又相跟着往回走，走到村口才各自分手回家。水梨儿刚从中学毕业回村不到一年，不习惯走夜路，胆子小，生怕后边有个狼呀什么的跟着。她一边擦着村边的打麦场匆匆往家走，一边哼着刚学的几句戏词给自己壮胆。刚走到麦场中间，突然看见麦垛后面闪出个黑影，吓得拔腿就跑，刚跑两步，那黑影子说话了："梨花！是我。"

"哎呀，吓死人了！你……，"

"我在这儿等你好一阵了。"

水梨儿心上很不高兴。她在戏台下就看见程必成钻在人缝里，总是不远不近地跟着她。自从水梨儿把她爹怎么上鹰咀崖用石灵脂偷换了他藏的那块刻着"反诗"的青砖告诉他，程必成偷空摸空往她家跑。开始她还不觉怎的，日子长了，她爹不高兴，她也觉得烦，可是她吃亏就吃在心软，总不愿伤他的面子，只是尽量躲着他。

"你等我做啥！天晚了，快回家歇吧！"水梨儿说着就走。程必成却把她挡住，说："说会儿话嘛。"

“我娘等着门子呢。回迟了要骂我的。”

“不怕……”

“你……有啥话快说吧!”

“到麦垛后面说。”

“就这儿说吧!”

黑暗中,水梨儿看见他伸起发抖的手,向她逼近。她慌得往后退。但依旧不忍驳他的情面,说:“有话改天再说吧,我要回。”

“不,梨花,我……”

扑通一声,程必成突然双膝下跪。

水梨儿最讨厌他这种行为,动不动下跪,但又能体谅他,他的成分高,这种屈辱的事,实在也是逼出来的。人活到这一步,也实在可怜。

“你这人是怎了? 快,快起来! 我讨厌……”她低声埋怨。

“你不答应我我就不起。”

水梨儿连想也没想,急说:“我答应你,快起来!”

“我知道你对我好,除了你,再没一个对我好的。你是我的心,你是我的生命,你是我活着的唯一的精神支柱……”

“哎呀,谁听你说这些!”

“不,我要说! 我一直没有力量说,没有勇气对你说。其实我心里明白,你是当今的王宝钏,我是当今的薛平贵,只是……”

“你胡说些什么!”

“不是胡说,我……我爱你! 你嫁给我吧! 嫁给我吧!”

“啊?!”

“我一定好好改造。听你的话……我想过了,你爹要彩礼,我爷爷还藏着一罐子银洋,我全给他,全给他……不会叫你为难。”

水梨儿简直大惊失色。她对他好是真的,但那只是出于对他的同情、可怜。真要说嫁给他,可从没有想过。甚至将来究竟嫁谁,她都没认真想过。一时间,她十分慌乱窘迫。但她仍不愿意使他难堪,努力控制着不悦的感情,说:“你想些啥! 我还小,我还不想考虑那事。”

“不,不小了。答应我吧！我爱你爱得快要发疯……”

水梨儿被他缠得没法,善良的姑娘吃亏就吃在替别人想得多,为自己想得少,为了让他站起来,她说:

“那你也得让我想想!”

“我跪着,你想吧!”

“你要这样,我就走了!”

水梨儿真要走,跪在地上的程必成猛然蹿起,抱住她。

“谁?!”

正在这时,看秋的民兵连长陈二冬跑过来。程必成吓得丢开水梨儿便往西边的树林里跑。

水梨儿被程必成的突然袭击吓愣怔。

“梨花,怎么啦?”陈二冬掂支步枪急问。

“没……没啥,我……我看见个黑影子,就……就叫……”

“在哪?”

善良的姑娘想到程必成要落在民兵连长手上,绝不会有好果子吃,她仍不愿出卖他,指指东边黑森森的水沟,谎说:“往水沟那边跑了。”

陈二冬嚯嚯地吹响口哨,立刻呼喊着抓贼,奔过东边的水沟追去。

这一夜,水梨儿确实想了。从他们一块儿夹着小板凳上小学,一块儿相跟着上城里的中学,到她中学毕业回到村上……翻来覆去地想,一直想到天麻麻亮。她不愿违心做事,一次又一次问自己:“你真的愿意不愿意嫁他？你喜欢他吗？爱他吗？不喜欢他,不爱他,又为什么对他好？那不是欺骗他吗?”但得到的回答却是:不,真的没想过这一步……过去对他好,只是出于对他的同情,或者说出于她的本性。她好像从小就不喜欢人欺负人,人都是爹娘生,爹娘养,为什么要以强凌弱,你整我,我整你？大家都相亲相爱,和睦相处不更好吗？基于这种模模糊糊的、自己也说不清究竟对不对的想法,水梨儿小小的心灵深处总是特别地惜疼他,看见他买不起石笔,便悄悄地把自己的石笔一撅两节,送给他一节;看见他瞅着别的孩子吃西瓜,那个馋样子,便自己买一块,先叫他尝两口;有时到他家去玩，看见他爷爷程天胜大冬天靠捡料炭养火，便偷偷把自家的大炭块给他送去……到他们上了中学，长大了，渐渐地懂了些事，一种同学同乡的感情又掺杂进来。她羡慕他的才气，但并不嫉妒，总想尽自己的力量帮衬他。但，这是什么呢？这就是爱情吗？就是想嫁给他吗？无论如何作不出这个结论。“那么现在呢？现在你爱不爱他呢？”如果说过去水梨儿没有明确地爱过他，现在她却明确地自己回答自己：不爱他！不喜欢他！正因为过去和他好，水梨儿才发现他有许多地方与自己格格不入。尽管如此，软心肠的水梨儿仍不想一句话堵死他：那样会太伤他的心！他要一时想不开，走了绝路，那不是自己害了他吗？这一夜的思前想后，水梨儿倒是真动了芳心：不爱他，爱谁呢？自己的确也不小了，该找个主儿了，男大当婚，女大当嫁，还能依靠爹娘养活一辈子？过去不想这事，是想升学，如今回村种地，还想什么？早成个家也省得他纠缠。

也是事有凑巧，几乎与此同时，陈二冬也打着水梨儿的主意。有一天中午，水梨儿下地回来，看见拐脚老婆长山媳妇在家坐着和她娘叽叽咕咕说话，水梨儿很敏感，心想，长山媳妇当了半辈子媒人，她轻易不踢她家的门限，这阵来做什么？她真担心是程必成打发她来的。一时间乱了神，躲了出去。到晚上，娘告诉她：是陈二冬看上她，打发长山媳妇来提亲的。“怪不得呢！”水梨儿仿佛已经意料到，只是皱了皱眉头。她想起这半年多，陈二冬对她这位中学毕业生特别地关照，把她抽到大队搞宣传，写黑板报，组织文化室，特别是把她吸收进基干民兵组织，曾引起一些人的反对，因为她和程必成好，说她思想糊涂，阶级立场有问题。可是陈二冬是连长，“收进基干民兵组织，我们可以更好地帮助她提高认识，培养教育她进步。”一句话堵死反对派的口。从此，每逢训练、打靶、比赛开会，陈二冬总要早早地捉着手教她；夜里开会晚上还要把她送到家门口。开始，她连枪也不敢捉，陈二冬十分耐心地捉着手教她怎么拉栓，怎么压子弹，怎么瞄准……并叫她亲自打一枪，她不敢，听见砰砰的枪声就吓得捂耳朵。陈二冬火了，当着那么多人，十分严厉地命令她：“爬下！放！”她被他训哭，但不得不服从命令，接过枪，爬下去，硬是挤着眼放了一枪。子弹究竟飞到哪里，谁也不去管，在场的基干民兵却为她高兴，叫好——水梨儿终于放了一枪。她也仿佛尝到一种从没有过的乐趣，激动得破涕为笑，过后，陈二冬把她叫到基干民兵连部，和她单独谈话。她不知是高兴还是怨恨，见面就使劲捣他一拳，笑怨道："你真厉害！那眼吃人哩！"

"不厉害你永远学不会！"陈二冬摸着刚剃光的头赧然地笑。

"越厉害我越不学！"

"对不起，女秀才同志！我向你赔礼……"

水梨儿瞅着他发窘的大红脸，哧哧笑了："谁要你赔礼。说吧。你不是要培养教育我吗？俺等着受教育哩！"

陈二冬干嘿嘿笑，想不出词儿。憋了半天，突然变得一本正经，像背台词一般，说："第一，你要克服小知识分子的资产阶级害羞思想，害羞，羞什么？打枪、练武，又不是见不得人。现在打靶还嫌羞，将来真打起仗来，叫你上战场去救护伤员，脱衣服解裤带的事都得干。"

"呀！你……"水梨儿被他的粗话羞得捂着脸尖叫。

陈二冬依旧一本正经说："叫什么！小资产阶级！第二，群众反映你和地主子女程必成划不清界线，这是阶级立场问题！"

"他也是人！"水梨儿争辩说。

"人，人和人不一样！人是有阶级性的！他是哪个阶级的人？地主！地主阶级！你帮助地主阶级子女，就是帮助地主阶级！第三……第三要树立共产主义人生观。什么是共产主义人生观？就是……就是敢拿枪，敢和敌人斗，敢揭发地富反坏分子的破坏活动，就是……总而言之，就是为共产主义而奋斗！"

陈二冬肚子里的词全掏尽了，水梨儿还睁着大眼定定地听下文。她真的愿意再听他说下去，哪怕说一夜。

"你……你老看着我做甚？"

"听你'教育'呀！"

陈二冬摸摸脑门，大脸红了。

"对对，还有……还有就是……"

"就是什么,快说呀!"

"就是……你对我有什么意见,希望你提提。"

"呀!那不成了我教育你?小资产阶级知识分子教育民兵连长?"

水梨儿忍不住咯咯笑。

"我说的是真心话。"陈二冬不好意思地低头讷讷道,"我文化水平低,希望你以后也多帮助我。"

水梨儿一抬眼,猛然触到陈二冬期待的目光,犹如触电一般,浑身不自在了。她怀疑自己今夜是怎么了,怎么变得这么胆大,这么话多?甚至调皮。好像这些话,这种活跃情绪都不是本来有的。

这次单独谈话之后,水梨儿果然有了变化,最明显的是不那么羞怯了,站队,出操,打靶训练,说往地下爬就爬,说往前滚就滚;实弹射击也不怯阵,她固有的灵气很快就在比赛中显示出来,她居然名列前十名!

参加集体活动使她感到生活的乐趣。她变得更加积极,主动,活跃。不但成了基干民兵的先进分子,而且成了文化室的大红人。她长得漂亮,有一副好嗓子,又受过中学教育,唱歌,演戏,和村里别的姑娘大不一样。这年正月,村里闹红火,任务自然落在文化室。老龙口祖辈人爱唱干板秧歌,每年正月闹红火总是那些老戏迷唱什么《背板凳》《打酸枣》《苏姐姐梦梦》《王婆骂街》,低级下流,俗不堪听。年轻人不过瘾,决心要演新的。一天,陈二冬从县文化馆拿回一个新戏戏本《夺印》,找到水梨儿,要她扮演戏中的女主角"烂菜瓜"。水梨儿刚看过这回戏,一听就炸了:

"啊!你……作践人!"

"这是演戏!"

"我不演!"

"这是政治任务!"

"政治任务你怎不演,你演我就演!"

陈二冬自知自己实在不是演戏的材料,但被水梨儿将住,一急之下,说:"我演!"

他们真的演了。水梨儿演"烂菜瓜",陈二冬演"烂菜瓜"的男人。一个不是演戏的材料，一个不是演泼旦的性格，但不料头一场戏就演得叫了响。台下笑声哄哄，掌声不断。水梨儿一出场台下就叫好喝彩。老龙口文化室演《夺印》出了名，方圆十里八里的村子都来“写戏”。这个村唱一天，那个村唱两夜，从正月初十唱到正月二十，最后，县文化馆又调他们参加全县春节业余文艺会演大会。戏演红了，人也跟着出了名。水梨儿和陈二冬走到哪，哪里的人们便围上来，指指点点，又笑又嚷：“瞧！那个就是‘烂菜瓜’！那个就是她‘男人’！”“吔！看不出是这么两个标致人儿演一对儿坏蛋！演得真像哩！”“听说人家就是两口子！”于是孩子们便一群一伙跟着他们，又拍手，又叫嚷：“两口子！两口子！”“烂菜瓜！烂菜瓜！”羞得水梨儿都不敢和陈二冬相跟着走，瞅见陈二冬就脸红不自在。会演前一天，水梨儿说甚也不演了，躲得不露面。陈二冬急得冒火星，到处找，最后在大队加工厂找见她，她藏在那里睡觉哩。

“你是怎搞哩！明天就要会演比赛……”

“我不去！”

“为啥？”

“你还嫌我没活败透？还叫我到全县活败？！”

“啥思想！这是政治任务！”

“就这思想。啥任务我也不演了！”水梨儿红脸花花的说，“你听不见人们说啥？”

“哎呀！那是演戏！”陈二冬急脱口，“两口子就两口子怕啥？他们瞎叫瞎说，我才高兴哩！”

“呀呀！”

水梨儿羞得抽身便跑。陈二冬一把捉住她的腕子。也是心急力猛，这一捉一拽，水梨儿便疼得倒在他身上。本来要发火的陈二冬，突然脸红了，哑默愣愣地瞅着水梨儿怨恨的目光，突发一种抑制不住的冲动，猛地把她抱了个紧。水梨儿像在做梦，当她那灼热的脸蛋，薄薄的嘴唇，被那鬃刷似的胡髭刺得又痒又疼，才猛然清醒一样，恼恨地惊叫道：“你……你干什么！”

陈二冬被那恼恨的眼睛吓慌了，仿佛不知道自己做了什么事，突然央求道："梨花，你……你打我吧！打我吧！"

水梨儿没有打他，却把他掉在地上的大衣捡起来，拍拍土，眼睛躲着他，低声说："披上吧！"

陈二冬接过大衣，眼睛仍不敢瞅他，定定地站了片刻，讷讷道："你要真……真不愿和我演……演戏，那……我就去退了明天的比赛。"说毕，回头便走。

"你……你回来！"水梨儿追到门口，一把拉住陈二冬的胳膊，低下头，半天才艰难地吐出一句，"谁说不愿和你演戏！"全县春节业余文艺会演比赛，老龙口得了第二名。水梨儿和陈二冬得了优秀演员奖，两个人双双上台领回两个大玻璃镜框镶着的奖状。从那以后，水梨儿心上便像生了小鬼：看不见陈二冬就想见他，看见他又怕见他。而且对陈二冬的人品也爱暗暗琢磨，觉得他人虽粗，心却直，特别是那双鼓鼓的大眼睛，比程必成那双黑森森的眼睛真挚得多，坦白得多。虽说不上爱他，但却愿意和他接近。陈二冬呢，虽不敢再对她做那种粗鲁的事，却处处关心她，暗暗照顾她。他爷爷陈老定是大队支部书记，也时常对她说："梨花，二冬文化不高，你要多帮助他……"分明他们爷孙俩对她特别偏爱……

长山媳妇公开做媒，使水梨儿不能不认真考虑怎么办。她不想攀高结贵，远走高飞，往城里嫁当工人的，当干部的；可是真要嫁给陈二冬，也有顾虑。当时农村流行着一句话："嫁个书记县长，不如嫁个生产队长。"民以食为天，在那种饥荒年代，生产队干部主宰着农民的生死，支配着农民的出路。嫁给厨子好喝汤。不图他们的人才人品，只图他们有权有势，有吃有穿。这一句话的言外之意，分明包含着群众对一些追逐权势的姑娘的嘲讽，和对农村干部的极大不满。陈二冬和他爷爷陈老定都是老龙口的干部，嫁给他，不是要叫人们说长道短，鄙视自己吗？再说，她爹也不情愿叫她嫁给陈二冬："当干部成天价惹人伤众，叫人背后捅脊梁，咱不落那骂名！"

也是程必成帮了陈二冬的忙：他成天价纠缠水梨儿，要她嫁给他，又是生呀死呀地哀求、威胁，又是疯魔般地死磨硬缠，软的硬的使了许多小手段，纠缠得水梨儿又讨厌又心烦，反正嫁他不可能，不如叫他早点死了这条心。一横心，便明媒正娶，速战速决，红绸大马，吹吹打打，嫁给了陈二冬。闹洞房那天黑夜，程必成气得先是拿扁担抽他爷爷程天胜，把椿木扁担都抽做两截；接着又藏在煤池磨刀霍霍。他爷爷程天胜想拦不敢拦，想劝不敢劝，吓得乱了方寸，以为要宰他，就报告了大队。当时，陈二冬集合基干民兵捆起他，要往县上送。水梨儿在公爹陈老定面前替他说了许多好话，陈老定才把事情压住，让程必成写了一纸检查了事……

……当初，当初就是这么回事！噗噗跳动的灯头积了红红的灯花，快要熄灭。程必成还半躺在床上一支接一支地抽烟，不走，也不说话。水梨儿害怕得像那噗噗跳动的灯头一样，浑身打颤，忍不住央求道："你……你到底想怎么样？我求求你 ，你不要再这样折磨我好不好？"

"我折磨你？"程必成忽地坐起，"你也知道折磨人的滋味不好受？当初你是怎么样折磨我？你知道不知道你和他陈二冬钻洞房那儿黑夜我是什么滋味？你知道陈二冬捆我那一绳是什么滋味？我想你，又恨你，我……我后悔当初没有宰了他！"

"你后悔，现在宰了他也不迟！"

"哼，现在，现在我不会那样傻了！杀人偿命！我还不想死！我才活得有了滋味，生命对于你是从娘肚里钻出来开始，对于我却是刚刚开始！"

"你想要怎么样？"

"我要你补偿！"

"补偿？我不欠你的情，陈二冬更不欠你的债，谁欠你的什么你去找谁补偿！"水梨儿后悔当年对他心肠太软。

"不，我要你补偿我失去的爱！"程必成忽然坐起来，贪婪地向水梨儿走近。

水梨儿吓得缩在床头，自卫地拿起扫炕的笤帚。

怯于水梨儿紧握的笤帚，程必成站住了。但他犹豫了一下，忽然换一副伪善的面孔，哈哈笑了。他又坐回床上，好像前边根本没有发生过什么事情，竭力装作温存坦诚地说：

“梨儿，”他像中学时代一样喊着水梨儿的名字，“你就这样不相信我，不喜欢我吗？我前边说的那些话，都是假的，都是故意和你开玩笑，包括在我家里说的那些话。但是，我爱你，我爱你是真的。我这样说也许你不会相信。”

“相信！你走吧！”

“不，你听我说完！”程必成两手抱着脑袋，做出十分沉痛的样子，抽了抽鼻子，继续说：“我知道，你讨厌我，恨我，看不起我，正因为这样，我也很自卑。可我……梨花，我没有一天不想你，不希望你幸福！”

“说这些话，你自己不觉脸红！”

“我知道你为二冬的事恨我，可那不能怪我，那是在望和思远他们干的，他们叫民兵把二冬捆走的。梨花，如果你需要我，我可以为你……我可以去找公安局……”

尽管水梨儿不相信他讲的都是真话，但一想到自己面临家破人亡的绝境，想到二冬关在看守所，还要被作为典型重处，善良的女人便又心软了，便情不自禁地升起一种朦胧的侥幸的希冀。唉唉！水梨儿呀水梨儿，你不是曾经想低下头去祈求他吗？姣妮和彤芳不也劝你去找他求情吗？

“只要你……只要你答应我……咱们做个假夫妻，真相好！我保证你一辈子幸福，一辈子……永远……”

就在水梨儿萌动一线天真的希望，心里掂量着怎么样向他开口，矛盾重重，犹豫不决的瞬间，程必成突然赤裸裸地露出一副占有她的嘴脸。水梨儿惊得不寒而栗，仿佛对方就要向他扑过来，下意识地连连后退。

然而，程必成并没有马上行动，他虽然欲火烧心，急不可耐，却依旧装腔作势，喋喋不休地讲述着他们的过去，他对她的感激、思念和现在对她的一片真心。他很了解面前这个女人，心肠软，吃软不吃硬，想用软办法感化她。但他却利令智昏，忘记了面前的水梨儿已经不是当年的梨花，甚至忘记了自己的所作所为已经在水梨儿的心上打上什么烙印。

“答应我……”看到水梨儿沉默不语，他以为水梨儿动心了，突然站起来，祈求地向水梨儿逼近。

“不，你走开！”

水梨儿被一双淫荡的眼睛逼得靠在墙上，有如面对一只行将扑过来的饿狼，时刻准备着自卫和逃避。

“你不走我就要喊人！”

程必成有恃无恐地冷笑一声，故意慢悠悠地说：“好，你不必紧张成这样，我绝不会伤害我喜欢的人。不过我也得把话说明白，喊人不喊人都无所谓，你不喊人别人也不会认为你水梨儿清白，不会认为你水梨儿和程必成干净。有人还说陈二冬坐牢是你勾结奸夫合演了一出戏。你不觉得冤枉吗？我可觉得冤枉！”

几句话，又把心惊肉跳的水梨儿震慑如痴。她在心里叫苦不迭：天哪！真有这事吗？当真会有人这么说吗？

程必成不作声了，又坐回床上。水梨儿却陷入新的恐惧和痛苦之中。她最怕的就是人们这么猜疑她，偏偏就有人真这么说。她已经顾不得想一想这样的话出自程必成之口可靠性有多大。她倚着桌子泣不成声。

“梨花，你在和谁说话？我怎么听见有人说话呢？”

西屋传来陈老定断断续续的叫声。

程必成先吃了一惊，继而瞅着水梨儿，脸上掠过一丝阴险的笑容。

水梨儿六神无主地看看门外。她想喊：“爷爷，是程……”但立即又被新的恐惧攫住喉头。她理智地警告自己：“不能……不能……”

沉默。令人窒息的沉默。

桌上的油灯发出噗噗的响声。灯油燃烧干了，红红的灯头跳跃起来，快要熄灭了。水梨儿惊觉地从慌乱中收回神，忙去开抽屉寻找蜡烛。就在这一瞬间，程必成突然跳过来，叭的一掌将油灯打在地上。顿时屋里一片漆黑。程必成像一只饿极的狼，从身后扑上去，猛地抱住水梨儿的腰就往床上按。水梨儿拼命地挣扎，一边叫甜枣，一边和他扭打。她从床上扭打到地上，又从地上被程必成扭住胳膊掀翻到床上，但终因力不可挣，惧怕地蜷缩着身子。程必成一只手按着她，一只手便扯住水梨儿的裤带，恶狠狠地低声说：“你要识抬举，咱们就做个不合法的夫妻，陈二冬我也可以说句话把他放回来，你们过你们的。不过，我哪会儿高兴就得让他给我腾开这张床！你要不识抬举……”

“呸！”水梨儿双手护着裤带，两个膝盖跪得钻心疼，一口唾吐在他脸上，气喘吁吁地骂道，“畜生！你欺负、陷害二冬，还想要霸占他老婆！”

“霸占？霸占又怎么？凡是我失去的、被剥夺了的、耽误了的，我都要重新得到，重新夺回来，抢回来——不择手段！我的生命就是复仇！活着就是报复！”邪恶的、疯狂的、低沉的嘶叫，使被压在下面的水梨儿从黑暗中想象出一副狰狞的面孔，一双血红的眼睛，仿佛面对的不是一个人，而是一只受了巨伤猛扑过来的、张着血盆大口的恶兽。她被他按得喘不动气，两只手拼死地护着裤带。程必成恨得咬牙切齿，掂着裤带儿乎把水梨儿提溜起来，又使劲往床上一掷，继续嗞嗞地喘着粗气说，“最大的恨产生于最大的爱。你懂吗？我曾经爱得你发疯，现在也恨得你发疯！”

“我求求你，你杀了我吧！杀了我吧！宁愿叫你杀了我……”水梨儿实在挣扎不动。

“杀了你？你想叫我陪你去死？哼！”程必成用膝头狠狠顶住水梨儿的大腿，扯着裤带的手狠扯两下，“答应不答应?！答应不答应!?”

又累又饿的水梨儿再也挣扎不动，护着裤带的手渐渐无力地松开，浑身失去知觉一般瘫软。只听崩的一声，裤带被撬断了，又嘶啦一声，内裤被扯破了……就在水梨儿无法抗拒即将铸成永世洗不清的耻辱的瞬间，突然有人敲街门。开始，程必成和水梨儿都以为是西屋陈老定听见堂屋异常的响动做出的反应。那样，程必成自不必担惊。但接着又是一阵笃笃的敲门声——分明是街门响。

“你走不走，不走我就……”水梨儿挣扎着翻起来。

夜已经很晚，院里的树梢已经被迟升的月亮照亮。程必成泄气了，但并不惧怕有人进来，街门闩着，是他进来时亲手闩上的，他估计那个敲门的家伙敲不应也就自会走了。同时，水梨儿也没有那个胆量这时候去开门。他索性坐在一把椅子上，冷笑着说："有胆量你就去开街门！我绝不阻挡你。去吧，开去吧！"

水梨儿被他镇住。她想，这畜生东西真要倒咬一口我和他通奸，谁又能替她作证呀？那不是跳到黄河洗不清？再说，人们本来就风言风语说他们的闲话，二冬几天前还为那些闲言碎语和她生那么大气……

"我求求你，你走吧！"她终于又软下来，苦苦央求。

程必成本不想这样走了的。可是那个敲门的家伙真不知趣，停了片刻，又笃笃地敲，继而哐当哐当地推得街门山响。看来也是个不进门不罢休的家伙。他那鬼心眼儿倒从另外一面起了奸心：莫非是她另有外遇？便在心里恶狠狠地说："我达不到目的，另外捉一个，也解心头之恨！"想着，便佯作要走。一只脚刚迈出屋门口，水梨儿却突然惊慌失措地追上来把他拽住，胆怯地低声说："不，你不能这样出去，你等等！"

善良的女人，只想着自己的声誉，已经顾不得刚才的耻辱和仇恨：程必成真要开门出去，岂不是没有的事也要让外边的人当成真有其事吗？

"那好，这可是你不让我走！"程必成又要往门里退。

水梨儿作难极了，慌乱极了。那笃笃的敲门声突然静下来。她屏声敛气站在门口听了一阵，街门纹丝不动。也许那敲门的人敲不应走了。她想着，又低声央求程必成。程必成终于乘虚在水梨儿脸上、嘴上贪婪地猛叼了几口，得到些许满足，向街门口走去。他的手刚拉动门闩，忽然听见咚的一声响，一个黑影子从猪圈旁边的墙头跳进来。猪圈里发出一阵猪的惊叫。

被程必成兽性般的狂吻猛叼吓糊涂的水梨儿失神地站在当院，还没缓过气，又被墙头跳下的那人和猪叫声吓得失了神。

程必成惊慌地开着门闩，正回头察看，只听一个嗓音嘶哑混重的男人低声骂道："混账东西！你睡死啦？你跟谁在说话？"

程必成一听，惊出一身虚汗，拉开街门拔腿就逃。他不敢马上回家，一口气跑出村外，藏进河边的一片柳树林子，紧张地听了许久，不见有人追来，然后像一只偷鸡不着而又不甘心的野猫，心惊胆战地绕着村子钻回家去。当他把两扇铁大门朝里反锁上，长长地吐出一口气时，才蓦然意识到一个问题，不由得在心底惊叫一声："啊！他是怎么回来的?!"

十六、审妻

“打吧！打吧！你打死我还少受这份罪！你爽利拿刀子杀了我吧！”

左一记耳光，右一个嘴巴，水梨儿猛然被那跳墙进来的男人打得跌倒在当院，又被拖小猪似的拖进堂屋，掷在地上。她不哭也不叫，索性挣扎起来，抱住那男人一条腿，由他疯狂地乱打乱踢。

这时，已经过了前半夜。月光白花花地照亮半个院子。挂在楼棚板中央的电灯也突然亮了。

那男人打一巴掌，踹一脚，问一声：“你说，你和谁闩着街门在家？不说？不说老子活宰了你！”

又是一阵疯狂的拳打脚踢。

西屋的陈老定被惊醒，在喊：“二冬家的！是怎么了呀？谁在这样混吵混闹？……”

睡得像石头一样死沉的儿子甜枣被惊醒，还在发呓怔，从床上站起，捉着小鸡儿喊尿。当他终于憋不住尿出一股子，一个尿颤打醒，睁着惧怕的小眼睛从床上跌下来，哭着扑在水梨儿身上，怯生生地抬头望着那男人又哭又叫：“爸爸！不要打我妈妈！不要打妈妈！”

水梨儿本来狠了心，一声也不哭，可是一瞅见儿子，听见儿子的哭叫，再也忍不住，心口一阵剧烈酸颤，哇地哭出声，搂着儿子哭作一团。

水梨儿委屈极了，伤心透了。女人受别人欺负，做男人的不但不给做主，反倒拳打脚踢，这真是里外不是人。这苦、这气、这羞耻，还能去向谁诉说？苦呀！

陈二冬也气极了，伤心透了。一条清白身子被人诬陷为盗，法绳加身，关进看守所，本来就气得发疯；拼死逃跑出来，要向仇人雪耻，不料敲门敲不开，跳墙进得门里，却遇上这种事！这比法绳加身、住看守所更难忍受！一时间，他联想起人们的风传，想起几天前他亲眼看见的事情，想起多少年前水梨儿和程必成的旧关系……进而疑心勃然萌动、膨胀，想到那天夜里砍树，他那么生气，她却无动于衷，他去程家找干部，她却不知哪去了，“她会不会事先就知道……会不会同他们暗中勾结算计我？”“可能……可能！她看见程必成时来运转，发了财，得了势，看见我陈二冬落马为民，活得不像人……”想到他被关进看守所这么些天，也没见她一面，她连去看看他都没有，连块干粮都没有给他送过……“别看她平时小心小胆，到这种时候她什么也做得出来！我真瞎了眼！”俗话说，疑心生暗鬼。人到了火头气恼上，疑心越容易膨胀；疑心越膨胀，越发失掉理智，越发觉得一切都可疑，都有问题。特别是男女之间，夫妻之间，你对他太好了，他怀疑你是故意作假，存心不良；你对他不好了、怠慢了，他又怀疑你是看不起他，起了二心；你对他说话声高了，他说你是讨厌他；你对他说话声低了，他又怀疑你“为什么爱搭不理？”疑心，可怕的疑心！生活中多少平静甜美的家庭都被这可怕的疑心搅得风起云涌，波翻浪滚，以致把一个好端端的家庭倾覆？！何况陈二冬此刻并不完全是凭空猜疑，他是亲眼撞上！

“狗东西！我才离开这个家几天，你就做出这事，把你的相好勾引到家里来！我……”陈二冬疯狂地揪扯着水梨儿的头发，气得青筋暴跳，切齿裂眦，恨不得把她活宰了。但他虽有估计，却并没有看清跑出去的是谁，等追出街门，那人已经跑得不见了。他嘶声责问：“你说不说，说不说？！”

说？水梨儿何尝不想说呀！说了他会相信呀？说了他会闹出什么事

来呀？善良的女人，此刻痛苦、矛盾、委屈、伤心，到了极点。她想告诉他，原原本本把实情告诉他，可又担心快要急疯气疯的丈夫根本不会相信她的话。更可怕的是他要一气之下，去找程必成拼命，闯出人命大祸，那不是更害了他吗？

“爸爸！不要打我妈！不要打了！爸爸！”儿子哭着拽住他的袖子。

“二冬媳妇！出啥事了呀？你怎不说话呀？堂屋怎么乱响呀？”陈老定在西屋急得把窗户拍得咚咚响。

水梨儿被打得实在不堪忍受，苦苦哀求道：“甜枣他爸，你饶了我吧！我没做过对不住你的事……你饶了我吧，看在这一家老小份上……”

“爸爸，饶了妈妈吧！妈妈今天去县里看你，给你烙了那么多大烙饼，给你煮鸡蛋……”

气疯的陈二冬终于被儿子的哭诉震撼得心软手抖，他松开水梨儿的头发，蹲在地上呜呜大哭。“二冬媳妇！这是谁哭呀？甜枣！你们怎么不言语我呀？怎么不过来个人呀？……”西屋陈老定的声音嘶哑了，还在喘息着呼唤。

陈二冬呜呜地哭了一阵，心要憋炸，恨得自己打自己的脑袋，又哭又说：“别人这样欺负我，陷害我，你……你又给我做出这种不要脸的事情……你们叫我还怎么活呀？怎么见人呀？你们还要我活不要呀？……”拳头咚咚地捣头，脑袋发狠地往身边的缸上撞，撞得空缸嗡嗡响。“我不活了！反正我也活不出去……”哭嚷着，大巴掌在脸上狠抹两把，蹿起来便要出门。

水梨儿刚缓过气，看见他要走，吓得跪着扑上去，搂住一只脚，一边喊着儿子：“枣儿，快，快抱住你爸！……”一边嘶声哀求，“二冬！孩子他爸，我求求你，我给你跪下……你千万……千万不要……”

“老子死了你更干净！你想去和谁活去和谁活！我给你腾个爽利！”陈二冬拼命往门外走。水梨儿死活不松他的腿。

“你骂我，打我，我都不怨恨你，”水梨儿上气不接下气地哭诉，“我知道……你心里难受，你有气有恨，你打我骂我我都能忍受。可你……你也该冷静想一想，咱们夫妻一二十年，孩子养大两个，我做过一件对不起你的事没有？你叫人家陷害，住了看守所，你气，你急，我心里也不好受呀！你为什么不替我想一想——”

“啊！替你想一想？”陈二冬打断她的话，依旧火冒三丈，“你还嫌我没把你的相好请到家里给你做伴不是？”

“你……”水梨儿如锥穿心，悲痛欲绝，她艰难地喘息一阵，压着忽忽上蹿的心火切齿发狠地说，“你就那样不相信我？我给你上养老的，下养小的，你就不相信我，也该相信你的爷爷，你的儿子。你为什么不问问他们，我究竟做下什么对不住你陈二冬的事？”

“我现在就要问你！”陈二冬并非铁石心肠，他的理智被水梨儿的哭诉呼唤回来，但他仍不甘心，泣不成声地说，“你没做下对不住我的事，为什么不敢说？”

“你答应我一件我就说。”看见丈夫痛不欲生的样子，水梨儿不忍再瞒他了。她挣扎着坐起来说道。

“你信我说的不信，我都不怨恨你，只要你答应我一件，不要再冒冒失失去闯乱子，我就全告诉你。”

陈二冬哼了一声，那神气是说：“你说吧！”

于是，水梨儿强忍悲痛，把她今天怎么上县探监，回来路上碰见谁，几时到家，到家之后程必成又怎么找上门来滋事，怎么企图逼她成奸，又因为什么听见他敲街门没有马上去开……从头至尾，一字一板，说了一遍。

陈二冬将信将疑，但却不再说话，像钉在门槛上一样一动不动。他的脑子几乎不转，浑身的血液直往上涌。他现在已经顾不得考虑妻子说的是真是假，他们是不是成奸，眼前只有程必成那双黑眉毛下的得意的、恣肆的眼睛，恨不得把它挖下来喂狗。

水梨儿生怕他忍不下这口恶气，依旧坐在地上，劝道：“你千万不要再去招惹那个牲口东西！咱惹不起，躲得起。”可是说这句话，自己心里也矛盾，躲？往哪里躲？那个畜生找上门来欺负你，你躲得了吗？分明是要逼你死！喘喘气，接着要说什么，忽然疑惑地抬起头，看看气坏的丈夫，他的衣裳袖子从袖口撕到肘部，扣子全没有了，裤腿上沾着一片片泥巴，已经风干，结成硬块，鬓角上有道绿豆绳粗的又红又肿的血印子。水梨儿吃了一惊，猛然想道，他怎么弄成这个样子？看守所还兴打人吗？继而疑惑地想到，他是怎么回来的？人家不是要拿他做典型吗？怎么又放他回来？她想问，又怕把他惹火。

"甜枣，去给爸舀碗凉水！"

陈二冬终于朝吓愣在旁边的儿子发话。但没等甜枣表示愿意不愿意为他效劳，他便站起来，走进厨房，操起一个大碗，在水缸里舀着，咕咕地喝了两大碗水。

凉水落肚，心火不那么旺了。他扔下碗，又回到堂屋，把抽屉拉得哗啦响，像在寻找什么。

"爸，在橱柜呢。我妈给你买的。"

甜枣十分懂事地踩着凳子开了橱柜，取出一条安阳牌香烟，怯生生地递在陈二冬眼前。

陈二冬果然是发烟瘾，想找几支抽。他看见儿子举着烟，一双又怯又懂事的小眼睛定定地瞅着他，仿佛什么人从背后击他一掌，心剧烈震颤，半天，他伸出发抖的手，拿住那条烟，连儿子一同抱下凳子，猛烈地恸哭。

他开始抽烟，坐在一只单人沙发边上，压下身子，眼睛扎在地上，一口接一口地猛抽。

水梨儿慢慢放了心，想到他准没有吃饭，便想去给他做点吃的。可是，当她往起站时，浑身的筋骨疼得如针刺锥剜，灼痛难忍，又真恨他。"没良心的东西，手真狠！为了你我受尽凌辱，低三下四求人说情，盼你回来。你一进门，不分青红皂白就没轻没重……你就是有气没地方出，想打，也不该这般手狠呀！"她强打精神站起来，开了橱柜，取出一把挂面，艰难地朝厨房走去。

"你回来！"陈二冬突然把她叫住。

水梨儿拿着挂面站在厨房门口。

"我打你，骂你，心里也难受。"陈二冬脑袋垂得很低，一边抽烟，一边吞吞吐吐地说，"你和谁好，不和谁好，我也不管……我连自己都管不了还有什么权利管别人？”他忽然哽咽得说不成话，嗞嗞捏把鼻涕，接住说，“反正……反正我如今活得也不叫人，我是一个大男人，连自己的老婆也保护不了，叫什么男人？叫什么丈夫？丢人！丢人！”声音又酸又苦，“丈夫是妻子的依靠，做丈夫的责任要保护妻子。可我……连这点本事也没有……没有……我叫什么丈夫呀？”

水梨儿终于听到几句暖心话。这些话，她本来想用来责备他的，这时听他自己说出，反而觉得十分难过：一个男子汉活到这一步，已经够可怜了，做妻子的不体谅他、开导他，岂不是刀口上撒盐，叫他更难受吗？

“算……算了，说这话做什么。”她几次想这么说，却没有力量说出口，她的心和要说的话全被苦涩的泪水淹没。她逃避他似的低头又要往厨房走。

“你等等，”陈二冬喘息着，“我还没有把话说明白。我是从看守所逃跑出来，说不定哪会儿还要叫人家捆着逮进去。就是放出来，这辈子也没有我陈二冬好过的日子。我也不准备这辈子好活了。你我过了一二十年，你帮我养老扶小，已经对得住我。我想过了，我不能再拖累你，叫你跟上我受罪。你要愿意，看在咱们夫妻一场，就替我守着这个家，愿招谁我都不干涉，只要再替我照护着老的小的。你要不愿意，离婚，另嫁，远走高飞……我……我也不拦阻……”

犹如蒙受了极大的侮辱，水梨儿的眼泪又刷刷地流出。

陈二冬说完，便开了箱子，抽出两件衣裳。

“你要干什么？！”水梨儿放下挂面，急忙按住箱盖，心又突突乱跳。

“我告诉你我是逃跑出来的。”陈二冬依旧从箱里拽衣裳。

“这个家我不能在，这个村我也不能在……”

水梨儿仿佛这才清醒。她紧张得跑到院里听听，把闩着的街门又顶上一条棍。回到屋里，陈二冬已经换了一身衣服。

“你……你要干什么去？”

“你放心，我一不会去死，二不会去杀人——逼急了也许会，现在还不会。”陈二冬说着，又打开另一口箱子，在箱底上乱翻乱找。

水梨儿紧张得没了主意,暗暗埋怨,你为什么要逃出来呀！逃了今日,逃得了明日吗？你能往哪里逃？你安安在看守所忍着住着,我烧香磕头,求人说情,也好救你出来。可如今你走了这一步……她想劝他赶快回去,回看守所,给人家认个错。可是她明白,那是不可能的,他的脾气是根本不会听她劝的。他既然决定逃出来,就有他的打算。她吓愣一般,怔怔地站在当地,抱着儿子束手无策。每根神经都紧张得要绷断。院里有点风吹草动,吓得出一头冷汗;街门有一丝响动,惊得头皮发麻;街上有一声狗吠,就好像看见公安局的人握着手枪朝她家大院包围过来。

陈二冬终于从箱底取出个红皮笔记本,那里边夹着他爹的阵亡通知书和烈士证明书。

"你要上哪,要干什么,也告诉我一句！你不能就这样走喽!"水梨儿左右为难。

甜枣也跟着妈妈又哭又叫。

陈二冬把他爹的烈士证书连那个红皮笔记本一起放进内衣口袋,又把一件随身衣裳塞进一个小手提包,回头便走。走到门口,终于被儿子的哭叫声扯痛心弦,又退回来,抱住儿子低声痛哭。

水梨儿知道拦不住人,又担心时间长了公安局的人真追到家里来,想起柜子抽屉还有几个钱,急忙取出来给他塞进口袋。陈二冬这才告诉她,他现在没有别的路可走,只有上告,到地区去告,到省里去告,地区、省里告不中,到京城去告状!

事到如今,水梨儿也没了主意。告吧！告吧！反正已经活不出去,告赢告不赢也只有走这一步!

黎明之前,老龙口安静极了。庄稼人正在酣畅的睡梦中。街门外程家造楼的工地也死一般寂静。迟升的月亮已经移到天顶,白花花的光芒把远处的群山,近处的房屋、树林,工地上的砖垛石料,投下许多可怖的阴影。水梨儿胆颤心惊地先开了街门,前后左右看看,然后返回院里。

陈二冬想进西屋看看他爷爷,又怕延误时间,面朝西屋门口,扑通跪下,低声叫道:"爷爷！二冬对不住你,叫你为我受惊扰……我走了!"

认认真真地磕下三个头。

陈二冬走了，憋着一腔不平的愤怒走了，怀着一线渺茫的希望走了。

水梨儿一直把丈夫送过河去，直到陈二冬的影子消失在大山的阴影下面，才提心吊胆，失神地淌着河水，做梦一般回到家里。

十七、登门

第二天早上，水梨儿强打着精神，伺候儿子和爷爷吃过早饭，便再也支撑不动身子了。陈老定追问她昨夜谁来过，他喊成那样怎么喊不应她，出了什么事，二冬有没有消息。水梨儿只是闪着脸，支吾道："爷，你好好躺着吧，你没事儿就是我和甜枣的福气。"陈老定是个明白人，反正自己已经是个废物了，操那些心又能顶啥用？明知自己活着是个累赘，不如死了，也少给儿媳招罪，可真要当下一口气上不来，又叫她娘儿俩怎招架呀？唉唉！活成这般光景，真是死也难，活也难呀！把老的小的伺候过，水梨儿又想起二冬，这阵儿他走哪呀？人家会不会半路上把他抓走呀？二冬呀二冬，你这个愣脾气怎么就改不了？那看守所是能逃得的？

水梨儿终于身不由己地躺倒在床上睡过去。当她突然被一阵喧嚷惊醒时，以为是看守所的人来抓二冬，吓得心惊肉跳。听了半天，那喧嚷声就在大门外面，却没人敲门推门进来。"啊！"她明白了，是程家造屋工地上发出的喧嚷！

又该做午饭了。她不觉得饿，也无心饮食，可是老的小的要吃。她知道水缸里早已没水，打起精神挑了水桶到井上挑水，她想趁去井上挑水时听听人们说什么。可是碰见几个人,都只是对她说些安慰的话,同情的话,忿忿不平的话,却没一个人说起县上有没有人来村,甚至连二冬逃出看守所的事情好像也都不晓得。直到吃午饭时,她正在街门外喊叫甜枣回家吃饭,甜枣背着小书包跑过来,悄声告诉她:“妈,彤芳在房后菜园等你哩,她说要和你说句话。”

水梨儿似乎预料到什么,安顿儿子回家和爷爷吃饭,自己便急忙来到房后菜园地。程在望的女儿程彤芳果然在井房门口等着她。

“嫂子,二冬哥是不是偷跑回来了?”她进了井房,程彤芳急问。

“你……就为这事? 我没见……”水梨儿虽然对程彤芳没有恶感,但她毕竟是程在望的女儿,她不得不警惕。

“不不,看我……”程彤芳后悔自己不该这样问。她也估计到水梨儿对她必然存有戒心。她改口说:“我是给你说个急事。县上来了两个人,说二冬哥偷跑了。他们和我爹说话,我听了几句。他们叫我爹和程必成家的人提防着些,怕二冬哥逼急了走绝路,和他们拼命,闹出乱子来。”程彤芳愧疚、慌乱地看着水梨儿。两个人眼对着眼,谁也不再说什么。过了好一阵,程彤芳又不好意思地说:“嫂子,我知道二冬哥冤屈,可……可你千万不能叫他和程家拼命! 千万不能! 我爹一听到二冬哥偷跑,也头大了。我听他对县上来的人说:‘唉,你瞧这事……我只说关他几天就行了,怎么闹成这样?’”

“哼! 他倒想做好人!”水梨儿恨程在望,心里这样说,嘴上却忍不住急问:“县上来的人怎说啦?”

“他们也怪我爹,说他们往县里抓人送人时说得那样玄乎,正碰上现在刮保护专业户的风,县上当时就把人收下。结果一调查,也不过就是个翻墙入宅……现在闹得是名声吹出去了,上边要当典型抓,下边又急当定不了案……”顿了一下,又说,“嫂子,这事都怪我爹,他现在心里也不安然。”

水梨儿忍着气,说:“彤芳,怪谁不怪谁都不说了,解铃还得系铃人,你替我求求你爹,让他去给县里说说话,好歹把这回事了结了吧!”

程彤芳说:“我爹给那两个人这样说了。可我听那两个人说,现在公安局也是个乱摊子,领导班子没定了,有人说话,没人办理。这是二冬跑了,才想起他的案子,要不,早把他忘了。看守所关了一年两载没结果的案子有的是。嫂子,你放心,我一定……不过,你万一要见着二冬哥,可千万要劝劝他,千万不能叫他由着一时的火性来!"

吃过晌午饭,水梨儿正在拾掇锅碗,门口走进几个人来。走在前边的是程在望,后边跟着两个陌生人,院里、街门口还站着许多大人小孩。

水梨儿已经知道他们的来意,并不感到惊慌。她脸也没扭,依旧在刷锅洗碗,但心里却在想:我看你们要怎张口!

"梨花,洗碗呀?"程在望搭讪着走近她,"公安局来了人,想找你谈谈。"

水梨儿恨透他,恨不得一只碗甩他脸上。她没作声,依旧两手伸在锅里洗碗。

院里有几个胆子大的后生居然围到门上。程在望回头把他们训斥出去,对公安局的两个同志说:"老宋,这就是陈二冬媳妇。坐,随便坐吧!"

那个年纪长一点的老宋同志穿一身白制服,高高的,瘦瘦的,面容挺和善,他没有坐,眼光在屋里打量一圈,落在水梨儿身上。他故意表示绝无恶意地笑笑,在水梨儿身后问道:"你是陈二冬的家属吧。""是这样,我们是县公安局的。"老宋自我介绍,"我们想找你谈个事。"

水梨儿没有回答,依旧在刷碗,脸也没回。

"谁呀?院里是些谁呀?"

老宋被院里的人声扰得皱眉头。

程在望又到门口喝退众人,把一群孩子拱出大门外,回来告诉老宋,是陈二冬的爷爷陈老定在西屋说话。

"是这样,"老宋接着说,"你爱人陈二冬从看守所逃跑了。据有人反映,他跑回家,夜里还有人看见他。他现在是在押犯,逃跑更是罪上加罪,你要……"

"我要怎么?我要怎么?"一肚子冤屈、不满陡然翻上来,水梨儿再也克制不住,摔下锅刷,冲他们嚷道,"我男人犯什么法?我男人叫人欺负的不能活,你们知道不知道?公安局不知道,在望叔你也不知道?程家砍树造楼,是不是你支持的?那是你家的树?你有权,就什么事也能干?那是我爷爷一棵一棵栽下的,是全村百姓的树!”

程在望被水梨儿一句赶一句问了个大红脸。老宋忙替他挡驾,说:“你不要这样,砍树归砍树,你男人的事归你男人的事。”

“我男人……我男人偷了,抢了,你拿出赃来,拿出赃来!”

“翻墙入宅,你男人也承认。”

“承认……承认你怎不叫他交出赃来?”水梨儿又冲公安局的两个人厉声责问,“翻墙入宅……你们知道他为什么翻墙入宅?程必成毁树造楼,我男人气不过,找干部讲理,村干部都藏在程必成家喝酒,我男人叫不开大门,才……才翻墙……你们叫他说,是不是这么回事?你们欺负人就是这样不讲理呀?”

“冷静点,不要这样说话嘛!”老宋说。

“我冷静不了,也不会说话,不会颠倒黑白,诬陷好人!谁会,你们去找谁!”水梨儿逮住程在望和公安局的人一块呛了一顿,她气得呜呜大哭。

两个公安局的人互相看看,还是那个老宋耐心地说:

“梨花同志,我们希望你帮助我们把你男人找回来。”

水梨儿把锅碗推得哗啦响,撩起围裙坐在一边,厉声嚷说:

“不,你们来了就不能走!你们搜吧!看陈二冬偷回什么,抢回什么,搜出他程家一根草棒儿我就跟你们走!搜不出来……搜不出来你们也不能走!”

另一个年岁轻点的公安干部感到有失尊严,拿话训斥水梨儿。水梨儿也不怯他,冲他顶道:“你们冲我找人,我还要朝你们要人!我男人陈二冬有个好歹,我……我就死在你们公安局门前!我反正也让人欺负的不能活!”

老宋知道谈不成,转身从厨房穿过堂屋,屋里院里看一遍,然后又低头进了西屋。陈老定身边坐着两个邻居老汉,正在安抚他。见一个陌生人走过来,陈老定扑着身子坐起,干枯的老眼可怕地盯着老宋,喘息着说:

“你过来!你过来!”

老宋以为这老汉要同自己拼命,这类事情他经过不少,站在门口犹豫着。

“你过来，我不会难为你。”陈老定大口大口喘着气，朝他伸出一只干柴似的手，“我要给你说几句话。”

老宋心酸了，他没想到这家人家这么恓惶。他朝老汉走过去，在一个邻居老汉腾开的炕沿边坐下。

陈老定捉住他的手，哆嗦着，喘过一阵气，黑紫的嘴唇张开合不拢，十分艰难地说：“我不会难为你。我是个党……党员，抗战开始那年入的党，以后……以后一直当村干部。我儿……我儿也在党，抗美援朝死了……我孙子……孙子……就是你们抓走的陈二冬，也在党，也当过干部。你说……你说我们会……会干那种事吗？会做那种事吗？我的孙子我了解，他脾气不好，过去当干部，惹下不少人，好事也办了不少，坏事……坏事也做过一些。打人，骂人，斗争人……都有过。可……可他绝不会做那种事呀！别的事我不敢说大话，这事我敢对你担保，你们要查出他真偷了，我情愿受党纪国法处分！”

老宋着实为难了，他没有料到是这样一家人家。心想：这么一家人，固然不能因为他们的光荣历史就保证他们不会偷、抢，但单凭大队、公社干部一些话，就把人收押，收押了又不认真及时查办，不是也太不应该吗？

“老大爷，你别难过，我们不会再办冤案的。”他说。

“还说不会呀？”陈老定干枯的眼睛突然冒火一般，“我孙子分明就是冤案！”

“我是说，最后终归要水落石出的。”老宋转念又问，“老大爷，你也要帮助我们工作呀。你孙子陈二冬昨天从看守所逃出来，他来过没来过家，现在在什么地方，你能不能告诉我们呢？”

“来过！”陈老定毫不犹豫，说：“昨天夜里来过，我听见他说话，可后来到哪去了，我不知道。他们怕我难过，就连他叫人抓走都没敢告诉我。”

“那好，你老躺着休息吧，我们就不打扰你了。”老宋觉得老汉说的完全可能。他起身要走，陈老定捉住他的手，说：“你要不忙，我还有话要对你说。我是个活死人，动不了，出不去，见你们一个县上来的干部实在难。你既来了，我不管你高兴不高兴，乐意不乐意听，我也得对你叨叨这一肚子话。”

老宋又耐着心坐下。

陈老定有气无力地对他讲起老龙口“耳东陈”和“禾木程”两家三代人的恩怨。从解放前程家如何兴旺，程少主如何作恶乡里；土改时陈家如何翻了身，陈二冬的父亲陈大旦如何枪挑程少主；到解放后陈二冬当干部怎么样整治程必成，程必成平反后又怎么样发财，怎么样报复陈二冬……前前后后，从根拔梢讲了一遍。老宋是个软心肠人，听了也不免心上难受。近两年的民事纠纷案中，类似陈老定家和程家结怨相报的问题，屡见不鲜。不过，真要像老汉讲的这样，也实属少有。红日傍山的时候，也没有问出陈二冬的下落，却带着一腔心事闷闷不乐地离开老龙口，回县复命去了。

十八、敬香

陈二冬那夜从家出来不敢走大路，过了漳河，钻过一片核桃林，便顺着一条羊肠小道上了蜈蚣岭，然后又从蜈蚣岭返下去，攀着崖上的圪针、荆条，提心吊胆地过了梅花路，一路躲避着行人车辆，向地委所在地急走。

他当过干部，知道自己逃跑的利害，抓回去少不了受罪。可是不逃跑还有什么活路？被人陷害，关进看守所，他一再申诉，没人搭理。看守所的人说："我们这里只管看守，不管审案。你有冤等公安局提审你时再说。"公安局却把他送进看守所就再没有人来过问他，只是在进看守所之前审问了他一个小时，要他在"翻墙入宅"的供词上压了个手印。而且，那一个审问他的人，听说他曾经住过看守所，更把他不当人看，板着一副冷面孔，不容许他再说第二句话。

他豁上了。反正不好活，县上没讲理处，就找地区、省里告状。不信就没我陈二冬说理处！

可是，真的逃跑出来，真的向地委走去时，他又发了愁：两手空空，连张告状的状子也没有，人家谁有工夫听你口诉？口诉能诉得清，讲得全吗？他边走边想，想了许多申诉的理由。第一，毁林造屋，破坏集体财产，犯不犯法？第二，拉拢腐蚀干部，程在望身为大队主任，颠倒是非，诬良为盗，县公安局的人不分青红皂白，助纣为虐；第三……第四……他甚至想告他程必成是靠搞投机倒把暴发。

据人们传说，程必成暴发是从倒卖拖拉机开始的，外省有家大拖拉机厂，因为农村突然实行“分田到户”“大包干”，拖拉机陡然从热门货变为滞销产品。厂方着了急，告示本厂职工和社会人士，凡帮助推销一台拖拉机者，可提取酬劳费一千多元。也是程必成时来运转，活该他发财。他有个八竿子打不着的姑表妹在该厂工作，一个偶然的机会，他从姑表妹那里得到这个消息。这小子脑子活，他猛然想到“文化大革命”中有不少外地人来找他父亲和他爷爷外调，他都暗暗记下地址和单位，其中有几个和他父亲共过事的人都是不小的“走资派”和“叛徒”“特务”。他想，现在“文化大革命”打倒的老干部都吃香了，他们岂能例外？于是，他背着赛天仙和程天胜便悄然离家出走。整整八个月没有回家，到年底，那小子突然腰里扎了两万多元人民币回来了。过年那几天，整天八盘八碗摆着请干部，请朋友。一些不三不四的外村人坐着大车、小车到他家吃请……若不是搞投机倒把，他凭什么一下子能暴发起来？当时正是陈二冬倒大霉住看守所。自那以后，程必成便一步步和他作对，承包砖窑、分地、开石窝（石料厂）、开焦化厂，直到眼下毁林造楼……陈二冬觉得，如果能告他个投机倒把，大发横财，一下子把他告倒，等于连锅端了他的，再叫他个龟孙也住几天看守所，那该有多解恨！可是思虑再三，那些事只是道听途说。程必成那八个月在外边究竟干了些什么，怎么暴发的，自己实在心中无数。再说，究竟哪些事属投机倒把，自己也叨不清楚。与其没根没据地乱告，不如抓几件丁丁卯卯、有根有据的告。单就毁林造屋这一件，官司打到哪里自己也有理，也能告倒他！

然而，兴冲冲地想着加快步伐时，心又蓦地提了起来，自己是个下台干部，又因为过去打人住过看守所，人家地委领导，或者省里的领导会怎么看自己这种人呢？真要也像公安局的那个家伙一样，先入为主，不把自己当人看，岂不还是个白告？

太阳已经升起很高。早晨的凉意完全消失。陈二冬走得浑身热烘烘，连外边那件新换的衣服都穿不住。他狠狠解开扣子，脱下外衣，在一条小溪边洗个脸。就在捧着清凌凌的溪水洗脸的瞬间，他想出一个主意：化名！用爷爷陈老定的名字！这样可以一举两得——爷爷陈老定是烈属、烈士的父亲。下台干部不吃香，烈属烈士的父亲总不至于被人鄙弃吧？同时，也可以不暴露自己的身份，免得很快被公安局抓回去。

陈二冬把一切都想过了，想好了，他甚至揣摸着他老子的烈士证书，这样充满信心地想：凭着这个牌子，他们也得认真接待我吧？下台干部不吃香，烈士家属还不至于也吃不开吧？但只有一件事使他犯急：找谁写张呈子呢？

陈二冬站在五龙山上，一眼望见山下烟囱林立的古城，禁不住突然紧张起来：这次上地委告状，能告中吗？告不中我可怎么办呀？

这时，山下不知哪家工厂开始午间广播，大喇叭嘀嘀地报点。太阳从背后照来，陈二冬只觉得浑身灼热，汗水粘住了衬衣脊背。他索性解开衬衣扣子，迎着山下吹来的风，忐忑不安地望着山下的小路。

这时，几个乡下的老妇人领着两个孩子，艰难地往山上爬，手里提着些篮子、包袱什么的。那篮子外面，分明地飘动着红红绿绿的纸扎。又有一群男女从山上的一条岔路向下走，在岔道口同那几个乡下女人相遇，他们站下来说什么。陈二冬无意中听到几句："不怕，现在庙上没人管了。烧香的人可多啦。"

"家里什么人不好哩？"

"唉！想给孩子他爸求个吉利。"

"放心去吧！灵不灵总是个心意。过去不兴这一套，也就罢了。如今又兴了，心诚则灵，要不上头怎么容许重新修庙哩？"

陈二冬皱起眉头，这时才看见在他左侧的山头上有一座松柏参天的古庙。通往古庙的石板路上，还有一些人上上下下。陈二冬看着那些上五龙庙烧香的人流，蓦然紧张地想起一件往事：有一年，他曾带着基干民兵到庙上抓过他们村烧香的人。那些烧香的男女听见有人来抓，扔下许多供献一跑而光。人没抓到一个，他们几个民兵却美美地饱餐了一顿神仙吃的供品，罐头、饼干、蒸食、煮食……应有尽有。临走，放一把火，把神龛仙案上摆的纸扎、绣鞋、红黄布幔以及墙上挂的各种各样的纸牌纸匾，搂到庙门外，烧了个精光。陈二冬想着这回事，感到一阵惶惧，后悔莫及。进而想起那次之后，他的屁股上生了个血桃般大的火肚疙瘩，疼得他坐不能坐，躺不能躺，脓血流个不止。这件事他一直没敢对人讲，怕人们说是神仙对他的惩罚。那脓疮一直不见好，他自己也疑心了，难道五龙庙的神仙果真有灵吗？不过当时的陈二冬毕竟年轻，脑子里装满“唯物主义”（他当时是全县基干民兵“活学活用”积极分子），硬是不信那个邪。后来在地区医院住了半个月，那脓疮也自然消肿封口。

此刻，陈二冬站在岔路口上，禁不住动心了。他越过庙后悬崖下一片松树林，向那五龙庙正殿上面望去，那正殿顶上的龙头龙脊在他惶惧的眼里仿佛活了起来，动了起来，仿佛是刚从遥远的蓝天白云深处飞来，落脚未稳，又要腾身而去。

“也怪哩，你说它不灵，怎么我不吃‘供食’屁股上不长疙瘩，刚吃了供食，第二天屁股就长了个馒头似的疙瘩？”他眨眨被日光晒花的眼正在想着，这时几个老妇人从他身边走过去，正向着通往古庙的一条小道一步一喘地走着。走在后边的那个老妇人简直不是走，而是挪，五月天还穿着老棉裤，两只辣椒似的小脚仿佛不堪承受臃肿的身子，摇摇晃晃。陈二冬真担心她会从前面那条陡坡上滚下来。正替她担心时，那老妇人果然扶着路边的石头坐下了，不过出乎陈二冬意料的是，她并不是坐下喘气小歇，而是双膝跪地，两手扶道，一步一步跪着向那陡坡上挪动，犹如传说中虔诚的教徒磕着“等身头”上五台山朝圣。

“啊！真够得上心诚！”

陈二冬犹豫了，我怎么办呢？要不也到庙上烧炷香？神灵不会还记得我吃“供献”的事吧？不会认识我吧？认出来也不怕，我认错嘛！我得求神仙保佑，保佑我一状告中！

像鬼使神差一样，陈二冬终于身不由己地跟着那几个老妇人向庙上走去。“老人家，我搀着你走吧！”上那段陡坡时，他主动搀扶着那个老妇人一步步走。他甚至还想背起那老妇人走，做点善事，在神灵眼下表示他对过去的忏悔。犹豫了几次，又自己安慰自己，“扶着也一样，反正我的心到了。”

五龙庙前面要比他想象的热闹得多，各种各样的香火、纸扎、供献从庙门里一直摆到庙门外面，树上、墙上也挂满红红绿绿的谢神还愿的龙衣龙鞋龙帽，有的是纸糊的，有的是红布黄绸做的。庙门外一块不大的场地上，坐着许多善男信女。他们有的是刚从庙里烧过香出来，有的则是刚从山下上来，等着进庙。庙门口许多善男信女还在进进出出，比赶庙会还要红火。还有一些人，他们在庙门外面的树下摆起地摊、支着布棚，捉着煮熟的鸡蛋使劲儿叫卖。

“吃鸡蛋吧！煮熟的鸡蛋！两毛钱一个！人吃了能顶饥，神仙吃了会显灵！买吧！买吧！”

“锡箔元宝沁阳香！谁买？谁买？快来买吧，锡箔元宝沁阳香！”

“丸子汤，两毛钱一碗，兔肉丸子——喝了跑得快哩！”

面对此情此景，陈二冬感慨万端，心里说不出是一种什么滋味。他有许多困惑不解、啼笑皆非的想法，甚至突发一种朦朦胧胧对社会的担心。但他不敢去想，生怕龙神爷爷奶奶正在冥冥之中窥视着他。他努力收拢着自己的思想，让它不去捉摸那些触犯天神的想法，努力做出对神灵的虔诚和恭敬。

“咳！想那些鸟事做什么，自己还顾不了自己！”

陈二冬振作精神，顺着出出进进的人流挤进庙门。一进庙门便被殿前围聚的一群人吸引过去。那群人围在一棵虬枝平伸的大松树下，仰着头指指点点议论什么。松树上吊着一台半导体收音机，正哇里哇啦地响。陈二冬以为是卖收音机的也来这里凑热闹，走近一看，树下并无摆摊卖货的。他问一个人在看什么，那人指指树上，说：“你看不见！真有有钱的哩！”他这才注意到在那架收音机旁边悬挂着一幅黄布长联，上面用毛笔写着密密麻麻的楷字，有两个围观者正大声念道：

龙神大仙灵鉴：

小民程某某，数年前曾来求仙保佑平安，许下大愿，给龙神爷爷奶奶唱三天庙戏。承蒙龙神爷爷、奶奶暗中护佑，迄今吾门不绝，家业重兴，大恩大德，铭心刻骨。为还三天庙戏之愿，特敬献半导体收音机一台，供龙神爷爷、龙神奶奶以及诸龙子、龙孙满门欣赏，日日享用。

敬献者：大仙心知。

那人念毕，众人一阵喧哗。

“嗨！真有想得出来的！”

“电池用完怎么办？”

“龙神爷爷再买呗！”

陈二冬看那字体，好生面熟，心头一惊：“莫非是他？”挤进前面，又扯开那块黄布看了又看，暗暗叫道：“这是程天胜老家伙的字体！准是这老家伙来还愿的。”若在过去，他会毫不犹豫地把那收音机及黄布拿到公安局报案：封建迷信活动如此猖獗，这还了得！可是，此刻他却想也不敢那样去想，好像觉得那龙神爷爷、奶奶就在树下听戏。他的手哆嗦着收回来，心里愈加疑惧不安。

“莫非真有神呀？‘吾门不绝，家业重兴’。对呀！对呀！程家现在不是又翻腾起来了？”

陈二冬心口突突跳，神情变得异常肃穆，害怕。他本来只准备来此默祷的，做到“心到”即可，果真要在众人面前跪下来烧香磕头，他还真缺少点勇气。于是匆匆从人群中挤出来，在一个卖香的小摊上买了一把香，又到旁边一家临时推上山来卖食品的食品摊子上买了两包饼干，便又从进进出出的人流中挤进庙门，惴惴不安地直奔正殿香案前。他先站在门口胆怯地望了望香案后面的龙王金身，为了表示自己的忏悔和真诚，把敞开的衣服扣子扣上，领子提得周周正正，然后点燃手中的香，摆上供品，眼睛不停地瞟着旁边的两个老者，学着他们的动作，毕恭毕敬地作了一个揖，跪了下去，前额触地，一连磕了三个头。磕过头之后正要起身，看见旁边那两个老者还伏在香案前，口中念念有词，又慌忙重新把头触地，暗暗祈祷："龙神爷爷奶奶宽恕……龙神爷爷奶奶保佑……小民陈二冬，受人欺负，求龙神爷爷奶奶……"这些词，一半儿是从那块黄布上借用的，一半儿是跟着旁边两个老者学的。正默念着，听见背后有人哧哧笑，他觉得身上呼的一下像着了火，从脸上直烧到耳梢，越发不敢抬头了。直到后面等着烧香的香客不客气地挤上来，他才藏头掩脸地退出殿门，红着大脸匆匆离开乱人进出的五龙庙，像做梦一般，一路奔下山来。

进了城，陈二冬才定下神来，他简直怀疑自己方才干了什么见不得人的事，觉得莫名其妙，这种事情是陈二冬会干出来的吗？忍不住失笑。但又不敢再往下想，也许龙神爷爷奶奶真的会在冥冥之中跟随着呢！

这时，天已过午。城关马路两边卖饭的女人的吆喝声和飘来的饭香味儿使他感到饥渴难忍。要在过去，他会毫不犹豫地走进那飘散着酒香的大饭馆要两个菜、四两酒摆摆神气的。此刻他没了那种兴致，也没了那种欲望，他懂得了节省，懂得了克制食欲。他不敢随便花去身上带的几个有限的钱。他想到一个去处：地区农科所——儿子陈甜核不是在那里当工人吗？但这又是他最不愿意去的地方——他不愿意叫儿子知道自己的事情，不愿意因为自己给儿子增添烦恼，使他不安心工作。同时，程必成的大闺女也在那里上班，万一碰上她，不是更坏事吗？可是，他在一个卖汆汤的小摊前犹豫了许久，还是决定去找儿子："瞒得了今日瞒不了明日，不为吃这顿饭，也得找个住的地方！再说，告状材料自己写不了，除了自己的儿子，谁还会替自己写？罢！还是先去找甜核吧！"

他缩了缩裤腰带，终于忍着辘辘饥肠，离开那个小饭摊……

十九、聚头

地区农科所在古城大北门外面的一片空地上，本可以坐两站公共汽车的，陈二冬硬是把坐公共汽车的五分钱变成一个冰棒，压了压冒烟的喉咙，步行了二里地。

农科所的大院空荡荡，静悄悄。一只狗卧在大门口打瞌睡，听见有人走进来，不高兴地抬头看看，便又把嘴伸在两条腿中间闭上眼。陈二冬放心地走进去，顺着一条砖砌甬道一直向后面的平房走去。他曾经来过两回，儿子甜核住在最后一排平房的边角上，他清楚记得。他满怀信心地走着，心里已经想好见了儿子怎么说，说些什么。但是，当他走到最后一排平房中间时，看见后面有一个人老拿眼看他。他突然紧张起来。他想到看守所的人会不会已经先到农科所找过他。要是那样，不如不见儿子为好，免得给儿子增添麻烦。虽然自己是受人陷害，可谁又替你说得清楚？人家会当你是犯人，越狱逃跑的犯人！自己的儿子也许不会把你拒之门外，可那不是要叫甜核担个窝藏逃犯的罪名吗？罢罢，不要因为自己再把儿子的差事也打锅了！

他犹豫着，闪在一棵苹果树后。

后面那个人不见了，不知什么地方传来几个人的叫嚷声。“快，在那边，在那边！”“堵住！堵住！不要叫跑了！”

陈二冬吓得拔腿就往回走。他想跑，又怕那样更令人生疑，提着气往回急走。走到第二排平房山墙下，听见那叫嚷声变成哈哈大笑声，同时有一个女人尖叫说：“啊！这么大一只老鼠！”他的心才慢慢落进肚里。

这场虚惊使他打定主意不找儿子了。他步履蹒跚地往大门口走。

一个姑娘从后面走来，擦着他走过去。他不敢正眼看那姑娘，但午后的阳光却把走在前面的那姑娘的影子分明地投在甬道上。两条细长细长的腿像驴脖子上的夹棍一闪一闪，屁股蛋绷得好紧。脑后扎着两把锅刷子，随着高跟鞋的嘎嘎响，一甩一甩的。那姑娘并不回头看他，好像她身后根本没有人。

陈二冬犹豫不定，心想，我就这样走了吗？饭没吃上，儿子也没见上，终归不悦意。他想向走在前面的姑娘打听一下儿子，或者托她给儿子捎句口信，就说甜核的什么人找他，让他到城里什么地方见一面。他觉得这是个好主意，便迈开步子追上去。

“喂！同志！”他追着喊。

那姑娘似乎没有听见，依旧照直走。

他又赶上几步，叫道：“同志，你是农科所的吗？”

那姑娘疑惑地回头瞥了一眼，但仍没停步。“是呀，你找谁？”

“我……”

但没有等陈二冬说出话，那姑娘忽然转回身来，惊讶地“啊”了一声，接着摘下几乎罩了半个脸的大金边麦克镜，惊喜地跑过来叫道：“二冬叔！是你?！我怎没有看出来是你哩！”又蹦又跳，又不好意思。

陈二冬出乎意料地一愣。待那姑娘摘掉眼镜，他几乎惊得拔腿想逃，他万万不曾想到那姑娘会是程必成的女儿程桂萍。一瞬间，他后悔莫及，“怕碰见她偏碰见她！我何必多此一举！”他觉得口笨舌僵，一时不知说什么。他想起她爹这样陷害自己，真不想理她。可是那程桂萍几乎不容许他犹豫，热热乎乎地推着他就往回走。边走边连声抱歉地说：“我怎就没认出来！我怎没认出来！我还当是哪个村来兑换种子的哩。叔，你几时来的？你怎不去我宿舍？我就在甜核哥前排住。”

陈二冬简直被程桂萍的热情弄得进退维谷，留不得，走不得。

“走，叔！回我宿舍去！你还没吃饭吧？我给你煮方便面吃！你要早来一会儿就赶上我们食堂开饭。”

程桂萍越热情，陈二冬越疑心：她爹那么样坏，那么样与我作对，她为什么对我这么热情？他蓦地想到会不会是公安局的人已经来过农科所，桂萍会不会已经知道他的事，会不会怕他跑了，想虚情假意骗他回去？然后报告领导，把他捉住。

“不，我吃过了。”他暗藏戒心，不冷不热地说。

“吃过也回去坐坐。”程桂萍说，“甜核叫所里抽去下乡办流动技术咨询服务，今天就回来，我……”她把和她娘一样的薄薄的双眼皮眨眨，不好意思再往下说什么，脸颊腾起一片红晕。随即又爽朗地笑说：“叔，你要就这样走了，甜核回来准怪我。回吧！”

陈二冬终究估不透程桂萍是真心假心，而且对她的一身穿戴打扮很是看不惯。但程桂萍过去的为人他是知道的，大大咧咧，有口没心，在许多方面倒和她爹她妈很不一样。虽然她爹陷害他，她未必知道，但程陈两家关系一直不好，她是知道的，就是她和甜核因为考农科所，中间发生的纠葛她也未必不清楚。以此推论，陈二冬无论如何不敢相信她的热情是真的。“我还有些事……我回头再来。”他说。

程桂萍看他执意要走，也不好再勉强，看看腕上的电子表，两道黑黑的细长细长的眉毛皱了皱，又爽快地说：“也好。叔，你先去办事，我……我到车站接一下甜核——汽车就快到站了。”回头急急地走几步，又高声说，“叔，办完事你可早点儿回来啊！”

一辆公共汽车从前面的公路上开来。程桂萍边喊边向公共汽车停车点飞跑去。

陈二冬望着程桂萍上了公共汽车，心里像结了个谜一般解不透这闺女究竟为什么对自己这么热情。她如果是假热情，甚至想骗他，完全可以回单位报告。她若是真热情，那么难道她不知道程陈两家、她爹和他的积怨吗？

“管它呢！她不是说去接甜核吗？反正汽车站也不远，我不如先就近找个树凉歇歇，等他们一会儿。”从农科所出来，斜对面的公路岔口上有个临时垒起的小饭馆，是农科所开的知青服务部。陈二冬先买了一碗凉粉吃，又买了两个芝麻烧饼，在饭馆北面的公路下找了个草地坐下。那草地前面就是农科所的试验田，田边长着一层带刺儿的灌木丛，形成一道围墙。陈二冬坐在草地上，既遮凉，又挡眼。他一边有一口没一口地啃着一个烧饼，一边透过灌木丛的隙缝瞭望着通往农科所大门口的土路，期待着儿子回来。

农科所大院的电铃响了。不一会儿，大门口拖拖拉拉走出一些下地干活的农工。有的拉着空平车，有的扛着铁锹、镢头，有的空着两只手，都像还没睡醒一般，没精打采地出了大门，便分头向大院周围散去。陈甜核也应该属于农工的行列，陈二冬远远留心看了许久，那些懒懒散散的农工中却没有甜核的影子。

“也许桂萍说的是真话，甜核叫所里抽去下乡……小子，还有这个出息！我陈二冬这辈子值得高兴的就是有两个儿子……他程必成再日能也下不出儿子来！”他嚼着干火烧，突发一种得意。

不知过了多长时间，公路上走下三个人。陈二冬一眼就认出一左一右走在两边的是儿子陈甜核和程必成的女儿程桂萍。他高兴得想从田边的灌木丛穿过去。但当他双手分拨着那刺手的灌木丛正要迈腿的瞬间，又猛地缩了回来。他的眼睛吃惊地瞪圆，心里惊乎：“怎么……怎么他也来了？！”

走在陈甜核和程桂萍中间的是程必成，他推着摩托车，穿着一件尼龙衫，边走边和女儿说话。

“爹！这么热的天你怎么还穿尼龙衫！”

“走起来就不热了。”

“爹，你猜谁来了？”

“谁？”

“我二冬叔！你们两个真奇怪，不来是都不来，要来两个都来！”

“是吗？啊……哈哈……”

“甜核，你替我爹推上！爹，你叫甜核替你推吧！”

“好狗日的！”陈二冬隐藏在田边望着听着，恨不得蹿过去揍死他。

“这狗日的来了准没好！他不会是来坏我甜核的事吧？老子豁上了，爽利一块进去揪住他问个所以！”他气得想拼命。浑身的血都往上涌。

可是，当他们三个人说说笑笑消失在农科所的大门里时，陈二冬发胀的头脑慢慢冷静下来。进去即使和他打一架，捶他一顿，扇他几个耳光，能解决问题吗？他要给农科所的领导说我是逃犯，不是乖乖地又被逮住送进看守所嘛！唉唉！我逃出来是要告状！农科所是无论如何不能进去了，儿子也不敢去见了，甚至感到连他站着的这片草地都成了危险区。走吧！走吧！先到地委信访处去吧！

程必成在女儿程桂萍的宿舍坐定，端着一杯桂萍为他冲的橘子粉水，慢慢呷两口，心里总觉得坐卧不宁。

“真叫不是冤家不聚头——他怎么这个时候也跑来了？”他想着桂萍告诉他的话：“二冬叔也来了。”“他来干什么呢？莫非是暗地跟着我，找机会……”他想起公安局老宋和程在望特意对他说的话：“陈二冬逃了，要提防他拼死报复……”“特别是你……他逃跑的目的很可能是想走绝路……你这些天要特别加点小心。”想到这一层，程必成的头皮一阵阵发紧。更使他担心的是，昨天夜里他离开陈家时，分明看见跳墙进来的是陈二冬，他一定听到有人开门跑走，会不会认出他呢？水梨儿会不会告诉他呢？

程必成虽然财大气粗，刚愎自用，但他也清楚地知道，纵有黄金万两，也买不回一条命。陈二冬真要不要命了，和你一个换一个，甚至一个换你一家，可就太可怕了。虽然程必成并不是贪财如命的那种人，然而丢了脑袋，财又有什么用？

上午，程在望特意告诉他要提防陈二冬报复之后，他就头皮发麻，惶惶不安。事实上，在他们告诉他之前，他就有了这种不祥的估计。他打发赛天仙给程在望送了两条三五牌香烟，要他到县公安局活动活动，尽快把陈二冬追捕归案。后来，听说程在望也心慌胆怯，想打退堂鼓，便更加紧张。他今天特意到女儿这里来，正是要嘱咐女儿这些天提高警惕，少出门，莫回村，不要一个人上街。他对女儿桂萍特别偏爱有两个原因。一个是桂萍从小跟他受了不少苦，作为父亲，觉得对不住女儿；再是桂萍特别懂事，在他蒙受奇耻大辱时，给了他精神上的安慰和鼓舞。记得有一次公社办各大队"专政对象学习班"，把他们几十个"专政对象"关在中学教室不准回家，门口还有两条大狼狗看着。别的家属子女怯于狼狗和红卫兵的辱骂，不敢送吃送喝，独有他的女儿桂萍每天提着饭盒早早地等候在学校门口。小小年岁的桂萍就十分机灵，她有时哀求那些公社干部替她把饭盒传进去，有时看见狼狗打瞌睡或者不在门口，便拼命跑进去把饭盒递在父亲手上。这件事在"学习班"成为程必成的骄傲和精神鼓舞。他经常听到同室的难友用羡慕的口吻赞赏他的女儿。虽然不能说程必成多少回在绝望中能够斥退死神的诱惑，坚强地活下来，是由于桂萍的安慰，但他确确实实被女儿的这种行为感动。他甚至后悔在此之前由于桂萍不是他的血脉(这件事只有他和赛天仙知道)而经常粗暴地呵斥她，感到良心的谴责。所以，当他终于做梦般一反成为老龙口赫赫首富之后，便首先想到要给桂萍安排个好前程。他曾经想叫桂萍学开汽车，甚至想买一辆小吉普车让桂萍驾驶，然而那毕竟还脱不掉农村的土气，还不能跻身于花花世界的荣耀之中。所以，他不惜一切，不择手段地走通关系，最终把桂萍安排到农科所。另一个原因是，"不孝有三，无后为大"，这条古训在他发迹之后突然强烈地折磨着他。一想到这一层，他即使吃山珍海味也觉得乏味。像旧社会那样，前房不生，再娶二房、三房，那是绝不可能的；和赛天仙离婚重娶，良心债还不完，也非易事，所以他把继承家业，为程家开门传宗的希望完全寄托在两个女儿身上。

如今，陈二冬逃出看守所对他形成了一块心病，时刻都感到一种威胁。他后悔不该把他逼到这一步，兔子急了还要咬人。但他又自我壮胆："他不要命，我也不怕他。他有两个儿子，他敢做得出，我也下得手，拼就拼喽！"然而这都是无济于事的、愚蠢的自我安慰。蝼蚁尚且惜命，程必成活到今天，难道就是为了一拼了事？

程必成端着女儿的搪瓷茶杯，耳边回响着公安局老宋的话："……很可能铤而走险……铤而走险……"浑身一阵阵发寒，只觉得陈二冬随时都可能拿着斧头、利刃什么的凶器冲进来和他拼命。越想越心慌，以致下意识地瞅着女儿方才撂在门后的一柄修剪树枝用的铲刀，想藏在身边作为防备万一的武器。

"爹！你怎不喝呀？水都凉了！"程桂萍帮甜核把带回来的几块宣传画报送进办公室，匆匆赶回来。

"我不渴。"程必成提提被汗水沾在脊梁上的衬衣，才发现这间宿舍有点阴，难怪他觉得身上凉飕飕的。他扣上尼龙衫，问道："桂萍，你方才说谁来过呀？"

"二冬叔。"桂萍眨着长长的睫毛，瞅着她爹，"他说一会儿还来的，这都快两个小时，要来准该来了。"

程必成不自然地挪挪屁股，又问："他没说来做什么？"

"瞧你说的，来做什么？你来做什么？看儿子呗！"桂萍调皮地说。

"是是，看儿子，看女儿！"程必成掩饰地笑笑，"不过，爹这回来可没给你带吃的。爹好长时间也没顾上来看你，你不怪爹吧？"

"呀！爹！你还当我是小孩呀？我又不愁吃不愁喝。你是怪我好长时间没回家看你和妈吧？"程桂萍调皮地转守为攻，"你知道俺们有多忙？人家都是有文凭有职称的，就我是个中学毕业，什么也不懂。人家甜核都考上函授大学。我……我也想跟上他自学……准备明年考……"

"你和甜核说话？"程必成自觉失口，"不不，我是说……"

"爹你是怎么了！"桂萍不高兴地打断他的话，"你们当大人的不好，我们当小的也跟上你们闹别扭吗？为啥不能说话？哼，我们……我们偏要说话，我们偏要好呢！"

程必成被女儿呛得没话说。但他仍旧不放心，又试探着问：

"甜核也对你好吗？"

"怎不好？"

"他没对你说什么吗？"

“说了。说他爸头脑简单，过去搞极‘左’，错整过你；说你心胸不宽，总想报复他爸。还说，还说我们不管你们的事，不掺和你们的事。我们趁年轻，要多学点本事，将来都是凭技术、凭本事吃饭。我们学习还没时间哩，还跟上你们大人操那些瞎心呀！”

“你……”程必成脸涨得发紫。

“爹！不是我说你，”程桂萍说得上了劲，小嘴像机关枪似的朝她爹一句赶一句说，“你的心眼也太窄吧。全国有多少人过去挨整受冤屈？哪个不比你受的罪厉害？

“你……你胡说些什么！”

“我是为爹好！”程桂萍看见她爹脸色红一阵白一阵，咯咯笑了。

程必成没有想到女儿会说出这些话，恼不得，笑不得，心里只觉得不是滋味。他不想继续坐下去，也想不出能够反驳女儿的有力量的话。他把那杯凉了的橘子水喝下去，想走。但又想起还没有把今天的来意告诉桂萍。他沉着脸，想了想，说：“桂萍，我给你说个事，你……”

正要往下说，陈甜核敲门进来。这是个年轻老成的青年，长得相貌英俊，一双黑亮深沉的眼睛很像他妈水梨儿，瘦削的脸上长了一些青春痘。他刚换了一件干净的米黄色短袖尼龙背心，推门进来，十分懂礼貌地叫声“必成爸”。他没有像桂萍那样改作“洋称呼”，仍照村里的习惯称呼，然后说：“必成爸，今天就不要走了，等一会儿我爸来，大家在一块坐坐。正好今天是星期六。”

程必成一听，慌了，忙说：“不不，我得就走，我还有事要办。”

程桂萍不让他：“哎呀！有事有事，你们都有事！不来没有事，来了就都有事！不管有事没事，今天就是有天大的事也不能走！”又调皮地嘴对住她爹的耳朵，说，“爹，今天来个‘国共谈判’——我和甜核主持，给你们和解和解！”

“咳！你这闺女胡说些什么！”程必成着实坐不住了，说着站起来。“我们有什么解不解的！”

“哟！刚才你还问我和甜核说话不说话哩！”程桂萍得意忘形，说出这句话，才想起甜核在旁边站着。

陈甜核很有心眼，看见桂萍冒冒失失把她爹说得很尴尬，忙说："必成爸，你坐着，我去食堂报饭，再买瓶酒。"说着便抽身退出去。

程必成真火了女儿，瞪着大眼斥责道："嗔！越来越没样子！"

程桂萍也后悔不该当着甜核丢她爹的脸。

"好了好了！人家不会怪你的。"把她爹推坐下，又说，"你不是要告诉我一件事吗？什么事，快说吧！"

程必成坐不是，走不是，想告诉她，又担心她听了会不高兴。

"你不说？好，反正你今天走不了。留着晚上说也好。"

程必成闷闷地坐着，看见院里的树影不见了，屋里也暗了下来，更加着急。他倒不担心晚了回不去，实在怕陈二冬一脚迈进门里。不过，他又想：陈二冬真的来了，也不会到桂萍的宿舍来，他要听见他也在，也许更不会住下。但这只是自己一厢情愿地往好处想，万一那家伙听说他在，真要闯进来怎么办？不要说行凶，就是大吵大闹起来，也要给桂萍造成不好的影响。走吧！还是趁早离开这儿吧！

"桂萍，你安安坐下。"程必成想了想，十分严肃地说，"你也不是孩子，不能还由着自己的性子来事。人和人不一样，你也要学着点。世上的事情不是像你想的那么简单，你才……"

"怎不简单？"程桂萍不服气地噘嘴说，"世界上的事情本来都很简单，都是叫你们搞复杂化了！越贪得无厌就越看见别人碗里多，就越想把别人的碗也抢过来。于是呐，于是就发生了掠夺，发生了侵略，发生了战争，什么军国主义，霸权主义，两霸三霸的玩意儿都出来了。同样道理呐，越想害人的人，就越怕别人害了他，越怕别人害他，就越想先下手把别人害了。于是呐，于是就搞阴谋诡计，尔虞我诈，杀人放火，把好端端一个世界搅得乌烟瘴气。爹，这就是我最近学习《政治经济学》悟出来的一点点小道理。你说对不对？"

程桂萍俨然像个小哲学家，给她爹大讲起人生哲学。"人与人相亲相爱，互敬互帮，吃饱饭闲得不好受，跳跳舞，听听音乐，看看小说，或者打打扑克牌，有什么不好？把生命都浪费在你争我斗上，闹得别人不得安宁，自己也不得自在，那是绝对的大傻瓜！”她信嘴流油，讲得得意，哪里注意到她爹两道黑眉毛拧成疙瘩，眼珠都快崩出来。

“你……你疯了不是！”程必成没有想到桂萍出来一两年变得这么厉害，不但衣着穿戴赶时髦，麦克眼镜、紧腿裤子、高跟皮鞋都穿戴上(尽管他曾经不甘心让自己的女儿在农村土里土气一辈子)——这些他并不反对，他有钱，就是要叫她花嘛，时代就时兴这种穿戴打扮嘛——而且思想也变得叫他惊讶。

程桂萍咯咯大笑。

“好好，我不疯说了。又不是说你，看你眼瞪得那么大！”她收住笑，看看手表，便从窗户下往当地挪写字桌，准备一会儿吃饭。挪好桌子，又焦急地朝门外望着，像对她爹说，又像自言自语：“二冬叔怎么还不来？我说定让他快点回来的。”又说，“爹，要不我到大门外看看。”抬脚便要走。程必成生气地喝住她，“你给我安安坐下！你倒比对你爹还关心他！”

程桂萍不高兴了，啪地把抹桌布甩在桌子上，坐在一把折叠椅上，歪过脸去，噘了嘴，但旋即又不满地转过身来，做出十分严肃认真的样子，说：“爹！你也不要把我当小孩子，我什么事都清楚。我早就和甜核商量过，瞅个什么机会把你们两个当老的请到一块坐坐说说。可就是瞅不上个机会。我们前几天还说，要不等过八月十五我们一块回去把你和二冬叔叫到一块……今天你们既然正好碰到一起，我也得先把丑话说在前边，等一会儿二冬叔来了，你要先做个高姿态。行不行？”

程必成烦透了，没有回答，眼躲着女儿那期待的目光。

“退一步说，你即使不情愿和二冬叔主动和好，也不准你说难听话！”程桂萍犹豫一下，又低下头说，“你……你们当大的为什么就不替我们想想?!”

程必成一震，惊恐地睁大眼，一口烟呛在嗓子里，憋得吭吭咳嗽，反问道：“我什么事没替你想？穿的，吃的，花的，哪一样我不由你？我费那么大劲给你找上这个工作……”

"谁和你说这个!"

"你还要我怎么样? 你……"

桂萍委屈地哭了,豆大的泪珠掉在桌角上。

程必成疑惑地望着女儿,脑子开始复杂化。他像突然开窍一样暗想,她和甜核为什么这么要好? 为什么这么偏向他们父子? 她到车站接他……她跟他自学……他们还商量过要做我的工作,把我们两个当大的请到一起……他们俩在一个单位,住前后排……啊啊! 我脑子怎么这么笨! 莫非……莫非……程必成头大了,不敢再往下想了。

"我告诉你,"程必成着了急,想一句话堵死她和陈甜核之间可能发生的暧昧关系。"我告诉你,"他发现自己不太冷静,又抽了两口烟,掩饰着自己的冲动放低声音说,"你知道不知道?"

程桂萍用小手帕揩揩眼圈,疑惑地抬起头。

"甜核他爸出事了"

"出事? 出什么事? 不可能,你来之前我还碰见他……"

程必成做出很平淡的态度,故意慢悠悠地说:"是真的,他住了看守所。"

"爹,你怎么了,怎么尽说些胡话?"桂萍以为他在说梦话,瞪着苦笑的眼睛说。

"我不是哄你,"程必成看看玻璃窗外,"你刚才碰见他也是真的——他是从看守所逃跑出来!"

"啊?!"程桂萍惊讶地跳起来。

"我就是为这事来的。"程必成说。

"不可能! 我不信! 为什么? 为什么?"程桂萍几乎叫起来。

程必成犹豫一下,低声说:"他偷东西叫人捉住了。"

"偷什么? 偷谁家的?"

"偷……偷咱家的……半夜翻墙进院……让你在望伯伯捉住了。"

程桂萍将信将疑,还以为他在说梦话,两只惊恐的眼睛一动不动。

"你不要发傻,"程必成继续说,"老龙口程陈两家的仇不是谁想解就解得开,你想解,你忘了,他还忘不了。他半夜三更翻墙进去,说他是偷,那是轻的,谁敢保他不是想行凶报复?公安局抓了他,他又逃跑做什么?我来,就是告诉你要提防着他些。狗急了跳墙,兔子急了会咬人。你不要心眼太实了!”

“我不信!我不相信!”

不知什么时候陈甜核提着两瓶酒站在竹帘外面。他默默地走进来,把两瓶酒放在桌子上,对吓愣的程桂萍说了句:“桂萍,我报上饭了,一会开饭你去打饭吧。”又默默地退了出去。

他走了。朝着大门口走去,走到甬道上突然疯狂地跑起来。

好心的姑娘经受不住这种意外的打击,哇的一声扑在桌子上哭了。她把抹布摔在地上,把两瓶酒摔在地上,恨不得把桌子掀翻,把眼前的一切打个粉碎……

二十、葬狗

水梨儿自从那天探监回来不见了大黄狗，自今一连三四天仍不见它的影子。她顾了家里顾不了外边，顾了外边顾不了家里，愁得心碎，人都不保，哪还顾得上招呼狗？早把它忘了。这天中午，她看见那天夜里给二冬煮吃的挂面剩下一大碗，忘了吃，还在橱柜扣着，端起来闻闻，早已发酵了。她想倒给狗吃，叫了半天，不见狗来，这才猛然想起好像几天都没有看见大黄狗的影子，她在院里喊了几声，又走出街门扯开嗓子喊。村里喊到村外，嗓子喊哑了，自家的大黄狗没叫来，倒叫来两只长满疥疮的癞皮狗。她忍不住低声自言自语地骂道："畜类东西！死得哪去了？狗不嫌家穷，儿不嫌母丑——这畜类跑得连家也不回了！"

这时，甜枣背着书包下学回来。水梨儿问他见没见大黄狗，甜枣吞吞吐吐地说："同学们都说，咱家的大黄狗叫人打死了。"水梨儿气得失手打了儿子一巴掌，骂道："死种，你怎不早告诉我！"

甜枣哇地哭了。

程家造楼工地上的工人听见她叫狗，又看见她打儿子，都站在架板上远远地看。他们在老龙口住了这些天，已经知道程陈两家的矛盾，从砍树到陈二冬被当贼送走，他们都清楚。他们大都同情陈家的遭遇，只是赚着程家的钱，不敢乱说。这时，有个上了点年岁的工人，看见水梨儿气得拿儿子出气，便站在架板上高声说："那位弟妹，别跟孩子生气。孩子也许是怕你生气，没敢对你说。今天清早，我倒也听人说在北河湾死着一条狗。你快去看看吧，说不定是有人贪那张狗皮。"有个年轻人马上说："这会儿的狗皮刚蜕毛，有啥用？我听说是……""多嘴！"老者忙喝住那青年。但旁边还有几个工人正挤眉弄眼地瞟着水梨儿议论："这种女人，男人刚住教育所就往家勾引……那天夜里我亲眼看见！"

水梨儿隐隐约约听见那几个工人的议论，只是她惦着狗，脑子好像就没反应。她领着儿子便照那老者说的话，急匆匆地朝北河湾走来。

正是收工的时候，河岸上站着许多过路的男女，他们正朝河下指指点点议论什么。水梨儿还没走到跟前，便有人喊她。水梨儿意识到了，她迟疑了一下，默默地走了过去。

大黄狗确实死了，身子像弓似的搁在一棵倒伏的枯树枝上，脑袋耷拉着，两条后腿硬挺挺地拖在地上。只是上面的一只眼好像不甘心离开它的主人一般半睁半闭。在中午的阳光照射下，一群苍蝇、蚂蚁贪婪地爬在眼圈上和吐着舌头的口圈上。空气中飘散着一股难闻的死气味。

为了说明不是自己干的，或者为了向水梨儿表示同情，人们在不停地诅咒，大惊小怪地嚷叫，用树枝伸下去拨动狗的脑袋分析判断着致死的可能性。还有的在怂恿水梨儿到村里去叫骂，骂他三天三夜，看谁出来应承……

水梨儿木然地站在岸边。她不哭，也不骂，一句话也不说。她的眼泪已经流干。她想到那天夜里探监回来，程必成不声不响地出现在她身后，如果大黄狗活着，他能那样进了陈家的门吗？她心里明白，发狠，"人叫他们陷害，狗也……"她想哭，哭不出，想喊，喊不出。

人们都有所估计，会心地瞅着她，以为她会嘶声痛哭，破口大骂，这是常情。丢一只鸡，许多人还要天天骂大街，何况是一条狗？水梨儿却只是嘴唇抽搐了几下，借过一把锹，说声："婶子、大哥们，帮帮手，把它埋了吧！"

自己先下去，就地刨坑。

众人帮着把狗埋了。

回村的路上，水梨儿还是一声不响地低头走在前面。后面几个多嘴的女人却对她不满了。"哼，她倒沉得住气，自家的狗叫人害了吭也不吭一声。""男人住了大牢还没听见她哭一声哩——谁知道她操什么心！"

水梨儿拉着儿子低头急走，她实在忍受不了这些刺心的话。突然，不知什么地方传来一阵哄哄的笑声，接着一个利麻嗓子像数来宝似的嚷叫："死了好，死了好，半夜敲门狗不咬，神不觉，鬼不晓，隔着门缝叫'相好'——相好的哎，你可想死我也！——吱扭一声开了门，一把捉住就往炕上倒，你们哪个要眼馋，回家问问你大嫂！"水梨儿一震，抬头望去，只见汤帝庙前的道口上站着许多人，不停地哄哄笑。"二谝子"还在扯着利麻嗓子嚷叫："说瞎话不是人日的！这是盖房子的民工亲眼看见的。他们还爬在墙上听了好长一阵，都听见响声。嘻嘻！"接着，那些人便叽叽喳喳议论：

"就是哩！要不狗死了三天都没人问没人找？"

"我看不会，水梨儿不像那种人。"

"像？谁像？谁不像？你倒像，可没人想你！"

"哈哈哈哈！"

"不至于吧？男人才住教育所没几天……"

"女人的心，十字口的风。你不看那枪崩人的布告上，与奸夫定计害死亲夫的有的是！"

"就是，古戏里也有这种事，淫妇害死自己的男人还要上坟吊孝哩。你不记唱的那回《黄爱仁上坟》？"

水梨儿头嗡的一声响，羞得头也不敢抬，眼前一阵黑，几乎晕倒。甜枣吓得惊叫："妈！妈！你怎么了？"她扶着道边的一棵杨树，等晕过那一阵，再也不敢往前走了。

"枣儿，咱们往庙后走！"

水梨儿头晕眼花地扶着儿子绕过庙后，慢慢地走回家去。一边急走，耳边还听见"二谝子"的利麻嗓子在幸灾乐祸地叫嚷："不要吵，不要笑，回去问问你相好。巧计有的是，看她找不找。想要图方便，先把狗宰了。男人要不让，万莫下毒药。通奸杀人犯枪崩，不如把他送大牢——关他三年两载由你乐逍遥，乐呀乐逍遥！”

哄！……

水梨儿又气又羞，恨不得找个地缝钻进去。这个不要脸的东西，分明是心怀妒意，故意幸灾乐祸，造谣生事！她真想走过去揪住他问一问：“你这是说谁?！你说谁通奸?！”可是，那不是越嚷越大，没有的事也要叫众人当成真的吗？你和那个不要脸的东西能讲出什么理？再说，那天夜里的事会不会真有人在外边听见撞见呢？你能说得清吗？你能和他讲出什么理？唉唉！忍了吧！忍了吧！由他们想怎么说去怎么说去吧！水梨儿强忍着极度的悲伤和羞愤，拉着儿子深一脚，浅一脚，趺趺撞撞地低头穿过一片青菜地，只觉得“二谝子”和那些幸灾乐祸的人还在后边，直到跑回家，扑倒在床上，“二谝子”的嚷叫声仿佛还在耳边喧嚣。

甜枣弄不清是怎么回事，吓得愣了一般，呆呆地站在旁边，看着他妈把头钻在被子上，又抓被子又咬枕头，身体不停地抽搐，动也不敢动。

“天呀！叫我怎么活，叫我怎么出门见人呀！天呀！还叫我活不活了呀！”

水梨儿痛苦，悲愤，又羞又怕地在心底呐喊。儿子的啜泣声使她突然清醒地意识到：“我得挺住！我得挺住呀！这个家，老的老，小的小，全要靠我活呀！”

她竭力克制住极度悲伤，拭去眼泪去给儿子做饭，给爷爷陈老定熬药……

吃过午饭，打发儿子上学走了，闷闷坐着，又想起那几亩地，这家人还要靠那几亩地养活呀！

如今二冬不在家，吉凶难卜，地里的活计还得靠她干。她想起大儿子甜核，“这个没籽瓜东西，两三个月都不回家看看，家里人死了他也不想！”想去把他叫回来，帮她把那二亩玉茭地锄锄。别人家的玉茭都奶过一遍，她家的玉茭苗没出全，如今还没有间开。再长几天，根糊在一块，间也间不利了。可是，又一想，实在不愿意叫甜核知道家里这些乱七八糟的事情。

自己已经够心碎了，再给甜核也添一份心吗？他给公家干事，找那个工作多不容易！再说，自己也走不开——这个家她不能离开一步。唉唉！还是自己撑着吧！真到了自己也走不动，爬不起，再说。

她想去求求和顺哥和自己娘家兄弟梨根，请他们帮着挑几担圈肥，连锄苗、间苗带奶粪一遍拾掇了。到了这种地步，也谈不上精耕细作，锄三拉四，能把这一遍锄过，就算不容易。

她打起精神，照着镜子擦了擦脸上的泪痕，正要出门，柴云凤推门进来。

"和顺嫂！"她忙退进门里。"快坐！"

柴云凤不像往日那样爱说爱笑，沉着脸，也不坐，也不说，翻了水梨儿一眼，跨着床边坐下：

"你这是要上哪？"柴云凤问。

"我正要去你家，"水梨儿说着便想哭，嘴唇抽搐着。"你也知道，这个家弄成这样，可叫我怎么活呀！"

柴云凤依旧满脸不高兴，又翻她一眼，却没开口。

"家里家里不成样子，地里地里也叫草吃了，"水梨儿揩揩眼，抬起头来，强忍着又要流出的泪水，说，"这不，我才想去求求和顺哥和我兄弟梨根，替我往玉茭地担两担茅粪……老的小的总得活呀！"

柴云凤哼了一声，两只大眼扑闪扑闪，这时才开口说道：

"这你就不用跑了。和顺和我已经捎带着把你家那二亩玉茭地锄过了。"

水梨儿感动地望着她，嘴唇颤抖得说不出话。

"梨花，"柴云凤的脸忽然又沉下来，眼睛歪向旁边，不高兴地说，"你莫嫌我嘴冷，我有句话想问你。"

水梨儿惊恐地睁大眼睛看着她。

"你说吧。"

"你和顺哥不让我来问你，可我这个人你也知道，心里藏不住芝麻粒儿。这些天，谁来过你家？"

从柴云凤那张疾恶如仇的脸上，水梨儿立刻意识到她要问什么，她的头嗡的像要炸开。

“没……没有谁……”

“当真没有谁来过？”柴云凤目光咄咄逼人，“必成来过没有？他什么时候来的？来做什么？”

天！怎么向她说呀！她分明是听到闲话，来责问我，指责我的！一时间，仿佛世间万物都化做乌有，水梨儿脑子完全变成一片可怕的空白，只听见一个声音在两个太阳穴轰轰地跳动。刚刚吞下去的羞耻苦水，又猛烈地翻腾上来。

柴云凤看见她半天不肯说，认定她听到的一切传言都是真的了。她那张阴沉的大脸渐渐布满恼色，忿忿责备道：“梨花，我这个人心直口冷，你要当真做出那事……算我认错人了！”

“和……和顺嫂！”

“你别叫我！你也该到街上听听……我替你都脸红！二冬刚住了看守所，你就……就算你过去和必成好过，也不该这种时候再和他来往！人家怀疑你们是定下计陷害二冬……我就不相信会有这种事。可二冬刚走，他就来你家，半夜三更的……你叫我拿啥话堵人的口？”

“和顺嫂！你……你叫我怎么说呀！”水梨儿觉得自己浑身有口也说不清楚。“你也不相信我吗？我怎么给你说呀？”她本来羞于这种窝囊事叫人知道，可是越想瞒着，越闹得是非颠倒，声名狼藉。如今，不向别人说，也不能再隐瞒和顺嫂。除了她，还有谁肯和自己贴近呀！她哽咽道：“他……他是来过，那天夜里，我从县上回来，他……那个狼心狗肺的程必成，就跟着……跟着进来……”

咣当一声，两扇虚掩着的门开了。水梨儿正抽抽泣泣讲述着，她兄弟梨根突然冲进门来，二话不说，怒气冲冲地照着水梨儿的脸啪啪就是两巴掌。

原来梨根也是在街上听见人们风言风语说他姐姐和程必成这些天又来往上。小伙子血气方刚，觉得丢了自己的人，正要来问他姐姐有没有这事。走到门口，恰巧听见水梨儿告诉柴云凤，当下就气得怒不可遏。

“不要脸的东西！你还有脸说！你把咱家的人都丢尽了！”

兄弟骂着，又扑着身子挥拳动脚要打他姐，一口一声大骂：“你还不如死了去！死了去！”

水梨儿横了心，反正说不清，不如不说。由他打吧，骂吧！爽利打死也痛快。

柴云凤夹在中间，左推右挡，拦也拦不住，只好大声呵斥水梨儿：“你钉住了？你不会动一动？你走开！”

水梨儿伤心地说：“和顺嫂，你也别拦他，反正我也活得里外不是人。那天二冬没把我打死，今日叫自家兄弟打死也图个痛快。”

柴云凤又回头骂梨根：“你疯了！你听谁胡说？你住手！她是你姐姐，我的小爷爷！”

梨根其实也不尽相信他姐真会做出那种事来。可是他觉得姐夫不在家，受冤枉，她半夜三更让程必成进她的家门，这不是找着叫人说闲话？他气她为什么要给他开门，为什么不把他当下打出去！特别是想起他姐过去曾经和程必成有过一段别人说不清的关系，疑心更大。一时火气上来，便指着他姐没深没浅地乱骂：“不要脸！你看见那个混蛋发财了不是？他给了你什么好处？他把我姐夫害成这样，你还……你说，你去过他家没有？他来咱家做什么？我姐夫是怎么住的看守所？你……你死了去吧！”

水梨儿心如刀剜，浑身战栗。

“你……你对得住我姐夫吗？”梨根也气哭了。

别人把脏水往自己脸上泼，自己的兄弟也这样无情，水梨儿伤心极了。她说：

“梨根，你骂吧！你打吧！姐姐不怪你，不怨你。我恨我自己……我只能恨自己啊！”

“你说恨你自己就完了？你说，程必成是来不是来？”

“来……来来。”

“来干什么？”

“……”

“不说,不说我就去找那个混蛋!”

梨根丢开推挡他的柴云凤,要去找程必成。水梨儿吓得扑上去,紧紧抱住他的腿,一口一声:“我的好兄弟,你千万不能去!不能去呀!”她知道她这个兄弟的迂脾气,真要发作起来,也是个不要命的;怕他一气之下闯下大祸。

柴云凤也怕他真去找程必成闯出大乱子,先是推他走,现在又怕他走,又帮着水梨儿使劲往门里拽他。

气极的梨根不但不理解姐姐的心,反而更加怀疑她存心保护程必成。他抬脚狠狠朝他姐踹去,把他姐踹倒在地,拔腿就走。刚走到门口,乐和顺正好进门,把他挡住。

乐和顺是听说柴云凤来找水梨儿问那事,他担心她那个直肠子把什么话都倒出来,使水梨儿受不了,才跑来阻止她的。不料他们已经闹成这样子,当下气得把梨根和柴云凤大骂一顿。他先指着气呼呼的梨根斥道:

“你真混账!旁人不了解梨花,你是她亲兄弟,你不了解?他们分明是故意往她脸上泼屎尿,你还这样难为她,你长那心叫狗吃了?”又指着柴云凤,“还有你,梨根不懂事,你也不懂事?成事不足,败事有余!”

柴云凤本来也是好心,她听到人们风言风语,想来问个究竟,要是真有那事,就提醒提醒她,要是没那事,也好叫她提防着些儿。没想到半路上杀出个程咬金,不问三七二十一,进门就是三板斧。这时,她看见水梨儿被梨根一脚踹倒在地,气得昏厥过去,也顾不得说后悔话,冲乐和顺厉声嚷道:“你别事后诸葛亮!这些话你怎不早说哩?你在家不是也怀疑……真是的!”她那个直筒子又冒失了,忙改口呵道,“你还愣着做什么?还不快把梨花抬到床上!”

说话时,他们只当水梨儿被梨根踹重了些,一时没起来,待到弯下去拉她,两个人都吓出一头汗,原来水梨儿连气带痛,昏厥过去了。两眼发直,牙咬得撬不开,手脚冰凉冰凉,像抽筋一样发抖。

柴云凤和乐和顺吓得手忙脚乱,又喊又叫:“梨花!梨花!你睁睁眼!

你说话！你哭呀！哭呀！哭出来好受些呀，梨花！”

本来还火悻悻地站在旁边的梨根，这时也害了怕，忙奔过去摇着他姐大声哭叫：“姐姐！姐姐！你哭呀！你……哭呀！哭出来哇！”

乐和顺比他们沉得住气，他把水梨儿放在腿上，用大拇指掐人中，掐了半天，水梨儿的牙还是咬得死死的，想哭哭不出来。柴云凤从头上摸下一根银针，照人中狠狠刺下去。这时，梨根不知从哪里找出一把香，点着，把那袅袅青烟对住水梨儿的鼻子熏。三个人乱了大半天，水梨儿才哇的一声哭了上来。

“哭吧，梨花！痛痛快快哭两声，把气都哭出来！不哭出来会积成病的。”

柴云凤搂着水梨儿一边劝说，一边自己也忍不住陪着流泪。

乐和顺看到这个样子，又听见西屋陈老定扒着窗户有气无力地叫二冬媳妇，一阵难过，也止不住哭了。他把梨根叫出门外，埋怨他说：“真是的，你看你干的什么事！”又说：“你也不小了，你姐姐成了这个样子，你姐夫又不知道在什么地方，这个家你得替她多操点心。我看，你上农科所把甜核叫回来，这个家不能没有个人替你姐招呼着。”

梨根后悔莫及，嗯了一声，抹着眼泪匆匆走了。

乐和顺回头又对柴云凤说：“今天你也别下地了，在这儿守着。我……我无论如何得上县里去跑一趟——这个家不能就这样……真是的！”

他不忍再往下说，又安慰了水梨儿几句，到西屋看了看陈老定，也噔噔走了。

二十一、噩梦

天刚擦黑的时候,程必成牵着大黑狗从焦化厂回到家里。他是到焦化厂安排发运焦炭的事。他虽然承包着砖窑,开着石料场,但真正谋得狠、进大钱的是焦化厂。

这天中午,他正在午休,焦化厂负责跑外的购销员找上门来说:“必成,不中了!”采购员进门就喘气。

“咋?不是已经说好了吗?”程必成慢悠悠地坐起来。

“不中,他们又变了卦,说车皮调不开。”

“妈的!白喂他们了!”程必成皱了皱眉头,又问,“他们说什么时候有车皮?”

“究竟什么时候有车皮,还很难说,也许今天就有,也许明年也等不到。不过,我听那个调度说了一句话。”

“什么?”

“他说最近进了一批铃木牌摩托车——他看见我骑的一辆摩托——说他什么时候也能有一辆摩托车,礼拜六回家和老婆睡觉就不用发愁了。”

程必成冷笑一声,当下对购销员说:“去,先把我骑的那辆给他推去!”

购销员推去了。但对方不要。不过对方终归吐了活口。程必成会算账，知道利害：一辆车皮少说也发运六十吨焦炭，那就是说只要火车一开，成千上万的人民币就可以到手。一辆铃木牌摩托车值几个？充其量三千五千元。当天下午，他到焦化厂账上开出五千元，交给购销员单独去见车站调度组长。一直等到购销员打回电话，他才放心地牵着大黑狗回家。

他进了大门，便把两扇用厚铁皮焊制的门扇关上，又把两根胳膊粗的铁棍一左一右顶了个死。

“哎呀！天才擦黑你就顶上街门做甚！爷爷还没回来哩！”赛天仙在院里收晒干的衣服，冲他喊。

“哪去啦？”

“谁知道。睡起来就出去了。他能上哪，还不是吃饱了可村外瞎转。”

程必成生起一种无名火。他爷爷程天胜越来越会活，吃了睡，睡起来可村里村外转悠，文明棍漆得油亮，真像当年地主老财的样子。可是反过来想想，这种离死没几天的人，还能指望他操什么心，帮什么忙？只是到现在还不着家，他那股无名火便只好对赛天仙发。

“你在家干什么，也不经由着他些！”

“哟！你吃了谁的枪子冲我来放？他又不是三岁两岁，要我经由！我能经由得了他？我在你家里算个啥，还敢管你那爷爷！”

赛天仙也正有一肚子气没地方出。这些天，程必成去水梨儿家的事也风言风语传到她耳朵里。女人的嫉妒心本来就重，何况她更担心程必成真的变了心，和她打离婚！程必成动辄就和她发脾气，动辄就揭她当日的短，动辄就骂她不会生儿子，她是又气又怕。有时，她真想去找水梨儿和她吵一架，当着众人把她骂一顿；有时，又想低下头去找水梨儿，求她不要和必成来往。可是，她都没有勇气，她怕那样反而把事做坏，逼得必成真和她绝情绝义，抛弃了她。她忍着，总是想用忍耐感化他。她宁愿眼瞅着自己的男人走黑道，也不想离开这个家。

这时，赛天仙妒火攻心，借题发挥，说：“天不黑就关街门，怎？有响马了？你那么胆大，半夜三更都不回来，怎么突然胆小了？”

程必成不理她，把狗拴了，然后一边往后院厕所走，一边拿眼瞅着昨天刚叫人垒住的几个墙豁口和架在墙头上的铁丝网。

赛天仙故意把晒干的衣服甩得嘭嘭响。

“当你自己还小哩，二十岁，三十岁？哼，走黑道，摔折腰！担心勾心鬼勾死！”

“放你妈的屁！”

“我放屁？你不放屁，你到街上听听！陈二冬逃跑出来做什么？梨根对着你大门骂什么？你听不见？安安生生的日子你不过，偏要操邪心走黑道。叫这些人也跟上你担惊受怕。”

程必成最怕听这些话，赛天仙偏说这些话。自从陈二冬逃出看守所之后，公安局的人通知他要提防陈二冬铤而走险，行凶报复，村上也传说陈二冬哪天哪夜潜回村，拿着杀猪刀在程必成家大门外藏了一夜，有的还说是拿着黑乌乌的“二把盒子”，接着，水梨儿的兄弟梨根又隔着院墙大骂程家的人都不是人养的，声言不定哪天哪日要一砖头砍死两个……程必成确实害了怕。穷不惧死，富却惜命。这个道理他深有体会。过去他穷得裤裆里装西北风，恨不得一个换一个，和他陈二冬拼了命；如今他富得腰缠万贯，人民币是银行存一半，家里藏一半，打开箱子论把抓，又时时担心天上掉下块石头落在头上。自从陈二冬跑了，梨根骂大街之后，他走路都是提心吊胆，生怕陈二冬突然从哪个墙缝钻出来，哪条岸上奔出来，哪个土堆后、草丛中蹿起来，或者梨根从背后用砖头、石头向他突然袭击。他听人们传言陈二冬带着手枪在大门外等他，更觉得毛骨悚然，不寒而栗。陈二冬当年当过民兵连长，长枪短枪都会舞弄，他甚至怀疑他会不会在家里藏着手枪，要不他那天夜里潜回家做什么？他简直得了多疑症。所以，这些天，他除了叫盖楼的工人给他把院墙加高补豁，像监狱一样架上带刺的铁丝网，只要一出门，就把大黑狗带上，还特意买了一柄护身的蒙古刀藏在身边。

程必成是真真正正地害了怕。这一害怕，便生出许多的后悔。最大的后悔是不该一时兴起，煽动程在望把陈二冬当贼抓去。报复固然解恨、惬意，但却没料到给自己引出这种可怕的烦恼。

程必成不想和赛天仙争吵,不等程天胜回来,自己先胡乱吃了点饭,便扔下筷子坐在电视机前。等到电视播放时间,啪啪地按了两个频道,都没有图像,这时才想起公社的转播台前几天被雷电击坏。他只好郁郁不快地躺在床上去翻那本《克里斯蒂探案选集》。一连翻了几页,也不知说些什么,脑子又闪出那天去看女儿桂萍的情景。"连桂萍也不相信陈二冬会偷!"他自己对自己说,"我是不是做得太过分了?凡事都讲一个度字,过了度就会使事情走向反面……""不,我过度?我一没打他,二没骂他……他当年整成我那样就不过度?"他又觉得很不服气。想着想着,情不自禁地想起桂萍那天对甜核的言语举动。

他从桂萍和甜核的关系猛然看出一步棋路:通过桂萍和甜核的关系,摸摸陈二冬的底,看他在什么地方,到底想干什么。"陈二冬一定要去找他儿子甜核。说不定那天晚上我离开农科所他就去了……"只要知道他在什么地方,公安局就好抓他,只要把他捉进看守所,判他三年二年刑……

"娘的!一不做,二不休!后悔什么?老子后悔治得他不狠!"

程必成的思想乱极了。他没听见爷爷程天胜是什么时候回来的,也不知道赛天仙和小女儿是什么时候关灯睡下的。一阵狗咬把他从纷乱的思绪中惊醒。他起来去了一趟厕所,看见满天星星眨着眼,远处的天空不时打闪,夜露下来了,空气都是凉湿湿的,身体一阵发冷,这才回屋脱衣睡觉。

他还是睡不着,两只眼睛闭上和睁开一样看见许多幻影。而且越闭上眼倒越发看得清楚,斥也斥不退。他一会儿自己安慰自己:"睡吧睡吧!怕什么,谅他也不敢!"一会儿又忿忿地说:"男子汉做事不后悔!"一忽儿想起水梨儿,觉得她实在勾魂摄魄,很不甘心;同时便觉得赛天仙处处不顺眼,像块啃腻的骨头,嚼乏的甜秆草。一会儿又恨水梨儿,由妒恨滋生出一个险毒的想法:人们不是传说我和水梨儿勾搭上吗?对,我何不给他来个顺水推舟,以假作真?假作真时真亦假,叫她永远洗不清,叫陈二冬永远当个假王八!这才解我心头之恨!他觉得这是一个最好的办法,既能败坏水梨儿的名声,给陈二冬心上戳根刺,又可挑起陈二冬和水梨儿之间的猜疑不睦,从而搅得他们一家不得安宁。

这一想，烦躁不安的程必成竟然得意起来。不知不觉，竟迷迷糊糊地进入睡梦之中。

突然，呼通呼通两声响——什么地方响？啊，房顶上？房顶上有人！——他连衣服也没来得及穿，赤条条地奔下床，冲出门外。只见一个黑影子手执一柄利刃，飞也似的从房顶跳下来，双手捉刀，对着他，大叫："程必成，睁开狗眼看一看你老子是谁！"

"啊？陈二冬！你……你……你要干什么！"程必成吓得直往墙角退缩，恨不得钻进墙缝。

"干什么，你知道我要干什么！"陈二冬举着杀猪刀，大骂。"你诬良为盗，陷害无辜！你砍树造楼，欺人太甚！你撑了我的砖窑……你把石料场开在我陈二冬门前，害得我昼夜不得安宁……你你……你说，你为什么要陷害我？我陈二冬是不是来偷你的东西？你说不说？不说我就叫你白刀子进去，红刀子出来！"

陈二冬两眼血红，手里的杀猪刀越伸越长，突然变成一把利剑，那锋利的剑尖就要刺住他的胸口。

"我说，我……我说，"程必成东躲西闪，那剑尖仿佛对他有磁性吸力，寸步不离地逼着他的胸口。"那不是我……是……是程在望……是程在望说你是来偷东西，是程在望给公安局挂的电话，是他们说只要你承认半夜翻墙入室，就能定你个盗窃未遂……"

"好，还有，你在我门前砍树造楼，打的什么主意？"

"那……那也是程在望出的主意。"

"程在望，程在望，程在望是你爹，是你爷爷？你给了他什么好处？"

"我……我没有……不不，我给了，给了他纸烟、酒、点心还有……还有两千块钱，他说是借……"

"还有什么？"

"没……没有……"

"你敢封口？"

"不不……"

“你那天夜里到我家干什么?”

“我没有……”

“你再说一句!”

“我有……我想……可我真没有沾着你老婆……”

“你还不承认!”

“我……我承认,我真没有呀! 我是想……可你老婆不……”

“你还嘴硬!”

“我不硬,我不硬……我和你老婆睡了……”

“好,你写! 写下来!”

“你叫我穿上衣服。”

程必成擦着墙往门里退,突然觉得赛天仙给他递过把斧头,他急中生智,捉住斧头,冷不防照眼前那柄利剑砍去。只听咔嚓一声响,眼前闪过一道金光,陈二冬手上的宝剑断了。程必成捉着斧头哈哈大笑,指着陈二冬大骂:“王八蛋! 你还想找你老子报复,你老子的血海深仇还没找你清算!”

程必成正抡着砍柴的大板斧疯狂地大笑,陈二冬忽然嗖地一甩手,从腰里拔出一支黑油油的手枪。程必成大叫一声,一屁股跌坐在桌子下面。

程必成看着那黑洞洞的枪口,只觉得自己的脑袋就搁在那黑洞洞的枪口上。只要那枪口砰的一响,自己就完蛋了。他不想死,不想叫那枪口响了,浑身筛糖似的赤条条地钻在桌子下求饶。

“你以为有钱就能买下一条命? 你不是有钱吗? 你不是发了财吗? 我就让你试试,看你的钱能不能再买回你这颗脑袋!”

陈二冬说着,把枪口对准程必成的脑袋,咬牙切齿地扣动枪机。程必成只觉得自己已经完蛋了,但他摸摸自己的胸口、脑袋,一点血也没有,突然发现那枪根本没有打响。一种垂死挣扎的力量使他猛蹿起来,不顾一切地冲出门口,奔向大门。他拼命地喊呀喊呀,拼命地开那两扇铁大门,偏偏喊也喊不出声,拉也拉不动门扇。

“必成! 必成! 你怎么了? 怎么了?”早起锻炼身体的程天胜在窗户外喊。

赛天仙听见他在床上又滚又喊,吓得也跑过来推他、喊他。

程必成终于醒过来。原来是一场噩梦。他摸着头上、身上水洗一般的冷汗,还觉得余惊未退,气喘吁吁。猛喘一阵气,才撂开汗水浸湿的被子,骂了一声:“妈的! 见鬼!”摸着胸口坐起,定定地一动不动。

“你怎么了? 吓死人!”赛天仙送出尿盆回来又问。

程必成没有回答,头支在膝上,闷闷不乐地坐着。他回想着这个噩梦,心里不知是种什么滋味。梦是心中想。仿佛这个噩梦是一面心灵的镜子,从这面镜子里他才第一回真正看到自己的面目。

天亮了。隆隆的汽车、拖拉机从村里开过去——这是从焦化厂往火车站倒运焦炭。程必成为之一震,这声音告诉他车皮谈通了,那辆铃木牌摩托车的代价终于为他打开更大的财源——只要车站的关节打通,车皮搞到手,他可以轻而易举地垄断方圆几十个炼焦厂的焦炭外运。那就是说,程必成不但是万元户、几万元户,不久的将来将会成为百万元户的巨富。这一高兴,那令人沮丧的噩梦便冲淡了,不足一虑了——那毕竟是梦! 他披了衣裳,跳下床来便趿拉着鞋往外走。他要去大路边看看那汽车、拖拉机是不是满载着焦炭。

“嘭嘭”! 有人敲门。

他以为是焦化厂的购销员来向他报告消息,连鞋也没抠上,便伸手撤去顶门的铁棍,摘开铁门上的搭扣。

门开了,但是完全出乎意料,敲门的是支书乐思远,后边还站着一男一女两个穿白警服的警察。程必成吓得又冒了头虚汗。他很快认出那位男警察就是那天来过的老宋,心慢慢落下来。他把他们领进屋里,招呼赛天仙拿烟沏茶。略坐片刻,乐思远十分难为情地开口说:

“必成,他们还是来了解陈二冬那天夜里的事。咱们有啥,知道啥,就依实说,现在上上下下都在落实冤案哩,咱不能再搞冤案。”

“屌话!”程必成马上变了脸。“谁搞冤案? 冤枉谁?”

“你……不要动火,我也不是那个意思,我是说,那天夜里,陈二冬进来,咱们几个都在场。”

"在场你还来问我做啥？这事你别来问我！"程必成一口堵了他个死，呛得乐思远十分尴尬。"他冤不冤我不知道，贼是你们捉的，人是你们送的，我只是知道陈二冬半夜爬墙进了我的院。"

公安局老宋看见乐思远张口没词，很难为情，便马上把话接过来，对程必成说：

"我们是来找你订正几个事实。你知道什么就说什么好了。"他征询地看看那位女警察，女警察马上打开记录簿。

"那天夜里，陈二冬是从哪里进来的？"老宋从头细问。

"墙上……"程必成待搭不理。

"哪道墙上？"

"东边的院墙。"

"他进了院先到了哪里？"

"我又没跟着他！"

"你第一眼看见他是在什么地方？"

"他们把他捉住……"

"你说他们都指谁？"

"主任程在望，还有他——支书！还有……没有了。"他不愿意把当时在座的领工头说出来。

"不是还有两个吗？"乐思远忍不住提醒他。

"你知道还来问我做啥？"程必成瞪了乐思远一眼。

"好。咱们往下说。"老宋又问，"当时你发现家里丢了什么东西没有？"

"……"

"也就是陈二冬偷到什么东西没有？"老宋又耐心地问。

"我家的东西从来没有数！"

"那么，你的门子、窗子或者箱子、柜子什么地方有没有撬开的，砸开的？"

"我的箱子、柜子、门子从来都不上锁！"

老宋对他这种狂妄态度很不满意，但依旧平静地问："那是不是可以这么说,你现在也不知道丢了什么东西?”

程必成不作声了。

老宋又问:“那好。还有一个问题,在陈二冬进到你院里之前,你们是不是听到什么声音?比方说,叫门声呀,敲门声呀?或者其他什么声音?”

没等程必成开口,乐思远又忍不住提示似的说:“那夜咱们在喝酒,倒是听见有人叫门——你不是没让去开?后来,狗也在大门道咬,挣得铁链子还响……”

“我没有听见!你听见怎不去开门?”程必成恶狠狠地把乐思远顶了个大红脸。

“就这样吧。”老宋胸有成竹地站起来,看看后墙上的两个大窗户,说,“咱们一块看看当时陈二冬爬墙的地方好吗?”

程必成虽然不满,却碍于他们是公安局的,不得不领着他们去看。他们在院里转了一圈,老宋站在程必成指给他看陈二冬当时爬墙进院的墙下,仔细看着。那墙上有个壑口,已经用新砖砌上,上边还架了铁丝网。墙外有棵老杏树。他们又到院外面绕着走了一圈,然后老宋向程必成握手道谢,跟着乐思远到了程家造楼工地。老宋很细心,他把程家造楼的地方占地多大面积,毁掉多少棵树,这些树当年是什么人种的,林权归谁所有,这些问题一一想着。然后站在陈二冬家的大门口,望着门框上挂着的那块“光荣烈属”牌,默默地站了良久,这才又回到乐思远家。

“老乐,你对这件事有什么看法,谈谈可以吗?”老宋喝着水说。

“嘿,我不好说话呀。”乐思远蹲在地上,咬着根小烟袋,半天说道。

“怎么不好说呢?”

“我……我不主事。”

“你是支书……”

“哎!我算啥支书?”

“支书就是支书,怎么能说算啥支书?”

“唉!这你还不清楚?如今支书不吃香了,谁尿你?老宋,还有这位同志,你们是公安局的,我也不瞒你们说,这两年……唉,算了说吧,不说你们也知道。”

一些农村基层党组织涣散的情况，老宋的确听得多，见得多了。他自己也说不清该怎么样。吃哪碗饭，理哪家事。他说：“咱不谈这个，还是说陈二冬这个案子。”

“这个案子你还是去找程在望问吧。是他一手操办的。不过，”顿了一下，乐思远又忍不住抬头说，“宋同志，我说句没原则性的话，好好歹歹你们把二冬放回来吧。不看小的看老的，好歹他父亲是个烈士，他爷爷那天你也看见了，跟着党干了一辈子，现在得了个半身不遂，躺在炕上没人管。不放回来，他那个家，眼看着就……就完了！”

老宋也有一肚子苦衷。陈二冬的案子，本不是公安局抓的。公社公安员和大队把人送到公安局，有些人一听说是盗窃专业户，便迫不及待地想作为保护专业户的典型事例把人收审，并报了县委。县委书记正好是个靠手里攒着一把“专业户”升发起来的主儿，正好又把一个可以大做文章的“典型”送到手上，当下就批示严肃处理，通报全县。可是一查一问，那些人又觉得不好办了，仅仅是个爬墙入宅，别无依据，怎么定？于是就把陈二冬押在看守所没人问了。如果不是陈二冬逃跑，引起震动，也不会有人让老宋来办理此案。

“现在陈二冬还没有抓到。”那位女同志插话说。

“抓？还要抓？我怕你们好抓难放！”乐思远突然失口说。

“你这话是什么意思？”

“没……没啥意思。”乐思远觉得自己失口，慌忙支吾说。

“我们不是要抓他，是要尽快把他找回来，好把这个问题闹清楚。”老宋解释说。他已经预感到这是一起冤案。“老乐，你能不能帮助我们寻找一下陈二冬？”

乐思远答应了。

在乐思远家吃过午饭，老宋又趁歇晌的时间到村里串了几家，访问了一些老乡，然后才和那位女同志骑自行车回县里去了。

送走公安局的两位同志，乐思远回到家里，老伴便埋怨他昧良心做事。“是咋就是咋，你怎么不对人家公安局的人依实说？”“你还当干部，不如栽进茅坑死了！”“活死人，你就会给在望当垫刀背！”老伴还没埋怨完，赶集回来的柳叶，听说公安局的人来找他调查，又是一通责备。“当官不为民做主，不如回家卖红薯。你还不如个芝麻官！”

乐思远被老伴和女儿数落得抬不起头，蹲在地上痛苦地打自己的脸，发急发狠地连声说：“我活得不是人？不是人！我不是人！”

二十二、失踪

今天是端阳节，天气真好！太阳还没有升起，东边的天空便被早霞烧得溢彩流丹，通红通红。清凉凉的空气中浸润着艾草的芳香和煮粽子的香味儿。山雀和棒槌鸟早早地醒来，在河边的崖头上和高高的树梢间飞上飞下，用它们那悦耳的歌喉把酣睡的人们唤醒。布谷鸟也在田野上飞来飞去，呼唤着“快锄快耧”。

孩子们最高兴，学校放假一天，戴着花百梳，抹着雄黄粉，像一群群下山的猴子，满村里跑蹿。他们呼三吆四，结伙找伴，女孩子们叽叽喳喳地在荒草坡上采艾叶，男孩子们则热衷于钻在水沟里寻找蛤蟆。大人们告诉他们，端阳节这天是蛤蟆的蒙难日，这天早上若能捉到蛤蟆，往口里灌注墨汁，装进罐子里泡化，可以治疗烧伤。所以他们的兴趣特别浓，若有谁捉到一只蛤蟆，会高兴得提着嚷遍全村，然而也真奇怪，平时沟沟坎坎下总能听到蛤蟆叫，今日却躲得无影无踪，那可怜的小生命仿佛真有灵性。逮不到蛤蟆，上树掏鸟窝摸鸟蛋也有无限的乐趣。村子里显得异常喧闹。

“甜枣，捉蛤蟆去，我知道哪里有蛤蟆。”

“甜枣，采艾叶去——端午不戴艾，死了变个老太太。”

“甜枣，你有‘百梳’[①]吗？你瞧我的，我妈给我买哩，可长可长哩！走，你和我去捉蛤蟆，我送给你‘百梳’”。

“我不要，我等我妈。”

“走吧走吧！”

“不去不去！我才不稀罕你的哩！我妈回来也给我戴百梳……”

一清早，甜枣儿就坐在大门口的石门礅上等他妈，手里捏着个黄米粽子，却没有吃。邻居扎根嫂家的孩子小肉啃着个大粽子来叫他一块去捉蛤蟆，采艾叶，并且晃着红红绿绿的五色线引诱他，讨好他，甜枣儿却不为所动，依旧坐在石门墩上惶惶地望着村口。

“甜枣！快回来！你妈也许是下地了，一阵儿就会回来。快回家来吃粽子！”

陈老定开了窗扇，靠着枕头坐在窗口，努着没了大牙的口吃着一个粽子，不时地呼唤甜枣回来。今天他也起得早，他睁开眼就看见炕头上放着一碗粽子，准有七八个，不知道孙媳妇什么时候就给搁在炕头。他对孙媳妇绝无二话可讲，只有一肚子感激，要不是水梨儿端屎倒尿、送吃送喝地伺候他，这两年他很难熬过来。有时候他常独自躺在炕上回想，自己这一辈子是怎么过来的，他们这个家是怎么过来的。他还是听他父亲活着时说过，他们的祖籍不是此地，闹辛亥革命那年，全家七口人挑着八股绳逃荒来到太行山老龙口，先是蹿房檐，住破庙，讨吃要饭，后来打听到他们陈家一个本家老叔在老龙口落脚谋生，穷帮穷，托老叔的情，爷爷和父亲在老龙口东面的山上开了二亩荒地，挖了一孔土窑洞，住了下来。不久，他爷爷和父亲便像完成了历史使命一般，把二亩荒地和一孔破窑洞留给他，先后离开人世。以后，他又率领着两个儿子在山上继续奋斗，但始终不得温饱。直到土地改革，他才在老龙口分了房，分了地，从山上孤零零的土窑洞搬到被扫地出门的程天胜家的祖院。那年，他已经当了老龙口的贫农协会主席兼村武委会主任。他儿子陈大旦已经是虎虎一条汉，也在村民兵组织当领导。斗争程天胜和程少主父子时，他们父子自然是积极分子。这其中除了

---

①百梳：一种五色线，过端午节孩子们都要扎在腕子上，用以避邪。

他们是革命的依靠力量、骨干分子外，还有另一层原因：陈老定和儿子在山上开荒种地之后，程天胜和儿子程少主一直耿耿于怀，想夺取他们那几亩糊口的圪梁地。当时由于八路军在这一带时常出没，陈老定已经和八路军的便衣暗中有了来往，有八路军的人撑腰，陈老定父子自然不甘心被程家挟制。程天胜呢，也怕吃八路军的亏，也没敢轻易夺地撵人。但随后不久，日本鬼子开始大举围剿太行山革命根据地，把没有来得及转移的八路军某分部的人马和老百姓打得尸横遍野。就在这时，程天胜的儿子程少主在老龙口日本兵"红部"当汉奸，得悉陈老定和儿子从乱尸堆里救走一位八路军连长，便带着日本兵上山抓人。当时正巧陈老定和大儿子陈大旦抬着那位受伤的八路军连长往一个塌坟（古墓）里转移，程少主和日本人没有抓到陈老定和陈大旦，却把陈老定的二儿子陈二旦抓去吊在大庙梁柱上，一顿毒打，便没了人。所以，土改那年，陈家父子所以对程家父子不留情，真有国仇家恨。至于以后，陈大旦参了军，抗美援朝死在朝鲜，陈老定和孙子陈二冬先后一直在老龙口当干部，对程家爷孙俩自然也没有多少客气。

"难道我这一辈子造下孽，才这样报应我？"陈老定时常这样自己对着黑屋顶反省。"儿子都先我去了，孙子也不得安宁，我躺在炕上，死不死，活不活……我造下什么孽呀？造下什么孽呀？"

有时，他很伤心，这一辈子闹腾，图了甚？为了甚？落了个甚呀？要不是遇上这么个孝顺孙媳妇，恐怕连口水也没人给我端呀！

这时，他眼瞅着那一碗散发着粽叶和黄米香的粽子，止不住老泪又哗哗地流下，流在黄米粽子上，一努一努地吞进肚里。

"甜枣！回来吧，孩！你妈就快回来……咱们吃粽子，爷爷给你剥。"陈老定又扒着窗户朝街门外喊。

甜枣儿依旧坐在门口石礅上，他的眼眶里开始滚动着泪花。一只胆大的老公鸡，伸着长长的脖子，贪婪地瞅着他手里的粽子，先是兜圈子，继而竟然趁他眼泪汪汪地望着通往村外的大路，猛地一口叼了去。那粽子落在土地上。甜枣哇地哭了。老公鸡却肆无忌惮地又一叼，把粽子叼到远远的道边上，得意地讨好着两只老母鸡，一块儿美餐去了。

“妈！妈——”

“甜枣！怎么了，孩？”甜枣的哭声惊坏了陈老定，陈老定急得扒着窗户喊，“谁在外面欺负俺甜枣呀？你们欺负大人还不够，还要欺负一个孩子呀？谁欺负你，甜枣？咳！大不欺小，你们拿个孩子撒什么气呀？想出气，哪怕进来打我一顿，也不要在个孩子身上出气呀……”

陈老定急得两手发抖，心都要跳出来。他托着杌子想下炕，那条腿不听使唤，一倒手，杌子托偏了，噗通一声，连人带杌子跌倒在炕下。那碗粽子也带倒打在地上。陈老定心疼重孙子，急得不顾自己的死活，趴在地上不停地喊甜枣。

正在这时，听见大门外有人说话。

“甜枣，哭什么？怎么了？”

声音好觉熟悉。陈老定正疑惑地往屋门口爬，只听甜枣不哭了，却突然凄厉地惊叫了一声：“哥！”

是他！是大重孙子甜核回来了！

甜核一手推着自行车，一手领着哭得满脸泪痕的甜枣儿进了院里。这个长得十分英俊的青年显得十分成熟，雪白的衬衣周周正正地扎在裤腰里，时新的筒裤使他更显得瘦高瘦高，头发很长，却长而不乱，下面出了许多的汗。他把自行车支在当院，看见陈老定在门槛上趴着，慌忙跑过去。“老爷爷，你怎么在这儿趴着？”

陈老定看见重孙子，不知是高兴还是难过，哭了。

“甜核，你怎么走了就不知道回家看看。我当你已经忘了这个家。”陈老定被重孙子扶坐炕上，擦着眼泪埋怨甜核。

“我这不是回来了，老爷爷！”甜核把带来的一盒子奶油寿糕放在炕边，用小刀先切了两块，一块给甜枣，一块递给陈老定。

陈老定没见过这种糕点。他深为重孙子的孝心感动，又哭了。

“这是甚东西？”他颤声问。

“寿糕，专意给老爷爷买的。”

“寿糕？我还吃什么寿糕，我早该死了。”

“老爷爷说啥话，枣，妈呢？”

陈老定捉着寿糕没有吃，却问：“甜核，咱家出了事，你就听不到吗？”

“听说一些，我就是为这事回来……”

甜核这样说，心里直担心，不知道究竟出了些什么事。那天，他在程桂萍宿舍门口，偶然听到程必成和他女儿说的话，只是断断续续拾了几句，只听说程必成要桂萍提防他爸，他爸陈二冬到农科所来好像是对桂萍怎么样，又听说他爸偷了程家什么东西，却并没听清他爸已经被人送进看守所，也就不知道逃跑的事。他当时像受了侮辱，跑出去等他爸，等到天黑夜半也没有等见。回到农科所，程必成已经走了，问桂萍，桂萍却只是支吾说没啥，别相信她爹那话。他第二天就想请假回家看看。恰巧所里要到省城去拉科研仪器，派他跟车，一去就是好些天。

“爷，我爸究竟出了什么事？”

陈老定犹豫说：“唉！我也急当给你说不清，一阵儿你妈回来问你妈吧。”

甜核领着兄弟进了堂屋，看见床上、地上的东西十分零乱，好像有几天没有扫地收拾。可是他记忆中他妈不是这样的，从来里外都是拾掇得干干净净，整整齐齐。他想着，觉得有点饿——是啊，一个早上，已经骑车走了七八十里地，也该饿了。他进了厨房，看见火台上放着一锅煮熟的粽子，掀开锅盖，一股粽叶和黄米的清香便扑鼻而来。

他心事重重地吃了两个粽子。已经该是村里人吃早饭的时候，邻居扎根嫂打发孩子送过一大碗红枣蒸米，还不见他妈回来。甜核便有点着急，问甜枣：“妈哪去了？”

“爷说下地了。”

“下哪里地？”

“不知道。”

甜核又去问陈老定，他想去地里找他妈，陈老定却说他也不知道，他早晨睁开眼就看见炕头放着一碗粽子。陈老定又问甜枣：“枣，你妈走时也没对你说她下哪里地？”

甜枣摇头。

甜核又问:“你看没看见妈是扛着锄还是挑着担?”

“我……我什么也没看见。”甜枣想起一件事,说,“昨天下午,妈领我到河西集上买粽叶,那么多人抢着买,妈捉住一把粽叶,赛天仙也捉住那把粽叶,妈说是她先拿住的,赛天仙就又骂又唾和妈打架。那么多人拉也拉不开。妈躲着她走,她还跟着妈骂,骂妈是破鞋,烂货,勾引他男人,自己的男人才住了教育所就夹不住,看见她男人发了财、赚大钱,就死不要脸往家里拉……”

“不要说了!”

羞怒的甜核突然喝住甜枣。他不愿意再往下听这种恶心的话。但看见兄弟吓哭了,又后悔不迭,自己责备自己。“别哭,是哥不好,哥不好。”他哄着甜枣,急于想知道妈的去向,“后来呢? 妈哪去了? 你说呀!”

“后来……后来就回来了。”

“回来……回来哪去了!”

甜枣被哥哥吓得又要哭,吞吞吐吐地说:

“回来,回来妈就煮粽叶,包粽子,包了粽子又叫我脱下身上的衣裳,换上新的,洗……洗了,就叫我去睡。妈说她要看着火煮粽子。我躺在被窝,还听见妈吸鼻子哭……后来……后来我就睡了。”甜核似乎预感到一种不祥之兆,他急声问:“问你妈早上去哪了?! 妈走时告诉你什么话没有?”

“我……我醒了就没看见妈。”

“啊?!”

陈老定也感到问题严重了,他一早睁开眼没看见孙媳妇,还以为她是下地,甜枣知道。弄了半天,甜枣早上醒来就不见了他妈。他又联想起这些天来发生的事情,和甜枣说的赛天仙骂的那些话,想起放在炕头的那碗粽子……竟被一种可怕的意识吓得呜呜地又哭又喊:“二冬媳妇呀! 你可不能丢下我们走了呀! 你走了这个家要怎么活呀? 你不能呀……你回来!”

甜核蹬着自行车到他家的几块地里去找他妈,都没有看见他妈的影子。这一来,他可真急了,扯开嗓子一路呼叫:"妈——妈——"逢人就打听:"见我妈来没?"正在吃早饭的庄稼人听说二冬媳妇不见了,立刻惊动了,一些好心的人当下就帮甜核去寻找。大家唏嘘惊叹,做着种种回想、猜测、判断。

"昨天我还见她包粽子,怎么会不见了呢?"

"咳!我早就说过,祸不单行。门前一破土,二冬家非出大事不可。这不,二冬叫抓走了,媳妇也……"

"你又讲迷信!"

"迷信?眼瞅的事实你还不信?"

"听说昨天必成媳妇找二冬媳妇吵了一架?"

"怎不是哩!我正好赶上。在河西集上,当着一街两行人,必成媳妇撵着二冬媳妇骂。必成媳妇那张嘴,什么不中听的话也骂得出来。我都替二冬媳妇害羞哩。"

"我看呀,二冬媳妇真要有个好歹,非得找赛天仙说个长短不可。"

"就是。一家人也真欺人太甚!"

"别扯淡了!快帮着找找二冬媳妇去吧!"

世上的事也真怪,前两年老龙口的人们大都怨恨陈二冬,同情程必成,这半年多,却渐渐地变了,好像翻了个个儿,背后骂程必成的多了,说陈二冬好的人多了。他们甚至找出种种理由,为陈二冬开脱过去的错误。所以,当人们听说二冬媳妇水梨儿真的不见了,便有许多人自愿扔下自己地里的活计,村前村后,崖上崖下,帮着呼喊寻找。连程必成雇的开汽车的司机听说水梨儿不见了,也不顾往火车站拉运焦炭,打转方向,便上县里去打听。

这一天,老龙口的人心都乱了。人们见面没有别的话题,不是相对感叹,便是低声诅咒:"好端端一家人,硬是叫那个黑心鬼给搅散!"再就是发一通没有用的祷告:"老天爷!可不要再出什么事呀!不看小的看老的,水梨儿真要死了,丢下老定可怎么活呀!"

就在这天中午,当人们坐在大饭场上议论着寻找水梨儿的种种去向时，又一个使人们惊讶的消息传来，程家的大姑娘程桂萍回来了。“二谝子”说看见她骑着崭新的凤凰牌自行车，进了村没有往自己家去，却径直穿过旧街，拐进陈二冬家的大门。“二谝子”的话人们自然不会轻易相信，但“二谝子”满口唾沫地拍腚赌咒：“我说半句假话是狗养的。”就在这时，又有人跑来报告最新消息，程必成家打起来了！一说是程桂萍把她爹妈骂恼了，打起来的，一说是程必成在揍他老婆赛天仙，嫌她在河西集上追着水梨儿乱骂。无论如何，程家打架是实。对于生活中缺乏刺激的庄稼人，看打架也是一种乐趣，于是人们一哄而起，纷纷端着碗朝程家大院跑来。然而很扫兴，程家大院的两扇铁大门关得严丝合缝，墙上架着铁丝网，大黑狗卧在大门外面的树荫下，真是进不得，近不得。

人们远远地站在大门外听着，看看没有多少热闹，都陆陆续续走开了。

“出来了！出来了！”

不知什么时候，两个调皮的孩子已经上了程家院墙外的一棵大榆树，站在树杈上一边向院里瞭望，一边朝外面的人们低声惊呼。

走动的人们又兴趣盎然地返回来。只见程家的大门一阵哐当响，门开了一扇，程必成推着摩托车，脸色很难看地走出来。人们又纷纷躲避走开。

程必成明白人们在这里干什么，却装糊涂，故意高声问道：“你们在看什么？

被问的一个人不便直说，只好指指树上支吾道，“看二狗子和三毛掏鸟窝。”

程必成这才回头看清楚树上爬着两个孩子。他本要发作训斥他们，但犹豫一下，不知为什么又从树上收回愠怒的目光，骑上摩托车走了。

水梨儿失踪的事情使程必成很害怕。他最担心的是万一水梨儿真的自杀了，问题就闹大了。特别是他老婆赛天仙昨天在集上故意和水梨儿寻衅闹事，分明是逼她走上绝路。不出人命怎也好说，一出下人命，乱子就大了。他气得把赛天仙狠揍了一顿。正揍着，女儿桂萍回来，进门一声“爹”也不叫，板起脸就责问她妈凭什么在集市上那么侮辱人，别人还没敢说，她倒先把话撂出来：“二冬婶要有个好歹，看你们怎么交代！”程必成实在烦死了,推了摩托车便离开那个家。

可是,此刻他骑着摩托车出了村,走了半天,才猛然想道:“我上哪去呀?我要干什么去?”

他信手捉把,由那摩托车在尘土很深的土路上跑着。车后甩起的尘烟不时被风反卷过来。他像在大雾中行驶一般,混混沌沌,看不清来自何方,去至何方。不知不觉,进了一个村子,看见迎面街口上走出许多人,敲锣打鼓,放鞭放炮,把宽宽的村街堵得水泄不通。他以为是娶新媳妇的过来,这两年娶媳妇又兴了披红挂彩、吹吹打打、骑马转街。可是待那些人走近时再看,却是抬着一面面大红玻璃镜框。因为人很多,他只看清两面玻璃镜上写着的朱红大字。一面是“劳动致富,发家光荣”,一面是“义捐办学,品德垂世”。他明白了,是这村哪家发了财的,给小学校捐赠了两万元,重新修建了学堂,村民们和小学校的师生们给他挂匾致谢呢。这类发了财拿钱行善的事近两年特别时兴,但程必成一向不以为然,他认为这是笼络人心,给自己买后路,他不屑这样做。他认为这些防止社会再变了的人都是些蠢家伙:社会没有不变的,金钱不会永远属于你所有的。你即使拿钱把所有的人都收买了,到时候社会一变,这些人照样儿该收拾你还要收拾你。人心就是这样。此刻,他推着摩托车站在路边,看着那些人敲锣打鼓走过去之后,突然感到一种莫名的孤独和冷落之感。羡慕吗?嫉妒吗?还是后悔?都很难说得确切。

“走吧!快走吧!”

越是感到孤独冷落,便越是怕见别人的热烈场面。程必成心烦意乱地骑着摩托车匆匆离开那鼓乐喧天的村子,又回到原来的烦恼上,我上哪去呀?平素,他在乡里、县里有许多交往,许多去处,此刻却觉得哪里也不想去,不能去。他冲上一座山头,到了宽畅的柏油公路上,越发感到烦躁不安。他本来还没有吃过午饭,这时看到公路边有一家小饭馆,便进去先要了两样小菜和一瓶高粱白酒,独自坐在一张小桌上,闷闷不乐地喝着。

小饭馆不大,只有三张餐桌,已经过了中午吃饭人多的时间,旁边只有一老一少坐着啃干馒头。那老者见他骑着摩托车,却这样大口大口地喝烈性的高粱白酒，便好心地多了一句嘴，问道：“这位兄弟，你是哪个村的？”

程必成端起酒碗喝酒，没有回话。

老者以为他不知道是问他，又把头伸过去，问：

“你是矿上的吧？”

这地方离国营煤矿不远，那老者以为他是煤矿上的工人，这样问。

“嗯。”程必成待搭不理，依旧端碗喝酒。

“我说，你骑着那电蹦子，敢这样喝酒吗？”

“你管我敢不敢，怎么？！”

程必成抑制不住烦乱的心绪，给了那老者个下不了台。不料却把旁边那个年轻人惹火。“哎，你这人怎么这样说话？”

“怎么说话？我喝我的，你吃你的，你管我哪个村不哪个村？”

“你……”

“算了算了。”老者忙劝阻年轻人。

年轻人忿忿地骂道：“没人性！”

程必成也觉得自己欠理，但觉得心里有一种不可克制的邪火直往上蹿，身不由己，吧地把酒碗一蹾，指着年轻人责问：“你骂谁没人性？”

“你！”年轻人并不怯他，也跳将起来，“人家好心好意，怕你喝多酒骑车出事，你这样不识人敬！”

“老子碰死撞死要你管？”

“你给谁当老子？”

“给你！”

年轻人一步奔过来。

“要打吗？”

程必成把凳子一脚踢开。他正想和谁打一架，出出心里的邪气，这时便借着酒力，先下手为强，一把揪住那年轻人的领口。年轻人手疾眼快，也扯住对方的胸口。

看见他们要打起来，饭馆的两个女人吓得跑过来帮那老者又拉又劝。程必成和年轻人互相揪扯着领口推搡了几下，才各自悻悻然丢开。

“你这人可真够烈性。”老者甘认没趣，讪讪地坐回原位，又去就着开水啃馒头。

“上面吗?”饭馆的女主人走过来问程必成。

“不吃了!”

程必成心情更坏，掂起酒瓶本欲往碗里倒酒，却一气连酒瓶吧地摔在地上，面不吃，菜也不吃了，离位便走。走出门外，女主人追上来。

“哎！还没付钱呢!”

程必成这才想起还没有付饭酒钱。他掏出一张票面为十元的人民币，看也没看，扔给那女人。

女主人匆匆返回去给他找出零钱还他时，他已经骑了摩托车冲上公路。

他的心情坏透，刚才没有打成架，此刻真恨不得撞死几个，那摩托车在公路上疯狂地、无目的地奔跑。他并没有醉，只是有一种难言的痛楚折磨着他。当他一口气冲出一段公路之后，终于像个泄了气的皮球，慢慢地停在一个险峻的危崖上面。

“我这是为什么?”

他自己问自己，觉得可笑。他承认自己刚才在饭馆做得有点失礼，甚至当时他也明白自己不对，但当时实在控制不住自己。此刻，他怔怔地站在公路边，俯视着深不见底的深沟险壑，眼前仿佛看见水梨儿就在那深不见底的沟底，仿佛听见水梨儿在下面呻吟。他突然感到浑身一阵阵毛骨发寒。

“我怎么来了这里？我到这里来做什么?”

他无论如何不能再自己欺骗自己了，他的心分明被水梨儿失踪的消息震慑如痴。他确确实实想去寻找她，幻想在什么地方突然看见她。这里是有名的绝望者的葬身之地，每年都有几个不幸者从这儿纵身一跳，去寻找极乐世界。他分明是担心水梨儿也来到这里。他的疯狂分明是极度的内疚和恐惧的外在的反映。

崖边的山风终于使他灼热的、膨胀的头脑冷却下来。沟底湍急的水流声使他不敢再往崖边走近一步。他顺着崖边默默地走着，寻找着。他希望能在崖边发现水梨儿的一件什么遗物，但同时又十分惧怕这种发现。

“昏头昏脑！——她要死什么地方死不了，非要来这里死？”

梦呓般的程必成终于清醒地回到现实中来。水梨儿的失踪必然要引出许多的麻烦，他需要认真考虑考虑个人的利害。他推着摩托车边往回走边这样想：怕吗？怕什么？又不是我程必成害了她。程必成我逼死她的？拿证据来！砍树造楼，干部批准的；她男人住看守所，是程在望抓住，公安局收审的；至于……至于那天夜里的事情，他们说强奸也好，通奸也罢，并没有成为事实。再说，人已经死了，无人揭发，天知地知！谣传毕竟是谣传。这样一想，似乎觉得心上轻松了许多。好像他的担心毫无必要。然而，尽管他这样自己宽慰自己，还是驱不散恐惧心理和潜意识中的愧疚不安。平心而论，水梨儿的死（姑且这样想）果真你程必成一点责任也没有吗？你就觉得那样心安理得吗？即使法律无法追究你的责任，良心、道德……你也不觉得有所负疚吗？——负疚？我是向陈二冬复仇，讨还旧债！我程必成被他们整治的时候，他们就不觉得负疚吗？对仇人的仁慈就是对自己的背叛！良心，道德……当初他们为什么就不对我讲良心，讲道德？见鬼去吧！我才不会庸人自扰！……

尽管程必成这样忿忿地宽恕了自己，然而当他走到公路和通往老龙口的交岔道口时，又不由自主地停了下来——一个新的念头牵扯住他。他比较理智地对自己说，事到如今，不必太任性了。凡事适可而止，适可而行，事事通达。反之，做过了，便难保物极必反。他想到水梨儿一死，陈二冬一家已经濒于家破人亡，我何不上县跑一趟，做个替陈二冬求情的姿态？一来陈二冬终归不会判成重刑，看公安局老宋那态度，还很可能要为他平反；二来，做个顺水人情，也足见我程某人大肚容人。踢你两脚再揉一揉屁股，也是古今中外大丈夫复仇的手段之一嘛！

程必成正是这样自作聪明地想着，调转方向，又驱车驶往县城。其实，他还在自己欺骗自己，他分明还是被恐惧心理驱使着做出这种自作聪明的打算。果然，当他走到城关大桥上时，便渐渐反悔了，我去找谁？找见人家怎么开口？此地无银三百两，岂不是弄巧成拙吗？去不得！万万去不得！

他像一只昏头昏脑的苍蝇，又调转车头嗡嗡地往回飞。

交夏的天，说变就变。程必成离开城关大桥时，天还晴朗朗的，只有东北上的大山后面攒动着几片黑云彩，遍地都是锄田薅苗的男女。到他行至石门口，突然乌云罩顶，雷鸣电闪，一阵瓢泼大雨灌将下来。地里做活的人扔下锄头纷纷往公路两边崖下的天然石窟跑。他以为是一阵过云雨，不想避雨等雨停，不料那雨越下越大，越下越猛，密集的雨点被水沟里的风裹挟着，打得他睁不开眼，连弯弯曲曲的公路也看不清。他看见公路边的山崖下有许多避雨的人，也只好撇下摩托车奔跑过去。

崖下有两孔石窟，一孔被一群羊占满，一孔挤着许多过路的和在山上做活的人。程必成挤在石窟外两个女人身边，正掏出手绢擦着满头满脸的雨水，忽然听见石窟里边有人惊呼：

"你们快看，这个人是怎么啦？"

"喂！伙计，你怎么了？你醒醒！"

"嗨，这是病了！中了阴了！"

"天！这可怎么办？下这么大雨……眼睛都发直了。"

开始，程必成并没在意。待到里边许多人惊叫，他才好奇地挤进去看。但是，当他擦着前面两个人的脖子往里看去时，不禁惊讶地"啊"了一声。

"是他?!"

太意外了，意外得使他不敢相信自己的眼睛。那个靠着高低不平的石壁半躺在地上，脑袋歪着，双目失神，口吐白沫的人，他确实看清楚了：是他，陈二冬！

"他是逃犯！"

一瞬间，程必成想这样喊。他甚至迫不及待地想跑出去报告，到附近的公社给县公安局打电话，或者叫公社的干部来抓他，只要他叫喊一声"他是逃犯"，石窟里的人们也会把他捉起来。但是，他没有，终于把这句滚在舌尖上的话使劲咽了回去。

人们只在惊讶地乱嚷乱叫，却没有一个人敢弯下腰去抱起半死的陈二冬。

“同志，你认识这个人？”有人听见他失声惊叫，回头问他。

“不不……不认识，我不认识……”程必成慌忙后退。

怎么办？报告，让人们捉起来，他下不了决心。不如装个什么也不知道，一走了事，死活由他。那样，自己也少惹点麻烦。可是，当他惊慌失措地退出石窟外面，看看雨小了，人们开始各自走动时，往前走了几步，又犹豫了。“能看着他死在洞里不管吗？”如果说过去程必成恨他陈二冬不死。此刻他却突然感到不忍心看着他这样死去。尤其想起水梨儿失踪，死活不明，一瞬间，竟动了恻隐之心。

“哎哎！你们怎么都跑了呀？”两个上点年纪的女人在石窟口上又急又怕地喊，其中一个跑过来拽住他，“看你的穿戴像个干部，你怎么能见死不救？”

“我……我……”程必成终于退回来，对跑散的人们喊，“大家都不要跑，都帮帮忙，把这个病人抬送医院！”他拽住一个要走的年轻人，“你怎么能见死不救！”他竟轻而易举地把那个女人说他的话借过来。

那年轻人朝他一伸手，说：“拿来！”

“什么？”

“钱！送医院谁替他开钱？死了谁负责？家属找上来讹账谁承担？”

看来不掏钱很难叫人来抬。程必成并不在乎花几块、几十块钱，然而替自己的仇人花这个钱，实在不是滋味。不过他还是从自己的衣裳口袋里搜索出五十元钱。

“给！谁抬谁有份，每人两元，其余的钱付医院治疗费。行吧？”

听说有人乐意掏钱救人，旁边的一些人倒不好意思了。那两个上年纪的女人又不住声地称他“活雷锋”“活菩萨”，弄得他哭不得，笑不得，十分狼狈。这时，正好有一辆小手扶拖拉机开过来，人们跑在公路上拦住，说了几句好话，便大家动手，从石窟里把已经不省人事的陈二冬抬上拖拉机。

程必成又犹豫了，自己跟车去不去呢？他不愿意让陈二冬醒过来认出自己，觉得自己这样做已经够了，把那五十元钱交给那个年轻人，“你们先走，就到附近石门镇医院——一切都托你了！”自己装作发动摩托车，望着小手扶拖拉机拐过前面的弯子，便骑了摩托车，犹如做梦一般朝相反的方向驶去。

二十三、相爱

公安局老宋对陈二冬案件在脑子里已经有个比较清晰的轮廓，这是一起由于报复和不负责任的草率决定形成的冤案。但这个结论他不愿意自己提出，他希望当时草率决定收审陈二冬的某位局领导自己下台阶。所以，老宋回到局里后，把他在老龙口两次调查的材料整理成文字材料，又用电话把当时往县里押送陈二冬的公社公安特派员叫来，详细询问了那天晚上他介入此案的情况。那位公安特派员被他问得张口结舌，最后说出一句真心话："我当时有一种思想，怕扣顶不保护专业户的帽子。反正有大队干部见证，本人也承认是翻墙入宅。至于真偷假偷，一来做贼的在没有赃证面前从来都要狡辩，二来是真是假由公安局处理。我就……"

一个人，做十件八件错事容易，承认自己做错一件事却不那么容易。这关系到自己的声誉、地位和大大小小的个人利害。老宋把案情始末向那位负责人做了汇报，希望他自己从中做出正确判断。那位负责同志显然也头大了，但却故意装作糊涂，说："现在陈二冬已经逃跑，我们仅仅是收审，并没有正式立案，把人找回来再说。"老宋有点着急，说："正因为陈二冬已经逃跑，我们才应当尽快做出正确处理。否则，他要不堪蒙受冤枉，铤而走险,做出杀人放火的事,我们的责任就更大。”

“可是……县委书记已经批了要严肃处理,通报全县,作为保护……”

其实,这才是这位负责同志的真正的苦衷。他们收审陈二冬之后,即迫不及待地把此案作为保护专业户的重点事例向县委做了汇报。而且,就他的心情来说,没能捉到陈二冬的赃证,仅仅是个盗窃未遂,实在还有点美中不足。现在,再让他去向县委说,盗窃未遂也不成立,岂不是自己打自己的嘴巴?

老宋无官一身轻,对就是对,错就是错,自然无所谓,甚至对他的领导优柔寡断,明知错了却不敢坦然正视,实在不可理解。

“那你说怎么办吧?”

“等等吧,等等吧,等把人抓回来——”

“还要等抓人呀?这岂不是错上加错?”老宋终于不客气说,“陈二冬如果在逃期间行凶杀人,这责任你负得起吗?”

这句话十分厉害,错抓好人,致使行凶报复,酿成更大的真正的犯罪,那就不仅仅是他这个负责人当成当不成的问题,其严重后果他是最清楚不过。最后,那位负责人掂量再三,同意了拉上老宋重新去找县委书记汇报。

这位县委书记姓李。原来本是某县一位从事商业工作的干部。据说他在某县商业部门树了几个应时的“典型”,又借助一位在省里某要害部门吃红的姨夫提携之力,便由一名科级干部,一跃而为堂堂县委书记。这当然是百姓中的传说。俗话说,哪棵树上的果子甜总爱往哪棵树浇水。李书记靠着培养“典型”起家,起了家之后自然还念念不忘“典型”的重要。所以,他当了县委书记,权大势宽,便想行行出“典型”。

其实,因为他手上抓的“典型”实在多,早把公安局那个纯属信笔一批的“典型”忘记了。那份准备由县委通报全县的陈二冬案件材料,还在水梨儿的同学王晓杰抽屉里压着。老宋和他的领导到了县委,李书记正去招待所接待地委外办的同志。据说有位海外华人愿为他们县提供一笔数目可观的无偿赞助,这当然是大好事。李书记正想在本县建一条运煤专用铁路线，正愁搞不到资金，所以他一早就去招待所向地区外办的同志了解情况。

“你们找李书记有什么事?”县委办公室秘书王晓杰问他们。

“没啥，谈一个案子。”老宋代他的领导回答。

“噢，不说案子我倒忘了——我正想找你们问个案子呢。”王晓杰说，“老龙口陈二冬那个案子到底是怎么回事？这几天可有人来反映，说不是那么回事。陈二冬的家属也来找过……”

“我们就是来汇报这个案子。”还是老宋回答。

正说着，李书记回来了。他确实很忙，推门看了看便退回去，门没关上又推开走进来，行色匆匆地对王晓杰说：“你赶快去找一下王县长，请他马上来一下。”王晓杰刚要走，他又改变了主意，说，“不用了，我亲自去吧。你马上通知常委，九点半在会议室开会。”说完，脚不停点地又要走，走到门口，手拉住门环，才突然发现旁边还直矗矗地站着两个人，一只手依旧握着门把手，说：“对了，你们两个来得正好。最近要有一个海外华人来咱们县参观访问。你们公安局要搞出个安全措施，特别是街上那些小流氓弟兄，想办法把他们收管起来。”

这回老宋可不敢代他的领导说话了。那位负责同志连声称是，朝老宋使着眼色，意思是汇报的事就算了。不料王晓杰却代他们开了口：

“李书记，他们就是找你来的。”

“有什么事改天再说，我这会儿顾不上。”但是，李书记说着走到楼厅，在等汽车的几分钟又猛然想起什么，把他们叫住。

“老龙口那个盗窃专业户的案件你们判了没有?”李书记问。

“没……没有。”

“怎么这样拖拖拉拉！宣判时要开个大会，搞点声势，你们给法院讲一下。”

“李书记，”老宋大着胆子说，“这个案子有出入。”

“什么?”

“恐怕是个冤案。”

“冤案?”

李书记的脸色变得很难看。

“我们就是为这个事找你汇报来的。”

“汇报！汇报！”李书记发火了，“前边说大案，后边说冤案，汇报顶个屁！你们的工作是怎么搞的?!”

老宋的领导慌了，忙说，“现在还没搞清楚……”

他本想更正老宋说的“冤案”，不料李书记更火大了。厉声批评他们：“噢，还没有一分钟时间你又说还没搞清楚，又不是冤案了？你这个公安局领导怎么当的？没有搞清楚你们为什么抓人？你向我汇报什么？你是想抓我的大头，叫我搞新的冤假错案吗?!”

楼道两边的办公室门口站了许多干部，他们都在远远地看着李书记大声训斥两个穿白警服的人，很有点开心。

老宋也后悔，他不怕县委书记的训斥，担心的是回去之后少不了受他这位领导的气。这也叫一物降一物。

李书记发了一通火，慢慢冷静下来，不过仍然十分严肃，对他们两个说：“我告诉你们，错就是错了，错了就要主动改正。你们再要给我搞冤假错案，冤判良民，我查出来拿你们是问！”

本来在他们连声称是的同时，李书记的火气也快消了，不料开小车的司机这时凑上来又开心地冒了一句凉腔：“人早就从看守所跑掉了。”

“什么?! 谁逃跑了？”

“老龙口那个盗窃犯。”

司机一句话，乖乖儿把公安局那位领导的小小前程送掉了——当下，李书记气极地说：

“你们两个不要走，等我回来再说！”

九点半钟，李书记回来主持常委会议。会上临时加了一项内容，常委会议一致通过，马上改组公安局领导班子。

这一下，本来是件好事，对陈二冬案件却变成了坏事，由于人事变动又拖了下来。

水梨儿的失踪，震动了老龙口。无论和陈家关系近的，关系远的，有恩有义的，结怨挟嫌的，许多人都觉得水梨儿真要死了太惋惜。即使有仇有怨的人家，口上不说，心里也觉得于心不忍。人们仍在帮助寻找。大队支书乐思远觉得自己再不能当这种连钟也不撞的和尚了，满街上吆喝年轻人去帮助找人。程在望喝酒喝得犯了痔疮，疼得嗥嗥叫，躲到省城住院割痔疮去了，他的老婆和女儿彤芳顾不上去省城看他，也跟着大伙四处打听寻找水梨儿。人们到处找了两天，仍然是死不见尸，活不见人。

父亲在逃，母亲失踪，家里撇下老爷爷和兄弟，甜核愁极了，苦极了。他年纪轻轻，又不多与人交往，哪曾经过这种大事？幸亏柴云凤和邻居栓柱婶、扎根嫂等帮助招呼着家里的老小，他才丢下一头儿，扎下脑袋可山里寻找他妈。

两天过去了，毫无结果。他想回农科所续几天假，同时到地区他父亲过去认识的两个老熟人那里打听一下父亲的下落，可是家里晚上总得有个人守着。他想去找和顺媳妇柴云凤，让她或者乐和顺晚上到他家来住，帮助招呼一下老爷爷和兄弟甜枣。他在院里的石阶上愣愣地坐到起晌，听见街门外程家造楼工地上的工人开始动工，使站起来往街门口走。他的情绪低落到极点，什么心思也没有了，脑子里只有他妈、他爸的影子和种种可怕的幻觉。

街门虚掩着，吱扭一声开了，走进一个人来。“你上哪？”

程桂萍直矗矗地站在他面前，神情十分忧伤。他木然地看着她，没有作声。

“婶子有消息吗？”程桂萍翻动着黑黑的眼皮，又低头问道。

甜核咬着抽搐的嘴唇，转过脸去。

程桂萍负疚地说：“我来过两回，你都不在……”

甜核依旧没有说话，脸上的青春疙瘩随着肌肉的抽搐而颤动。

程桂萍默默地走到猪圈旁边的桃树下，又侧着脸说：“我希望你冷静……怪我，我把问题看得太轻了，我以为我爹……总之，那天我不该瞒你，不该……”

“冷静！冷静！”甜核再也忍不住，痛苦地咆哮，“除非我死了！”扑在猪圈墙上呜呜大哭。接着又疯狂地捣着猪圈墙嘶声哭喊:“这是为什么?这是为什么?这是为什么呀?!”

圈里的大猪和猪崽吃惊地躲到对面墙下,屏声敛气地抬头看着他们。

陈老定听见重孙子的哭声,又在西屋有气无力地叫甜核,他已经气得连窗口都爬不到。

“可我……我并不是自私,我也是……我和我爹我妈都吵翻了……”程桂萍脸贴着桃树,眼泪顺着粗糙的树皮往下流。她觉得委屈,有许多话想说,又不知怎么样才能让甜核明白自己的心曲。她很爱他,这种爱是真诚无瑕的,可以说从她刚刚步入人生的成熟期,就默默地对这个无论从相貌和性格上都更多地接受了他妈的遗传因子影响的男性产生了好感,到他们一块进入农科所,虽然曾经有过一段隔阂,这种好感却很快冲淡了他们之间的不愉快,变得更加强烈,以致发生质的变化。然而,最不顺心的是他们的两个家庭,好像命运故意在他们相爱的道路上设了一个无可逾越的障碍。她完全了解他们两家的恩怨,对于她父亲和他父亲的所作所为,相对之下,她倒对甜核的父亲更能够谅解。所以,她不甘心在父辈的仇山怨海面前缩步。她的主动、热情和真诚,赢得了甜核的信任,甜核又何尝不想填平这上辈人给他们留下的并且仍然在加高加深的仇山怨海?这些怨仇使他精神不振,思想抑郁,踏入人生的第一步就在父辈的争斗、仇杀中心惊胆战,在愚昧的报复和妒恨中暗暗吞噬苦涩的泪水,使他感受不到人与人相爱的温暖和乐趣,只能用缄默躲避这种没完没了的纠纷。尤其是他们离开农村之后,突然发现世界是那么大,要学的东西那么多,要干的事情那么多,人生的价值在他们的脑海中有了新的发现,新的解释,新的诱惑。所以他们曾经发誓要在父辈的仇山怨海上面架设一座令他们的父母和村民刮目相看的、愕然顿悟的金桥,用他们真诚炽热的相爱来结束程陈两家无聊而有害的仇斗,化干戈为玉帛,创建一个理想的、美满的王国。尽管他们也觉得这种想法近乎天真,不无幼稚。

然而,现在却发生了这样不幸的事情。程桂萍虽然并不十分了解甜核妈的失踪、他父亲的在逃究竟和她父母有多大关系,但她十分敏感地感觉到肯定和她父亲的狭隘的、顽固的复仇思想有关系。这无疑对他们两个正在潜心架设的美好的金桥是一个毁灭性的打击。她担心甜核经受不住这毁灭性的打击，会变爱为恨，拿她出气，甚至与她为敌。这两天来，她已经想过这些可能。但执着的姑娘宁愿忍受一切精神的和肉体的痛苦，也不愿牺牲他们的爱情。她在家已经和她父母吵得天翻地覆，此刻，抱着一颗替父母赎罪的惴惴不安的心，只想着给甜核一点安慰。可是，她又实在不知道该怎么样向他陈述自己的心迹。解释吗？表白吗？开导吗？劝慰吗？一切语言都是空洞的，乏力的。她否定了自己在委屈之下急于表白的想法，擦着泪水洗湿的鬓角，默默地走到甜核身边，以最大的温情劝慰他说："什么话也别说了。你不该灰心，你要再去找……"

"找！找！我上哪里去找？河里、井里、山里，所有的地方我几乎都找遍了……我上哪里找？"陈甜核痛不欲生地捣着圈墙上的石头。

柴云凤和梨根领着甜枣走进来。他们一看见程桂萍，脸色马上变得十分冷酷。

柴云凤不满地斜了程桂萍一眼，高声说："甜核，你倒没事了呀？你妈你爸是死是活都没着落，你倒真有心思……哼！"

梨根更不客气，恶狠狠地对程桂萍说："你来干什么？这个家还没死绝，轮不到你来住！出去！"

甜枣也跟着一口唾沫朝程桂萍吐过来，骂道："害人精！我妈就是叫你们害死的！害人精！害人精！呸呸！"

程桂萍难受极了。她被三双敌视的目光逼得不敢抬头。她看看甜核，甜核也十分窘迫。她想马上离开这里，可是心里又不甘心地想，我连这点勇气也没有吗？他们不也是气的吗？她默默地忍受着他们毫不留情的难听话。说："云凤婶，梨根叔，我……是来看看二冬婶有没有消息。"

"她死了！回去告诉你爹你妈吧，好让他们开心！让他们得意！"梨根唾沫星子溅在桂萍的脸上，气呼呼地说，"告诉你，我姐要死了，你们程家也别想好活——两个换一个我也要为我姐报仇！你……给我滚出去！"

陈甜核再也忍不住，他怕桂萍受不了，冲梨根跺脚制止道："舅！你别冤枉好人！这不干桂萍的事！”

“啊？冤枉？你还嫌冤枉她？你还嫌她程家没把你们家灭绝不是？你这个不知香臭的东西！你爹你妈白养活了你！”梨根气极，冲上去要打甜核。“你妈你爹死了还有我呢，我是你舅舅！老子揍死你！”

柴云凤赶忙拦住他，厉声说：“不要吵了！你们还嫌不热闹不是？”转脸对甜核说，“甜核，如今这个家就只有你主事了。你也不小了，也该懂人情世故。我和你舅商量了一下，现在成了没头苍蝇乱嗡嗡，你得赶快想办法把你爸找回来！你妈真要死了，他不回来谁敢做主？”

“我……我上哪去找他？”甜核愁得挠头，蹲在地上又要哭。

“听你妈说过，他是去告状。你就去吧，地区找不见，下省、下京，告状的门口都去找找！”

“我去了，这个家……我老爷爷……”

“哎呀！我和你舅又没死了！”

“甜核，你去吧！”桂萍大着胆说，“我就是来告诉你，我已回单位替你请了假，我也请了假，你们要相信我，我替你伺候你老爷爷和甜枣。你——”

“我才不要你害人精伺候！”甜枣又一口唾沫吐在她脚上。

“我……我说的是真心话。”程桂萍急得想哭。

柴云凤倒是心软了，头脑冷静了。她想，桂萍也是她从小眼瞅着长大，对人热热乎乎，大大方方，倒不像她爹她妈那样不为人，再说，这阵子梨根和甜枣的话也够难听，她能忍得住，受得了，也算她真有一份诚心。大人不好归大人，何必硬难为她？柴云凤的直性子转得也快，拦住梨根，对程桂萍说：“你要真有这份心也就够了。不是我当着你面骂你爹，你爹做这些事情也真够短。常言说冤仇宜解不宜结。他是非把这一家人逼到望仙桥上不罢休。这……”

“桂萍！桂萍——你个死丫头，你给我出来！”

柴云凤正说着，突然听见赛天仙在墙外扯着嗓子喊叫桂萍，她顿了一下，接着说：“过去，我还觉得你妈大大咧咧不是这种人。她怎么……”

“桂萍！你个死丫头，你聋啦？哑啦？死在里边啦？你给我回来不回来?”

程桂萍气得胸脯鼓鼓的,本来不想言语,听见她妈隔着墙拼命地吼叫,顿时抑制不住,气呼呼地走出街门,冲着站在树下还在喊她的赛天仙厉声说:“你吼叫什么! 还嫌不丢人不是?!”

赛天仙正扯着树枝往墙里张望,回头说:“你爹叫你哩!”

“我顾不上!”

“你……回去!”

“就不!”

“你爹叫你哩,我的小祖宗!”

“谁叫也不回去!”

程桂萍看见那些盖房的工人和街上走过来的人们都在看她们,又气又羞,赌气又返进街门里,把一扇街门扇啪地关上了。

“好,你个死丫头! 你……你就永远不要回我那个家! 你就死在外头,钉在外头!”

赛天仙其实十分心虚,水梨儿的失踪,人们都说是由于她在集上骂的,她是又后悔又没法说,水梨儿万一真要死了,陈家父子能饶了她? 这两天她躲着连家门也不敢出,心里怯得直在祷告,求老天爷保佑水梨儿不要死了。可是有时候她又自己给自己壮胆:“她死就死,我也没害死她!”生怕和陈家沾边。刚才听说桂萍居然到了陈家,急得六神无主,就跑来喊她。可是她无论如何没有勇气进陈家门。这时,她追到街门口,想把桂萍拽回去,一眼看见街门里的梨根和甜核,便吓得不敢再往前走,气得隔着街门骂了一阵,心神不宁地走了。

程桂萍这天晚上果真没有回家。程必成和赛天仙几次三番打发人去陈家叫她,她就是不回去,气得他们两个倒吵起来了。

“你……你去给我把她拖回来!”

“你自己不会去?”

“你……”

“我怎么? 你要早听上我一句话,也不会这样!”

“这样怎么了？这样怎么了?”

“你自己心里明白!”

赛天仙一句话,顶得程必成上不来气。他憋得脸红颈粗,五官错位,破口大骂:“你再瞎叨叨老子揍死你！他陈家就是死绝关我鸟事?”

两个人吵到半夜。街静了,月亮也快落下去了,还听不见桂萍回来的脚步声。程必成坐卧不安,又想起一整天也没听说陈二冬的消息,莫非他已经无救死在医院？死也应当有个风声。他脱了衣服睡下又穿上起来,鼓着勇气到陈二冬家的院墙外面吼叫了半天桂萍,一点人声也没喊应。陈家院里黑灯熄火,真的像死绝一般寂静。末了,在工地上守夜的匠人告诉他,下午四五点钟时,大队主任程在望的女儿程彤芳和砂锅王的女儿王姣妮跑来,说二冬媳妇有了消息,她们和陈二冬的大小子与小舅子一块坐上拖拉机往村北走了;太阳落山的时候,又有个外村人打听陈二冬家住在什么地方,他们告诉他,那人进陈家没一会儿工夫,桂萍就蹬了自行车急火火地朝南村外去了。程必成听了,犹如打翻五味瓶,酸甜苦辣咸,说不出是什么滋味,垂头丧气地回家睡觉去了。

二十四、潜回

柴云凤迷迷糊糊打了个盹儿，听见什么地方嗵嗵一声响，赶忙坐起来。她以为是甜核和梨根回来，或者是桂萍回来在推街门。

下午四五点钟，程彤芳和王姣妮气喘吁吁地跑来说，她们听说下石湾水库发现一具尸体，不知会不会是水梨儿，姣妮开着拖拉机拉上甜核和梨根走了。他们走了没一会工夫，又有柿树湾一个人捎来话，陈二冬病在石门镇医院，叫陈家赶快去人。陈家哪还有人？和顺去寻找陈二冬走了两日不见回来；和陈家处得不错的人都分头去寻找水梨儿；柴云凤自己想去，又丢不下陈家的门子。桂萍愿去，而且执意要去，只好先让她去石门看看二冬。

“桂萍，你们程陈两家的事你也清楚，不管大人之间怎么样，你们小辈人千万不要学他们。陈家已经到了这种地步，好歹得让二冬先回家来看看呀！”

桂萍很有心计，知道柴云凤想说什么而没有直说出来。她说：“云凤婶，你放心，我不会再对第二个人说二冬叔在什么地方。我先去石门镇医院看看是真是假，万一二冬叔当真病在那里，也好有个人伺候他。”

程桂萍骑了甜核的自行车走了。

柴云凤伺候陈老定和甜枣吃完饭睡了，心里乱糟糟的，她想，水梨儿真要死了，这一家人可怎么过呀？梨花呀梨花，你怎么能走这一步呀？他们说你偷男人，你自己心里干净，怕他们什么？别说你没有那事，就算是有，又能怎么了？人可不能太善了，太善了就要吃亏，你吃亏就吃在心眼太善……

吃过晚饭，村上有好些个关心陈家的男人女人都来打听水梨儿有没有消息，他们安慰了一番快要气死的陈老定，又同柴云凤在堂屋坐着说了许久话，想等甜核他们回来得个实信儿，坐到月亮歪过中天，等不回来，才各自回家去歇。

柴云凤也困了。她没敢脱衣服，囫囵身子躺在床上，正要迷糊着，听见院里噗通响了一声。

"谁？甜核？"

她以为是甜核回来，立刻紧张得心口嗵嗵跳。她希望是甜核回来，但又惧怕他带来不幸的消息，几步奔到门口，开了门。院里静悄悄的，月亮也落了下去。只有圈里的猪拱得木栅栏嘎嘎响。柴云凤想起已经两天没人喂猪，心想，总是那东西饿急了，拱得猪圈门的石头掉了下去，便准备关门睡觉，刚把两扇门合上，一个黑影子突然一闪，出现在门缝，同时低声叫道："梨花！"

"二冬？！"

柴云凤听出声来，是二冬回来了！她急忙拉亮电灯，只见陈二冬浑身脏得不像人样子，头发、胡子乱糟糟地掩埋了半个脸，瞪着吃惊的大眼站在门口。

"我的天！你可算回来了！"柴云凤惊叫，"你可真够放心，你这些天跑到哪里去了？"她不知该埋怨他，还是该安慰他，手忙脚乱的。

陈二冬一句话没说出来，坐在床边默默地哭了。

"我能上哪？我如今死也只能死在这个门槛里……"陈二冬在心里这样悲愤地呐喊。

那天下午，他离开农科所后，便到了地区信访处。信访处已经关门下班，他怕碰见程必成，儿子那里不敢去，只好和两个上访的老乡到火车站去住了一夜。第二天一早，他们就到信访处门外排队。他觉得，在这些排队上访的人中，数自己的冤情大，信访处一定会马上派人去解决他的问题。不料，信访处一位女同志接待了他，登记了姓名、地址、上访内容等等之后，便要他留下告状材料回去。他说他不会写，没材料，那位女同志才又认真听他讲了一遍详情，末了说："你还是回县里去吧。我们把你谈的情况负责转告你们县。解决问题还得靠你们县。"回县？回县不是自投罗网吗？他急得把父亲的烈士证明书掏给那女同志。那位女同志信手翻着看看，依旧说："这个不能顶告状材料，有这个没这个一样。我们一定负责与你们县信访办公室联系。你还是回去吧！下一个！"把他晾在旁边。

之后，他去找了过去在台上时认识的几个领导，不料有的装不认识他，有的勉强留他坐了一会，听说他落马为民，连口水也没让他喝，便把他支了出来。他急得没了辙，突然想起个人。这人叫孙志国，土改时在过老龙口，"四清"时是工作队的队长，还是老孙在"四清"结束时培养他当了老龙口的支部书记，现在听说在地委农村政治工作部当部长。找找他也许能帮了自己的忙。

他去了。在一个晚上找到孙志国的宿舍。还好，老孙还认识他，而且很热情，一见面就客客气气，问吃问喝。谈起当年在他们村搞土改，搞"四清"运动更是往事不忘，兴致勃勃。当年的事，孙志国记得清楚，讲得有致，可是陈二冬一提到自己是来找他告状，他却作难了。

"二冬，这事你找我可不中啊！"孙志国说，"我现在已经不管事了。不过，要真像你说的这样。好，你先住下。明天我就去替你找找领导。"

孙志国还真有点疾恶如仇、打抱不平的意思。当天晚上留下陈二冬住在他家。可是当陈二冬正准备脱衣就寝时，隔壁传来孙志国的老伴和他的吵嚷声："你现在还是泥菩萨过河——自身难保，你还管他的事！"

"咳！瞧你说的啥话！他有难处找到我，我能把人家推出去？做人不能扶胜不扶败。况且他说得蛮有道理嘛！"

"道理！道理！他说他叫人陷害住了看守所，怎么还来找你告状？你问他了?”

“哟!这个我脑子可没拐弯。”

“现在的人有几个说实话的?他要是个好东西,真的公安局的人就那么不负责任?别叫他把你卖了你还充好汉哩!”

陈二冬所担心的就是怕他们知道自己是逃出来的,不敢帮自己的忙,才没敢说明他是从看守所逃跑出来。这时,他正提心吊胆地听着,孙志国的老伴敲门进来,不客气地说:“这位兄弟,你别怪我们多心,我们老头子就因为一辈子心好,才吃了一辈子亏。你说的话我们不是不相信,可你说他们陷害你住了看守所,怎么……”

陈二冬本来是条万事不求人的汉子,实在是没有办法,才不得不留住孙家。此时,他像受了侮辱一般,重新把衣服穿了,说声:“大婶,我……领情了。你转告老孙大叔一声,我走了。”便在漆黑的深夜离开孙家。之后,一位曾经在老龙口搞过宣传的文化馆的老赵帮他写了一份申诉状,鼓励他上省城告状。不料,在火车站把钱包和装衣服、材料的提包全叫人掏了个空。正所谓倒霉人偏遇倒霉事!别说上省城告状,连当天吃饭的钱都掏不出!

陈二冬硬是有一顿没一顿饿着肚子往回走,就差没伸出手向人讨吃。他想先回家看看,求人再写一份材料,干脆让他媳妇带上上省城告状。却没想到又气又饿,半路上一场大雨浇得中了阴,几乎死在石窟里。他不知道是哪个好心人救了他。等清醒过来,那些抬他的人已经走了。他在石门医院住了一天,觉得身上有了些力气,便迫不及待地离开医院……

这些丧气的事,他不愿意对别人讲,柴云凤弄不清他打哪回来,问他,他只是伤心地哭。

“桂萍呢?”柴云凤问。

“哪个桂萍?”

“程家……程必成家那个闺女呀!你没见着她?她上石门看你去了。”

陈二冬心情极坏,没听清楚她问什么,也无心回答她,嗞呼嗞呼吸鼻子,揩揩眼,忽然发现什么似的问道:“甜枣他妈哩?”

柴云凤十分紧张，心想他准是没遇上桂萍，家里出了啥事还不知道。可是，天！这叫她怎么对他说呀？告诉他：你媳妇找不见了！他会怎么样？不活活把他气死急疯？不告诉他，媳妇是他的，他是这门里一家之主，成吗？柴云凤狠狠心："唉，瞒过初一瞒不过十五。还是依实告诉他吧。"

"二冬，不管怎么样，你回来就算是老天有眼。有句话我得对你说，你可得沉住点气。"柴云凤先给他打预防针。"你媳妇……你媳妇……"

陈二冬意识到家里出了事，看见柴云凤欲说又止，急得吼道："梨花咋了？梨花怎么了？"吼声把甜枣惊醒。陈二冬扑到儿子身上，抱着儿子又问。

"枣儿，妈妈呢？妈妈怎么了？"

"妈妈……他们都说妈妈……死了。"

"什么?!"

"你莫急，死不死谁也不知道，两天前不见了的，大伙都在帮着寻找。你千万沉住气，梨花不会走那条路，不会的……你千万……千万要沉住气！"

看到二冬惊得呆若木鸡，柴云凤只好接着从头告诉他。还没讲完，陈二冬便哇地喷出一口鲜血，倒了下去。柴云凤吓坏了。这时，天已快亮，正好桂萍从石门镇返回来。柴云凤怕二冬看见她更生气，把她挡在院里，让她赶紧去保健站请个医生来。程桂萍支了车子要走，柴云凤又慌忙把她叫住："桂萍，算了！"

"为什么？"程桂萍莫名其妙。

"唉，张扬出去，人家又来把他抓走怎么办？我实在也不知道该怎么办好哇！"

程桂萍也觉得是。他是从看守所跑出来的，人家正在抓他……可是又一想，他们并没有定案判刑，就是判了刑的，有病还容许监外就医呢。何况二冬叔不可能真的犯那法……一急，脱口说："婶！顾不了那些了，救人要紧！"

"不要去！我没事，不要管我，你们都回去……都回去休息吧！"

两个人正在院里说着，见陈二冬托着门框走出来，急忙跑上去拦他。

“你们不要管我……我死不了！我不会这样死了！”陈二冬跌跌撞撞冲到当院，冲到街门口。

柴云凤和程桂萍死死顶住街门，又劝又拉，不让他走。

“你们让我走！你们让我走！让我出去呀！”陈二冬哭号着往街门上猛撞。柴云凤被他撞倒在大门道。程桂萍扑上身子抱他，也被他暴怒地推碰在墙上。他仿佛这时才突然认出她，指着程桂萍，咬牙切齿地说：“你……你回去告诉你那狗娘养的老子，我……我陈二冬死不了就和他没有完结！”

柴云凤跌倒在地上，半天爬不起来，朝吓愣在当院的甜枣叫喊：“甜枣！快，快来拖住你爸！”

甜枣赤条条地光着身子站在当院，听见柴云凤喊叫他，才跑过来，抱住他爸的一条腿，哭叫：“爸！爸爸！不要走！不要再走了，我怕……爸爸呀！”

儿子的哭声叫声把他镇住。陈二冬痛不欲生，浑身痉挛般颤抖。他弯下腰，推开儿子的手：“枣儿，听话，爸爸去找妈妈……爸爸去找妈妈……”又扑着去开门。

程桂萍早已做好挨骂的精神准备，所以对陈二冬的呵斥并不在乎，她担心他在气头上会干出什么事来，又扑上来拦他。柴云凤知道这种时候很难拦住他，泄气地拉住桂萍说：“算了！由他去吧！”

“不，婶！你怎么能……”程桂萍此刻有双重担心，既怕陈二冬去找她爹行凶报复，又怕陈二冬自己寻短见，她死活要把他拦住，她拼命拽住他的胳膊不放。

陈二冬已经把顶门的棍子抽开。

他确实是要去水库上看他媳妇，他很后悔那天夜里不该打水梨儿，他觉得自己对不起媳妇，水梨儿真要死了，很可能是由于自己委屈了她。他无论如何要去看看她，无论如何不能叫她死了。他被桂萍死缠活拽惹火了，又想起和她父亲的冤仇正没法儿报，一怒一急之下，啪的一个响亮的耳光照她脸打去。

程桂萍吓怔了，只觉得一股咸涩的液体从牙缝流出，脸上火辣辣的灼疼。她愕然地丢开了手。

陈二冬也被自己的行为吓愣一般，他愕然地看着口角流血的桂萍，仿佛不知道自己究竟干了什么事。愣怔半天，突然疯狂地用头去撞那扇半开的街门扇。

“我这是干什么……我这是为什么呀！……”

嘶声的哭号，哐哐当当碰撞街门的响声，惊动了早起下地干活的邻居和对面工地上的工人。人们都跑来帮着柴云凤和程桂萍劝他，拦他。陈二冬只是不要命地捣撞那两扇街门。仿佛只有这样才能减轻他的痛苦，发泄他的仇恨。他已经不顾一切。街门扇被撞得哐当乱响。挂在街门上的“光荣烈属”牌被震落下来，砸在他头上。不看见那块光荣匾还罢，一看见它，陈二冬更加乱箭穿心，痛不欲生。他捡起那块漆字剥落的光荣烈属匾，仿佛看见他死在朝鲜的老子，仿佛看见瘫在炕上呻吟的爷爷，仿佛看见从水库中打捞上来的媳妇的尸体……“光荣……光荣……光荣……”他在心底愤懑地呐喊，绝望地咆哮，咬牙切齿地愤恨，于是又把它摔在地上。那块长不过盈尺、宽仅数寸的木匾仿佛真有灵性，好像不甘心被抛弃似的，又弹起来，横担在门口的石礅上 。陈二冬又暴怒地踹上一脚，恨不得把它踹个粉碎。但是，他的脚没有落下去，眼前一阵漆黑，身子不由自主地摇晃起来，接着便要倒了下去。

人们拥上来，赶忙把他扶住。他又吐血了。黑紫的鲜血一连哇哇地吐了几大口。

正在这时，姣妮开着拖拉机从水库上回来。人们不知水梨儿是凶是吉，连忙把陈二冬扶进去，把姣妮挡在大门外……

二十五、嘱托

王姣妮带回来个极坏的消息:水梨儿死了。

她死得很惨,一条破床单包了许多大大小小的石头,结在腰上,栽进了下石湾水库的闸门口。据水库上打捞的人说,把她打捞上来时,衣裳口袋里还有许多的小河卵石。看样子她是决心要死的,而且不希望被人发现,永远不为人们知道她的去向,干干净净离开这个世界,长眠水底。但那块破床单被水泡化,石头沉底,人便渐渐地浮出水面……

犹如电光一闪,这消息很快就传遍了全村。一种悲惨恐怖的气氛笼罩在人们的心头。对于乡民们来说,年轻人的早亡本来就是一种可怕的事,又是这样惨死村外,更是谈虎色变,精神异常紧张。不过水梨儿半生无怨于人,心地极善,人们于紧张恐惧之余,便不免潸然泪下,唏嘘惜叹。常言说,没做亏心事,不怕鬼叩门。人们都心照不宣地想到程家大院里的人。

水梨儿的阴魂真要有灵,会放过他们吗?

那些曾经出于各种各样的目的津津乐道地传播过水梨儿的风流谣言的人,那些帮着程家幸灾乐祸地嘲笑、鄙视、挖苦过水梨儿的人,这一下也傻了眼,仿佛惧怕水梨儿的阴魂真会来找他们算账似的,惶惶然不无愧悔之心。

“‘二谝子’,你小子还锄下地呀?当心鬼来找你!”

“鬼不找你人也不会放过你小子——法院等着给你上户口哩!”

“二谝子”扛着锄从家门口走出来,刚走到大槐树下的碾盘前,便被一群年轻人围上。人们故意这样吓唬他。平素诡说溜道,对什么也满不在乎的“二谝子”,这时却沉不住气,生怕水梨儿的死和他沾上,翻脸骂人:

“放你妈的屁!她死和老子有鸟关系?!”

“你小子别嘴硬!法院早来人调查过了,水梨儿就是叫你造谣造死的!”人们一半儿认真一半儿逗。“你敢说不是?你说水梨儿和……”

“我造谣?我还是听你告诉我的哩!”“二谝子”色厉内荏地使出猪八戒倒打一耙的赖劲,“老子还是听你告诉的!”他看到人们不再言语,便又忍不住想往人堆里凑,低声问:“哎,是不是法院真有人来?”

“你不怕你问这做啥?”

“依我看呀,”“二谝子”诡秘地左右看看,又咬牙切齿地低声说,“没准儿真是叫人害死哩!”

“二谝子”说出人们心中想说而不敢说破的话。于是,又有人故意往外引逗他的话。说道:“你瞎说,谁敢做这种事?”

“谁敢?哼,你不敢,我不敢,有人可敢哩!”

“谁?”

“谁?我看出不了……”

“二谝子”话到口边,诡秘的小眼睛突一亮,冲十字街口使劲儿歪了歪嘴。

程桂萍哭得两眼红肿,从王姣妮家门口走过来,看见碾盘前围着一伙人朝她挤眉弄眼,低下头匆匆走过去。

人们不作声了,但心都在活动着,难道程必成真会做出这种事吗?他恨陈二冬,使手段报复他,把他送进看守所……可也犯不上害死水梨儿呀?再说,程必成那样精明个人,不知道杀人偿命?人命关天,不是闹着玩。人心隔肚皮,谁知道谁心想什么?谁敢保这堆人里没有程家的耳目?于是,人们又转了话题,为水梨儿惋惜,替陈家老小发愁叹息。

水梨儿的死，在老龙口酿成蜜蜂洞。老老小小，男男女女，几乎无人不知道，走到哪里也会听见人们在低声议论，摇头叹息。可是陈家大院里却依旧冷冷清清，陈二冬和陈老定依旧蒙在鼓里——人们谁也不敢对他们说破。

王姣妮和柴云凤忙得团团转，她们又要张罗水梨儿的后事，买冰，买丧衣，买棺木；又担心陈二冬和陈老定，他们一旦听说了会怎么样？陈二冬且不说，陈老定不要气死吗？死了一个已经够惨，再气死一个吗？她们急得没主意，拉了砂锅王去找乐思远。乐思远也害了怕，犯了难。

“你是支书，陈二冬好歹也是个烈士家属，你不出面管还算个人？”

“我管……我怎能不管。”

他们正说着，乐和顺也赶回来。乐和顺对乐思远一肚子气，进门就发火。砂锅王劝住他，说：“眼下火烧眉毛，什么气话也先别说，赶快商量怎么办吧！”

他们先打发王姣妮开上拖拉机去县城冰库买冰，打发柴云凤去买办丧衣，安顿了栓柱婶、扎根媳妇和几个人轮流着照看陈老定和陈二冬。然后又坐下来商量怎么样对陈二冬说明，陈老定怎么办，等等。最难办的是陈老定，水梨儿的尸体一运回来，办丧事，能瞒得住他吗？真要叫他知道了，肯定会活活气死。一直商量到半下午，三个人想来想去只有一个办法，把陈老定送医院。但这样做必须先和陈二冬谈开，先把陈二冬安顿住，征得他的同意。找陈二冬谈也是个大难题，乐思远无论如何不敢去。最后决定由砂锅王和乐和顺把陈二冬叫到乐思远家里来谈。

他们刚这样说定，还没有动身，突然听见街上呜呜打打一片哭声。他们吓坏了，急忙跑出去，只见一辆汽车正往陈家开去，在十字街口被一伙人拦住。车上的甜核、梨根和车下的几个女人哭成一片，陈二冬哭着吼着拼命往汽车上撞，许多女人拖也拖不住。

“坏了！准是两个冒失货已经把人拉了回来！”

砂锅王拍腚叫声“坏了”，便和乐和顺、乐思远跑了过去。果然不错，甜核和梨根雇了辆汽车把水梨儿的尸体拉回来了。这事可闹炸了，按照村规乡俗，暴死在外的人是不能把尸体运进村里的。一些迷信思想重的老汉汉老婆婆仿佛天要塌下来一般，急声怨气地埋怨甜核和梨根，尖着嗓子叫嚷：“哎呀，傻孩子！你们怎么敢把车开进村来！还不快退出去！”

“这是老规矩！不听话要出大事哩！”

柴云凤则和另外几个女人拼命拦挡气疯的陈二冬。她们哪里能拦得住？被他推倒的推倒，挣脱的挣脱，幸亏开车的司机跳下来把他抱住，乐和顺和砂锅王跑上去好说歹说，又训又劝，才把他稳住。

汽车停在十字街口，进不得，退不得。陈二冬和儿子、小舅子执意要把水梨儿的尸体拉到自己家里，村里一部分人坚决反对，特别是那些住在街道两边的人家，生怕路过他们家门口沾上晦气。大家只好围住支书乐思远，要他说话。按照乐思远这会儿的本意，实在不想违驳陈二冬的心意。心想，他愿意拉回家去就由他拉回去好了。只要支书说话，别的人也不敢再说什么。可是砂锅王和乐和顺把他拉到一边，提醒他说：“这不行，陈老定那头还没安顿好，咱不是讲迷信。”三个人又把陈二冬和甜核叫到乐思远家，劝说、开导，一直拖延到天快黑，为了不让陈老定知道，父子俩才同意暂时在村外搭个丧棚，把水梨儿的尸体寄放在那里。

这天晚上，老龙口表面上安静极了。女人们早早地把乱跑乱窜的孩子们收管回家里，男人们也不像往日那样，坐在大街上扯开大嗓门说东道西、嬉笑打闹。老龙口的西村外一片空地上高高地吊着两盏昏黄的电灯，水梨儿的丧棚就搭在这里。从吃夜饭以后，不断有三个两个女人相跟着来这里默默地烧炷香，或者坐下来放开嗓子“地呀天呀”地哭上两声。有的是真哭，哭得很痛，鼻涕眼泪的，很要抹甩一阵子；有的则是出于本家、邻居、好友的关系，或者出于晚辈的礼节，不得不来尽尽心意，坐下还没哭出泪来，别人一拉一劝，便自了了。到夜里十点多钟，便只听到甜核和甜枣兄弟俩恓惶凄厉的哭声了。

乐和顺和乐思远在木匠房里看着人们已开始连夜赶做棺材之后，回家匆匆吃了几口饭，披了件破皮袄，叫了几个年轻人到西村外守尸下夜。甜核两天两夜没吃饭睡觉，坐在他妈的脚边哭着哭着便支不住身子，甜枣在他怀里哭着也睡着了。

“甜核,起来抱上甜枣回家睡一会儿吧！不要凉着。”

“你要多开导开导你爸,可不能光哭。死的死了,一家老小总还得活,你可得替你爸顶着些事情。”

他们劝说了许多,甜核才背了弟弟回家去。

夜已经很深,月亮也很明。只是大门外程家新盖的小洋楼已经起了两层高的墙,把半个院子遮了很大一片阴影,一阵小风吹动,树叶飒飒絮语。越发显得悲凉瘆人。

西屋的陈老定已经睡了。堂屋还亮着灯,炕上堆着一堆白孝衫,是柴云凤她们借来的。柴云凤和栓柱婶也累得倒头在炕上囫囵身子睡着,却不见他爸陈二冬。

甜核把甜枣放在床上,拉开被子盖住,打发兄弟睡了,便急忙把柴云凤推醒,问道:“婶,我爸呢?”

柴云凤吓一跳,抹着困极的眼睛,急声说:“怎么,刚才他还在床上躺着。”

他们又把栓柱婶叫醒。栓柱婶也说,刚才她们俩在整理孝衫,他爸还在床上睡着,她们才打了个盹儿,怎么就会不见了？三个人慌得可屋里、院里、茅房乱找乱叫。正急得六神无主,西屋的门响了一声,陈二冬默默地走出来。

“云凤嫂,栓柱婶,你们回家歇会儿去吧!”陈二冬说。他见她们两个不放心,又说,“你们放心去吧,我陈二冬无能,已经够连累你们了。往后的事还少不了麻烦你们。你们回去休息吧。这里有甜核哩。”

柴云凤和栓柱婶犹豫一阵,嘱咐了他们几件明天要办的事,相跟着走了。

甜核跟着他爸进了堂屋。他疲累至极,正准备穿着衣服躺一阵,陈二冬闷闷地坐在沙发上叫他。

“你回来见着你妈没有?”

“没……”

“你知道你妈是因为甚死的不?”

“不……”

“不知道你怎么就拉回来?!”

甜核听见他爸生气地埋怨他,忍不住鼻子一酸,又想哭。顿了一下,他也火气顶上来,对他爸十分不满,说:“你还怨我,我妈的死就是因为你! 我妈跟上你过过几天好日子? 你在外边受了别人的气,回来就拿我妈打骂。听说我妈死之前,你打过她好几次。你像个神经病,自己管不住自己,还拿我妈出气! 我妈哪点亏待你? 哪点对不住你? 你那样打她,骂她。你……呜呜! 就是叫你气死的!”

陈二冬也哭了。他坐在沙发上,心里疚痛难忍。儿子讲的并不过分,当干部那些年,自己得意得不行,做过许多对不起水梨儿的事。水梨儿常常私下劝他,讲的轻了他当耳边风,讲的重了他还要摔盆子撂碗训斥她,总是听不进去。水梨儿虽然不愁吃,不愁穿,心里却隐藏着许多难言之苦,他是看得出来的。后来,他倒了霉,落马为民,受人讽刺、磕打,被人欺负、报复。他情绪更坏,回家总是拿水梨儿撒气。更糟糕的是,他竟怀疑水梨儿和程必成又私下勾拉起老关系,不分青红皂白地打她骂她,拿女人们最伤心的话侮辱她……他愧悔莫及,恨不得让水梨儿重新活过来,他跪在她面前向她认错。但是,他认为水梨儿的死绝不是因为这些,完全是仇人程必成把她逼得走上绝路。

“我承认,我对不起你妈的地方很多,可你妈的死绝不是因为你说的这些,你妈的为人我了解。”陈二冬说。

“你了解,你了解什么!”甜核真想和他大吵一顿。“我妈想什么你了解吗? 我妈怎么为人? 你怎么为人? 我妈……我妈嫁给你本身就是个错误!”

“你……”陈二冬被儿子顶得出不上气,破口大骂,“你混账! 你白活了二十岁! 不分好歹的东西! 你妈是叫程家的人逼死的,你知道吗? 我看你是叫程家那个大闺女用迷魂汤灌昏了,不认识好歹!”喘一阵气,又拍着沙发站起来骂道:“我告诉你,你要想和程家那个闺女好我就揍死你!”

甜核本来心里烦极，听他这样说，脑子也不假思索，便顶了上来："你打，我不怕！你气死一个，再打死一个，这就是你的本事！你的厉害！"

父子俩越吵越凶。

陈二冬后悔了，痛苦地坐回沙发上。沉默了许多，他看见甜枣把被子踢掉，默默地走过去，给小儿子重新盖上被子，然后又难过地对甜核说："你也不要哭了。也许真是我的不对。可现在说什么都晚了。你睡吧！"

甜核依旧躺在炕头上抽泣。陈二冬走过去，心疼地又催他脱了衣服睡一会儿。甜核不起来，他只好拖过一条被子盖在儿子身上。

甜核后悔不该在这种时候顶撞父亲，对他爸说："你也歇一会儿吧！"

"你睡吧，我……我去……去守着你妈。"

陈二冬走到门口，像有什么心事，又返回到甜枣睡的那张床边，默默地站了许久。他仿佛忘了要去守灵，或者不知道自己要干什么。他托着沉重的头又在床边坐下。

"甜核，"又坐了不知多长时间，他突然开口说话，声音平静、温和了许多，"睡着啦？"

"没。"甜核迷迷糊糊地答应。

"你也不小了，往后，这个家再没有谁会替你操心了。"

"爸，睡吧！"甜核眼皮睁不动。

"你也得学着点当家。"

"嗯。"

"你太爷爷也没几天活头，他苦了一辈子，受了一辈子，也没落个好结果。你……要好好照顾他。"

"嗯。"

"你兄弟……还小，不懂事，你……要好好拉把他……"

"嗯。"甜核只有嗯嗯答应，已经听不清他究竟说了些什么，更顾不上想他为什么要说这些话。听着听着，便连嗯嗯答应的声音都没有了。极度的疲劳终于使他在悲痛中睡去。当他在梦中哭喊着妈妈醒来时，天已麻麻亮，街上已经有人走动。他匆忙用干毛巾擦了把被泪水泡肿的脸，穿了一件孝衫，便匆匆朝西村外的丧棚走去。虽是夏初，山村的早晚依旧很凉。他怕他爸给他妈守灵累坏、着凉，想让他回家休息一会儿。

寂静的村外刮着凉丝丝的小风。吊在丧棚上的两盏电灯，随着棚布被风吹得噗噗响，不停地摆来摆去，昏黄的灯光像幽灵似的在田野上游动。丧棚旁边一道背风的土岸下燃烧着一堆柴火。乐和顺披着皮袄和两个帮助下夜看柩的后生围火坐着，正有一句没一句地说什么。他们看见甜核走来，便把他叫过去。

“甜核，和你爸商议了没？得赶快定个日子发丧呀，天气一天比一天热。”乐和顺说。

“我还没顾上说。”甜核说。

“你得替你爸拿着点事。”

“是呀，你爸难过，顾不了许多事。你该当家办的事就替他当家办。把人搁在漫天野地也不是个事儿。”

两个后生也帮着乐和顺劝他。甜核看见他妈的尸体又忍不住哭了。哭了一阵，忽然想起什么，抬头急问：

“我爸哩？”

“你爸不是在家吗？”

“他不是来守灵吗？”

“多会儿？”

“我回去没一会儿他就来了。”

“没见呀。”乐和顺马上意识到要出什么事，急问，“他没说别的吗？”

“没说……他就说要来给我妈守灵的。”甜核忽然想起他迷糊中听见陈二冬说的几句话，“他还说……还说要我照顾我太爷爷，要我拉把兄弟，还说……还说……”

“哎呀，坏事了！”乐和顺一听这话，更着了慌，急得跳起来，说，“我们一夜没离开这儿，他要来能不知道？快去找吧！咳！这个糊涂二冬！”

甜核也像突然猛醒一般，不由得打个寒战，不等乐和顺再说什么，便扯开嗓子喊着“爸爸”，朝村里跑去。

二十六、仇杀

凄厉的哭喊声撕破黎明前的寂静。起初，人们以为是陈家大小子在哭他妈，待到听清楚是呼唤他爸时，人们又为之一震：啊，陈家又出事了！陈二冬不见了！天！好好的一家人说散就散了！

甜核从家里找到村外，又从村外找回家里，最后在甜枣睡的床上发现一封信，上面写着："甜核，甜枣，爸爸对不起你妈，也对不起你们兄弟俩。这都怪爸爸无能。人争一口气，鸟争一口食。爸活得不叫人，没有脸再活在这个世上。爸有一句话，你们要是我的儿子，早晚要记住，你妈是叫程必成逼死的！你爸是叫程必成逼得走这一步的！此仇不报，你爸死也闭不上眼……"

甜核还没有把他爸的遗书看完，院里吵吵嚷嚷拥进一群人。甜核急忙奔出屋门，只见"二谝子"和几个年轻人推着陈二冬进来，后面跟着许多人。他不知是气还是恨，再也抑制不住，突然冲上去，照他爸的脸上啪啪打了两个巴掌，气极地骂道："你……你还叫个人！你死了吧！死了吧！你们都死了吧！"

原来，陈二冬真的准备去死，准备和他媳妇一块离开这个世界。但他不甘心白白死去，他要和程必成拼，一个换一个，甚至恨不得把程家老小斩尽杀绝，然后自己也了此一生。这个念头不自昨夜始，他从石门医院跑回来时就起了这个心。他觉得自己活到这一步，丢尽了人，败尽了兴，受尽了侮辱，别说不够个男子汉，连起码的人格都被玷污、蹂躏。更使他伤心的是，爷爷陈老定革命了一辈子，别的没赚下，赚了一身病，瘫在炕上没人问；老子陈大旦带头土改、参军，一条命扔在异国他乡，翻过来现在却让仇人拿他的老子、儿子出气报复；他陈二冬自己呢，也当了十几年村干部，做的好事没人提，干下错事却叫上上下下抓住不放，村干部抹了，教育所住了，这还不完，眼下又叫一个地主狗崽子报复、欺负得不能活，竟被诬良为盗，法绳加身，五花大绑地送进看守所。村干部与仇人一个鼻孔出气，明着欺负你，告状又告不准……这活得还叫人吗？还有什么活头、奔头、熬头？所以，他本来就准备潜回村，安顿后事，然后铤而走险，把仇人一个个斩尽杀绝，自己一抹脖子，了此一生。不料潜回家之后，媳妇倒先他身亡，饮恨而去！绝望搅着家仇，悲痛掺着愤恨，使他这种拼死的念头如同火上加油，更加强烈。

昨天夜里，他本来有许多话要对儿子讲的，而且他的话分明已经抑制不住地露出此意。偏偏又气又困的甜核没有心思听他讲，也根本没听出、没留心他的异常。他等甜核睡着之后，又站在他爷爷的炕边待了许久，最后拿了一把菜刀和两包毒耗子的药便向程家大院走去。走到半路，他又弯回来，想去再看一眼水梨儿的尸体，但远远望见丧棚下坐着人说话，又犹豫了。他担心乐和顺看出他神色异常，朝着停放水梨儿的丧棚跪下，远远地磕了一个头，心里悲愤地叫声："梨花，你等着我！"便掂着菜刀直奔程家大院。

拼死的念头占有了陈二冬整个身心。他想得很顺利，也很简单，他上次被陷害不是从东墙头的豁口处爬进去的吗？还从那里爬进去，抡起菜刀，见活的就宰，斩尽杀绝，然后自己把毒耗子的药吞下去……如果来得及，连他程在望也不能留下！杀死一切仇人，已经成为此刻的陈二冬唯一活着的目的。他的血在沸腾，心在燃烧，一切仇恨、悲伤、不满都寄托在手中那把切菜刀上。这时，月亮已经落下去，只在西边的山顶上泛着淡淡的一片黄色的光亮。街上极静，连声狗叫都听不见，似乎一切都为他的复仇提供着十分的方便。

但是，当他一口气闯到程家大院东墙下时，忽然愣住，墙上那个豁口已经垒住，而且墙头上隐隐约约可以看见拉起铁丝网。要爬进去很难。此刻的陈二冬虽然已经置生死于度外，但他并不糊涂，他担心那铁丝网上会通上电，即使不通电也会设有什么防护机关。

“狗东西！你也怕死呀！做贼心虚！”陈二冬望着高墙上的铁丝网，狠狠地骂道。

他绕着程家的前后院窥察了一圈，毫无希望，三面墙上都扯着铁丝网，而且上面分明挂着许多铃铛，夜风一吹，隐隐有声。怎么办？墙上翻不过去，大门更难进去。两扇铁皮焊制的大门关得严丝无缝，而且大门道还拴着一条恶狗。

陈二冬终于想出一个主意，他想起程天胜每天起得很早，要到村外的松树坡去接阳气，练身体，只要老东西一开了街门，先把他砍了，然后夺门而进……

一切竟是那么如意，恰巧程家街门的出檐下停着一挂拖车，大概是撞坏了，上面不知装着什么货，一块大雨布从上到下罩了个严。陈二冬撩起拖在地上的雨布，正好藏身。

夜本来就已经深了，经他这一番折腾，不知又过了多长时间，待他藏进拖车下时，东边的天空已经隐隐泛出白色。他估计天就要亮了，程天胜那老东西也该起床了。他手里紧紧握着菜刀，屏声息气地竖耳听着大门里的动静。

果然不出所料，陈二冬在拖车下蹲了有一支烟的工夫，程家街门里便有了动静，那条大黑狗哼唬了两声，接着便听见拴狗的铁链响，开街门的门搭响，再接着，两扇大铁门扇哐当响了两声，一个黑影子便从错开的门缝中闪出来。

仿佛拖车下装了弹簧似的，陈二冬脑子想也没想，眼皮眨也没眨，只有一种杀仇人的念头驱使他忽地撩起雨布，举着菜刀便蹿了上去。明晃晃的菜刀闪电一般掠过头顶，照那个正回头关门的黑影砍下去。几乎与此同时，那个黑影子听到后面响动，吃惊地转过身来。说时迟，那时快，只听那黑影惊叫一声："二冬叔！你……"手里拿的那件东西当啷掉在地上，呆了一般张着惊惧的大眼看着他。

一瞬间，陈二冬有如触电一般愣住了，举刀的手猛一震，仿佛有根无形的绳索把它吊在空中，一动不动。

原来程桂萍昨天回到家里，程必成和赛天仙便把她关在家里不准出门。她和爹妈吵了一天，放心不下甜核遭受这场不幸的打击，更为甜核妈的死悲伤难忍。她把从城里回来时买的两包高级点心包了，准备趁天不亮偷跑出门去祭奠甜核妈。

一瞬间，程桂萍被陈二冬的行动吓傻了。当她猛然看见那把明晃晃的菜刀时，木然的大脑神经骤然复活，她意识到陈二冬手里那把菜刀要干什么，会干什么。

"二冬叔！我求求你……"

程桂萍忘了那菜刀会叫她脑袋开花，瞬间的惊愕之后，不顾一切地扑了上去，紧紧抱住陈二冬举刀的胳膊。

陈二冬万万没有想到出来的是程桂萍。他震惊了，愣然了，犹豫了，举刀的手慢慢地、无力地落了下来。杀仇人是他的目的，程桂萍和自己有什么仇，有什么恨？他想起那天去农科所时桂萍对自己的热情，想起这两天桂萍忍辱负重对自己的帮忙，甚至想起这闺女在村上的为人……她和她爹不一样，和她妈不一样，和程天胜那个老不死的不一样。没有杀仇人，先杀掉一个无辜的好人，岂不是太伤天理良心？他心软了，手抖了。然而，即使不杀她，也不能错过这个机会！陈二冬一阵犹豫之后，蓦然醒悟似的，推开程桂萍便要夺门而入。这时，门里那只大黑狗突然呼地拉着铁链蹿上来。陈二冬手起刀落，一刀把狗砍死，接着便往门里冲。

"二冬叔！我求求你……你不能……你要冷静！我爹我妈有千不是万罪过，你也不能这样！你……这是犯法……我求求你！"

程桂萍不知哪里来了那么大力气，死死抱着不放。陈二冬一急一闪，菜刀碰在墙上，当啷落地。程桂萍跪在地上拼死拖着他一条腿，趁机捡起那把菜刀当啷扔出去，不知扔到什么地方。陈二冬急了，回头想去寻找那把菜刀，拖着程桂萍从门口外的石阶上滚下来。幸好天还不亮，那把菜刀究竟落在什么地方也看不见。程桂萍本来不愿意惊动别人，甚至连她的父母都不愿惊动，那样做陈二冬就会成为杀人犯被抓起来，她实在不忍心再让陈家遭受更大的不幸。她死死抱定他的腿，压着嗓子哀求："二冬叔！你不替自己想也要替甜核甜枣他们想想！你这样做叫他们往后怎么活呀！我求你……求你……你快走吧！走吧！"

一个姑娘，毕竟气力有限，程桂萍被陈二冬拖来拖去，终于觉得气力不支，两只手渐渐松脱。正在这时，早起的"二谝子"听见声音跑过来，一见这情景，吓坏了。"二谝子"赖是赖，自从水梨儿失踪后，心上也觉得不自在。这时，他突然变得很勇敢，又很善良，双手合抱住陈二冬，做好人地劝说道："哎呀！二冬哥，你这是干什么！不要命了？"

陈二冬知道复仇的打算全然落空了，突然痛不欲生地抱头大哭。

程桂萍松了一口气，喘息着爬起来，听见院里程天胜高声问谁开了街门，慌张推着陈二冬连声说："快走！快拉上他走开！"

"二谝子"拉着陈二冬刚离开程家街门口，程天胜便吭吭咳嗽着走了出来。

二十七、情变

陈程两家风波迭起，凶讯频传，老龙口的人心都惊炸了。水梨儿的死刚旋风般席卷全村，陈二冬手持切菜刀去杀程必成，砍死程家大黑狗的消息又接踵而来。尽管许多人已经预料到还要出大事，然而一旦真的出了这种事，人们依然为之大惊失色，心惊胆战。一清早便有许多人聚集在大街上惊恐神秘地议论不休。当人们听说程必成拿着血淋淋的菜刀去找支书乐思远后，更纷纷朝乐思远家门口跑来。

水梨儿自杀的消息在村里传开后，程必成很害怕。当他听到街上的哭声，得知水梨儿的尸体运回村时，怕得神不守舍，坐卧不安，惶惶不可终日。一则是水梨儿的死在他沉沦的良心上有很大的触动。他没有料到她会这样，口里不说，心里明白，水梨儿的死和他程必成有很大的关系。二则他十分担心陈二冬会暴尸不敛，击鼓告状。如果说以前陈二冬去告状他程必成有恃无恐，不曾把他放在心上，那么现在死了人，再去鸣冤告状，可就不那么轻松了。他很了解公社和县上那些执法单位，不死下人再告也充耳不闻(他过去曾经有过这样的经验)，一死下人，特别是冤主暴尸不敛，他们就不得不办了。真要那样，前因后果一调查，程必成就不得安宁，弄不好还得吃一场不小的官司！不过程必成不是糊涂蛋，他早把一切遁词想好：

第一，毁林造楼，是大队干部批准——与我无关；

第二，陈二冬翻墙入宅，真偷假偷，大队干部在场，冤他也好，诬陷也罢，一切都是程在望处理，乐思远跟眼瞅着——与我无关；

第三，即使我程必成真的威胁过水梨儿，甚至有过威逼成奸的行为，那都是两个人之间的事，一个死了，一个活着，只要活人咬定没有此事，谁能作证？特别是当程必成听说水梨儿的尸体已经运回，陈二冬父子并无上告之举，一颗惴惴不安之心便渐渐地踏实下来。良心的谴责总归是无用的！道德的审判既不会触疼肌肤，更不会破财损命！“马不吃夜草不肥，人不发外财不富”“无毒不丈夫，量小非君子”，前有古人，后有来者。人都要凭良心、道德去支配行动，纯粹是自己扼杀自己！这样一想，程必成便反而觉得心安理得，无疚无愧。所以昨天夜里他和女儿桂萍大吵一架，他觉得这个黄毛丫头简直不谙世事，他用他的人生阅历、处世哲学把桂萍教训了一顿，然后便气得落枕睡下。

但是，当程必成一觉醒来，听说陈二冬天亮之前曾经拿着菜刀要来杀他，砍死他家的黑狗时，他不由得大惊失色，浑身的毛孔一阵阵往外冒寒气。仿佛头上真的有一把明晃晃的菜刀朝他砍下来。他后悔自己太大意了，怎么防着那一招就忘了这一步呢？幸亏早有提防，在墙上架了铁丝网，不然，也许这阵儿的程必成已经成了刀下之鬼。

程必成着实害了怕。他把他爷爷程天胜训斥了一顿：“你简直是个活死人！你为什么不把他抓住！”程天胜又怕又气，说：“我哪里知道他会上来行凶！我出了大门就看见桂萍一个人，她又没告诉我……”程必成又像审讯一般审问桂萍。桂萍一口咬定根本没这回事，“二冬叔只是在街门外骂了几句。谁说他手里拿着刀？”好心的姑娘只顾袒护陈二冬，竟忘记黑狗被刀砍死的事实。“不做亏心事，不怕鬼叫门。你们自己也该摸着心口想想了——真有这事也是自作自受！”程必成气得抓起桌子上的算盘就照桂萍打去。正在这时，赛天仙操着一把带血的菜刀跑进来：

“刀！刀！就在拖车雨布下扔着！”

……

乐思远的老婆刚开了街门往厕所送尿盆，看见程必成气势汹汹地掂着一把菜刀进来，吓得把尿盆也打了。程必成直闯到乐思远的炕边，吼道："陈二冬持刀杀人，你管不管？"乐思远将信将疑，胆怯地盯着对方手上的刀，说："不，不会有这事吧？你……你拿刀做啥？你放下……快放下！"程必成把带血的菜刀撂到乐思远眼前，乐思远吓得躲到炕角，紧张地说："这事我、我管不了，你去找在望吧。"想一推了事。程必成怒吼道："在望下省城看病，不找你找谁？你管不管？""我……我实在是管……管不了。""好，你不管，我上县，上公安局连你一块儿告！"

程必成腰别菜刀，骑着摩托车穿过大饭场，气呼呼地出了村。那气势仿佛不是去告状，而是要去杀人。这时天已大亮。他刚拐上村外的大道，程桂萍把他挡住。原来程桂萍听说他爹要上县告陈二冬，急得跑到大道上拦他。

"爹！我求求你，看在死人的面上你不要这样做！你千万不要……"

"滚开！"

程必成根本听不进去，暴怒地狂叫。如果说昨天当他听到水梨儿死了，还动了些恻隐之心，此刻，他必欲置陈二冬于死地，他甚至悔恨自己不该在半路救他，那天他要死在石洞里，不是无此后患了吗？

父女俩正在撕破脸争吵，大道上轰轰隆隆开来两辆摩托车。车上的人都穿着白色警服，等他们开近时，程必成一眼就认出其中一个就是公安局的老宋。他慌忙撇开桂萍跑上去，气愤地涨红着大脸，高声说："老宋同志，我正要去找你们。"公安局老宋也认出他，但没有停车，边高声说边往前走："好，咱们回你们大队谈吧。"程必成刚想说"我是报案，杀人案"，两辆摩托车已经开了过去。他很不满，不过马上意识到公安局突然来了这么多人，这么早，这么匆忙，肯定是来抓捕在逃的陈二冬，便有几分得意解恨，甚至担心陈二冬闻风逃跑。于是骑上摩托车迫不及待地尾随而来。然而公安局的摩托车并没有像他想象的那样，进村后就直扑陈二冬家，而是徐徐开往乐思远的大门口。

小小的老龙口突然来了两辆公安摩托、四名警察，有人看见他们腰里都别着手枪——来势不凡，非同小可。陈二冬注定在劫难逃了！女人们大呼大叫地抱怨陈二冬不该在这种时候做这种傻事，男人们则忿忿不平地替陈二冬惋惜："要杀就杀他三个两个也解恨，杀了一条狗……咳！"当他们听说公安局的人还在支书乐思远家关着大门议事，有些好心的糊涂人，出于同情，便冒着担通风报信的罪名，悄悄跑到陈家给陈二冬报信。"二遍子"不知出于什么心情，也跑来拍着大腿说："二冬，尿他哩！他说你杀他，他脑袋还在脖子上长着呢！别怕，我……我什么也没看见！公安局要问，我就这话！"但他最后还是又犹豫不决地鼓动陈二冬："要不，你就听大伙的，先出去躲一躲吧！"

"你们都别替我担心！天塌下来我也顶！我就是要杀他狗！公安局来抓我问我我也是这话！"陈二冬横了心，让他们来抓吧！

从吃早饭到半上午，公安局的人在支书乐思远家一直找人谈话。乐思远一会出来叫这个，一会儿出来传那个，直到上午十点多钟才轮到叫程必成谈话。他们究竟找人谈些什么，问些什么，消息封得很严。但从被叫去谈话的那些对象，人们判断好像调查的绝不止陈二冬持刀杀人一事。特别是连"拐得俊"也被从被窝里叫去谈话。

十一点多钟，又开来一辆吉普车，车里走出一个白白净净的中年干部，后面还跟着一个年岁相仿的干部。有人认出他们是县委李书记和办公室秘书王晓杰。老龙口有史以来曾经光临过的最大的官莫过于县部局长一级、公社书记一级，有一位县团干部曾经光临过，还是土改时期的土改工作团副团长，就是陈二冬不久前曾经找过的孙治国。如今堂堂县委书记居然大驾光临，自然又在山民们的心目中引起不小的震惊。

县委李书记和秘书王晓杰很快被公安局的干部接到支书乐思远家里。不过没有一顿饭工夫就出来了。

乐思远带路，一行五人，李书记走前，顺着大街，穿过站在道边、门口围观的人群，向陈二冬家的院门口走去。

"来啦！来啦！都朝这里来啦！"

陈二冬的院里聚着许多人，早有一群孩子跑进来报信。甜枣怕得抱着二冬大哭，甜核也急得没主意，站在二冬身边发愣怔。柴云凤、栓柱婶和扎根嫂那些女人们老汉们正在商量着：等书记和公安局的人来了，大伙一齐出面求情作保，好歹让二冬把人安葬了。陈二冬的感情完全陷入悲愤中，他嘱咐甜核在他走后带上甜枣也回单位去，他妈和他太爷爷都不必管了，死了的让她烂着，活着的由他饿死！他不会怪他们兄弟俩，他妈、他们的太爷爷也不会怪他们兄弟俩！"至于我……你们也不必管，爸对不住你们，也不想连累你们，你们就权当没有我这个爹……"

"你这么大年岁，给孩子们说的是些什么话！"柴云凤和栓柱婶等人都埋怨他、劝说他。

陈二冬抱头大哭道："婶子、大爷们，你们都别劝我了！你们说我还有什么活路呀？我陈二冬、我陈家造了什么孽呀？我要不当那几年鸟干部会落这个下场吗？会有今天吗？可我……可我……我如今恨也不知道该恨谁呀！我只有恨我自己呀！反正没法子活，我也不想活了。让他们来抓吧！来捆吧！来杀吧！我跟他们拼上这条命了！"

陈二冬正声嘶力竭地哭嚎着，李书记和公安局的人先后走进来。乱哄哄的院里顿时紧张地安静下来。陈二冬被人们拦在门里依旧嘶声嚎。乐思远挤进去，先安抚他几句，然后对迈进门里的李书记说："他就是陈二冬。"

陈二冬不嚎叫了，但依旧浑身抽搐地恸哭，头也没抬。

李书记没有去管他，默默地看看屋里的情景，走近穿着白孝衫的甜核和甜枣兄弟俩前，抚摸着甜枣的头，问甜核："你叫什么名字？"

"甜核。"甜核十分不情愿地回答他。

"在哪个单位工作？"

"农科所。"

"多大了？"

"二十一。"

然后，李书记低下头想问甜枣什么话，甜枣害怕地跑到他爹身边，忽然睁着疑惧的小眼问道："你们是来抓我爸吗？"

甜枣的话顿时引起门里门外的人们一片唏嘘叹息。柴云凤再也憋不住，走上来说道："听说你就是县委书记。李书记，你们可千万不能哪！看在这些小的、老的、死了的份上也求你们高抬贵手，不能再把二冬捉去哪！"柴云凤一挑头，于是堵在门外的许多人乱纷纷地嚷道："是呀，我们做保人！"

"二冬是一时气不过呀！"

"要逮也不能光逮二冬，事情总有个前因后果！"

"这样逼人，搁在谁头上也一样！人活一口气嘛！"

"如今兴的是发财光荣，可没听说发财有理，什么欺负人的事也能干！你们抬头看看外边，把集体的树都砍了盖起王八窝！"

"二冬有二冬的过错，可也不是过去当干部都错了呀！要这样往后谁还敢当干部？"

"你不敢，有人敢哩！谁当干部谁有理，你不看程在望兴得那样子！"

"大家不要乱吵乱说！"乐思远看见人们越说越声高劲大，把主任程在望都拉扯出来，再不制止，自己也要被端出来了，便大声制止道。

这时，"二谝子"三挤两挤直挤到李书记面前，也不管大伙正说什么，拍胸嚷道："李书记，他们说二冬拿菜刀杀人，我可什么也没看见，我作证，根本没这回事！"他说得很严肃，人们却忍不住笑了。

李书记打量着他，问道："你叫什么名字？"

"'二谝子'——不不，叫……""二谝子"正要重报大名，公安局老宋插上问他："那天夜里砍树是你领头干的吧？""二谝子"本来还有几分扬扬自得，一听这话，唬得连忙分辩说："不不，是程必成花钱雇我去砍的。对，思远叔你是知道的。"

乐思远生怕"二谝子"在李书记面前把他卖出来，正在这时，李书记说了话："大家不要讲了！大家都先回去吧！相信我们会正确处理的。"

"他爷爷在什么地方？"李书记回头又问。

乐思远指指西屋，头前领路。

李书记前脚刚迈进门里，一股屎尿的臭气味呛得他几乎要退出来，犹豫了一下他还是忍着走了进去。

退到大门口的人们又纷纷返回来，围到西屋的门窗下。

陈老定已经成了个半死的人，除了鼻孔里还有一息猫儿气，乍猛看，全成了个死人样子。自从水梨儿失踪之后，他便屎尿无人管。开始柴云凤还照看照看，后来水梨儿一死，人们忙了死人，便顾不了他。除了给他枕头边放点吃的喝的，很少再有人进这间西屋。陈老定原来还能勉强爬坐起来，现在僵卧在席片上，一动不动。枕头边放着一包点心，是甜核回来时就给他放在那里的。

李书记半个屁股跨在炕边，捉起陈老定干柴一样的手腕，摸摸脉，然后又捉起一块晾干的点心闻闻，十分不满地向乐思远瞪一眼，问道：

"他病了几年？"

"有……有两年了吧。"

"什么病？"

"瘫……瘫病。"

"你来看过他几回？"

"……"

正在这时，陈老定那双干瘪得像两个窟窿般的眼睛忽然动了动，启开一条缝，露出一点混浊的光亮。乐思远正惶愧不安，回答不上来，这时忙弯下身去，对着陈老定的耳边，叫道："老定哥！李书记来看你来了！县委李……"

李书记不知是火他，还是怕他说出自己的身份，推开乐思远，低下头去，轻声说："老大爷，你……有什么话说吧！我是……"

陈老定瘦得像干烧梅一般的嘴唇翕动着，终于发出十分微弱的声音："二冬媳妇……你……上哪去了？你回来呀……你撇下我……谁还管我呀？……都是我不好，我拖累了你……我这一辈子……这一辈子没干什么昧良心事……"

李书记再也坐不住了。他的眼圈湿了，一颗又一颗泪珠落在陈老定干柴般的手背上。他回头看看，伸手拿起桌子上的竹皮暖水瓶，摇摇，空的。

乐思远忙打发人去找来一壶水。不知谁还揣进一小包白砂糖，冲了少半碗，李书记用小汤匙搅着，用口吹吹凉，一匙一匙地送到陈老定的口边。

陈二冬还在堂屋呜呜地哭。

挤在窗口门外的人们也在暗暗地流泪。

乐思远愧疚不安地看着李书记喂了几汤匙，慌忙接住水碗，颤声说："李书记，我来！"

"你……你是谁呀？"陈老定喝下几匙糖水，眼睛渐渐发亮，他并没有糊涂了，审识地、吃力地瞅着李书记问。

李书记没有回答他，把碗和汤匙交给乐思远，默默地退了出来。

他哭了。人们都挤着偷偷地看他眼里有泪没有。有的说有泪，眼圈都红了；有的则说他是装的，眼圈是拿手绢揉红的。不论真掉泪假掉泪，人们的眼神里还是不约而同地燃起尊敬和激动的光焰。有的人甚至当作又一大新闻到处奔走相告。

李书记默默地向大门口走去。跑在前面的一群孩子蜂拥而出，挤得街门扇咣咣作响。一个光头孩子从门扇下面捡起一块木牌，忽然惊叫："谁把光荣匾碰下来啦？谁来？"

站在门外的大人们看见那块写着"光荣烈属"的木牌，高声呵斥那些乱跑乱撞的孩子。有人从那个孩子手上接过来，用袖子揩揩上面的土印，支起脚往门框上挂。李书记一眼望见，说了声"给我"，接在手上看看，若有所思地点了点头，却拿着出了街门。

乐思远喂过陈老定几匙糖水后，便惶惶不安地追过来。这时，李书记和公安局的同志已经到了对面程家造楼工地。正在施工的工人们听说是县委书记，纷纷站在墙头上停工观看。李书记和公安局的同志绕着工地走了一圈，依旧什么话也没有说，便又回了乐思远家。

天已经晌午了。尽管人们对这位县委书记的行动发生了好感，纷纷传颂他亲手给陈老定喂水的事迹，但陈二冬的命运究竟如何，依旧是个令人担心的谜。吃中午饭的时候，人们看见公安局的摩托车开走一辆。约莫过了两个小时，饭场上还有人端着碗吃饭，又开来一辆乳白色的救护车。乐思远叫了几个后生帮助两个穿白大褂的女医生把陈老定抬上车，开走了。到人们陆陆续续往地里走的时候，公安局开走的那辆摩托车又来了，同时还跟着来了一辆大屁股吉普车。不大会儿，传开一个惊人的消息，公安局的人把程在望戴上手铐逮走了。原来程在望昨天夜里刚从省城治疗痔疮回来，听见水梨儿自杀、陈二冬回来，吓得藏在家里一天没有敢露面。公安局的人回到县里给省城那边挂了电话，才知道他已经离开医院。他的罪名有两条，第一条是利用职权，胡作非为，擅自批准砍掉集体的树木二百零九株；第二条是诬陷陈二冬，致使陈二冬媳妇水梨儿自杀身亡。人们听到这个消息，由于始料不及，先是将信将疑，纷纷惊讶；继而听见程在望的老婆儿女哭声连天，看见拉着程在望的那辆大屁股吉普车从大道上开过去，便又无不暗自称快，觉得理当如此：为虎作伥，必无善报。活该！自作自受！

“老小子刚下省城治好屁股，这一下坐大牢正好屁股不疼——让他坐吧！把牢底坐穿也不会屁股疼！哈哈哈哈！”

开心之余，人们总觉得事情好像还没有了了，程在望固然罪有应得，可水梨儿的死，分明与程必成有关……陈二冬持刀杀人……这又算什么呢？似乎又觉得不把程必成惩治一下心不快活。

逮捕程在望的消息旋风一般吹过去。傍黑的时候，人们又看见县委李书记的小车把陈二冬和乐思远也带走了。天！这究竟玩的什么把戏？

于是，人们在吃晚饭的时候，坐在月亮照得明晃晃的饭场上，又拿“二谝子”开心了：

“‘二谝子’，你小子等着吧！下一个公安局就该‘点’你的名了！”

“二谝子”很会审时度势，看到程在望被捕、陈老定被县里派车送往医院，老龙口的风水似乎又要变了，便厚着脸皮一股劲儿跟着大伙骂程在望，为陈二冬抱不平，肆无忌惮地说：“公安局‘点’我的名？嘿，我看倒是还应该‘点’一个……可不是我！嘿，不信？走着瞧哩！”

这一夜，老龙口一家哭变成两家号：西村外水梨儿的丧棚下有人哭号；南村口程在望的老婆站在院里跺脚又哭又骂。一会儿骂程必成那个该死的坑了他男人，一会又骂陈二冬那挨刀子的不得好死，她到底该骂谁，自己也实在不知道。

相反，住在村东的程家大院却安安静静，连一声狗叫也听不见了。一家人早早地熄了灯。但是谁也没有脱了衣服睡，仿佛觉得公安局的车总还会来捉走他们家的一个，就连程必成也止不住一阵阵心跳气促。

“你说，公安局的人还会来吗？”赛天仙忍不住悄悄问道。

“会来不会来我怎么知道！”程必成烦躁不安地翻过身去，但随即又翻过来，对赛天仙也温和了许多，问道：“你看见那小子坐的什么车走的？”

“人们都说是坐的李书记的小车，我又没敢过去看。”

“娘的！”

“哼，我看坐什么车他也凶多吉少！睡吧！”

“睡吧！就是……”

“睡吧！管他呢！”

睡吧！睡吧！一直到天色放亮，两个人依旧大眼望小眼，一对儿没睡着……

二十八、送灯

程必成经过一夜失眠，断定陈二冬此次是好去难回，一颗心开始落地了。当他第二天上午在大街上露面的时候，突然看见陈二冬和乐思远又回来了，且依旧坐着一辆苹果绿的小汽车，那司机把他们送到村子中央的一块大场地上，便调转头走了，好像是专门来送他们，好像他们成了什么大人物儿。

程必成感到十分莫名其妙，同时又燃起一种妒恨和不平，持刀行凶的人倒成了赫赫功臣，车接车送！老龙口的人除了程必成坐过两回小汽车(一回是自己花钱坐的出租小汽车，一回是沾了别人的光，捎他坐的)还没有第二个人这样威风过！他凭什么？就算前科冤了他，给他平反，那持刀杀人就不算罪？非把老子的脑袋砍下来才算他有罪？不满和妒恨之心又鼓动着他想去告状。但是女儿桂萍依旧不让他去，老婆赛天仙也泄气地劝他："算了算了！不要告不倒别人再把自己也折进去！"因为赛天仙心里明白，水梨儿的死真要细翻起来，她男人是脱不了干系的。加上程在望的老婆从昨天夜里到现在还在骂他、咬他，把他拉拢程在望的许多见不得人的事都从那两片簸箕似的嘴里捅出来，他也只好忍气吞声，暂时作罢，静观后事。

其实陈二冬对自己突然受此高待，也大惑不解。昨天夜里，他和乐思远到了县里，县委办公室秘书王晓杰便领他们到医院去看他爷爷。陈老定居然住了单人病房，脸也洗了，头也理了，衣服也换了，一个小护士跑进跑出，端屎倒尿，送药送水，比做了七品县官还让伺候得周到。接着，王晓杰又领他们到县招待所吃了饭，安排了住房，虽是两张硬板床，也比他告状时睡车站要舒服十倍百倍。到第二天早上，王晓杰和公安局的老宋又早早地来到他们住的房间，正式通知他，上次公安局未经调查就收审他的决定是错误的，所谓翻墙入宅、盗窃未遂纯属诬陷，宣布给他平反。老宋接着说："但是，你也不是没有错误，据说你曾经准备持刀行凶，砍死程家的狗。不管你出于什么原因，什么情绪，这可是触犯法律的大问题。李书记对你很关心，也很理解你的心情，决定暂不追究。但你可不能再不冷静，蛮干！"陈二冬仍旧不服气，说："逮捕一个程在望就算完了吗？我媳妇是怎么死的你们为什么不追究？只要断得公道，我陈二冬情愿再蹲几年监狱！"老宋说："你爱人的死固然有种种原因，要细论起来……但她毕竟是自杀，这点是无疑的。我们已经做过现场调查。"

"自杀，自杀，好好的她就自杀了？没有原因她就自杀了？她为什么自杀？她……她是让人逼死的！"陈二冬伤心地哭诉。

"这话你又不冷静了。"老宋耐心劝道，"逼死人命要有具体事实。砍树，诬陷你，等等，这些问题都已经解决了，不是已经逮捕了程在望吗？"

"程在望是替罪羊！我看……我看你们还是怕他程必成！他当了个万元户就咋了？无法无天了？万元户也多着哩，哪个像他那样坏？他这个万元户是怎么当的为什么不追究？"陈二冬越发不服气，进而把他道听途说的程必成暴发的许多不正当做法都端了出来。

老宋仍旧耐心安抚他说，公安局办案要靠证据，不能凭道听途说，况且刑事案归刑事案，经济案归经济案。这些都有待以后进一步查实解决。末了转了话题说："眼下当紧的是你回去赶紧处理你媳妇的后事。天气很热，不能再停放，该安葬就尽快安葬。"王晓杰也一旁劝道："我和你爱人是老同学，她的死我也很悲痛。县委李书记特别嘱咐，要在一两天内把后事料理完，否则，那样搁在野地，我们……我们也对不住死者。”乐思远也帮着他们劝他：“二冬，暂时就这样吧。既然县委领导这样关心，你也就不要再拗劲了。别的事缓缓再说。你说，不是？”

三个人劝了一早上，陈二冬才不作声了。

吃过早饭，他们坐车顺便到看守所拿了陈二冬的行李卷，便回村来了。

直到坐在家里，陈二冬心里还困惑不解，十分纳闷，这是怎么回事呀？是我告状告中了，还是公安局自己查实，秉公办事了？那也犯不着惊动堂堂县委书记呀！想来想去，他觉得也许是地委农工部的孙治国起了作用。无论怎么样，总算有了个结果。唉！孩他妈，你死得好惨啊！你为什么要走这一步绝路呀！你该等我回来呀！我知道你是有冤情才死的，你放心，我陈二冬和他程家没有完！你……你先安息吧！

县民政局当天又派人送来一笔安葬费，叫给水梨儿置办棺木用。其实砂锅王已经先垫出一笔钱雇人解木头做棺材，拉砖砌坟。陈二冬的境况变了，加之水梨儿平时的为人不错，许多人都乐意自愿帮忙。两天时间就把一切出殡事项准备停当。临出殡前一天，陈二冬突然提出两条要求：

第一，要把水梨儿的灵柩抬到陈家大门外来；

第二，要雇请河西寺坊镇最好的吹鼓手。

雇吹鼓手好说，如今各村都陆续恢复了这风俗，雇就雇，无非多花几个钱。最头痛的是头一条，把棺木抬到陈家大门外。这分明是和程必成斗气。程家正在大兴土木，大吉大利，能让他把死人抬在眼皮下吗？闹不好两家又动刀动棒吵打起来怎么办？乐思远拍着脑袋叫苦。他和乐和顺想来想去，想不出一点办法。陈二冬拗住劲，两条不答应一条也不出殡。县上是不断来人催着发丧。最后还是王姣妮替他们想出个办法，把陈甜核和程桂萍找来，先做他们的工作，然后再由他们分别去做各自大人的工作，哪一头做通算哪头。

“好主意！”乐思远高兴得拍脑袋。

乐和顺却担心说：“怕是这两个小的就通不了。”

王姣妮自告奋勇说：“我去找他俩谈。我看这两家的仇疙瘩还就得靠这两个人解了。”

王姣妮使了个小心计，把程桂萍和陈甜核叫到她家。桂萍和甜核事前都不知有什么事，两个人一见面，突然像陌生了一般，互相看看，都低下头不言语。

“甜核，桂萍，我这个人心直口快，你们两家闹成这样，你们计划咋呀？”王姣妮劈头问道。她想先摸摸这两个人的底儿。

桂萍哭了。甜核抠指甲，低头不作声。

“人死的已经死了，活人可还得活。你们是计划由两家大人继续这样闹下去，还是……”王姣妮故意把话打住，眼睛忽溜忽溜地扫着他们。

桂萍忍不住用忧伤的目光看了看甜核。甜核也哭了，一颗大泪落在指甲上。

“这种事搁在谁头上也不好受，可是常言说得好，怨仇宜解不宜结。”王姣妮说，“你们就真想看着你们两家大人这样闹？桂萍，我这个直肠子说句不负责任的话，甜核他妈的死，不能说和你爹一点关系也没有。人都活个良心。我看这两天你爹、你妈心里也未必好过。这是图啥呀？”

陈甜核干裂的嘴唇发抖了。他咽口干唾，转身欲走，说：“姣妮，没别的事我走了，我还有事要办。”

“哎哎！我还没说正事呢。”王姣妮拉住他，“我们可不能继续嚼吃上辈人结下的苦果子。我听说你们两个处得挺好，桂萍这两天也做得不错，老少人们都有眼哩。我倒真希望你们两个鼓起勇气，勇敢地好下去！我们又是一代人，不能由着他们大人们没完没了地仇斗，给我们的生活泼苦水！要是我，就做个样子给他们看！当然这要有点勇气，要勇敢。我觉得桂萍这两天就勇敢哩。这有什么不好？村里老小不是都说桂萍好吗？”顿了一下，又问甜核，“甜核，你这两天是不是对桂萍也不满了？”

甜核讷讷道：“我……对她不满什么……”

“真是这样？”

“你说什么快说，不说我走了。”

“看看！还说没什么哩！”王姣妮调皮地一笑，这才把她找他们要说的事告诉他们，末了又严肃认真地说，“哎，这可看你们两个了！你们要乐意看着你们两家再打斗起来，打个你死我活，就不用管。要不想这样，你们就得站出来说话！咱们都不小了，都该当多半个家了！我不是吹，在我们家里，我爹我娘也得听我一半！”

程桂萍一时脑子没翻过来，抬头说：“抬就抬到门口有啥，让二冬婶临走再回家看看也是大家的心意。”

王姣妮说：“你家正在他门前大兴土木，你爹那迷信脑袋，会答应？”

程桂萍语塞了。

“不答应也得抬回来！我不能让我妈临走也不能回家看看！”陈甜核突然闷雷般吼道。

程桂萍被他这声吼吓白了脸，她知他这话是冲她说的，不让她改口。她理解了姣妮的意思，怯生生地翻动睫毛，瞟一眼甜核，一扬头对姣妮说：“要是为这事，你去告二冬叔一声，他该怎么做，想怎么做，尽管放心，我家这边有我呢。”

王姣妮的既定主意是想让甜核去说服他爸不要往门前移灵柩了，那也实在没多大用。移这一下，程家受刺激，街邻们也会有人反对，何必呢？可陈甜核不但不吐这个口，反而和他爸一样，发拗劲。

“就这样吧，姣妮，我……我先走了。”程桂萍走到门口，又忧伤地回头看了一眼甜核，走了。

王姣妮埋怨甜核：“哼！还是个男子汉！没一点气量！走吧，你愿意看着你们两家打起来，我也没别的说了。有钱难买一个愿意，有啥法子呢？抬就抬吧，无非是活人拿死人斗气，无非是一家要抬，一家不让，谁厉害打死谁，再死一个！”王姣妮故作生气，甩门走出去，又从门外撂进一通气话：“你走哇！还愣着做啥？回去给你爸把刀子棒子多准备到手边一些，要打就打个痛快！哼，你妈活着还没受够气，死了再让你们拾翻一顿！桂萍做的也对得住你了！没良心小子！”

程桂萍回到家里，她爹她妈已经听到陈家要往门前移灵的消息，正在家里大发脾气。尤其是她妈赛天仙，破着嗓子叫骂道：“老娘不活了，他敢抬到我新房下，我就和他兑了这条命！”

程天胜也嘟嘟哝哝说：“这可万万不能由了他们！自古盖房、娶媳妇，都有许多的忌讳，就算不兴迷信，也不能把死人抬到根基下。我早就叫你们这些天要多买几挂鞭炮，早晚都放几挂鞭，你们就听不见！这可好了，房子正合龙口，人家又要把死人给你抬在根基下……”

“行了行了！”程桂萍不满地打断程天胜的话，“既有今日，何必当初？当初你们为什么要把房子盖在人家大门前？人家死下人你们还这样不满意！你们当初怎不劝劝我爸不要在那里盖呢?!”

“当初我说他他不听呀！当初谁想到他们家要死人！”赛天仙乱叫乱嚷。

“你们都听我说。”程桂萍把她妈和她太爷爷呛得不言语。想起姣妮的话，要替大人当起一半家，她忽然鼓起了勇气，俨然要做这一家人的主宰，大声说：“让人一步自己宽！过去你们得理不饶人，现在人家冤也冤了，死也死了，你们还有什么不可意？人家要往门外抬灵由人家抬，不怕，房子塌不了！你们怕沾晦气，怕房子塌了，不要去住！”几句话把眼前的三个人震慑如痴。

程必成始终没说一句话，踢开门走了。

程天胜怕重孙女再给他几句受不了的话，嘟哝着：“好好，反正我也活不了几天，塌不塌我也不住，我不管，我不住，我走。”也灰灰地走了。

赛天仙却破口骂起来：“你……你个吃里爬外的死丫头！我知道你早操了二心！我算白养活了你！早知道你是这个样，我……我真后悔当初……当初不该捉养你个丫头片子！”

明天是发丧的日子，要移灵就在今天夜里“送灯”之前。程桂萍虽然这样喝住了她爹妈，可是她知道她爹她妈并不会真正听了她，万一晚上他们去拦挡，肯定会撕扯打闹。她提心吊胆地熬到天黑。她爹一天没有回来。她妈一天骂着不吃不喝。她又担心她爹去干什么，又要看着她妈，同时还担心地不断竖耳听着街上的动静。

天黑了。街上没什么动静。

吃过晚饭了。街上还没有动静。

程桂萍痛苦极了。她既不希望她父母去干涉陈家移灵,同时更希望陈家不要移灵。她暗暗怨恨甜核不冷静,怨恨他说那句伤透她心的话,“不答应也要抬”。甜核呀甜核!我们俩当初是怎么说定的?你说你爸过去有对不住我爹的地方,咱们两家的仇怨不应该再让它存在、继续,要从我们这一代把它彻底埋葬,彻底斩断仇缰怨锁,用我们的行动,结束两家的悲剧,用我们的行动开创崭新的生活,用我们甜蜜的生活治愈老一辈人心灵上的伤痕……这些话不是你亲口说的吗?难道你都忘记了吗?也许你会说,你爹你妈没有遭此不幸,你当然……可是……可是你知道我这些天多么难过吗?唉唉!算了,算了想这些!不过,甜核,我真心希望能尽我最大的努力弥补我父母的过错,给你和你爸的心灵一点安慰!无论你现在后悔当初说的话,发的誓,也无论你现在恨我,恨我爹我妈,我爱你是真的,我希望结束我们两家的悲剧也是真心实意,即使我得不到你的信任、谅解,得不到你的爱!

恍惚中,她隐隐听见街上有了哭声。她的心陡然一缩,警觉地向门口走去。街上的哭声越来越清,越来越多,同时锣鼓声、吹奏乐也响了起来。她明白了,这是开始送灯了。渐渐松了一口气。她多少懂点乡下出殡的规矩,只要今夜送出灯去,明日定要出殡的。但究竟移灵了没有,依旧放心不下。她站在大门口,想象着陈家送灯的情景,吹鼓手前面吹打着,孝子孝孙们、同辈姐妹兄弟们扶着哭棍,抬着纸人纸马,一路哭着,一路插着用麻纸糊在竹棍儿上的油灯捻儿,向土地庙走去。然后在土地庙前把那些纸人纸马烧化,算是交给土地爷去为死者安排前程。大户人家或者是德高望重的长者死了,这种送灯的场面是十分壮观的。孝子孝孙、女儿女婿、亲朋好友,举着明灯亮火,浩浩荡荡,哭声震天,能排半条街。方圆几里远的村子都能听到哭声,望到灯火闪烁。此刻,程桂萍听见那送灯的哭声稀稀落落,好像并没有多少人。她明白,甜核妈正当中年,只有甜核和甜枣兄弟俩,能有多少人去哭?想着想着,竟不知不觉地走到往土地庙方向去的北村口。她远远地站在一棵大树后,望着从村里走来的送灯的队伍,几个帮忙的中年人在前面用箩头往道两边撒着石灰泊子，用火箸扎着插灯棍的眼儿，“二谝子”抓着一把油捻子，十分卖劲地弯腰插着，后面是几个吹鼓手吹吹打打，再后边便是甜核和甜枣兄弟俩捧着灯盘，由两个老者搀扶哭着走过来。还有几个头上罩一大块白布的女人被远远落在村里，其中哭得最响最痛的是柴云凤，那大破嗓子震得程桂萍心都要碎。

程桂萍看着这种悲凉的情景，恨不得跑进那几个女人中去，痛痛快快地哭几声。但此刻她最担心的是陈家究竟移灵了没有，担心她爹她妈会做出什么事来。她强忍悲痛，急忙往回跑。跑到半路上，正巧碰上从陈家走来的砂锅王。砂锅王告诉她，陈家不移灵了，甜核做主这样定了。程桂萍听了，不知是高兴还是悲痛，一口气又朝北村口跑去。当她跑出村口时，送灯的人们已经偃旗息鼓地陆陆续续从土地庙的山坎下返回来。走在最后面的柴云凤和扎根媳妇一路商量着什么事情，叨叨不休地说话。

“唉！我要不是和水梨儿同辈我就替他们去送。”是扎根媳妇的声音。“论起二冬，我不记他的仇，也伤他的心，看他当干部那几年兴得六亲不认！可论起他媳妇，真是个好人，我真想痛痛地哭她几声。”

“别说这没用项的话了！不看活的看死的，好歹得帮衬着把梨花送出去。唉，我扎点了几个小辈人头，丫头们里真挑不出一个合适的，荷花家那闺女倒是叫梨花姑哩，论起来两家也没出了五服，可那闺女还没腥罐儿[①]高，还担心打了哩。”柴云凤说着“哟”一声，好像是路上什么东西绊了一下。

“就是抱得动荷花也不会答应，他们两家几年不说话，你不知道？”

“唉，甜核要早说上个媳妇就好了！哪怕没过门有个定了亲的也能顶一顶。”

“说淡话！甜核要是闺女不更省事的？快走吧，回去再说吧。”

两个女人说着话朝村里去了。

程桂萍站在道边的墙影下，瞅着她们进了村，心里暗暗纳闷，她们是说啥呀？甜核要早说上个媳妇……那闺女还没腥罐儿高……哦！是了是了！准是明天送腥罐儿——

---

①腥罐儿：给死者陪葬的、装满各种荤素祭品的罐儿。

"桂萍——桂——萍——"

程桂萍正独自想得出神,她妈扯着利麻嗓子在后窑崖畔上喊她,只好闷闷不乐地先回家去。

陈家确实没有往村里移灵。甜核被王姣妮讽刺带挖苦地训打了一顿,更担心万一陈程两家大人再为了移灵打起来,闹出乱子。所以当陈二冬叫喊不移灵不让送灯时,甜核终于断然说了一声:"送!"自作主张,把他爸挡了回去。

按照规矩,送灯回来吹鼓手要在灵前吹打一夜戏乐,有多少孝子孝女吹几场戏乐。这也算是儿女们向死者尽的一种孝心。水梨儿年纪轻轻,自然没那么多孝子孝孙,所以吹鼓手吹打了两回戏乐,村子里便静悄悄的了。只是时不时听见守灵的甜核续香添灯油时呜呜地哭一阵。哭声在深夜里传得又清又远,越发显得凄惨悲凉。这哭声竟使整整一天躲在焦化厂窑里的程必成如坐针毡。

二十九、出殡

在家里被女儿数落了一顿之后，程必成生气地躲了出来。他觉得异常烦闷，而又无处可去，尤其是听见西村外那时断时续的哭声，更觉得心神不安，眼前不断幻现出水梨儿那双憎恨的目光，为了寻个安静，他不知不觉转悠到焦化厂的窑里藏了起来。

桂萍担心她爹会在陈家移灵时出面拦挡，其实她并不了解他的心情。程必成听说陈家要移灵门外，生气固然生气，可头脑还十分冷静。

他并不愿意真正和陈二冬对面发生冲突，何况他真要出面阻挡并没有许多的理由，人家往自己大门外停灵，门外三尺是人家的地方，你程必成有什么理由不让？冲你的吉利吗？晦气吗？你程必成新造的洋楼正在合拢口吗？盖房、娶媳妇最忌讳红、白相遇吗？即使果真有这样说道，这种迷信话能端出去做理由吗？女儿的话，谁叫你们在人家大门口砍树造房！更使程必成忧虑不安的是眼下程陈两家的境况发生了莫名其妙的突变，陈二冬居然坐了县委书记的小车来来去去；陈老定好像突然变成哪个达官显贵的老太爷，救护车开到大门口，医生护士亲自接他住了医院；自己的靠山程在望却锒铛入狱；老龙口的人心也哗啦一声倒向陈家，连一向巴结讨好自己的“二谝子”也居然大喊大叫为他陈二冬作证没有持刀杀人！所以他感到有一种不寒而栗的孤独和恐惧。他躲到这里来就是想避开赛天仙的号叫，装个什么也听不见，什么也不知道，由他陈二冬想怎么干就怎么干。

尽管程必成是这样想的，他一个人躺在焦化厂的窑洞里还是放不下心。他打发人到镇上买了几十元钱的鞭炮，一旦陈家果真移灵门外，他程家就在工地上鸣鞭放炮，整整放它三天三夜。反正你在你的地盘，我在我的领地，我干涉不着你，你也休想干涉我！同时不断打发耳目去探听陈家的消息。当他听到陈家大小子做主不往村里移灵时，一颗心才慢慢落到肚里。但继而又感到一种莫名的惶愧，特别是听见甜核孤零零的哭声，想到水梨儿的尸骨冷冷清清地停在村外。

这一夜程必成没有回家去睡。他似睡非睡地躺在一张硬板床上，一会儿看见水梨儿的棺材停在村外，一会儿又看见水梨儿向他走来，她愠怒的目光仿佛要把他吃了，仿佛在对他说："你的心真狠毒！我水梨儿就是被你害死的，被你逼死的！我死了你也别想好活！二冬饶不了你，我儿子甜核甜枣饶不了你！你等着！你等着！"他吓得想跑，却怎么也跑不动，四面好像都是围墙。他跪在地上求饶，解释："不不，我并不想害你，我……我……没有想到你会死……"当他拼命叫喊着醒过来时，太阳已经从玻璃窗户照进来。他恍恍惚惚听见村里咚咚锵锵锣鼓响。他的心像被这送葬的锣鼓声敲痛一般，又没精打采地躺了下去。他知道水梨儿的新坟在东山黄土岗上，送葬的队伍要经过焦化厂旁边的大路。他不敢在这种时候出去，也许是怕人们看见他，也许是担心水梨儿的魂灵把他缠住，心神不宁，惶惧不安。但是躺了一会儿，他还是又坐起来，忍不住把眼贴着窗玻璃朝大道上看。

甜核和甜枣兄弟俩穿着阔大的白孝衫，扶着哭丧棒，拖着一根长长的柳树墓杆哭着走过来。

他想道，送墓杆了！一会儿抬灵的就要过来……当他的脑子像一片空白一样，愣愣地支在窗台发怔时，突然一个莫名其妙的女孩子的哭声撞动耳鼓。他简直不敢相信自己的听觉："是她？怎么会是她！！"他愕然了，直到那凄厉的哭声越来越近，越听越清，才使劲眨眨恍惚的眼睛，又向大路上望去。

头罩白布、臂戴黑纱的程桂萍怀里抱着腥罐哭着走过来。她哭得真痛，高一声，低一声，婶呀婶的哭得顾不上看路，蹒蹒跚跚地走在高低不平的土路上。后面跟着一群看稀罕的女人和孩子。

登时，程必成气炸了，从窗口跳下来，哐啷踢开门扇就要冲出去。"混账！混账！她给送腥罐！她………她算谁家的人！"可是，当一脚迈出门外时，又沮丧地停住。"我去干什么？拦住她？打她？生米煮成熟饭，她已经抱着腥罐走遍村，我……我去顶什么用！"

程必成正气得不知所措，又一个杀鸡似的利麻嗓子震惊他的耳膜："天杀的！你个不要脸的！你妈还没死你就去给哪个奶奶送腥罐呀！"赛天仙气急败坏，一路破口叫骂着从村里追出来。

程必成更着了急，他也真恨不得追出去把桂萍狠狠揍一顿。可是又想，即使真那样，任性的桂萍也绝不会回心转意。她既然敢这样做，就会想到她爹她妈会怎么样，与其自己一家人在光天化日在一街两行的人们面前打闹揪扯，惹人嘲笑，不如吃个哑巴亏，由她算了。他犹豫片刻，连忙让焦化厂的两个工人去把疯狂的赛天仙挡回来。

程桂萍听见她妈的叫骂声，生怕赛天仙追上来把腥罐打了，连忙止住哭，扯下罩在眼前的孝布，抱紧腥罐一路朝坟地奔跑。只要把腥罐安然送到坟地，她妈就追上来也无妨。她刚跑上离坟地不远的一道山梁，迎面碰上送墓杆返回来的甜核兄弟俩。甜核看见是她抱着腥罐，当下也发了愣。因为在他拖墓杆动身之前，他和柴云凤亲自去央求本家婶荷花，说定让荷花家的小闺女送腥罐的，那闺女小，抱不动，由扎根媳妇帮护着，这话都是说死了的。怎么突然会变成桂萍呢？

"你……怎么你送？！"甜核发火地说。说实在，要说过去他对桂萍很有好感，甚至模模糊糊地爱过她，自从他妈死了之后，他对桂萍不知该恨还是该怨，见也不愿意见到她。

桂萍回头看看山下，见她妈没有追上来，这才站住，喘吁吁地说："那小闺女死活不送，哄也哄不出门来，我……我不送谁送？不送了？"

甜核担心的就是这。可是他马上意识到一个严重问题,送腥罐应该是死者的儿媳妇或者女儿,他妈一没儿媳妇二没闺女,不得已才央求荷花家的小闺女……如今她抱上送,这不是……“你……你算什么!”陈甜核又气又羞又急,脱口斥道。

程桂萍也不怯他,顶道:“算什么?你说算什么?我送腥罐就沾住你了?丢了你的人了?我算……我算你妈的闺女!看你厉害的!哼,不用你多管!”

这时,村里响起起灵前的锣鼓声和许多人的哭声,甜核着急赶回去扶灵,没有时间继续和他争论,狠狠跺了一脚,拉上甜枣匆匆回村去了。

程桂萍把腥罐送到坟上,照着水梨儿的新坟提前磕了三个头,了却一桩心愿,在送葬的人们上山之前,绕道向山下走回去。走到离村边不远的一个山嘴上,听见村里的哭声像发山洪一般,呜呜打打哭成一片。她忍不住停下来,闪在一片玉茭地头,居高临下,向村里望。只见一街两行排满黑压压的人头,七八个抬灵的人架着抬杆,嗷嗷地吼叫着。拉灵和送葬的亲属,本家的人虽然不多,但村里的男女老小分明拥塞了一条街,抬棺的男人们不得不停下来,让那些大声恸哭的女人们爬在棺架上哭个痛快。桂萍从小在村里曾经看见过几家大户人家送葬的情景,却从没有见过这么多围观的局外人都拥着棂恸哭不止,几乎村上一多半人都前呼后拥地跟着送葬。望着望着,竟莫名其妙地突发奇想,我爹我妈,或者二冬叔要是死了,也会有这么多人自动跑出来送葬吗?好人为什么不长命啊!爹呀妈呀,你们也该走出来看看啊!禁不住难过地哭了。但这难过分明一半儿不是因为水梨儿,而是因为别的什么……

三十、如梦

安葬了水梨儿之后，陈二冬像只被雷雨浇散了架的风筝，跌落在冷冷清清的荒郊野地，悲哀、凄凉、落寞、孤独，种种人生最苦最涩的滋味都向他袭来。他不堪承受，一连两天躺在炕上不吃不喝，也不出门。

甜核也心绪空空，无心做饭，只用人们祭献他妈时送来的祭面、祭馍垫饥。甜枣跟他舅舅梨根去住，家里就他们父子俩。

“爸，起来吃点吧！”

甜核把烤过的馒头放在他爸的枕边。

陈二冬依旧没心思吃东西，不过还是坐了起来。他觉得一阵头晕目眩，眼前飞动着许多金粉似的小点点，定了定神，把在院里收拾东西的甜核叫进来，说道：“你在家耽搁的时间不短了，明天是你妈‘三日’，烧过纸你就回单位去吧。”

甜核也担心时间长了单位领导会批评他，却又放心不下他父亲，他心情这样不好，一个人在这空空落落的大院里，不是更叫他难过吗？特别是想到那天他持刀拼命的事，更放心不下。他犹豫着，说道：“没事儿，我再住几日，等给我妈烧过‘别纸’再回去也不误。”

陈二冬不再说什么。过了一会儿，问道：“甜核，咱们这个家成了这样，往后……往后你打算怎么过？”

甜核怔了一下，似懂非懂地说：“只要爸好，我……咋也成。”

“你别管我，我是说你。”

“我……”

“唉！”陈二冬深深叹口气，沉默一阵，说，“程家的桂萍给你妈送腥罐，是不是你们事先商议过？！”

“不不，爸，没有的……根本没有的事，”甜核不胜慌急，语无伦次地解释，“那是她自己要……我和她根本……根本没那回事。”他怕他爸爸怪罪他。

陈二冬又沉默了一阵，抬眼看看脸红颈涨的儿子，慢慢说道：“有这回事，没这回事，我这阵儿都不怪你。不管怎么样，那闺女总还是一片真心。我也没想到桂萍会有这么大气量。也许你们这一辈人就是和我们这一辈人不一样。听说，桂萍叫她爹骂跑了？”

“嗯。人们都这么说。”

“你没去找找她？”

“我去找她做什么！”

“这就是你的不是了。我和她爹有仇，可并不希望你们两个也结仇。不管怎么，她和她爹不一样，你应该去……你是个男子汉，不能叫人们说你还没有桂萍的气量大。”

“爸……”

“我现在对世上的事都冷心了，能活一天活一天。对你们的事我也不想管了，往后凡事你自己拿主意就是了。”

父子俩正说着话，乐思远推门进来。“二冬，今天县上又来人了。”乐思远忧心如焚地站着说。

陈二冬头也没抬，闷声说：“来让他来！”

“不是，叫我和你一块儿上县里呢。”

“我不去！”

“不去怕不行，车在大道上等着呢。”乐思远屁股擦着门框蹲下又站起，担心地说，“我估摸总是叫你我去问案。”停了一下，瞅着陈二冬低声问：“那天天不亮你到底是不是真拿着刀去……”他故意不往下说。

陈二冬一听这话，火了，仿佛一颗瘪了的皮球被狠狠拍了一下，又蹦起来，说：“去就去！”

陈二冬当下又把他从看守所拿回来的那卷行李掂上，要走。乐思远夺下，扔在地上，硬劝他上了汽车。他们走了之后，甜核放心不下，随后蹬了自行车，也去了。

正是秋庄稼开始锄拉的农忙时节。人们大都下地干活去了。尽管村里静悄悄的不见动静，消息还是传开了：“陈二冬又被县上传走了！”有的甚至传着他把住看守所的行李也卷上走了——持刀杀人的罪终究逃不过去！

程必成也听到这个消息了，是“二骗子”专门跑到焦化厂告诉他的。“真的！哄你是这个，”“二骗子”伸着小拇指，满脸的肌肉都在讨好，“还把上回住看守所的铺盖捆儿也扛走了。”又说：“嘿，那天要不是我一把抱住他，他就冲进你家大门，手里的切菜刀明晃晃的，保不住出下大乱子。”

“你不是没看见他拿着刀吗？”

“嘿嘿，我……我后来才想……想起来是拿着……”

“滚你妈远远的去！”

程必成听了，不知是开心还是疚心，情绪很不好，掂起一把铲煤的铁锹，把“二骗子’吓得几乎掉进炼焦的火炕。

陈二冬和乐思远到了县城，汽车一直把他们拉到县委会大楼的门前。他跳下汽车就往外走。跑出来迎接他们的王晓杰追上来说：“二冬，请先到楼里来吧！”

“我知道！”陈二冬很不客气地说，“我到医院先看看我爷爷，然后就归你们处理！”

“你是怎了，还这么大火气？”王晓杰笑说。

“二冬！不要任性！你吃这个坏脾气的亏还没吃够？”乐思远帮着说了几句，他们才跟着王晓杰进了大楼。

王晓杰把他们安顿在小会议室，沏了两杯茶，让他们稍等一会，便匆匆走出去。他们好生纳闷。不大会儿，门口呼呼啦啦走进四五个人，有县委李书记、县政府麻县长，还有统战部部长、民政局局长等，还有两个女干部，据说是地委来的。这阵容、来头更使他们两个丈二和尚摸不着头脑。

“家里的事安顿好了吗？”李书记一进门就十分关心地问。

乐思远看见陈二冬没回答，连忙替他说：“李书记，好了好了，都安顿好了。要不是县委和县政府的……”

几句问候、抚慰话之后，李书记脸又转向郁郁不快的陈二冬，炯炯有神的眼睛若有所思地看着他，微微一笑，说道：“二冬同志，应当说你是祸福双至，悲喜同来。”

陈二冬没听懂他的话，依旧心不在焉，埋下头不知看地板上的什么地方。

“今天把你叫来，是要告诉你一个大喜的事情。”李书记双手合掌，静静地瞅着陈二冬。

陈二冬显然不乐意听这样的话，他的心情只有深深的悲哀和绝望。他抬起头，有点不客气，说：“李书记，我陈二冬这辈子也不会有什么喜事，我也不希望会有什么喜事，我不明白……”

“希望的事情往往不一定会得到，不希望的事情却往往又会找上你来。不是这样吗？当然，事物的发展不全是这样，但有时候会是这样。这就叫矛盾的偶然性吧？”李书记即兴想到几句自认为得意的、富于哲理的话，然后直直腰，郑重其事地一字一顿地说：“你父亲回来了！”显然，说这句话的时候，他像发射一颗原子弹一样，激动而兴奋，紧张而又沉着，期待着按下最后一个发射键之后，会有一声惊天动地的轰隆巨响。然而陈二冬好像什么也没有听见，毫无反应。

坐在旁边的乐思远分明听见了，听清了，却又不相信自己的耳朵，或者以为李书记是张冠李戴说错了话，眼睛瞪得很大。瞬间沉默之后，他说：“李书记，要是我没有听错，就是你说错了，二冬没有父亲——不不，二冬的父亲早已不在人世，死在朝鲜，抗美援朝牺牲的，是烈士。”

周围的人都无声地乐了。

陈二冬可真火了。心想,你们这些当官的吃多没处寻开心,找我来开心呀?脸色气得黑紫,愠怒地抬了抬头,正想说什么,李书记接住前边的话,语气十分肯定地含笑说:“我没有说错,你们也没有听错。的确是这样。今天特意把你们请来就是要通知你们,陈二冬的父亲陈大旦回来了!”

陈二冬还是不敢相信,但火气分明消了许多,惊疑地抬头看看李书记,看看在座的人,如梦初醒,强调说:“你们闹错了吧?我父亲是烈士,烈士!他抗美援朝走了就再没有音信,烈士通知书还是县上发的……根本不会有这回事!”

那位从地委统战部来的女干部接过李书记的话,郑重其事地说:

“你说得也对,过去我们一直以为他牺牲了,一直当烈士。现在你父亲活着回来也对,也是千真万确的事实。当然这会使你惊讶的,我们也一样。明天他就要到县里来了。”

天大的怪事奇闻!一时间,陈二冬和乐思远大眼瞪小眼,你看我,我看你,以为自己在做梦。

接着,他们告诉他,他父亲陈大旦现在国外经商,是一家公司的总经理。最近要回来探亲,并且有志于为家乡的经济建设做点贡献。县里对这件事十分重视,并希望他好好配合政府把接待他父亲的工作做好。至于他父亲究竟怎么样死而复生,以后慢慢再说。陈二冬被这意外而又意外的消息震得如梦如痴,心跳不止,但他还是不敢置信。急想,这怎么可能呢?和他父亲一块当兵走了的“拐得俊”亲眼看见他父亲是被炮弹炸死的,几十年过去了,怎么突然死而复生,活着回来?不可能!不可能!别是他们张冠李戴,找错主儿了!他既然没有死,三十多年能没有音信?他并不乐意接受这种来得太突然、太意外的喜事。说道:

“他回来不回来和我没关系!我看你们是弄错了,不可能的。你们再调查调查吧。我可不愿意随便认个老子。要是这事,我就回去了!我家里还有好多事呢。”

“绝不会弄错的。我们要对你负责，要对你父亲负责。这你就不用担心。你回去先把家里收拾收拾，缺什么你就说话，民政上尽量帮助你。”民政局长说。

“好吧，就这样，有困难你就找民政局长说。先回去做个准备，明天一道到火车站去迎接你父亲。”李书记站起来，走到陈二冬面前，拍拍他的肩头，鼓励他说：“打起精神来，难得父子团圆，应当高兴，应当感谢党的开放政策。”

陈二冬更拗了。

“我高兴不起来！他爱来不来！三十年他没回来我也照样活。”说着，悲喜交集，突然呜呜地痛哭不止。

陈二冬和乐思远出了县委大楼，在去县人民医院的路上，两个人还像在梦里一般，恍恍惚惚，将信将疑。当他们站在陈老定的病床前，看见陈老定住的单人病房，医护条件尽管并不十分先进，但和那些十几个病人拥挤在一个大病房的病人相比，显然大不相同。陈二冬仿佛蓦地明白了什么，怔怔地看着小护士给他爷爷喂流食的情景，想到县上催他尽快安葬水梨儿……禁不住伤心地想道：“原来如此！”

陈甜核没有找到他爸，又返回医院，恰巧碰见乐思远从医院出来。当他听乐思远告诉他，他那个当了三十年烈士的爷爷突然死而复生，而且是当今潮流所仰慕的阔商巨富，马上要回来探亲，他那震惊的样子，不亚于听到天外来客突然而降。他无论如何不相信，不能解释，甚至不满地怨恨乐思远和他开这种玩笑。然而乐思远一再向他做保证。他又见到他爸，从他爸脸上那并不否认、也不十分乐观的神色中得悉一切都是真的时，年轻人的心抑制不住了，咚咚跳动了，眼睛发亮了，仿佛一切都会随之而至。

本来活着的却死了，本来死了的却活了。陈二冬家的事情像大江大海的波浪一样，一浪落下去，一浪又卷过来，老龙口的人心都沸沸扬扬地感到不堪承受一般。尽管陈二冬和乐思远路上说定，在没有见到真人之前不对任何人讲，并且一再嘱咐甜核也不要对外讲，消息还是莫名其妙地传开了，像一阵风似的吹遍老龙口。于是各种各样的说法应运而生。有的说这是水梨儿的命换回她老公公的命;有的说这下子陈家又要翻起来了,陈二冬又该抖了;也有的说:“哼,是福是祸还是两说哩。”

犹如石破天惊,人还未到,村里先嚷得天翻地覆。

三十一、阔商

陈二冬口上说不去接，第二天早上他还是早早地起来，把家里院里细细地打扫了一遍，随后便等着乐思远来叫他，因为县上说定让乐思远也去车站的。可是乐思远来叫他时，他又犹豫了，万一闹错了，不是惹人笑话吗？人死了三十年怎么能突然活着回来呢！终究是个猜不透的谜。他死活不去，乐思远只好独自去。他是支书，县上有话，不敢不去。

乐思远走了一天没回来，走了两天还没回来。在陈二冬暗暗着急的第三天早上，村里人正端着碗坐在街上吃饭，一溜三辆崭新的油光发亮的小卧车徐徐开进村来。

陈大旦果然回来了！他改了名字，叫陈师贤，人们都称他陈先生。大高个头，四方脸，一头花白的头发梳拢得整整齐齐，在太阳光下油光发亮；一身笔挺的西服和一条绛红色的领带在乡民们眼里显示着与众不同的富有。粗野的乡民中只有少数上年纪的人还能从那张四方楞峥的大脸庞上找到当年的记忆。大家不约而同地，像欣赏珍奇怪物一般围拢上来。当陈大旦摘下几乎罩了半个脸的茶色眼镜，显露出一双眼皮松弛、眼球鼓凸的眼睛时，人们却像突然发现什么似的，窃窃私语。

陈大旦十分注重礼节，尽管他已经是侨居异国的阔商，一旦到了生他养他的故土，还是乡民中的一员。他在村口就早早地下了车，一路走着，一路和陌生的端着大碗吃饭的老少乡亲彬彬有礼地点头打着招呼。他从那许许多多张陌生的脸上偶尔也能唤起点旧时的记忆，不停地站下来，端详着那些爬满蛛网般皱纹的粗糙油黑的脸。当他从对方的回答中证实或者否定了自己的记忆时，便同他们一起哈哈大笑，同时不停地用手帕揩着湿润的眼眶。从村口走到陈家门口，足足走了一个多小时，老龙口的街道、房屋、树木……对于他一切都十分陌生。当他在人们的拥挤中走进陈二冬住的堂屋时，一眼看见靠山墙的条桌上供奉着水梨儿的灵位，倒好像并不陌生，他默默地走过去，瞅着水梨儿的遗像，垂下头去，沉默了许久许久。

人们顿时明白了，总是乐思远和县上的干部已经把陈二冬家里刚刚发生的不幸告诉了他。

三辆小卧车停在陈家的大门口。陪同陈大旦来的县上的干部手忙脚乱地从小车上卸行李箱，一连提出三四个大大小小的沉甸甸的皮箱。于是围观的人们又眼奇地尖叫着议论不休。当蜂拥的乡民为陈家悲极喜来而高兴的时候，却不见了陈二冬。

原来，陈二冬在人们乱哄哄地拥向他家来的时候，不知怎么的，忽然想起水梨儿，泪水像山泉一般，止不住地流。他怕人们看见，躲到房后河岸上去了。他蹲在河岸上，越想不要哭，越伤心得止不住，从水梨儿死了好像从来没有这么伤心地哭过。正无声地吞咽着一把把的眼泪，听见有人在河坡下大声呵斥："那是谁在上面？走开！点炮了！快走开！点炮了！崩死你不管！"他这才明白，河坡下是程家的采石场。但他没有动，陡然冒起一股无名火，心想，日你娘的！老子就不走开！你有胆量把你老子炸死崩死！河坡下采石的工人还在叫喊，一个挥小红旗的人边骂边跑上来："你聋了！石头飞过来炸……"

陈二冬一看是"二谝子"，索性大模大样地伸开两条腿坐在河边的石头上。"二谝子"走到跟前才认出他，突然变了口气："嗨！我当是谁哩，二冬，你怎在这里坐着？你爸不是回来了吗？"陈二冬头也不抬，抱膝坐定，说道："我等着把我崩死哩！""二谝子"笑说："嘿，你和我们生什么气，石窝是必成开的，我们不过是赚个受苦的钱。当我愿意给他干哩？旧社会他家剥削穷人，现在他又雇工剥削，哼！”又把细长的脖子伸过来，低声说：“嘿，这一回你可不尿他了！你爸一回来，县委书记都亲接亲送，怕他个㞗？你和你爸说，非叫他把盖在你大门口的‘窝’扒了不可！你媳妇就……就是叫他欺负死的！”这话正说到陈二冬的心坎上，像一个火星溅在潮湿的炸药包上，嗞嗞地响。正在这时，乐思远喊着跑过来：“哎呀，你怎么躲在这里！”拖住便走。

陈二冬对他老子不能说毫无印象，但也实在没有多少清晰的记忆。陈大旦参军走时，他还穿开裆裤，只记得大人们说是“哭兵”，那么多人哭，他妈拉着他爸哭，他也跟着哭。他爸却没哭，还不住安慰他妈：“哭啥？解放全中国，受苦人翻身，咱贫雇农不带头参军谁参军？”大庙上坐着大锅，欢送新兵，村干部们请新兵吃饭，把他也抱在桌子上。其实欢送新兵的主要村干部就是他爷爷陈老定。人们把花生、柿饼、核桃、软枣和一双双新的棉鞋、新棉袜、棉手套等，那么多慰劳品都分给新兵和新兵的家属。他记忆最清的就是两个衣裳口袋里装了那么多落花生、柿饼和软枣，他吃了一天还没有吃完。他爸骑着高头大红马，胸前戴着大红花，披着红绸子，抱着他可村里转了一大圈，临离村时，把一副暖和的绒手套给他戴在手上，他便打马头前走了。后边还有七八个新兵，也骑着大马，跟着他爸，一溜烟跑了。从此之后，他只是见过他两张照片。一张是到了部队刚穿上军装的，一张是从朝鲜寄回来的，上面还写着一行中国字，一行朝鲜字，都是“抗美援朝，保家卫国”。再往后，便是那一张战死通知书。接着便是一块“光荣烈属”匾在小学生们敲锣打鼓声中挂在他家的大门上。这块光荣匾曾经给他小小的心灵带来莫大的骄傲、自豪和鼓舞，也曾经成为他入党、当干部的阶梯和动力。但是，随着时间的流逝，历史的变迁，那块光荣匾虽然更新了两回，也日渐褪色，人们也只是逢年过节例行公事一般还想起有这么回事。后来他落马为民，当不成干部之后……要说记忆，烈士这两个字比他父亲本人的形象更深刻。现在出现在他面前的这位西装革履头发花白的老人，他明知已经不容置疑，却怎么也不敢相信是自己的父亲，好像父亲两个字和眼前这个人很遥远,很陌生,很难吻合。

围观的人们突然静下来,等待着他叫一声“爸爸”。但许久许久,这种声音没有出现,他只是默默地望着眼前的陌生人,目光充满着复杂的感情,不肯迎上去。

陈大旦突然变得十分脆弱,当乐思远告诉他这就是他的儿子陈二冬时,他的眼泪已经糊住了发亮的眼球,宽厚的嘴唇颤抖得说不出话。他在抑制不住的激动中向儿子扑过来,抱住了木然的陈二冬,紧紧地抱着,仿佛怕他重新失去。于是,他们都哭了,哭出了声。

人们谁也不说话,不少人陪着流泪,大家的目光都仿佛在说,让他们哭吧!哭吧!三十年了,他们第一次享受这种温暖的父子感情啊!

“旦子!大旦!大旦——”

一个粗野的麻沙嗓子从大门外喊着进来,突然打破这种良久的揪心的沉默。是“拐得俊”趺趺撞撞走进来。因为闹了一场病,他已经有些日子没有出门,现在听说陈大旦死而复生,突然从海外归来,一激动,竟拄着棍子跑了出来。他在大门口就喊陈大旦小名,不管对方什么样的穿着,也不管对方乐意不乐意,闯进门里便捉住陈大旦的两只胳膊,直嚷:“大旦!你没有死?你真没有死?那颗炸弹炸死的不是你?”

陈大旦被他的莽撞搞得十分尴尬,半天认不出他是哪个。

“怎么,你不认得我了?唉!我是肉狗子!和你一块当的兵,你怎么都不认得我了!”

“你就是肉狗子?”陈大旦终于认出对方,激动地叫道。

“他叫‘拐得俊’!”人群里不知谁高声嚷叫。人们哄地笑了。

“拐得俊”用袖口抹着眼屎模糊的眼,不管人们说什么,依旧嚷道:“咋不是哩!一入朝咱俩就分到两个连,那一回打过三八线,我看见前边跑的好像是你,还没喊出来,一颗炸弹落下来,我当你……当你早没这个命啦!”接着便是呜呜地哭,边哭边说,“我这条腿就是那一次炸的……村里给你送了块烈士牌子,挂了快三十年,想不到你活着回来。他们告诉我你回来了,我死也不相信,还骂他们见了鬼……大旦,你真的是回来了?你当真没有死？这些年你到哪里去了呀？怎么也不给家里来个信？家里你爸、你娘、你二冬……这些年可没少受了——”

看来不打断他的话，“拐得俊”会又哭又说地说一天。乐思远见他东拉西扯扯得没边，拦住他说：“行了行了！这些话搁着慢慢说，你先让大旦坐下休息休息。”

不料“拐得俊”冲他发火道：“慢慢说？我等不得！我怕我死了没机会说！这些年你们拿我不当人待，我当过俘虏，那是我要当的？我还不是想冲上去多杀两个鬼子兵？你们不把我当军属也罢，你们还欺负二冬，二冬媳妇是咋死的？还不是叫你们欺负死的！”

“‘拐得俊’，你疯了不是？”见他越说越野，有人喝道。

“我没疯！这憋了这些年，肚子都憋疼了！我要和我的老战友好好说道说道！你叫二冬说，他媳妇多好个人，你们……你们……”

如果不是县里来的人让乐思远叫人把他拉出去，“拐得俊”还不知道会叫喊些什么大煞风景的话。

这一天，陈家好像赶庙会，人来人往，川流不息，老龙口凡是能走得动、出得了门的，都像看西洋景一样来看陈大旦。那些老汉汉老婆婆们更是急切，他们和陈大旦毕竟有过一二十年的相处。比他长一辈的，和他同辈的，或者小他几岁的，都有许多的记忆陡然翻起来，一见面便你一句，他一句，或者同时几个人抢着说，一边抹泪擦鼻涕，一边说个没完。

“行了行了！别光你们抢着说了，让大旦说说吧！大旦，这么多年你是怎么活过来的呀？”

陈大旦给众人散发过那种村民们没见过的硬纸盒香烟，听见有人让他说自己这么多年是怎么过来的，不禁黯然神伤，苦笑一声，说：“我记得有句俗话，孩子没娘，说起来话长。三言两语也说不清，往后慢慢说吧。”人们见他不愿意讲，也就附和着，又把话扯回到村里的陈谷子烂芝麻上。陈大旦从记忆中搜索着熟悉的名字，一一问过，有的已经早死了，有的解放后就出村当了干部，有的招到外村当了招女婿，已经不算老龙口的人，有的还活着，就在场坐着。

正说得热火，门口走进个老汉，大家回头一看，都不作声了。

“陈先生，还认识我吗？”那老汉没有直呼其名，叫了声陈先生。

陈大旦慢慢站起来，眨动着松弛的鼓眼，审识地看着对方。

“你……”

“是呀，三十多年了，人世沧桑，变化太大了。要不是听人说是你回来，我也实在不敢认你。”

“他是天胜，你——”

几乎与人们向他介绍的同时，陈大旦也认了出来，长长的眉毛上下挑了挑，旋即连连合掌说“想起来了！想起来了！你还这么结实哩！坐！坐！”

“同好！同好！托共产党的福……”

程天胜故意显着与众不同，说话斯斯文文。

陈大旦的眉头却猛地颤抖了一下。他笑笑说：“实在说，在我的想象中，你应该已经是过世的人了！”

程天胜说：“是呀，是呀，我也不曾想还能活到今日。也许这也是天不弃我也。”

陈大旦微微一笑，说道：“是呀，外国人信奉天主。上帝、天主造人，本来就是要大家共享天年嘛。”显然他不愿意再与他多说些什么，只是客气地要他随便坐。

程天胜本也想坐一阵儿，可是看到陈二冬领着两个穿孝服的儿子和梨根进来，两只眼瞪得溜圆，担心讨个没趣，“好，我先来看看你，我有点小事，改日再坐，改日再坐。”便自讪讪退去。

陈二冬领着两个身穿孝服的儿子进来，后面还跟着他小舅子梨根，向他父亲一一介绍，并要他们叫声爷爷。甜核毕竟大了，懂事，十分口生地叫了声“爷爷”。甜枣却死活不叫，躲在梨根身后，胆怯地看着眼前这个假洋鬼子。

陈大旦十分激动，捉住两个孙子的手，眼睛一阵痉挛般的颤动，被一股泪水模糊了。

三十二、上坟

直到深夜十二点多钟，陈家的大门才听不见人来人往的吱扭哐当响，真正安静下来。

县里的同志们都回去了，陈大旦决定要在家里住几日，然后再到县里和他们商谈赞助家乡建设的具体事宜。

陈二冬在堂屋给他爸安顿好睡的床铺，自己要到西屋去和儿子睡。陈大旦拦住他，要他和他同住，他还有许多的话想和儿子说。

“爸！”

看着父亲在床上躺下，陈二冬依旧心事重重地坐在炕上，但他终于第一次叫了一声“爸”。

陈大旦又穿着睡衣，靠被子半坐起来，他的感情被儿子的叫声感动了。眼眶里闪着晶莹的泪花。

“爸，我爷爷……你看过了吗?”

“看过了。我已经去过医院，他老了，受苦了，你们都受苦了。”陈大旦的声音在寂静的屋里颤抖，“你们的情况县里的干部和思远都向我讲过了……”

“讲过，讲过又顶什么用？要不是你回来，我……”陈二冬几次想这么说，但话到嘴边都咽了回去。沉默片刻，他改口问道："爸，这些年你是……怎么回事？"

"……"

陈大旦没有马上回答，捏起一支香烟，在手上默默地捻了许久，才用打火机慢慢点着。屋里的空气凝重而酸涩。

"三十多年，大伙都当你……你也该来个信呀！我妈死的时候，还……还念叨你，还要我早晚能把你的骨头……捡回来。"陈二冬低头说。

一阵沉默。

"你别傻了，我要能给家里捎书带信，能不写信吗？"陈大旦一连抽了几口烟，使翻波作浪的感情略略平静，吁声长气，才慢慢地说道："我到了朝鲜的第二年，战争已经快打胜了。在一次战斗中，我们被美国兵包围……"

"这我听'拐得俊'说过，他就是后来交换俘虏回来的。"陈二冬抬起头说。

"你是说肉狗子？"

"人们都那么叫他。"

"他好像很不满意的。"

"他就是那么个人，要说也够恓惶。不说他，后来呢？"

陈大旦略顿片刻，长长地吁口气，接上说："后来，我们被遣送到台湾。"

"台湾？！"

"一切生还的希望都化作泡影。一言难尽哪……"

困惑和等待使陈二冬上了烟瘾，他拿过父亲的烟盒抽出一支香烟，慢慢地抽着，安静地坐在一边。

陈大旦显然不愿详细讲这一段经历，他知道二冬想问什么，沉思良久，只是淡淡地说："这你就不太懂了，总而言之，我们到了台湾，分散到乡下安家落户，自谋生路……"

陈二冬听得出，他父亲对于在台湾那一段的事情显然不愿意细讲，他也便不硬去追根问底。陈大旦说，他在台湾住了几年，看到回大陆的希望很渺茫，便又成了家，娶了个退伍老军医的女儿。他们混得还不错，种田兼经营生意，赚了些钱，然后便移居美国。他们在美国开饭店，由小到大，渐渐地竟在他们所在的州有了不小的声誉。他们富有了，不愁钱，不愁享受，似乎一切都不愁。但随着年龄的增长，财富的增加，他渐渐地感到惆怅，感到有一种与日俱增的隐忧。他明白，那是一种思念故土、故人的感情在折磨他。他又想念故国，思念亲人了。落叶归根。他常常在梦里漂洋过海，回到祖国，回到老龙口，回到父亲、妻子、儿子身边。人越上年纪，儿时的记忆仿佛越清晰。他忘不了他爷爷和父亲挑着八股绳从黄泛区逃荒来到太行山，更忘不了他们一家住破庙、土窑洞的苦日子。他想象不出他们如今会是怎么样生活，他只希望在晚年余生能尽一点孝道，用自己的富有报答父亲的养育之恩。更有一种隐痛，他在美国没有儿子，只有后妻带过来的一个女儿，他希望自己有个亲生儿子。所以当两个结怨甚深、数十年互不通交的大国一旦解冻开放之时，他激动、兴奋，迫不及待……

陈二冬一边听着，一边心里琢磨，他到底还走不走了呢？他是想带我走吗？我可没这份欲望！他问："你回来是住一阵子，还是不准备走了？"

陈大旦想了想，说："看看再说吧。"

陈大旦又问起二冬媳妇梨花的身世，问起甜核上过什么学，现在的工作怎么样。二冬无心细谈，也觉得困了，说："睡吧，爸。明天又会有人来看望你，还得早起。你离家年代长了，怕过不惯咱这生活，可要注意身体。"

陈大旦也觉得是，但他掐掉烟蒂准备躺下时，又想起什么，忍不住问道："哎，今天来的那是程天胜吧？"

"对。"

"他家如今怎么样？有些什么人？"

"老混蛋还是老混蛋！"陈二冬不乐意谈起他们两家的事，只是支吾道，"还有个孙子，更混蛋！"

"孙子？"

"就是叫你枪挑了的那个程少主的儿子！"

"程少主？我记得他好像只有一个闺女……"

"闺女早嫁了，听说也死了。儿子是程少主的遗腹子，你当兵走后才生下的。”

“唔唔……”

陈大旦仿佛在艰难地回忆什么往事，很长时间不再说话。陈二冬也有了困意，但又想起什么事。翻过身来，问道：“爸，听说你要拿钱帮助县里开办什么企业？”

陈大旦这才仿佛从遥远的沉思中收回神，说道：“在国外的华人，尤其像我这样的人，都希望能够为自己的祖国、家乡做点有益的事情。这也是一种良心上的安慰吧。我是以洽谈合资办生意的名义回来的，如果可能，我想这么办。我看县上的领导热情很高。你觉得怎么样？”

“我……我不干涉你的事，可我……”

“你怎么？”

“睡吧，不早了。你走累了，明天再说吧。”

第二天，陈大旦吃过早点，便由小孙子甜枣领着可村里转去了。他的精神很好，也许是难得回到家乡，对村里的每个人、每个角角落落都感兴趣，都想问一问，看一看。他一路走访，一路寻找着记忆，但所能找到的记忆中的事物太少了，除了村里的两眼古井、几棵老槐树和几处已经倒塌不堪仍没有拆掉的土坯房子，他记忆中的破窑洞、窄胡同、烂粪坑、笨碾盘以及当年民兵出操训练的操场，全被几条杨柳成荫的大街和一院院新房取代。从村里转出来，有一条通往山上的小道他还隐约记得，他想到山上他家的坟地去看看母亲和前妻的坟。这时二冬怕他走迷路，正好打发甜核来陪他，甜核告诉他他家的坟地都迁到集体陵园，旧时各家的坟地都在学大寨那几年平了。他们到了集体陵园，在那一座座依山而筑的坟墓中寻找着他母亲和前妻的坟。因为那许多的坟堆上并无什么明显的标记，人们只是在一年一度的清明节按照记忆上坟烧一次纸。现在甜核和甜枣数来数去也糊涂了，认不清哪家是自家的祖坟。倒是有一个坟堆特别引起陈大旦的注意，墓前面立着一块青石墓碑，碑上雕刻着一个显赫的名字：程少主之墓。陈大旦脑子不由得轰地响了一声。

“这是谁家的坟？”他问。

“禾木程家的。”甜核不愿意告诉他，只是笼统地这样说。

“是程天胜的儿子？”

甜核只好以实相告：“听说是他儿去年新迁过来的，还立了碑……”

“他儿？”

“程必成呀。”

没错！这堆黄土地掩埋着的就是当年的陈大旦亲手用刺刀挑死的汉奸、恶霸程少主！陈大旦像被黄蜂叮了一样，无心再继续寻找了，匆匆地离开陵园。他只顾前边急走，仿佛怕程少主的阴魂找他算账。甜核和甜枣紧跑着追他，不知不觉，竟走到程家的焦化厂外面。当他揩着汗停下来慢慢地喘气时，一抬头，对面坡下走上个人来。两个人相离不远，一个坡上，一个坡下，默默地对望着。望着望着，陈大旦突然下意识地往前急走两步，他没有见到过眼前这个中年汉子，却又像似曾相识，想仔细看看他，当他正想开口同对方说话时，那汉子却转身走开了，分明是躲避他。

“这个人是谁？”陈大旦回头问。

站在后面的甜核答道：“他就是……程必成，程天胜的孙子。”

程必成确实是故意躲避他的。不知为什么，当他在坡上同这位海外归来的陌生人猝然相遇时，和陈大旦一样，也有一种似曾相识的同感，尤其是对方那瘦骨楞峥的大脸庞上的一双眉毛和眼睛。他已经听到陈二冬的烈士老子突然活着回来的消息，此刻的相遇，认定就是他。一种孤傲和矜持的感情，伴着突发的杀父之仇，使他不愿意和他搭话，故意使他难堪，拐向另一条小道去了。

陈大旦被震动了，在他回到老龙口的两天中，还没有一个人使他这样难堪过，他觉得脸颊微微发烧。

“难道真的是……”

三十三、隐私

在回家的路上，他不愿意去回想那些已经被深深掩埋心底的往事，然而无论如何也抑制不住突然异常活跃的大脑细胞，他突然被一件三十多年不为人知的往事折磨得神思恍惚。

那是土改工作队刚进村不久的一个风雪交加的深夜。枪毙汉奸、恶霸程少主的大会白天刚开过，工作队正准备趁热打铁，全面展开土改运动。他从工作队住的地方开过会回到民兵连部所在的汤帝庙正要关门睡觉，门口突然闪进个女人，是程少主的老婆。

“你……你来干什么?!”他大声喝道。

“我……我来报告……”那女人十分胆怯，“我……我公公在……在转移东西……你快去，快去!”

陈大旦掂了一支三八式步枪就要去喊人，那女人却拉住他说：“不行，快去，迟了他们就……就跑了!”

陈大旦一想，也是，深更半夜，万一去迟了叫程天胜那个老地主跑了，岂不误了大事？当下，他掂着枪便跟着那女人向程家大院跑去。那女人在前边引路，却没走正门，一直把他引到后院过去长工们住的喂牲口的草房，一进门便捧起一包白花花的金银首饰向他跪下哀求：“大旦哥！我求求你，饶我一条命吧！这些金银首饰都给你，你要什么我给你什么，只要你救我一条命……大旦哥！我叫你声亲哥哥！亲哥哥！”

陈大旦火炸了，一把把金银首饰打在地上，骂道：“混账东西！你是骗我？你想收买我？”

“我不骗你，我说的是真心话……你们枪崩了我的人，他该死，该枪崩，我一点也不想他……我只求你，你要救我一条命！我本想把这些东西给你送到家里，又怕你爸，你媳妇……大旦哥，你开恩啊！”

那女人低声哭诉着，抱住他一条腿。陈大旦想把她踹开，那女人却又说：“你要不救我，我也没有别的办法。”说着把衣服嗤啦嗤啦扯开，露出馒头似的两个雪白的大乳房。“你也不要怪我陷害你，我这是事出无奈，我也是人，我也要脸，可我想活，我不想死，你要不开恩救我帮我，我就哭上喊上跑出去……”

陈大旦被她的话吓住了，两只大眼怔怔地盯着那一双裸露的生动的乳房。

“你别怕，这里没有别人，”那女人软下来，故意把一双乳房给他瞧。

陈大旦的心软了。他知道，这女人是很漂亮的，年纪又轻，比他小两三岁。虽然是汉奸恶霸的老婆，平素为人也并不十分坏，现在做出这种事，分明也是逼出来的。昏黄的豆油灯下，他被那女人的哀求和诱惑降服了。就在这天夜里，他，做了那女人的俘虏。当他匆匆掂着枪离开草房时，他清清楚楚地听见程天胜在草房外咳嗽。他吓得端枪走出去，程天胜答了话：“是大旦兄弟呀？后门开着呢，你走好哇！”

几天之后，村上的斗争对象都被关到汤帝庙。陈大旦利用夜里看守的时间又和程少主的女人有过几次私通。但他确实没有亏待她和程天胜，他给他们偷送过吃的，送过柴火，传过消息，在一次群众要拿斗争对象的手指裹上棉花、蘸上猪油点天灯时，他让那女人故意表现积极，把藏在草房里的金银首饰献出来，使她幸免于难。但俗话说，没有不透风的墙。他和那女人的关系逐渐被人们觉察，工作队也听到一些反映，找他谈话。他自然矢口否认。就在这时，扩兵任务传下来，他第一个带头报名参军。他的模范行动当然又赢得了工作队的信任和表扬。他光荣参军了。临离村前的一个深夜,他最后见了那女人一面,那女人哭泣着告诉他,她怀孕了。究竟是他的,还是程少主的,他带着一个很大的谜走了,一走就再没有回来。这个谜在他心底深深地埋藏了三十多年。现在,当他一眼看到程必成,并且听说他就是当年程少主的遗腹子时,这个谜终于解开了:程必成的长相分明不容置疑地显示着陈大旦的遗传基因!

老子当了三十多年的烈士没有给儿子带来多少荣耀和实惠,今天突然活着回来却使做儿子的陈二冬不胜其荣,一颗压抑的、倍受创伤的心渐渐地膨胀起来。县上的干部天天有人来关照陈先生的起居饮食,还专门派了一辆小车供陈先生探亲访友使用,村民们也对陈家的人刮目相看,恭维、羡慕的话不绝于耳。有的说陈大旦这回回来给儿子带了整整一大皮箱人民币,有的说陈二冬要出国了,他老子在国外没儿子,要带他到国外当“接班人”,还有消息灵通的人说,这些话都不对,陈二冬才不去呢,他那个小学文化水平,连个ABC、“古得拜”也不会说,到国外玩不开,他老子已经替他安排好,陈大旦和县里合资联营工厂,准备让陈二冬当他的代理人……这些话自然传到了陈二冬的耳里。他自己也摸不清水深水浅。不过有一点他是明显感觉到了的,陈二冬又在老龙口一个跟斗翻了起来!如今“海外关系”吃香走红了,他也居然有了一个“海外关系”!连那些公社、县里的干部都敬他三分!

不过,陈二冬并没有认真去想他老子究竟给他带来多少钱,也没有想自己是出国当老子的“接班人”,还是在县里当“代理人”,他还没有顾上去想那么多,倒是有一件耿耿于怀的事使他几天来憋得难受,陈二冬受了这么多气,连老婆也被逼死,难道逮捕一个程在望就完了吗?陈二冬不稀罕荣华富贵,即使真有这份福,让甜核、甜枣他们去享受吧,陈二冬活着就要报仇!没有用菜刀砍死程必成,也要用别的办法报仇雪恨!

“爸,今天县上的人找你谈什么去来?”

这天夜里,陈大旦从县里回来,陈二冬很不高兴地这样问。

“还是商谈怎么样提供赞助的事。”陈大旦在沙发上坐下,说道。

“赞助?”

“我决定了。我应当为家乡的建设做点贡献。”

“我不同意!”

陈二冬突然倔巴巴地说。

“为什么?”

“不为什么,我反正不同意!”

陈大旦以为他是舍不得白送几十万元钱,不以为然地说:“这不关你的事,这是我的一点心意。”

“就关我的事!”陈二冬恼怒地嚷叫,“我受了这些年气,我老婆也叫他们逼死,我……我……你管不管?”

陈大旦吃惊地摘下眼镜:“你……你要我怎么管?”

“你去找他们说,”陈二冬把他想了几天的话一气嚷出来,“第一,要他们给我公开平反,开大会平反;第二,程家在咱家门外砍树造楼既然不对,就得扒喽,折喽,还得让他程必成赔偿二百多棵树的钱;第三,我老婆不能这样白白死了,她是叫程必成逼死的,害死的,不叫他抵命也得……也得叫他住几年监狱;第四,第四他程必成投机倒把、损公肥私,发不义之财……”

“行了!行了!我回来不是替你打这种官司的!”陈大旦烦了,打断儿子的话。

“你……谁也没有请你回来!”

“你……”

“我怎么?我跟上你受够了!你要不枪崩了他老子,程必成也不会拿我出气!你倒好,一拍屁股走了,扔下老的、小的不管,当叛徒,开洋荤,娶小老婆,满世界抖打,享尽荣华富贵!可叫这些人替你当孝子,替你当人家的冤主仇人,替你受报复、打击……你还有脸活着回来!”

“你你……”

“我就要说!”

话赶话,没好话。陈二冬又哭又嚷,越嚷气越大,越气越收不住口,什么难听的话、没分寸的话都嚷出来,他自己都不知道究竟嚷了些什么话。

陈大旦坐在沙发上气得一阵阵战栗。

“好好，你要叫我干什么？”陈大旦想到自己有愧于儿子和老父，心软了，喘息着说。

“你回村两天，听也听说了，看也看见了，”陈二冬憋得脖红筋涨，“不把程家垒在我门前的‘狗窝’扒了，不把我媳妇的仇报了，你……你就别想当这个好人！”

“傻孩子，我怎么能去县里说这种话！”陈大旦忍着气，说道。

“你不能说我说！我去找他们说！”

“你别胡闹！你不能不顾我的面子！”

“噢，当叛徒你不顾面子，这你就顾面子了？”陈二冬嚷出这句话，也觉得太刺伤父亲的心，但他依旧不服气。

陈大旦嗵地蹿起来，那气色分明是想揍他，但往前扑了两步，心口一阵憋胀，又按着胸口摇摇晃晃地坐下，喘吁吁地急说：“水，快给我口水！”

他好像有心脏病，急忙喝下随身带的一片药，靠在沙发上不说话了。

陈二冬害了怕，紧张地站在旁边看着。许久，他才猛然想起问要不要给县里挂电话送他住医院。

陈大旦闭目养了养精神，然后朝二冬摆了摆手，慢慢说道：“你也坐下。这两天我也断断续续听到些你和程家的事，你和程必成究竟有多大的仇气，你给我细细讲讲！”

陈二冬倒不愿意讲了。他怕讲不好又引起他心脏病发作。但过了一阵，还是从头至尾讲了起来。他从解放以后他爷爷陈老定继续在村上当干部讲起，讲到自己当干部后和程必成结怨，讲到打倒“四人帮”后随着政策的变化，他被程必成纠集反对他的人告状，把他锒铛入狱，一直讲到以后程必成处处寻衅报复，在河坡下开石窝，在他门前砍树造楼，与大队主任程在望共同陷害他二次入狱，直到他媳妇水梨儿被逼得自杀……倒还讲得比较客观，离事实不远。陈大旦听着，半天不作声，过了很长时间，像对儿子说，又像自言自语，感慨万端地说道：

“都是一块土地上生长的人，为什么要闹成这样啊！为什么不能彼此宽容友爱？你整我，我报复你，有这份精力和时间，好好地做点正经事业多好哇！多少事业办不起来哇？也许这并不能全然怪你……”陈大旦吁一口长气，站了起来，慢慢走动着继续说，“不过，我毕竟是中国人，毕竟没有忘了生我养我的这块土地！我之所以要回来，正是想有所弥补……”

这一夜，父子俩又是通宵不眠。最使陈大旦难过棘手的是没有想到结怨最深的偏偏都是他的骨肉，虽然一个是他名正言顺的儿子，一个是至今不为人知的儿子！手心手背，都是一个身上的肉，他不愿伤害任何一方。但是，第二天早起，陈二冬依然愤愤不满，要他去向县里替他、替他媳妇申冤雪恨，否则，他自己就要去找县委领导。

陈大旦只好去找乐思远商议怎么办。乐思远听了，也觉得难办，说道：“这分明是斗一口气，盖起的房子怎么能再拆了？他媳妇的死固然是有许多原因，可没凭没证，能把必成问啥罪？况且，必成还拗着劲要告他呢！”

一连几天，陈大旦被这件事扰得坐卧不安，他有时想干脆一走了事，又觉得既然回来了，总不能再带着一块心病走了。他又想索性把二冬和必成叫到一块，吃一顿饭，帮他们和解和解。可又想，那显然很难办到，他和程必成自那天偶然碰见一次，村上老小差不多都来看望过他，独独程必成两口子没有登过他家门边。他，十分苦恼，心烦。

这天傍晚，陈大旦正顺着河边散步，在河边割草的程天胜走过来，好像有什么心事似的问道：

“陈先生，还住一阵子吧？”

陈大旦十分不愿意见他，支吾道：“是的，县上的事情还没有谈妥。”说着依旧往前走。

程天胜犹豫一下，又追上两步，说道：“陈先生，你要不嫌弃，我想请你到家里坐坐。”

两人心照不宣地对视了良久，陈大旦心想，他既然有这个意思，去就去，也许有些事情他会对我说清楚的。

他去了，就在当天夜里。

程必成不在家。赛天仙不失礼节地沏了杯茶，端在他身边，便也到另一个屋子里去了。

“陈先生，”程天胜寒暄几句之后，坐在陈大旦对面的椅子上，便不好意思地说，“不管怎么说，我这条命能够留下来，多亏了你呐！”

陈大旦会意，心头微微一震，敛动眉头，也不好意思地说：“如果真是这样，也算是……对你儿子的补偿吧。”

程天胜狡黠的小眼笑笑，大不以为然地摇摇头，说道：“这话就不必说。如果说当时我恨你，那也是真的。可是我那个不孝不忠的儿子作孽多端，也是罪有应得，当时即使不是你，别人也会那样结果他的。何况他对你家也欠有血债。这自然是我以后慢慢悟通的道理。”

“果真是这样，我也就不胜欣慰。”

“你参军走了以后，也许是政策很快有了变化，你爸和工作队对我和必成他妈也算过得去，两条命都囫囵保下来——不，应当说是三条命。”程天胜的小眼睛又狡黠地看了看陈大旦。

“三条命？”陈大旦故作不解。

“是呀，三条命，”程天胜避开他的目光，“你走之后，七个月就生下一条命……我当时一来是感激你。”

“感激我？”

“二者，我也真想程家有一条后代根苗，就和他妈一口咬定，是少主的遗腹子。也是命该如此，正好七个月就生下他，七成八不成，他还是真活了下来。这事，至今我也没向任何人泄露过。”程天胜一气说到这儿，又抬头看着不胜惶惶的陈大旦，突然问道：“你回来见过他吗？听说你们曾碰见一面，你不觉得他在什么地方很像你吗？可村上有人这么议论了。”

陈大旦更加窘迫不安，但随即会意地说：“既然是这样，你心里什么都清楚，为什么这些年让他和二冬搞成这样！”

“咳！”程天胜叹口气，“要说，这事也怪我。我说过，有些道理我是现在才悟通的，也许是上了年岁，经见得多了，到死才开了窍。刚解放那些年，我忘不了我旧社会的家产、地位、威风，我一心想把他培养成程家的希望。你记不记得，有出古戏，叫《赵氏孤儿》，我就是想叫他做个程氏孤儿！”

“你……你不觉得这是罪过吗?”陈大旦有些忿忿然。

程天胜说:“过去不觉得,现在……现在我可真觉得是这样。我看过一本书,书上说过这样的话,时间可以消磨掉历史上的恩怨,可以使仇人握手言欢,也可以使朋友、恩人反目成仇。我现在才品味出这话有道理。我想找你坐坐,也正是想和你说说这些事。因为……因为现在老龙口没有人愿意听我说这些话,没有人会相信我这些话,连我亲手拉扯大的必成现在都听不进一句我的话,只把我当个偶像摆设。我想问你一句话,听说二冬要让你上县告必成逼死他媳妇,要扒了他在你家门口盖起的房子,有这回事吗?”

陈大旦心乱如麻,不知该恨谁怨谁,半天没有回答。

“我知道,”程天胜惶愧地望着陈大旦,接着说:“你现在是县上的贵客,只要你在县上说一句话,县上准会听你的。可是……可是必成也是……也是你的骨血!你看看这些相片也会……”他抖抖擞擞站起,从墙上摘下一个相框,又从抽屉里拿出一个夹相片的大本子,把程必成的相片一张一张地抽给他看。

陈大旦看了几张,最后拿着一张程必成的放大照片,怔怔地看了许久,十分伤感地坐回去,许久闷声不语。

“一个和尚挑水吃,两个和尚抬水吃,三个和尚没水吃。自己人和自己斗得不亦乐乎,把时间和精力都糟蹋了。”

“这么说,你不希望为你程家报仇了?”陈大旦不胜伤怀,抬头苦笑问。

“咳!还报什么仇呀!”

“我看你是日子过得满足了——听说你程家现在又成了老龙口的首富——担心再把这个金饭碗打掉吧?”

“也可以这么说,”程天胜做出十分坦白的样子,说,“必成要有个好歹,我这个家也就要重新垮了。我担心,不瞒你说。可把必成毁了,究竟对二冬又有多大好处?”

又沉默良久。陈大旦拍着隐隐作痛的脑袋,无限悲哀地长叹道:“你说叫我怎么办好?这两天二冬确实是为你方才说的那些事纠缠我。有一句俗话，怨仇宜解不宜结。我想替他们解开这个仇恨疙瘩，可是棘手呐！我感到束手无策。”

“我有个主意。”程天胜急忙凑过来说，“这也是没办法的办法。”

“你不妨说说。”

程天胜犹豫片刻，说道：“古时候有过秦晋联姻，化干戈为玉帛的先例。我看必成那个闺女和你那个大孙子处得很好，这回二冬媳妇送葬时，就是桂萍去送的腥罐。开始我思想也扭不过劲来。可这些天越想越觉得老龙口程陈两家的仇怨只有靠下一代人了结了。”

陈大旦半天才明白过程天胜话里的意思，皱起眉头，忍不住说：“你别是又老糊涂了吧？”

“我不糊涂，我好像越老才越明白了事理。”程天胜加重语气，认真地说，“你放心，桂萍不是必成亲生女儿！是在医院抱别人的。”又说，“当时桂萍她妈在医院坐月子，生下来就是个死的，必成怕绝了后，就在医院抱了一个私生子。这事谁也不知道。”

正说到这里，程必成回来了。他没有料到陈大旦在他家里，推门进来，看见陈大旦从座位上立起来，脸色立刻沉了下来。两个人你看我，我看你，愣愣地站在当地，十分尴尬。

程天胜忙介绍说：“必成，这就是你大旦伯。叫伯，叫呀！这么大的人不要不懂规矩。”

程必成终究没有叫出来，只是淡淡地说：“难得你活着回来，坐吧！”便想退出去。

陈大旦的目光迅速在程必成的脸上搜寻着什么。他不但眼窝上下长得酷像自己，而且说话的声音多少也带出几分相似之处。他激动了，惶惶然不知所措。看到对方要走，忙说：“你也坐，你也坐！咱们谈谈好吗？”

程必成犹豫一下，挪过把椅子，勉强坐在靠门口的平柜前。他的近乎不礼貌的神气使陈大旦很窘迫，以至感到张口结舌，无话可说。

“今年多大了？”陈大旦这样明知故问。

“三十有余，四十不足。”程必成不屑地回答。

“怎么这样说话!”程天胜一旁批评道。

陈大旦合掌笑笑,做出不在乎的样子,继续问:

“读过书吗?”

“咱没那份命!”

“你是新中国长大的,也相信命吗?”

“你不相信吗?”

“是呀是呀。不过,我想咱们中国人过去讲的命和外国人讲的命运似乎不尽相同。”

“咱没有到过外国,不懂!”

这话太过分了!陈大旦脸上呼呼地发烧。他勉强笑笑,又说:“我是不是在这里不受欢迎?”

“岂敢!你是衣锦荣归的海外同胞,上上下下领导都敬畏三分,咱一个小民百姓,岂敢……”

“必成!你大旦伯和你正经说话,你……怎么能这样没大没小!”程天胜生怕陈大旦脸上下不来,又一旁插话责备道。

程必成忽然扭过身来,转守为攻地冷笑说:“我没读过什么大学堂,没见过什么大世面,不会说话,请你不要见怪。不过,我听说你要替你儿子到县上告我,还要拆我盖起的房子,我想这不会是假的吧?如果是这样,那就请便,我等着!”

程必成很不客气地站起来又要走。陈大旦十分震惊。他本来不想现在同他谈这个事,这时却像当头受了一击,说道:“年轻人,你的火气不小啊!好,你既然谈起这件事,你坐下,我倒真想同你谈一谈。你坐下好吗?”

“站着也一样!”

“坦率说,”沉思片刻之后,陈大旦心情沉重地说,“二冬的确向我谈起过你方才提及的事。十分遗憾,我没有料到你们两个的关系会闹得这么僵。也许这是我们这一代人的罪过。然而……然而我真不希望你们这一代人继续把我们两家人的悲剧演下去!听说你很能干……”

“遗憾,我还没有听说过!”

“方才我同你爷爷正谈呢，”陈大旦努力克制着自己的不快，以一种父辈原谅晚辈的心情接住说，“刚才我同你爷爷已经谈过，他对过去的恩怨已经淡漠，为什么你们反而不能忘却呢？你们年岁轻轻，有的是黄金般的时间和旺盛的精力，趁形势日趋好转，为什么不能同舟共济，干一番于国家于自己都有利的事业呢？听说这两年你办了不少事业，开了采石场，办了焦化厂，还有……还有些什么我一时记不起来，如果……”

“哼！我这是投机倒把！”程必成又狠狠地呛了一句。

“我不懂什么叫投机倒把，”陈大旦微微一笑说，“我是真不懂国内许多政策。不过国家并没有这样追究你什么投机倒把。相反，我这几天听到许多事，似乎是你们自己把自己搞得心神不宁，忧患重重。我这样讲也许是事实吧？我很希望能同你坦白地交换一下意见。”

程必成不作声了。

“你有一肚子气，二冬也有一腔怒火，”陈大旦进而激动地说，“你们继续这样冤冤相报，于他无益，于你也未必有多少好处吧？”

“就是！就是！”程天胜帮着陈大旦说，“我们老辈人的事已经过去了，你们还有什么过不去的？”

其实程必成很心虚。他听到许多传言，陈二冬要利用他父亲回来迫使县上追查他媳妇的死因，还要拆他刚刚盖起的小洋楼……只要陈大旦给县里说句话，县上肯定会听的。拆小洋楼他不怯，追查水梨儿的死因，却使他听了毛骨悚然，不寒而栗。甚至连人们传说他长得酷像陈大旦的话都听在耳里。这时，他终于忍不住回头暗暗地审视陈大旦的脸相，只是那副硕大而暗淡的变色眼镜使他很难一睹真颜。

“你们自己把自己搞得心神不宁，忧患重重……又是何苦？”

这句话深深触痛着他的心。坦然说，程必成虽还说不上悔恨，却分明烦躁不安，自己想和自己发脾气。他不再作声了，陈大旦究竟还说了些什么，几乎一句也没听见。他承认，方才对陈大旦的不敬完全是发泄自己的烦躁和郁闷。

不知不觉，夜已经很深。陈大旦起身告别的时候，犹豫了几下，终于捉住必成的手，默默地、动情地看了他许久许久。程必成也没有再好意思拒绝，并且在陈大旦走出大门时，他踌躇了一会儿，又默默地往前送了他一程，直到听见陈二冬在前面路口上喊了声“爸”，才惶惶然转身返回。

三十四、同根

河岸边，一群妇女在洗衣裳。她们叽叽咯咯，神神秘秘，说笑不止。程必成从采石场走过来，正百无聊赖地蹲在岸上抽烟，突然听见一个女人怪声怪气地说：

“嗨，你们看见了没有，必成长得像谁？”

程必成脑子嗡地响了一声，正要站起看看下边什么人在嚼舌头，只听又有几个女人叽叽喳喳，又笑又说：“我早就看出来了！”

“就你眼尖！”

“真是的，长得恁像哩！一个模子刻也刻不出来。”

“好好，我喊声预备齐，咱们同时说，看猜得一样不一样——预备齐——”

——二冬他爸！

——陈大旦！

——假洋鬼子！

——咯咯咯咯……

……这是今天上午发生的事情。

这两天，程必成突然感到人们的眼睛都长斜了一样，见了他总是用一种特别的眼神瞅他。昨天下午，居然有两个娶过不久的新媳妇在村口上指指点点议论他，见他走近，贼似的笑着就逃。他风言风语听见人们议论他和陈大旦之间有什么事，却不便直问。不料，昨天傍晚他从镇上回来，跑过索桥时，远远听见"二谝子"在河下一边磕锄，一边嗲声嗲气地怪叫："真日了怪，二冬长得倒一点不像他爸，必成倒长得像了陈大旦，活像他妈的一个模子刻出来的！""谷子地长出棵红高粱——说不定是串了种！"他听了可就犯了疑，甚至后悔那天和陈大旦偶然相遇没有走过去仔细看看他长得甚模样。今天上午又听见这群女人依旧拿他和陈大旦的长相开心，那笑声分明弦外有音，他的自尊心猝然受到伤害，不由得想上去臭骂那些嚼舌婆一顿。然而他往河岸边走了两步，还是克制了。自从陈大旦回来，程在望被捕后，他的思想很乱，脾气显然收敛了许多，他不愿再在村里惹人树敌。所以，他想反正河下那些女人也没有看见他，听见做个没听见，走开算了。奇怪的是，此刻他的神经变得非常敏感，他越不愿意听，听觉越敏锐，河下那些女人叽叽喳喳的说话声越听越真。

"谷地长出高粱来——串了种！"

"不是串种也是杂交！你不知道，'拐得俊'他们早就说过，土改时——"

"嘘！嘘！"

河岸下突然鸦雀无声。

程必成心里却仿佛四面来声：串种……杂交……杂交……串种……整整一天，驱不散这种声音的围攻。他真想去揍那些嚼舌婆！然而……然而……

……

陈大旦离开程家之后，程必成越想这些事越糟心。他忍不住站在穿衣镜前仔细端详自己的脸，最后竟又穿了衣服去叫程天胜的门。

程天胜已经睡下，被孙子叫起来，披衣服坐在炕上，问道："什么事情？"

程必成十分不悦地站在地下，不停地抽烟，却不开口。

程天胜从他的神色仿佛已经看出些意思。他怕孙子向他提出来。说道:“没事就睡去吧,你大旦伯说的那些话也是正话。我也实在怕你再栽了跟斗。”

“不,我问你,到底是怎么回事?!”憋得脸红脖子粗的程必成终于没头没脑地这样问。

程天胜故作不解,淡然说道:“什么怎么回事?睡去吧,往后……”

“你别支吾!为什么人们都说我长得像他!?”程必成仿佛费了很大力气才说出这句话。他的心咚咚跳,脸呼呼烧。

果然不出所料!程天胜一震,心想,这是万万不能泄露的。仍旧若无其事地说:“你到待听那些淡话!长得像不像就咋啦?那电影上演毛主席、周恩来的演员长得更像哩!”

“你别东拉西扯!我要你对我说真话!”程必成发火了。

“我说的全是真话!”

“那……那当初你为什么要让我妈嫁得很远呢?”

“淡话!嫁不嫁是你妈的事,我能管得了?再说,我让你妈嫁远点,也是为她好。这你还不明白?不信你找你妈去问!”

程必成不是没找过他妈,这两年他的日子好过了之后,他曾经到平阳府一带去找过,也找到了,只是在他去找的前一年他妈已经病死。程天胜分明是明知故说。

“回去睡觉吧!你也是当爹的人了,凡事也该想得开。听那些闲言碎语做啥?”程天胜又说,“你和二冬闹成这样,已经够糟心了。咳,要说也怪我,怪我当初对你没有好调教……人到老了就什么也好像明白了。人活一世,说长也长,说短好像也不过鸡眨眼的工夫。闹腾个啥呀?安安的过几天不好吗?我也想了,你大旦伯说的也有道理呀!咱家已经过得不算坏了,我可不愿活着再看到你跌落下去!”

程必成终究没有问出什么。

“我看二冬就是有那个心,他爸也不会那样做——你没听他才将说。”

睡在床上,赛天仙又这样安慰他。赛天仙这阵子也不敢张牙舞爪得了。水梨儿是在被她在集市上骂过之后的第二天不见了的,人们正恨她呢，要追究起来她自然脱不了干系。尤其是二冬的死老子突然活着回来，那样阔气，上上下下都另眼高待，相形之下，她更感到有种无形的精神威胁。她知道万一陈大旦替儿子出头告状，其结果便不堪想象。所以这些天她特别谨慎小心，对丈夫也总想劝几句，安慰几句。

“唉！但愿如此吧！”

程必成独自瞪着眼想了很长时间，十分懊悔，心里这样想。

陈大旦这一夜又失眠了。二冬还是和他纠缠不休，要让替他出头告状，替他媳妇申冤。他可以理解儿子的心情，却万万不想这么去做。他不想让两家的怨仇继续强化，更怕人们说他回来就是为儿子争气，有失体面，落个坏名声。他对国内的、家乡的事情知道的很少，处处谨小慎微，特别是不愿涉及政治。陈程两家的矛盾纠纷分明已经沾了政治的味儿，他担心自己陷进去。再者，当他得悉程必成就是当年程少主的女人生的“遗腹子”后，更有一种朦朦胧胧的骨肉感情在潜意识中折磨他，扼制他。所以他决意不答应二冬的要求。但他又觉得，面对陈程两家结怨越来越深，既然自己回来了，遇上了，又不能视而不见，不闻不问。究竟如何使他们两家的仇恨冰消雪化，又无形中成了他此番归来的重要使命。他不愿意带着这样一块心病离开，那将会成为终身遗憾。然而有什么办法呢？他想起程天胜的话，来个秦晋联姻，化干戈为玉帛。可能吗？这老汉为什么会想出这么一个近乎荒唐的主意？即使甜核和桂萍真有此种意思，这话也不该出自程天胜之口！他会不会是以为我的荣归会给陈家带来多少令人仰慕的财富？会不会以为我的存在会成为程家的威胁，怕我出头替子告状，让他程家重蹈覆辙呢？看来又不尽然如此！鸟之将亡，其声亦哀。人到了老年，心肠也许会变软。我如此，他好像也是真正地厌倦了两家的仇斗。但今非昔比，秦晋联姻，怎能还像旧社会那样，父母之命，媒妁之言呢？

陈大旦反反复复想着，不觉窗纸渐渐发白，河边树林里的宿鸟传来几声清晰的鸣叫。天，又要亮了。

“爸，你说话吧，去？不去？”

陈大旦刚从河边散步回来，陈二冬便在身旁纠缠。

陈大旦对着镜子刮脸,没有回答他。

"你不去我可要去了!"陈二冬很倔强。

"不准你胡闹!"陈大旦转过身来,捏着电剃刀的手有些发抖,斥责道,"你去算什么?"

"算什么,我是你儿!"

"你要胡闹,我……我不认你这个儿!""哼,我知道你会说这话!"陈二冬脸上的肌肉颤抖,眼睛充满怨愤,翻脸道,"你不认我这个儿就不该进这个门!你想认谁做儿你现在也可以去!不要以为你有钱,我稀罕你!"

"你……你……"

"是的,我长得不像你,有人长得像你,你可以去认他做儿!你不是已经去了吗?他没叫你声爸吗?"

"放肆!"

陈大旦浑身都抖起来。三十多年第一次见面,父子之间的感情几乎等于零,本来他想从零开始,竭力将这种崇高的感情复苏,或者重建。此刻他没有想到儿子会说出这种话,他的尊严受到伤害。他震怒了。

陈二冬也听到人们的议论。他本也不曾想用这种难听话刺激他老子,气极之下,竟口不随心地冒了出来。这使他更多疑了,父亲的态度分明是想袒护程必成。难道真像人们议论的那样,程必成也是……

一气之下,陈二冬从家里走出来。正是人们出早工的时间,村上静悄悄的。太阳从东边的山后升起来,照亮半个村子。街上有两个挑水的女人走过来。

"二冬,没下地呀?"一个女人担着水停下来问。

"你真是,人家还下地做什么?人家爸在外国开着大买卖,这回回来还不带几万元?还在乎那几亩地?"另一个女人半认真半开玩笑说。

"哎,二冬,听说你爸上必成家去来?"头一个女人突然神秘地问道,看见二冬火悻悻地,一笑,又故意高声说,"可真有意思,谁家也不去,偏偏去找必成。别是骨头牵着哩。"

"二冬,你小子可不要死心眼儿!"

两个女人诡秘地笑着走去。

陈二冬心上的火气又忽忽地蹿上来。他突然想起个人，迈开两条腿便朝后窑“拐得俊”家走去。他不知道自己究竟为什么很想了解一下他父亲和程必成的关系。“拐得俊”不是曾经传言过他父亲当年的一些事吗？

“拐得俊”住在后窑一个旧窑洞里。空荡荡的大院里一年四季也不曾打扫，很少有人光顾。照他的话说，他能捡条命从朝鲜回来这辈子就够本了。他对生活——站着活还是坐着活，有钱活还是没钱活，从来都是无所谓的。

陈二冬一脚迈进这座空荡荡的大院，倒有点踌躇，心想，我究竟找“拐得俊”要想知道些什么呢？与其说他希望了解的，毋宁说正是他惧怕知道的。不过既然走了进来，便又不想返回去。

当陈二冬忐忑不安地低头走进那孔破烂不堪、里面黑乎乎的破窑洞时，不由得大吃一惊，程必成已经先他在炕头上坐着！因为里边的光线太暗，他一下没有看见炕头上还坐着个人，当他叫声“肉狗叔”正要往炕边跨坐时，才发现程必成坐在门后的炕头上。他像被蛇咬了一般，愕然地站了起来。

仇人相见，分外眼红。程必成也有点猝不及防的慌乱。这一瞬间，他还以为陈二冬是来找他算账，下意识地握紧拳头，准备应急。然而当他听到陈二冬叫了声“肉狗叔”，欲往炕边坐时，他才释然地轻轻透出一口气，无声地站了起来。

两个人几乎脸对脸站着。

“嗨！是二冬呀？”“拐得俊”这才从又脏又破的被窝坐起来。“你们两个是商议好了不是？要不来都不到我这里来，要来一齐来！”

陈二冬欲走，但马上被一种妒怒的感情留住，我为什么要走？怕他吗？他能来我就不能来吗？我偏不走！

程必成看着对方那双血红的眼睛，脑子里立刻闪过那把菜刀的影子，仿佛担心他手里还拿着那把菜刀。光棍不吃眼前亏。他倒真想马上离开了。

“哎哎，必成你不要走嘛！我还没给你说完话呢！”“拐得俊”连裤带也没结住，便跌跌撞撞爬下炕来，拽住程必成。“真有这事，假有这事，我也说不清。况且这种事说出去也不好听。你爹——不不，二冬他爸如今是有身价的人，不像我这种人扔到道边也没人捡的人，我也得给大旦护点面子呀。你说不是这话，二冬？”他与必成说着，又叫了声二冬。

“我不管你说什么鸟话！”二冬分明已经知道他们在说些什么，一股无名火蹿上来，给了“拐得俊”一句不好听的。

“拐得俊”倒无所谓，这种话听得多，不在乎，一边紧裤带，一边嘿嘿笑说：

“我说你们俩，尽管闹什么哩！说得好听些你们是一个村儿的，说得不好听些，你们没准儿还是一个老子哩！”

“你老鸟胡说！”陈二冬无论如何不能接受这样的事实。他忘了他到这里来是要干什么，他恼了。

“我胡说？我胡说？你要有胆量，去问问你爸！小子，你别拿我不当人，别好心做了驴肝肺！你问问你爸，当初他为什么要积极报名当兵走喽？他要不走工作队就要收拾他！他叫程天胜的美人计……”“拐得俊”穷是穷，却是个吃软不吃硬的家伙，二杆子劲一发作，竟忘了程必成还在场，把当讲不当讲的话都拍着屁股端了出来。

程必成再也听不下去，他感到蒙受了极大的耻辱，一声没吭，撞开门子走了。

陈二冬被“拐得俊”的话镇住了。他突然变得很理智，心想，“拐得俊”这些话要是传出去对他父亲是什么影响？还叫他怎么继续在老龙口住呀？

“你要有胆量，我和你这就去见你爸对证！”“拐得俊”的二杆子劲还没下去，满口喷沫地说，“我不怕，我怕什么？我一不怕丢面子，二不怕输房子，这条命也不值两个钢镚儿，他敢打我，打死我，我还赚他个装椁[①]！”看到陈二冬怯他了，更加得意忘形地叫嚷，“你小子不要看见你老子发大财回来就兴得认不得人！你去问问你爸，我是叛徒还是他是叛徒？呸！”

---

①装椁：棺材外面的套棺。

陈二冬软了。他知道“拐得俊”这张嘴的厉害，惹急了什么见不得人的话也敢满街嚷。

“肉狗叔，这话你可千万不能说出去！”他连忙给“拐得俊”说好话。

“那得看我高兴不高兴！”“拐得俊”更牛皮了。

“我求你……”

“求我？拿啥求我？”“拐得俊”呸呸吐了两口干唾，又火上来。“你去告诉你老子，我‘拐得俊’好歹是个人！我拄上棍子去瞧他，我把他当个人看待，他……他连根洋烟也不给我吃！连根洋烟也不给我吃！他拿的那外国烟，给别人吃，就不给我吃！他眼里没我这个战友，我也没他那个叛徒！汉奸！”最后竟伤心地哭了。陈二冬恍然大悟，原来他是发泄一支“洋烟”的恶气！那天他去看望他父亲，一进门就乱叫乱嚷，人们把他拉拽出去时，真的是忘记了让他抽烟。

“老子不稀罕他那支洋烟，”“拐得俊”擤把鼻涕，余气未消，“我是看他是个人才去看他哩，他倒眼高得不把我当人看！他回来连老战友也不认，几天也不来看看我，倒和老地主亲上了，拿着‘洋礼’去看程天胜——当我不知道他操的什么鬼心眼儿？他和必成他妈那档子事，土改时没赶上收拾他，这阵儿我也要叫他——”

“肉狗叔，”陈二冬被“拐得俊”又哭又说搅得心乱如麻，羞怒难忍。他真想狠狠揍他一顿，但一想到他父亲的面子，便又怯了他。他压着火央求说，“你不要这样想，我爸是……是那天乱人杂马的，没有顾到招呼你。”

“没有顾上？他顾上招呼谁？那么多人都吃上他的外国香烟，咋偏偏就不给我吃？他是看见我穿得邋遢，看见我穷！”

归根结底还是一支“香烟”的气！

“好好，我替父亲向你赔情，我……我这里……”陈二冬慌忙摸摸口袋，掏出半盒子他爸带回来的美国香烟，塞在“拐得俊”手上，“这行了吧？美国烟，给你，都给你，算我替我爸向你赔不是……”

“我不稀罕！”

“那我可就收回来了？”

“拐得俊”抹了抹鼻涕眼泪,仿佛担心二冬真要收回去,忙把手一藏,转嗔为喜,嘻嘻笑说:“我是和你闹着玩哩。我怎好意思出卖你爸,把这些话都说出去呢?”

“拐得俊”抽着一支烟,美美地吸了两口,过足了“洋瘾”,两个黑洞似的鼻孔一边喷云喷雾,一边又故作严肃地说:“二冬,我告诉你你可不能去对别人讲。当时是程天胜那老鬼头使的美人计,可不是你爸主动哩。现在你爸活着回来,我越看越觉得他和必成长得像。嘻,必成还当他是程少主的遗腹子哩,小子!”

陈二冬心烦意乱,闷闷地坐着。

“拐得俊”又讨好地说:“哎,听说你爸去必成家来,你说你爸打得什么主意?他会不会认了必成做儿子?小子,你可要担心着。”

“别他妈胡说了,根本不会有的事!”

陈二冬心里乱极。他不愿意听“拐得俊”再多说一句,扔下那半盒香烟便匆匆走了。

三十五、勇气

陈大旦在家里实在住不下去。他想到县招待所住几天，一来便于到医院看望老父陈老定，二来主要还想躲几天清静，认真想一想该怎么解决程陈两家的宿怨。同时，也便于和县里的干部洽谈捐资办厂的事。

陈二冬早上生气走了，早饭也没回来吃。陈大旦等到十点多钟不见他回家，担心他去了县城，便打电话要了辆小车，提了些生活用品到县招待所来了。

县委在招待所专门给他安排了一套比较高级的房间，供他随时住用。他在家住了十余天，虽然并不干什么事情，却感到十分疲倦。为了安安静静休息几日，他没有让服务员告诉县里的干部。每天除了到医院看看老父亲，除了上小餐厅吃饭，便闭门不出。

县里除了一位统战部的干部听说他回到县招待所住，来看望过两次，便也再没有别的人来打扰他。他很谨慎、自重，鲜与人交，除了看书看报，便是反反复复地想过去的事、眼前的事。在海外虽亦常动思乡怀旧之情，却从没有现在这般强烈，这样折磨人。他为自己的过去不知道该做何评论，也不想去评论。过去的事情毕竟过去了，他早就想把它忘掉，把它们抛弃。然而，没有料到他想忘掉和抛弃的，却被他的后代捡起，紧紧抱住不放，以致演出今天这样的悲剧。他为陈程两家的结怨不解深深感到内疚，好像这悲剧始于他，结束也应当由他来拉下最后的帷幕。

这一天，他坐着无事，百无聊赖，突然又想起程天胜那天说的话。他也听到一些关于甜核和桂萍的事。独坐无聊，便动了去看孙子的心。甜核因为料理他妈的后事，在家耽搁的时间很长，陈大旦回来不久就回单位去了。听说程家那个闺女桂萍也回了单位，不知怎么样，他觉得很想见见他们。

“如果程天胜说的那个主意可行，倒也未必不是个办法，让这场漫长的历史悲剧在他们这一代彻底结束……”

这种念头突然活跃起来，以至使他长时间陷入一种超然的、理想的遐想中。他拿定主意，要去看望孙子，顺便到外面走走，散散心里的郁闷，呼吸点新鲜空气。

陈大旦用电话向县委要车，等了很长时间没有回话。花钱租车，小县城又没有出租汽车。于是，他换了一身衣服，便准备照服务员指给他的路线去等开往古城的长途公共汽车。

“陈先生，楼下有人找您。”

看门房的老汉推门进来说。

陈大旦以为是县里什么干部，几天都没有人来关照他，要车也要不到，便有些不快，说道：“请你告诉他们，我今天要出去一下，有事情他们改天再来。”

“不，陈先生，他们说是你的亲属，非要见你不行。”看门房的老汉依旧站着不走。

陈大旦以为是二冬找上门来，心里便不快活，眉头也皱了起来，犹豫片刻，他对老汉说：“请他进来吧。”

进来的并非陈二冬，是他的孙子甜核和一个陌生的姑娘。

“哦！是你们！”

一种喜出望外的兴奋使陈大旦有些手忙脚乱。他眉飞色舞地打量着那个落落大方不卑不亢的姑娘，已经估计到她是程桂萍。

陈甜核在他爷爷面前依旧显得很拘谨。倒是程桂萍先开口叫道:“爷爷! 见到你很高兴,早几天就听说你回来了,本来应当早来看你,可是……实在对不起。”

陈甜核看见桂萍不住拿眼盯他,才慌忙介绍说:

“爷,她是桂萍,一个村的,是……是……”

“瞧你,话也不会说了!”程桂萍把话接过去,“我爹是程必成,我爷是……”

“好好! 瞧我,都忘了让你们坐。坐,坐下说! 我也正准备要去看看你们。”陈大旦感到精神陡然饱满。

两个年轻人坐在一条长沙发的两头,哀婉地互相看了看,便低头不语。

陈大旦对他们的来访十分高兴,拿出从国外带回来的高级糖果给他们吃,他们不好意思自己拿,他给他们递在手上,然后才在对面的小沙发上坐下,乐呵呵地问他们多大年龄,在农科所搞什么工作,农科所有多大,有些什么科研项目和供研究使用的设备,等等,显得异常活跃。这也许是他回到家乡以来第一次感到如此兴奋、开心。他看到他们各自手上捏着一块糖还没有吃,便又催道:

“吃呀,吃糖,这是一种老小咸宜的糖。”

他又忽然想起什么,进了套间,不一会儿,取着一件十分华贵的裙子出来,说道:

“桂萍,这是我在机场特意买的。我想我的儿子该是有大儿大女,甚至我该有了孙媳妇,没想到二冬只有两个光头小子。哈哈! 好,这件裙子就作为我的见面礼送给你吧。”

“不,不。”程桂萍脸红得像一朵盛开的桃花,十分不好意思。

“甜核你可别不高兴,”陈大旦又对闷闷不乐的孙子风趣地笑说,“爷爷不会不给孙子礼物的。在家里那个箱子里给你保存着,你回去就会有的。”

尽管陈大旦显得十分开心、活跃,两个年轻人却像有什么心事似的,郁郁不快,十分拘谨。

趁陈大旦走进套间的空儿,桂萍轻轻拍拍沙发,低声催促甜核:

“你怎么不说？路上讲得好好的……你……”

“你说吧，我……”

“你们两个是从单位来的吗？”陈大旦在套间问。

“不不……是从家里来的。”甜核答道。

“我们昨天夜里回到家，听说你到县里来了，一大早就专意赶来看你。”桂萍补充说。她把专意两个字咬得特别清，同时埋怨地瞟了甜核一眼。

“你……是不是后悔了？”桂萍又不满地低声说。

“……”

“你这人真是的……说不说？不说我可……”

“你……你急什么！我说也得想想怎么说嘛。”

“你们讲什么呀？”

陈大旦说着走出来。他拿着一架精美的小照相机，摆弄着，准备给他们照相。然而当他摆弄好镜头时，发现两个年轻人脸红红的，神情异常局促。他以为他们仍为两家的不愉快伤脑筋，鼓励他们说：“不要再为那些事伤脑筋了。历史太不公平，为什么要把苦果子留给你们吃！你们是无辜的，纯洁的，应当有勇气吐掉一切苦的。……来来，咱们都捡甜的吃！”他竭力想让两个年轻人高兴起来，从糖盒里捡出三块高级香糖，分发给他们，朗朗笑说，“吃！我带头吃！”甜核却哭了。

桂萍也咬着红红的嘴唇，努力抑制着眼角的泪珠，不让它流出来。

空气无论如何甜不起来。

陈大旦放下相机，异常扫兴地坐在对面的沙发上。

“爷！”程桂萍终于忍不住，放开胆子问道，“你还走不走了？”

“走哪？”陈大旦问。

“回国外。”

“走哇，怎么能不走呢？”陈大旦心情沉重地说，“也许下一次回来会不走的。你们不知道，我在国外，对国内、家乡的事情一无所知，这次回来，任何精神准备也没有，纯粹带着一种冒险心理回来的。”提到回国，陈大旦的话匣子收不住，滔滔不绝地说：“尽管我回来遇到一些不愉快的事情，家乡毕竟是家乡。我没有来得及到祖国各地去走走看看,但沿途看到的已经足使我感到吃惊和欣慰。变化的确不小啊！和我在海外经常听到的另一种宣传完全是两回事,天壤之别!”

“可是……爷,”程桂萍突然抽泣说,“你……你能不能带我们走?”“你说什么？带你们走?”陈大旦有些吃惊。

“是的,这话也许不该我说,可是,爷,你带我们两个走吧！我们出去干什么也行,洗盘子、擦地板、当杂工……”桂萍很激动。

“这是为什么?”陈大旦十分愕然,“你们怎会有这种想法？你们以为外国什么都好吗？你们怎么会有这种思想?”

“不,不是,”程桂萍抽抽泣泣地说,“不是……我们是来向你老人家求援的。我们实在是受不了啦！实在是不愿意再看到我们两家大人这样无休无止的仇斗！我们的心都被他们绞碎,实在想躲得他们远远的,听不见,看不见……”

“嗯……”陈大旦明白了,默默地点点头。

程桂萍接着哭诉道:“你们上一代人的仇恨为什么就不能结束？为什么非要让我们继续接受你们的思想,继续去扮演悲剧中的人物？我们有自己的思想,有自己的抱负,尽管我和甜核都没有学历,没有令人瞩目的作为,可我们会自己安排自己的命运,自己设计自己的生活！我们实在不愿意看见我爹和二冬叔那双仇恨的眼睛,不愿意再听到他们的诅咒声！人生本来应当是美好的、进取的、创造的,为什么要让无聊的仇斗把这一切都葬送掉？难道二冬婶的死还不够令人痛心,不足以叫人深思、猛醒吗？爷,我和甜核商议好了,我们不甘做牺牲品。你方才讲的我很赞成,属于我们的应当是甜美的生活。我们想走,想离开他们,他们愿意怎么样斗由他们去斗！只要我们看不见,听不见。所以……所以……我们才来求你,带我们走吧!”

陈大旦的心被深深触痛,他为程陈两家的仇怨给这两个年轻人心灵上造成这么大的创伤而深感悲哀。他们连自己的家乡都不想留恋,都想到异国去寻找避风港。这种思想固然可怕,然而这能全然怪他们吗?

“可是……可是除了你们讲的这个办法，再没有别的办法吗？”沉默良久之后，陈大旦疚痛不安地望着眼前的两个年轻人，说道，“难道仅仅因为这个，你们就想离开自己的故土？你们知道一个漂泊异国他乡的人是什么滋味？我记得咱们家乡有句俗话，子不嫌母丑，狗不嫌家穷。你们果真愿意离开自己的家乡吗？”

程桂萍抽泣不止，把脸避过一边不停地拭泪。

这时，甜核抬头看了看他爷爷忧愤的脸，解释道：“爷，你不要误会了桂萍的话。我们也并不是想离开自己的家乡，更不是贪羡外国人的生活。我们……我们想过，像我们这样的人即使到了国外也不会有什么出息。可……就是桂萍说的话，我们实在怕了……也是实在没办法才来找你说这话。”

陈大旦默默地走进套间，又默默地走出来，良久不语。

沉闷。痛苦的沉闷。

窗外不停地传来过往汽车的隆隆声。一只黄嘴雏雀不知从什么地方跌落下来，落在窗外的树枝上唧唧叫，像在呼唤它的父母来拯救它。不一会儿，果然有一只老雀落在那雏雀的身边，叽叽喳喳叫了一阵，终于奓开翅膀，引着那只雏雀扑棱棱飞去。

带他们走，到异国去，凭陈大旦的经济力量完全可以办到，而且他真想把孙子带出去，将来继承他的家产和事业。可是那种远离故土、身居异国的滋味并不好受，他自己已经苦苦忍受了几十年，难道再让他们去饱尝这种苦果吗？钱固然不愁，到了国外凭自己的经济力量也足以让他们吃得好，穿得暖。然而金钱毕竟是身外之物，一个人活着最重要的东西是精神，是心灵的满足。

“你们向我坦率说，你们真的想走吗？”一瞬间，陈大旦真动了此念，带他们走。

两个年轻人你看看我，我看看你，都不作声了。

又过了一阵，程桂萍揩去脸上的泪痕，苦笑一下，说：

“我们是来向你讨主意。”

陈大旦似乎明白了他们的意思，想了想，忽然问道：

“你们有勇气吗?”

两个年轻人不解地抬起头。

“我听说你们两个相处得很不错,”陈大旦会心地一笑,“怎么说呢,是友谊呢,还是爱情呢? 能坦然告诉我吗?”

两个年轻人不好意思地低下头。

“你让他说吧!”过了一会,程桂萍看见甜核不开口,脸蛋红馥馥地说,“本来我们两个很要好的,也打算继续好下去的,可是……二冬婶一死,他……你自己说吧!”两只漂亮的眼睛不无幽怨地扫了一眼甜核,故意把话停住。

陈大旦已经心领神会,欣然笑问:

“甜核,还对爷爷保密吗?”

陈甜核迫不得已似的,红着脸,结结巴巴地说:

“可是……我爸不同意,她爹也不同意。我们昨天回到家,就都把这事说破,我爸骂我认贼作父,她爹也骂她不要脸,丢尽程家的人……”

“所以我说你们要有点勇气嘛!”陈大旦会心一笑,鼓励他们说,“你们真心相爱,有志于消除陈程两家的仇怨,我十分支持。是呀是呀,历史的仇怨应当在你们这一代结束! 事业的兴旺也将在你们这一代人开始。你们这样做太使我欣慰。坚冰靠温暖的阳光照化,仇怨用真挚的爱情消解。我此番回来能看到你们两个结成幸福的一对,即使老死异国也瞑目九泉。好,这件事我替你们做主。中国现在不是流行一句话——承包吗? 结婚,请客,买婚装,置家具,一应花钱的事,我这个当爷爷的承包了。”当他说到这里时,脑子却突然想到别处去了:即使桂萍不是必成的亲生女儿,不管怎么说,她是必成的女儿,一旦那件事传到他们两个年轻人耳朵里,他们还会有这样的勇气吗? 尽管历史已延续了几十年,中国人的道德观念、伦理观念并没有多少根本性的改变。他突然沉默下来。过了一会,又十分认真地说:“不过,我还想提醒你们俩的是要有勇气,勇气! 懂我的意思吗? 这种勇气不仅仅是对你们的父母而言,中国人的传统观念、传统思想,还有旧的伦理道德,都是十分严酷的,我想即使是社会主义的今天也不会有根本的改变。一旦你们的爱情公之于众,也许会引起舆论大哗,也许还会碰到许多意想不到的挫折。你们能经得住这种考验吗?"

程桂萍看看甜核,毅然说:

"这些我们都想到了。我觉得……我觉得我们这样做就是一种挑战。"

"挑战?好!是挑战!是挑战!"陈大旦连连击掌道好,"不过……如果还会碰到什么始料不到的呢?"看见两个年轻人闪动着迷惑不解的目光,他觉得自己的话有些冒失,又急忙说,"是呀是呀!西方有两句谚语,爱无坦途。生命是花,爱是蜜。我希望你们两个以后不论遇到什么意想不到的困难,都要始终不渝地用生命之花去酿制最甘甜的蜜,让这甘甜的蜜……"

陈大旦仿佛将要实现一个震惊世界的创举,正讲得兴致盎然,一个冒失的家伙连门也没敲就闯了进来——是他的儿子陈二冬。陈二冬带着一股怒气,进门二话不说,凶神恶煞般向儿子甜核冲上去,揪住就要打。

"你这个混账东西!你给我滚回去!"

"二冬!你……你这是干什么?"陈大旦吃了一惊,忙厉声喝道,"你给我住……住手!"

"不关你的事!我打我的儿子,不用你管!"陈二冬对他很不客气,回头又呵斥甜核,"你给我回去不回去!"

"放肆!他是我的孙子!"

陈大旦挡在中间,费了很大力气把二冬喝住。他们气喘吁吁地坐下来,正要问问二冬是怎么回事,门口又走进个满脸恶气的人来。

三十六、醒梦

程必成显然没有料到会在这里碰上陈二冬。真是冤家路窄！他前脚门里，后脚门外，想退出去，又来不及，门里的人都惊疑地看着他。他看见桂萍果真在这里，更急于要把她拉出来，拉回去。否则，她真要和陈二冬那个儿子生米煮成熟饭，他会无脸见人，悔恨一辈子。

昨天夜里，桂萍和甜核相跟着回到村里，他们故意亲亲密密地从大街上走过，在村里又引起很大的震动。本来，桂萍给水梨儿送腥罐就让他生了几天气，他想这事已经做了，已经无法挽回，她个闺女家，不过出于一时冲动，对水梨儿尽尽心意罢了，他也就慢慢原谅了她。没想到她回单位去了几天，不知怎么又和甜核言归于好，居然亲亲热热地相跟着回来，亲亲热热地从大街上走过，他感到问题越来越严重，不能不加认真过问。当天夜里，他就审问桂萍。不料桂萍一句话撞倒南墙："你不问我我正要告诉你们哩，我就是要和甜核好！我爱他，他也爱我。我们说定了，等给二冬婶穿过百日孝，我们就结婚！"几乎把他的肺气炸。父女吵了一夜。今天早上，他还没有起床，赛天仙就嚷着桂萍不见了，有人看见她和甜核相跟着往县里去了。他气得不知如何是好。程天胜劝他："算了，她去由她去吧。这会的年轻人你能管得了！世道变了，人都在变，现在是兴小不兴老，由她们想咋就咋吧！”“我看桂萍和甜核要好，也没有什么不好的。你们也该想开些才是。”想开些！想开些！程必成觉得自己够想得开了，她和甜核怎么好都可以，但要好到恋爱、结婚的程度，那是敲碎脑壳也想不开，不能接受的！所以，吃过早饭，他考虑再三，还是骑了摩托车追到县里。他无论如何要把她拉回去！

程必成不像二冬那么粗暴，那么理直气壮，这里毕竟是陈先生的寓所，他不敢造次。他脸色铁青，走进门里，对神情紧张的陈大旦说了声：“陈先生，打扰了。”走到桂萍面前，“走，跟我回去！”拉住便要走。

桂萍紧张地看看陈大旦。

陈大旦也以礼相待，忙说：

“必成，何必这么匆忙？既然来了，你请坐！”

程桂萍趁势抽开她父亲的手，躲进套间。

“你……你走不走?!”程必成冲套间喝道。

“让她在我这里待一会不好吗?”陈大旦劝道，并且匆忙将茶桌上的香烟递过去，“你也坐片刻嘛！你和二冬既然碰到一起，我很想同你们一块坐下来聊聊。”

程必成没有接烟，又冲套间大声说：

“你今天不跟我回去，从今往后就不要进我的门！我没有你这个女儿！”

说完，气呼呼地要走。

陈大旦一再挽留，留不住。这时，程桂萍突然从套间跑出来，拖住他，哭道：

“爹！你不要走！你和陈爷爷坐一会儿，陈爷爷有话和你说。我求你，不要走！”

“你……你滚开！我没你这个女儿！”程必成气得真想揍桂萍，却又碍于在别人的房间，不便动手。

程桂萍死死拖住他的胳膊不放。哭诉道：“爹！你为什么就不能听我一句话？我知道，我不是你的亲生女儿，我是从医院抱的。可我是你养大的，你对我像亲生的一样亲，我是你的亲女儿！你打我骂我都不恨你，可你……你和二冬叔为什么就不能互相谅解？你们觉得这样斗下去有什么好处吗？心里安然吗？不！我知道你并不好受，你吃不下饭，睡不着觉，这都是我妈告诉我的。我们……我们当小的也跟上你们提心吊胆……学习学习不在心，工作工作也不安心，总怕你们再闹出什么事。这是为了什么，图了什么呀?!”

桂萍的哭诉，招来许多服务员和旅客，堵在门口围观。

程必成想走走不了，想动火又不便放肆，他的心被女儿震动了，眼圈红了，两道恶眉毛痉挛般颤抖。

陈二冬也蹲在墙角不抬头。他的心也在瑟瑟缩缩地震颤。

“是呀，你们两个都应当听听桂萍的话！”陈大旦把门关上，心情沉重，语重心长地批评他们，“你们给小辈人做出什么榜样？你们把痛苦和不幸强加于他们晚辈，伤害他们的心灵，影响他们的事业，不感到有愧于他们吗？你们对他们承担着什么义务？你们能够心安理得，处之坦然，无动于衷吗？你们的错误就在于忘不掉那些不该记住的东西！”他很激动，缓了缓气，又痛心地说，“必成，二冬，我……我作为你们的父辈，宁愿祈求你们，忘掉吧！忘掉吧！忘掉那些不该记住的东西，可以解脱烦恼和痛苦；忘掉那扰乱心灵的东西，可以得到快慰和幸福，可以使大家的生活充满希望和乐趣！你们应当把自己放到人生的天平上，称一称自己的价值！难道人活着就是为了那种无聊的赌气和仇恨吗?”他太激动了，太动感情了，不觉眼圈濡湿了，厚厚的嘴唇不停地翕动着。

屋里突然鸦雀无声，出现短暂的宁静。

陈二冬依旧蹲在墙角抱着头一动不动。

程必成木然地站在门里，脸上的肌肉极不自在地抽搐。

桂萍和甜核哀求地看着他们。

待到感情略微平复之后，陈大旦从沙发上站起来，用手帕揩揩潮湿的眼圈，又说：

“我还要郑重其事告诉你们一件事，也许你们知道了，正是为这件事跑来的，我希望你们——”

正说到这里，有人敲门。一直愣愣地站在沙发旁边的甜核忙去开门。陈大旦也把话停下来，准备迎接客人，但是随着甜核把门拉开，他禁不住微微吃一惊，目光突然罩上一层迷惑的云雾。

进来的是两个身着警服的公安人员，其中一个就是那位老宋，听门外的声音，好像还有两个。陈大旦以为他们听见有人在这里吵闹，来干涉他们，因为他回到这个县之后，一直是受到特别款待的。

“同志，你们……他们都是我的亲属，是内部矛盾……”陈大旦言语有些慌乱。

“陈先生，您别受惊。”老宋十分客气但严肃地说，“我们是来执行任务，只好打扰您了。”

“执行任务？”陈大旦更莫名其妙，一瞬间还以为他们把他当作特务什么的。其余的人也都大惑不解，紧张地在一旁愣着。

“谁是程必成？”老宋完全按照逮捕人的口气问道。其实他认识程必成。

“我……”

“请你出来一下！”

程必成很不情愿地跟着老宋刚走出门口，突然听到一声：“你被拘留了！”他像做梦一样，好像不知道是指谁，又好像怀疑自己听错了，还想反问什么，只见一张拘留证书已经明白无误地举在他紧张恍惚的眼前。

老宋出示拘留证书之后，严肃地说道：

“根据查证和在押犯程在望揭发交代，程必成犯有挟嫌报复、诬陷他人、致使程梨花自杀罪，现予实行拘留审查！”

“我……”

程必成还未喊出来，咔嚓一声，一副手铐已经给他铐在手上。

屋里的人大惊失色。陈二冬不知是解恨，还是紧张，也不由自主地从墙角蹿起来。人们还没有缓过气来，老宋和一个民警又走进来，问道：

“谁是陈二冬？”

“来吧，在这儿等着呢！”陈二冬仿佛预感到还给他留着一副手铐，爽快地伸出两只手去。

“陈二冬手持菜刀，图谋杀人报复，虽未形成事实，但已构成犯罪，现予执行拘留。”

还是老宋出示拘留证书之后，又一副手铐把陈二冬铐走了。

是噩梦吗？阳光分明照在高大的玻璃窗上，即使拉着崭新的隐花淡绿色窗帘，房间依然窗明几亮，轻风徐拂。是幻觉吗？三个人分明都眼睁睁地看着这一切！

没有哭泣，没有惊叫，屋里的三个人犹如呆了一般愕然木立，许久许久，被恐惧和痛苦噬噬着每一根神经。当陈大旦从震惊中清醒过来之时，楼道里已经复归寂静。他下意识地拉开半扇门看看，只有两个小服务员在服务台前窃窃私语。

程桂萍和陈甜核也好像从噩梦中醒来，他们望着余惊未消的爷爷，默然地吞咽着一行行苦涩的泪水。

陈大旦忽然感到自己的尊严受到伤害，震怒地连连击掌，走来走出，连声说道：

“我要去找他们领导……我要去找他们县委……找他们！岂有此理！居然……居然……”

倒是两个年轻人显得异常清醒而冷静。他们虽然难过，却好像明白这一切都是咎由自取。他们止住哭泣，安慰气喘吁吁的老人，直到他冷静下来。

“不成，我要去见他们的领导！”

过了一会，陈大旦依然觉得气不平。此刻，他的冲动并非是为二冬和必成，而是为这种做法：居然从他住的房间把人逮捕走！同时，对县里的领导同志这么多天不来与他商谈捐款办厂的冷落怠慢态度也大为不快。他要亲自去找县委书记反映，甚至责问。

然而，没有等他决定了去还是不去，什么时候去，公安局的老宋、县委办公室的王晓杰和统战部那位干部又走了进来。

陈大旦看见他们敲门进来，十分不悦，也很不客气，他大口大口地抽着烟，坐在沙发上忿忿然不作声。

老宋、王晓杰和统战部那个干部也没有说话，他们各自在对面的大小沙发上坐下，然后，老宋等空气缓和下来，才慢慢说道："陈先生，让你受惊扰了。"

"……"陈大旦不想同他们说话，索性忿忿地转过身去。

"也许需要向你说明些什么，或者做些解释，"老宋目不转睛地看着对方，不卑不亢地说，"我们正是为这个来的。"他回头看了看王晓杰和统战部那位干部，王晓杰和那位干部互相推让几句，仍由老宋接着说道："是这样，根据程必成和陈二冬的行为，本来已经构成刑事犯罪，特别是程必成，在你到来之前我们就有拘留审查他的报告。可是，县委前任主要领导，"他又重复了一句，"前任主要领导考虑到程必成是他树起的一个典型，实际上是以权代法，把他庇护下来。在你回乡之后，前任主要领导又碍于你的面子和慷慨捐助，所以……所以对陈二冬持刀图谋报复杀人的犯罪行为也压了下来。"

"什么，前任领导？"陈大旦半天没有听明白似的，迷惑地坐起来，"我不明白……"

"是的，前任领导！"王晓杰语气十分肯定地把话接过去，正色说，"陈先生，也许你已经感觉到，最近一段时间我们对你关照不够。是这样，县委已经调换了新领导班子。根据新县委的指示，法是法，情是情，不能以权代法，更不能以情践法。所以新的领导指示，对你的儿子陈二冬和程必成立即实行拘捕审查。"

"哦……是这样……"陈大旦似乎明白了，又似乎还不明白，他对国内的事情常常只是一种朦朦胧胧的理解。他想问："前任领导……那么就是说那位接待他的李书记已经不是领导了，至少不再是本县的领导了？"但他没有心思深究这些问题。不过，他总觉得这种人事更换对他来说太突然了。他表示领悟地点点头，又慢慢靠在沙发上，心不在焉地玩弄着那架小照相机。

“还有一件事，”王晓杰继续说，“还有一件事也需要向陈先生说明，关于您慷慨捐助家乡建设一事。”他有意停顿了一下，看见陈大旦没有明显的反应，接着说，“县委新的领导要我们特别转告您，对您的慷慨捐助，乐为家乡建设出力的行为，仍表示真诚欢迎。不过……”

“请不要讲了！”陈大旦终于忍不住又站起来，他觉得自己的尊严受到凌辱一般窝火。他激动地走了几步，异常沉重地说，“我明白，我对家乡的捐助是想尽一个中国人、一个故乡人的一点微薄的心意，并非施舍，也并不是想用几万几十万元金钱来开脱我的儿子，作为交换。如果是那样，或者诸位认为是那样，我宁愿收回我的前议！”由于愠怒，他的声音和嘴唇都有些颤抖。

“不不，请先生不要误会，”王晓杰忙解释说，“您不会是这么想的，我们也绝不是这种意思。请陈先生不要误解。我们是说，我们都是中国人，尽管陈先生身居异国，毕竟也是炎黄子孙。中国人穷虽穷了些，但中国人不希望别人施舍，更不会低三下四去向他人祈求恩赐！这点我想陈先生您是深知的。”

“但我不明白你们为什么要向我讲这些话，”陈大旦太阳穴上的青筋剧烈地跳动，眼角皱纹也由于激动而索索抽动，“难道我是向谁施舍吗？我的行为表示出我是恩赐吗？难道……”

“不不，陈先生，我说这话的意思是想让您明白，前任领导的那种做法和想法并不能代表县委的态度。”

“嗯，这我明白了。”沉默了很长很长一段时间。陈大旦的态度慢慢冷静下来，不过厚厚的嘴唇依旧神经质地颤抖。他微微叹口气说，“我也不希望那样。中国人就要有中国人的志气，向外国人祈求不应当，向身着洋装归国的自己人更不应当低三下四，视为尊神，靠施舍养不肥自己，靠祈求得到是耻辱，失去的是尊严！我十分赏识你们这位新领导的政策。尽管我不认识他。我说的完全是真话，也希望你们能把我的话转告你们这位领导。”

“那么，陈先生，”老宋问道，“您对您儿子的被捕，对程必成的被捕，不想说些什么吗？”

陈大旦沉默了。

“我还能说些什么呢?”片刻之后,陈大旦沉重地摇头苦笑道,“失去儿子,痛苦几年,失去祖国,痛苦一生。我不曾想到这两个我都会失去。我不知该怨谁恨谁。不过,这两者我终于还是都看到了,而且我还看到孙子,看到即将成为事实的孙媳妇。”他振作精神,深情地捉住甜核和桂萍的手,悲喜交集地向他们介绍说,“你们也许还不知道,他是我的孙子,陈二冬的大儿子;她是必成的女儿。仇恨使他们的父亲身陷囹圄,爱情却把他们紧紧地结合在一起。他们就要结婚了。如果说我这次回来尽遇倒霉事,那么他们就是我最大的欣慰,最大的希望。我想你们也会为他们的结合而高兴,是吧?”

三个人不约而同地站起来,惊喜地望着相对无语的一对年轻人,向他们投以祝福和鼓励的目光。

“如果要我再说几句什么话,我很愿意把刚才已经对他们说过的话告诉所有的祖国同胞。”陈大旦眼里闪动着晶莹泪光,凭窗眺望,像对他们、又像自言自语,声音发颤无限感慨地说道,“忘掉那些不该记住的东西吧!正是那些不该记住的东西扰乱着人类美好的生活,伤害着一代一代美好、纯洁的心灵!人类需要宽容,社会需要宽容,家庭需要宽容!”

又是很长时间的沉默。但这沉默中,窗外,来往的大小车辆的鸣笛声,熙熙攘攘的喧闹的人声,商贩的叫卖声,还有那噪热的麻雀一群群飞落在窗外浓密的树枝间唧喳乱叫声……生命在延续,生活在前进。然而,这一切前进、延续之声,在屋内所有人的心中都仿佛变成同一个旋律的音响:

忘掉吧!忘掉吧!忘掉那些不该记住的东西,忘掉那些使你伤感的、暴怒的、悲观的、妒恨的东西,也许你会活得更好一些,你的生命才不会白白地浪费,才会更富有活力,富有光华,富有无穷的价值!忘掉那些不该记住的东西,才能记住那些美好的、珍贵的东西。所以,忘掉的同时也需要记住,牢牢地记住:生命是花,爱是蜜。如果把人类之爱拿走,我们的地球,岂不就变成一座充满恐怖的坟墓了吗?

忘掉吧!

忘掉吧！

亲爱的读者！如果您还想知道些什么，我只能这样告诉您，当陈大旦临行之前带着甜核和桂萍去狱中看望陈二冬和程必成之时，他们身处异室，却不约而同地讲出一句话：我，好像做了一场漫长的大梦，可惜醒得太迟了……

“三晋百部长篇小说文库”书目

经典作品：

·李家庄的变迁·三里湾　赵树理
·太行风云　刘　江
·汾水长流　胡　正
·草岚风雨　冈　夫
·新星　柯云路
·游戏　成　一
·黑雪　哲　夫
·世界正年轻　高　岸
·玉龙村记事　马　烽
·草青　吕　新

·吕梁英雄传　马　烽　西　戎
·跋涉者　焦祖尧
·神主牌楼　张石山
·咸阳宫（上、下卷）　林　鹏
·生死门　晋原平
·送葬　王西兰
·白银谷（上、中、下卷）　成　一
·北腔　毛守仁
·巅峰对决　钟道新　钟小骏
·母系氏家　李骏虎

·阮郎归 吕　新
·裸地 葛水平
·甘家洼风景 王保忠

·总工程师和他的女儿 焦祖尧
·特别提款权 钟道新
·毒吻 哲　夫
·龙族 孙　涛
·五汉街 田澍中
·大梦醒来迟 王东满
·种子 王祥夫
·水旱码头 刘维颖
·野狐峪 彭　图
·羊哭了 猪笑了 蚂蚁病了 陈亚珍
·此生只为你 张雅茜

草莽 张不代
茶道青红 成　一
国家干部 张　平
抉择 张　平
旧址 李　锐
银城故事 李　锐
无风之树 李　锐
抚摸 吕　新
天猎 哲　夫
权力场 晋原平

米谷	王祥夫
古塬苍茫	张行健
栎树的囚徒	蒋　韵
隐秘盛开	蒋　韵
奋斗期的爱情	李骏虎
婚姻之痒	李骏虎
苍黄尧天	乔忠延

原创作品：

·一嘴泥土	浦　歌
·鲛人	唐　晋
·江山无恙	信应亮
·复调婚姻	王旭东
·西望长安	冯　浩
·舜瞳	刘志兆